张　抗　抗　文　集

短篇小说

何 以 解 忧

张抗抗 著

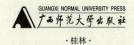

GUANGXI NORMAL UNIVERSITY PRESS

广西师范大学出版社

·桂林·

图书在版编目（CIP）数据

何以解忧/ 张抗抗著. --桂林 : 广西师范大学出
版社，2023.5
　（张抗抗文集）
　ISBN 978-7-5598-5880-1

Ⅰ．①何… Ⅱ．①张… Ⅲ．①短篇小说－小说集－
中国－当代 Ⅳ．①I247.7

中国国家版本馆 CIP 数据核字（2023）第 045084 号

广西师范大学出版社出版发行

　广西桂林市五里店路 9 号　邮政编码：541004

　网址：http://www.bbtpress.com

出版人：黄轩庄

全国新华书店经销

珠海市豪迈实业有限公司印刷

　珠海市香洲区洲山路 63 号豪迈大厦　邮政编码：519000

开本：880 mm × 1 230 mm　1/32

印张：14.5　　字数：285 千

2023 年 5 月第 1 版　　2023 年 5 月第 1 次印刷

印数：0 001~6 000 册　　定价：68.00 元

自序

　　很久以前，在炎热的夏夜，我常常看见小小的萤火虫，闪着幽绿的微光，从眼前一闪而过。它掠过潮湿的空气，穿透浓稠的夜色，燃起尾灯，在黑暗中起起伏伏，或是匍匐于低矮的草丛里忽明忽闪。

　　它似乎并不打算照亮周围的黑暗，它只点亮自己。

　　从我少年时阅读文学作品开始，心里总有晶莹的光斑在跳跃。

　　那星星般、火焰般的亮光，闪烁着移向远方，引领我一步步走上文学之路。五十年中，我写下了八百多万字的作品，精选成这部三百万字的十卷文集。

　　文集是一部生命的史诗，文集是一次对自己严格的拷问与检验。

　　偶然间，从百十部旧作里，我发现了一个秘密：

　　1972 年幼稚的小小说《灯》、1981 年的中篇小说《北极光》，一直到 2016 年的中篇小说《把灯光调亮》——我对"光"似乎特别敏感。回望我的文学路，大半生的写作，始终被微弱或是宏阔的光亮吸引着。

阳光炽烈、圆月皓洁、星空邈远。我是一个心里有光的人！

为了寻光，我用文字把雾霾拨散；为了迎光，我用语言把黑暗撕开。

人类的进化和变异，从骨骼开始。骨骼支撑着生命，使人能够站立起来。当生命的血肉之躯不复存在，最后留下了坚硬的骨骼。作品的内涵与思想，正如骨骼一样。骨骼是一支烛台、一只灯架、一座灯塔，让光束高高、灼灼地挥洒和传播，成为江河湖海的森森烟波中鲜明的标识。

当然，还有灵魂。灵魂飘飞出窍，升天入地，灵魂就是永恒的光。

编选这部文集的过程中，审视五十年来的旧作，我常常纠缠在截然相反的复杂心情中。有时我会惊叹：那时我写得多么好啊，那些流畅有趣的句子、独特的人物，新文体的尝试；那时的我，文思喷涌，认知超前……有时我也会沮丧懊恼：早期的文字太粗浅简陋了，细节不够讲究……更多的时候，我会深深感慨：我应该写得更好些，我完全可以写得更好。

可惜，年过七旬，一切都不可能从头来过了。

已落笔的每一字每一句每一篇每一部，都是生命留下的真实印记。是用书页压缩、凝聚而成的人生和历史。

写作的人在写作中享受寂寞。书籍和文学都是寂寞的产物。

寂寞中，我听见自己内心的声音，自由自在无拘无束地飞扬。

在我大半生的写作中，"写什么"和"怎么写"同样重要——"写什么"体现自己的价值观，"怎么写"是价值观实现的方式，用文学表达对自身、人性及对世界的认识。其实，最为重要的是"为什么写作"。整理文集的过程中，我无数次叩问自己，杂糅的思绪渐渐清晰：少年时，文学是对美好理想的向往；青年时，写作是为了排遣苦闷；中年时，写作是为了精神的坚韧与丰厚；进入晚年，写作是为了抗拒人生巨大的虚无感。一生写作，其实都是为了解决自己的种种疑惑、困惑，可惜始终未能达至不惑。

我已与文学相伴半个世纪。于我而言，身前的赞誉非我所欲，身后的文名亦非我所求，写作不是我的全部生命，而是人生的组成部分。我在写作中不断成长——成熟，在文学中日臻完美，从而成为一个合格的公民、一个有尊严的写作者、一个善于思考的人。

近年来，我留意到萤火虫已越来越少，它们被污染的环境和滥用的农药灭杀了。我心黯淡进而悲凉。我梦想着变成一只萤火虫，让我书中的每一个字，能在暗夜里发光，孤光自照。

是为序。

张抗抗

2022 年 3 月 2 日

目 录

爱的权利

一

在这个寒冷的北方城市，夏天似乎总是来得迟迟。一直到波斯菊盛开的七月，松花江岸才铺上柳树的浓荫。虽然这是浩劫结束之后，第二个美丽的夏天，但并不是每个人都能感觉到夏天的来临……

她，一个二十七八岁的姑娘，步履迟缓地走下刚刚从下游上来的一艘客轮的长跳板，似乎漫无目的地沿江岸朝前走去。她穿着一般姑娘中最常见的小方格长袖衬衣，没有明显裤线的灰色的涤棉长裤，一头微黄的短发随随便便地梳成两支短辫搭在肩上。她走得很慢，那双大眼睛明明白白透出一种冷漠的神情，打量着突然出现在她面前的松花江岸五色斑斓的夏景，似乎很有些吃惊，以至使她那苍白的脸上，平素总是严肃地紧抿着的小嘴，此刻也微微张了开来。

……一艘水鸟般的白色小汽艇，飞快地从她眼前的江面上掠过，一群群青年人高声的欢笑，随着一阵阵浪花溅洒开来。漂亮的渡轮满载着游客向江北太阳岛驶去，戴着墨镜的年轻人站在船尾正把白色的太阳帽抓在手里向岸上连连挥动，不时有歌声和琴声从江面上飘来。她循声望去，见几只小舢板顺流而下，其中一只船上有一个女孩子穿着湿漉漉的游泳衣正弹着吉他，另外几个姑娘举着红色的尼龙伞在静静倾听；另一只船上有一位姑娘在拉手风琴，几个小伙子快乐地晃着脑袋和着乐曲唱歌……

从她身边的江堤上，拥来拥去川流不息的人群，拎着游泳衣的、抱着啤酒瓶和面包的、脖子上挂着照相机的，各式各样的人都有。姑娘们穿着色彩鲜艳、式样新奇的短裙，连这么多年来少见的无袖旗袍和"布拉吉"（一种苏式连衣裙）也出现了，裙边绳着皱条，胸口绣着嵌有金线的花……

她愕然了。她刚从下游的一个偏远的公社卫生院来，差不多一年没回家了。她无论如何想不到，江岸的斯大林公园会有这么惊人的变化。吉他、连衫裙、太阳帽，那只在她小时候朦胧的记忆中出现过，可是今天，连水上俱乐部在十二年前被批判为"典型的修正主义建筑"的俄式绿色尖屋顶，如今也已被油漆一新，在柳影婆婆的江堤上昂然翘首……

她揉揉眼睛，感到虚弱的身子很有些疲倦，头也胀裂般的疼。她正想找张长椅坐下来歇一会儿，却被前面骤然而起的一阵掌声吸引过去。

不远处粗壮的柳树上，挂着一面鲜艳的共青团团旗，从团旗下密密层层的人群中，传来了悠扬的小提琴声。优美而奔放的旋律，使她很快分辨出这是西班牙作曲家萨拉萨蒂的那首著名小提琴独奏曲《安达露萨浪漫曲》。这支曲子对于她实在是太熟悉了，那愉快的跳跃着的声波，唤起她对童年和一家人往昔欢乐的回忆，像阳光一般透进了她抑郁的心里。她已经好多年没听到这支曲子了，然而它曾经是她父亲最喜爱的独奏曲中的一支。她把头靠在身后的树干上，微微闭上了眼睛，她的整个身心都沉浸到音乐中去了。使她惊讶的是，琴手娴熟、流畅的技法和对乐段的处理，如此富于感情，她对音乐的极妙辨识力，使她听出了琴手对这支曲子有自己独特的理解。听着听着，随着琴弦的节奏，她情不自禁地低声哼了起来……

　　忽然，她下意识地用手掌捂住了自己的嘴，惊恐地抬起头来，四下张望。当她发现并没有人注意自己的时候，怦怦直跳的心才放了下来。她呆呆站了一会儿，谛听着从人群中飞出来的琴声，好像猛然醒悟到什么，慌忙踮起脚尖朝人群中望去，似乎想看清琴手的面貌。但这正是一个星期天，人实在太多了，她不顾一切地朝人群中挤去，拨开那些全神贯注的听众，顾不得踩了人家的脚，终于汗流满面地挤到了前面。她定了定神，望了一眼中间空地上那位正激情满怀地演奏着的琴手，禁不住"啊"了一声，傻了似的怔在那里……

　　他，那个沉浸在自己优美的琴声中的二十二三岁的小伙子，一双大眼睛闪烁着热情的火焰，有力地抽动着的高高的鼻子，乐呵呵咧开着稍稍显大些的嘴，一绺弯曲的黑发搭在宽阔的脑门上，正随着琴弦的节奏急剧地跳动着，显得颇有艺术家气质。他的身子也在琴声中欢乐地转动，一只脚尖轻快地敲打着地面，那激越昂扬的乐曲声，如同瀑布一般从他那白色的弓弦下倾泻出来。他满脸喜气，连眉毛都在抖动，好像搂抱着小提琴在跳舞……

"西班牙……"她喃喃道，两眼死死地盯住了他手中的那把闪闪发亮的小提琴，脸色顿时变得煞白。冷汗从她的额头沁出来，她觉得空气燥热，胸口闷得慌，头一阵阵发晕，连大树也好像在摇晃。她似乎感觉到自己的病要发作，害怕地想抓住什么东西扶靠一下，但到处都是人。掌声忽然又响起来，小伙子从容不迫地鞠了一个躬，看样子准备应热情的听众之邀，再拉一支……

……她眼前金星四溅，小伙子的形象模糊了，变成了一个白发苍苍的老头，脖子上挂着一把小提琴，弯腰弓背，站在高台上挨批……

"小莫，你疯了！"从她的嗓子里发出一声尖叫。她似乎要说什么，身子却不由自主地栽倒下去。

快乐的琴手听见这撕人心肺的喊声，蓦然回首，他看见她，也怔住了。半晌，扑过去，吐出两个字：

"姐姐……"

二

姐姐叫作舒贝，小名贝妮。她的两年多前过世的父亲，是这个城市某大学的艺术系主任，音乐教授。曾因自己与舒伯特同"姓"感到骄傲，人们称他"舒伯"。由于酷爱音乐，他将大女儿取了音乐家贝多芬的一个字，给儿子取了莫扎特的一个字，叫作舒莫。本来女儿有着她曾在歌剧院担任副院长的母亲一般甜润的歌喉，但自从她母亲在十二年前，抹去了自己在这个世界上的声音含冤死去以后，她从此便很少再唱歌。如今她已经没有什么亲人，只有那个在电机厂当工人的弟弟，她用全部的感情爱着他。

她醒来的时候，发现自己躺在白得耀眼的医院的病床上。头痛似乎好多了，只是有些恶心。她想起自己刚才突然的昏厥，禁不住苦笑了一下。这种情况，以前已经出现过好几次，所以公社卫生院的领导才催她回来检查治疗。其实她自己心里很明白这是怎么一回事。自从早些年母亲去世、1976 年秋冬父亲故去，不幸再次降临后，头痛和眩晕就成了常事。今天在江堤上，她无论如何也没有想到弟弟竟敢违反他们之间的约定，重新又拉起了小提琴，而且还在公开场合演奏欧洲民间舞曲，对于她来说，这实在太意外了。

她睁开眼睛，看见舒莫正坐在床边，一动不动地注视着她床头吊针滴管的速度。床头柜靠边的地上，竖着一只虽旧却揩擦得锃亮的提琴盒。

她好像看见什么可怕的东西一般，眼睛急急地避开了那只琴盒，低声说：

"拿开。"

舒莫迟疑了一下，还是乖乖地把它塞到床底下去了。

她点点头，示意弟弟把她那只随身的书包拿过来，用一只手从中摸出了一个白色的信封，递给了舒莫。她的手颤抖得厉害，刚刚恢复了生气的脸色，重又变得阴冷。

"念吧，小莫，你一定是把它忘了。"她用毫无商量余地的口气说。

舒莫咽了一口唾沫，脸憋得通红，用央求的眼光瞧着姐姐，但是没用，他知道姐姐的脾气。可是，现在来念这个，在他看来毫无必要。虽然它在他们心目中占有很重要的位置，因为这是爸爸临终前留下的遗嘱。

他留心了一下四周的病友并没有人注意他们，便用一种含糊不清的声音念起来。爸爸，他们曾经有过一个怎样乐观爽朗而又生气勃勃的爸爸。他会在晴朗的夏日带他们姐弟去松花江游泳，在白玉似的沙滩上拉琴，让琴声和江水一起流入大海。在这个残留着欧洲遗风，热爱音乐的城市，父亲的演奏总会引来一大圈听众。每到星期天，他们家里坐满了自动前来"补课"的学生。爸爸的琴声一响，房间里连呼吸的声音都听不见。琴声把大家带到积雪的原始森林，轻捷的小鹿在雪上奔跑，而一泓永不枯竭的温泉，却在雪层下，热烈地、湍急地冒出来……叮咚……叮咚……琴声戛然而止，忽然间，父亲开怀的大笑充溢了屋子，所有的人都像被敲击的钢琴键一般活跃起来……

可是，自从爸爸从关押了两年之久的"牛棚"回到家里（罪名是他曾在抗战前留学日本），知道他的妻子已在一年多前离开了这个世界，他从此变得沉默、忧悒、悲凉。只有当他见到这只小提琴时，眼睛里才会射出光芒。他用全部的业余时间来拉他的小提琴。那琴是妈妈从国外带回来的，抄家的那天恰恰因为舒莫把它带去了同学家，才得以幸免。爸爸有时整天拉琴，不敢拉那些世界名曲，只能拉一些简单的练习曲，可是爸爸不会腻味，一口气拉上几十遍。爸爸常说这句话："你们应该懂得，音乐是生活中的阳光，没有阳光就没有生命……"

那时候幼小的舒莫就明白了：一个人的所爱，没有什么能阻拦。

父亲生活在自己深爱的音乐中，一直到临死的前一刻。那是1976年1月那个奇寒的冬天，人们还沉浸在极度的悲痛之中，学校却在"教育革命的方向不容篡改"的口号声中开起了大批判会，首先被点名的就是"舒伯"。这天，他被通知再不许上讲台了……

他早已变得很衰老了，只不过是一支挣扎着发出最后一点亮光的残烛，怎经得起如此致命的打击！舒莫扶着他回到家里。"琴，琴……"老人喃喃地重复着这几个字，忽然从躺椅上挣扎起来，抓起那把伴随他度过了几十个春秋的小提琴，跌跌撞撞地往阳台门走去，姐弟两个措手不及未能拦住。他扑在阳台的栏杆上，把小提琴从四层楼上狠狠地扔下去了……

舒莫悄悄瞟了一眼手中的那张白纸，一种痛楚的感觉潜入他的胸中。那个月色惨淡的夜晚，当楼下传来沉闷的破裂声时，爸爸昏死了过去。弥留之际，他望着两个哭得泪人一般的孩子，费力地说："莫儿再不要学琴了……贝妮日后……做一个……普通人……切莫……牵涉政治……不要爱那些……"

"不要爱……"老人好像有什么东西堵在喉咙里，他努力做着手势，但发不出声音。

他终于闭上了眼睛。寒风萧瑟，孤灯伴着两个孩子，没有谁敢来看望他们。只有楼下雪地上断弦无声的哀乐，在送别那个纯真的灵魂。懂事的舒贝用颤抖的手，记下了爸爸这些话，把那张纸片用一只牛皮纸信封包着，从此一直带在身上……

爸爸带着他的冤屈与愤恨告别了人世，甚至冷酷地宣布，让他从小亲手培养的舒莫从此不要再学琴。他的爱、理想，同他的小提琴一起破碎了，完结了！"不要爱那些……"，不要爱什么呢？不要爱爸爸和妈妈曾经爱过的那些东西吗？舒莫在噩梦纠缠的半夜醒来，常常觉得奇怪，他不相信像父亲这样一个热爱生活的人，临死前会留下如此绝望的遗嘱。从他懂事那天起，爸爸总是谆谆教导他要热爱生活和事业，"爱"字成为从小就在他心目中生根的一种神圣而又坚定的信念。他很难想象一个人如果不爱生活，还怎样生活下去……

但是后来他很快解开了这个疑团，并在心里理解了爸爸。因为爸爸绝没有想到，在他去世后一年多的时间里，中国会发生如此巨大的变化。如果父亲晚一年离世，他还会留下这样心痛欲绝的遗言吗？舒莫在喜庆的日子里，多少次夜不成寐，翻来覆去地想着这个问题，最后悄悄违背了父亲的遗嘱。他做的第一件事，就是用积攒的工资，买了一把新的小提琴，趁着姐姐在郊外下乡不常回家的日子，重新偷偷开始练琴。有一次他曾试探过姐姐，希望舒贝能对遵守父亲的遗嘱有所松口。

"我一直担心你会不听爸爸的话。"舒贝有气无力地说道，"看来真不是多余的。你太单纯了，弟弟。你以为爸爸的遗嘱，仅仅是指那个时期说的吗？不，他是为我们一辈子考虑的。那是他以生命换来的教训。你要是违背了父亲的遗嘱，会有麻烦的……"

舒贝又加了一句："也许你是舍不得你的小提琴，你太爱它了……"

"哦，也许是的……我，爱它。"舒莫坦然地承认，连他自己也吃了一惊。他似乎想像每次那样含混地遮掩过去，却办不到。他迅速地望了一眼窗外，调皮地眨了眨眼睛，贴着舒贝的耳朵说，"你看看，那是谁来了——李欣。我打电话告诉他，你回来了。"他犹豫了一下，接着说："你一定已经收到他的信了吧？难道你不爱他吗？我想，也许我和你两个人，迟早都会违背父亲的遗愿……"

舒贝吃惊地睁大了眼睛。透过白色的窗帘，她看见走廊上那个年轻人的侧影，瘦长的个子，高高的颧骨，厚厚的宽边眼镜，显得很有主见地来回踱步。这是她熟悉的他，真是他啊……

三

静悄悄的病房，洁白的床单，洁白的窗帘，把人带到两年前的往事中。父亲去世前，严冬还没有过去，舒莫得了腹膜炎开刀住院，舒贝赶回家来护理弟弟，在病房里第一次见到他——这个瘦长的、黑黑的面孔上，有一双智慧热情的眼睛的年轻人。他由于干活时右脚被钢筋砸伤发炎感染，被送进医院病房。破旧的草绿色棉衣裤、棉靰鞡，她差点误以为他是个郊区的农民。几天以后舒莫悄悄告诉舒贝,这个人叫李欣,是老高二的上海知识青年,在农场砖瓦厂当瓦工班长。又过了几天,他又告诉舒贝,说自己同这个人非常谈得来。舒贝原本就是个护士,在看护弟弟的同时,也担当起护理李欣的责任,做得又快又好。李欣默默听凭她的照料,投之以感激的微笑。他不爱说话,尤其同姑娘。可是有时她给大伙儿念报纸,他会客气地打断她,自告奋勇地给病友们讲笑话,大伙儿都乐得哈哈大笑。后来他的脚好些,可以走动了。一天,他出去拍 X 光片,舒贝帮他收拾东西,整理到床头柜,发现里面塞满了书,不觉吃了一惊:卢梭的《论人类不平等的起源和基础》、伏尔泰的《哲学通信》、别林斯基的《文学的幻想》,还有什么《巴贝夫文选》……他从哪里弄来这些书呢?她心头怦怦乱跳。

"哦,你,想考大学吧?"她试探着问。

他淡淡一笑:"不,就是喜欢读书而已。"想想又补了一句,"想上大学也没地儿去考。看这些书,倒把资格看没了……"

她没有再问下去,她明白他指的是什么。后来从舒莫那里知道,群众几次推荐他上大学,都因为他出身不好又不肯送礼而几次被拒之门外……他的身世深深拨动了舒贝的心弦,不觉对他产生了同情和尊敬。于是一个瘦高的形象日渐在她心中明朗起来。李欣出院的时候,已同舒莫成了好朋友。舒莫约请他到家做客,他欣然应允了。他来得很不是时候,晚饭后,舒贝正在洗碗,还轻轻哼着一支苏联革命时期的流行歌曲《小路》。当她清清楚楚唱到"跟着我的爱人上战场"时,他进来了。

舒贝脸红起来。她不愿意有人听到她的歌声,因为她并不是因为高兴才唱歌。

"小路！"李欣兴奋地叫道，"很久没听到了！"

她没想到他熟悉并且喜欢这首歌，故意板着脸说："我们走在大路上，而我，走在小路上……"

"不，"他一本正经地反驳她，"我就喜欢小路！马克思说过，只有在崎岖的小路上不畏劳苦攀登的人，才有希望达到光辉的顶点！如果人人都走平坦而又保险的大路，这个世界怕不会进步了。"

"我不敢。"舒贝吐了吐舌头，"《小路》只能在家里唱唱……"

他皱着眉头，很自信地摇摇头说："不会的，我想这种现象不会持续很久，等到大家都上了战场，情况就会改变。"

他往书架走去，取下那只"伤痕累累"的琴盒。琴盒被父亲从四楼摔下，几乎粉身碎骨，琴是无法修了，但舒莫想尽办法找到了一个有经验的皮匠，千方百计把琴盒拼起来修补好，只是盒面上留下了几道裂痕。他凝神端详许久，想必他已听舒莫讲过它的故事，他一边拂去浮灰一边气愤地说："琴没了，这只空琴盒，真是一个罪恶的见证，是那些人迫害艺术家、摧残文化的罪证！"

舒贝怃然。她第一次听到有人对琴盒这样评价。她注视着他那瘦瘦的脸庞，惊讶这个文质彬彬的人竟然会说出这样血气方刚的话来。在这个平静的外表下，奔腾着怎样的一匹思想野马啊？她的眼睛中放射出了敬佩的光彩。这一夜，他同舒莫谈得很晚，只有这时，他才变得滔滔不绝。他称自己是"异教徒"，然后哈哈大笑……

春天快到来的时候，他回上海探亲去了。那正是 1976 年 4 月风云激荡的日子。5 月他回来了，路过哈尔滨换车来看舒家姐弟，却没有久留，他从怀里掏出一包东西，交给了舒莫。

"替我保存吧，我相信你们。"

他那熠熠发光的眼神里，看不出任何风浪即将来临的迹象，但舒贝却从他浓密的眉宇间，预感到好像有什么事要发生。他走了，带走了她的心。

舒莫打开那包东西一看，原来是一叠厚厚的文稿，有几篇题为《出路何在》《关于未来》《民主不许玷污》的文章。舒莫连声叫好，舒贝却出了一身冷汗。她考虑了一夜，最后将文稿包好，塞进一口袋面粉中，带回了公社卫生院，装进了自己的枕芯里。在那一段长长的日子里，这只枕芯成了她忠实的伙伴。她向它倾洒过泪水，用它寄托过思念，那一叠硬邦邦的文稿，好似烧红的砖块，枕在上面却又使她觉得心安，更深夜静时，它还会同她细细交谈。她曾努力想驱赶那文稿的主人在自己脑海中的形象，却办不到。卫生院门口有一株正开着花的椵树，浓香四溢，她常在露水未消的清晨和晚霞绚丽的黄昏，久久地伫立于树下，向远方凝望。她在等谁呢？有人问她，她脸红了。等他吗？她问自己。不，不，为什么是等他？难道她……这一刻她心慌起来。椵花谢了，柞叶红了，他却没有消息……

冬去春来，松花江解冻了，原野复苏了，粉碎"四人帮"半年之后，李欣还没有来。一直到波斯菊盛开的七月的一天，舒贝突然接到舒莫的长途电话，说是李欣到了哈尔滨，要她赶快把那些手稿送回来。她赶回家里，才知他去年因向《红旗》杂志写信，在上海又参与支持了南京的"四五"活动，回农场后，就被北京和上海的两封专函备案隔离了，直到现在才放出来，可是结论还留了尾巴，他这次就是来找省委"上访"的。舒贝温柔地注视着他，简直不相信自己的眼睛。她惊奇地问："你，你怎么反而胖起来了呢？我以为……"

李欣爆发出一阵大笑："囚犯没有自由，关着，不活动，吃窝头。但我知道这世道要变了，宽心、舒心，好像住上了疗养院，反而养胖了……"

这样的笑声是有感染力的，好像要把人的心都融化在里头。舒贝也不禁笑了起来。她在镜子里看见自己的笑容，忽然头一回觉得自己笑的时候，看上去还是很漂亮的呢，只是她不喜欢笑。

为了庆祝重逢，舒莫提议唱歌，他拿出了小提琴。李欣没有推辞，用圆浑的男中音唱起了《小路》："一条小路曲曲弯弯细又长，一直通向迷雾的远方……"舒贝这才发现原来他有那样好听的男中音。她多么想和着一起唱起来啊，但她克制住了自己。当他唱到："我要沿着这条细长的小路，跟着我的爱人上战场"时，她同他深情的目光相遇了，好像一股电流流过全身，她惊慌失措地意识到了几年来自己一直回避的事实：她好像是爱上他了？他也爱她？不，她不敢想，快快逃回了公社卫生院……

当第二个夏天来临的时候，也就是前不久，她接到了李欣的一封信，信上告诉她：他考上了松江大学哲学系。这个消息非但没有使她感到高兴，反而像一盆凉水把她从头到脚浇透了。十年来，政治、哲学这样的字眼，总使她有如临大敌之感。1976 年的突变，也不能使她完全改变这种看法。李欣在这封信上，第一次正式向她表达了自己心中深藏了两年之久的爱情。他说他喜欢她那种沉静、矜持的性格，尽管有点忧郁，却同他严肃的哲学气质相吻合。

这封信使她心慌意乱，掀起了她心中的波澜，她一连几夜没有合眼。很久以来，难道她不是在渴望着爱吗？可是当它到来的时候……是的，她在人前是郁郁寡欢的，这种性格是由挫折与坎坷磨成的。十几年前，她曾是一个何等富于理想和热爱生活的女孩子啊！每当黄昏，在妈妈弹奏的那架钢琴锃亮的琴盖上，总会照出一个圆脸大眼睛的小姑娘，妈妈向她亲切地点点头，她微偏着头，用清亮的嗓子唱起来……可是后来一切都改变了，她的心里蒙上了重重的阴影。她下乡去了，仅仅因为收工的路上无意哼了一句《冰山上的来客》的插曲，被人汇报，大会小会批了半个月；仅仅因为一次回家，她穿了一条妈妈留下的老式多褶裙，被同乡的知青看到，回队里就"揭发"了她，她被勒令检讨。她身上多少散发着音乐家庭的浪漫气息，却被那些知青认为是"小资产阶级"情调，无论怎样吃苦耐劳，也得不到表扬，渐渐她的心冷了，她变得对什么都没有兴趣。偏偏1974年秋，又发生了这样一件事，沉重的打击使她从此一蹶不振。

本来有一个与她同在一个大队的哈尔滨青年，一直热烈地追求她，劳动也时常帮助她，有人欺负她时，他常出来说公道话。时间长了，舒贝对他有些好感。困难的境地中，也只有同他能谈得来。他们互相关心，互相照顾，如果说纯洁的感情是这样建立的，那么舒贝的第一次爱情萌芽了。他们爱得很真挚，彼此也很信任。如果一直这样相处下去，也许会成就一段美满的婚姻。可是突然城里来招工了，两人一同报名，他，顺当地走了，她，却因为家庭问题，被招工单位拒绝了。他一走再没有信来。秋寒叶落，大雁南飞，她的心被厚厚的晨霜盖住了。元旦回哈尔滨时，她踏着大雪去找他，他的一家人脸上都堆满了虚伪的笑容，使她战栗。他的眼睛不敢正视她，送她到门口，噙着泪说家里不同意，说你一辈子上不来，我也看不到希望……

那时她希望所有屋顶上的雪都塌下来，把她埋在里头才好。她像屋檐下的冰柱一般孤独地呆立在那里。刺骨的寒风使她醒悟过来，她跑过冰封雪盖的大街，一口气跑到歌剧院，她想问问那些人，她的母亲到底犯了什么罪？！两年前，母亲所谓"里通外国"的罪名不是已经平反了吗，可是为什么她至今还被当成黑五类子女？她跑进歌剧院的穹顶大楼，面对着坐在转椅里打哈欠的"领导"，却一句话也说不出来。领导警告她不要为"自绝于人民"的人翻案，她茫然而绝望。

那个曾经给过她一点快乐和帮助的年轻人，终于离她而去。她明白那并非他的本意，他同她一样是弱者，抵御不住社会舆论的压力。她不恨他而恨……恨谁呢？！那时，她不敢告诉父亲和天真的弟弟，怕他们伤心。回到大队后，她大病了一场（后来总算有一位好心的女院长，设法把她调到了公社卫生院当护士）。她发誓从此就在这偏远的公社度过自己的一生。虽是赌气，却也是志气。可是万没想到，爱情会不以人的意志为转移，三年以后，这个李欣又悄悄地闯进了她的心房。而对于李欣期待的答复，她想到了父亲的遗嘱。因此，答复似乎是现成的，但也是痛苦的。她知道这次回来将面临着抉择，却没想到他来得这么快……洁白的床单，洁白的窗帘，与当初他们相识的时候，正好对换了一下位置！那时，她每天早上把排队买来的热腾腾的豆浆，端到他床边……

舒莫轻轻打断了她的沉思，对她说李欣在外面，希望进病房里来探望她。

“我头痛得厉害，没力气说话，你让他回去吧。去同大夫说，我想做一次脑电图，书包里有县医院的介绍信。”

舒莫噘着嘴走出去。

以后，每天下午六点钟左右，在那夏天的绮丽晚霞中，总有一个瘦长的身影从窗前掠过，走进值班室去了；少顷便又从窗前走过，消失在暮色中。他的脚步在病房门前停留过，却到底没有进来。“他是你的什么人呀？每天来看你的病情记录，看得那个仔细劲儿！”护士的俏皮话，逗得舒贝满脸绯红。每当这时候，舒贝就格外盼她的住院日期能无限地延长下去，似乎只有在病房里，才能避免那一次无法回避的谈话。

四

然而她终于还是出院了，几天后，大夫送来诊断单，说她的头疼是因神经衰弱引起，可以采用门诊药物治疗和理疗。她自己也感到精神好些了，舒莫用自行车把她推回家去。

一路上，舒莫兴致勃勃地给舒贝讲着厂里最近发生的事情，什么某某技术员提拔了工程师啦；某个车间的工人技术革新成功，得了多少奖金啦；什么工人们要求选举车间主任啦……居然还有一件特大新闻，就是有一对恋人因为组织不批准结婚等了八年，这回终于批准了。而过去不批的原因只因为男方父亲有政治历史问题，而女方是党员。舒莫看来对这则新闻很感兴趣，不仅详细讲述了他们等待八年中的许多细节，还头头是道地分析起他们相爱的基础来。舒贝默默听着，表面上仍像平日那样冷漠，内心却剧烈地翻腾起来。这段故事触动了她的心事，使她在这些天来对急骤变化中的种种社会现象惊诧之余，又增加了几分疑虑。她倒不是那种不关心政治的人，早已从报上发现了许许多多自己一直在盼望着的事情。那些新鲜泼辣的报道和文字使她激动不安，使她感动得落泪。但是冷静下来，她又提醒自己千万不要轻信——既不要轻信宣传，也不要轻信即使是事实的事实。为什么？父亲可是早就千叮万嘱过了！

她不禁对弟弟的兴高采烈感到不悦。抬头望他一眼，见他容光焕发，满脸喜气。

"今天你好像特别高兴，小莫？"

"是的，姐姐。"舒莫兴奋地甩了一下额上的头发。他咂了咂嘴，似乎想说什么，却又改变了主意，"我要告诉你一个好消息，啊，不，只是一件事……到家再说吧。"

说是家，其实不过是一间不到七平方米的地下室。父亲去世后不久，学院里的一些人就借口住房挤，照顾困难户，把他姐弟俩从本来已经很小的住房里赶到了一幢苏式房子的地下室，后来舒莫又在门外的转角搭出一小间，姐姐回来，他就住在简陋的外屋。

舒贝推开门，第一眼就发现这个昏暗的小屋起了很大的变化，里外屋子的墙壁都刷成了淡绿色，凹凸不平的水泥地变得光滑了，还抹上了褐色的油漆。窄小的窗玻璃擦得很干净，里屋墙上挂着一幅西班牙画家戈雅的《人民的五月节在马德里》的版画复制品，给小屋平添了几分生气。床头挂着一张横幅，上头用很洒脱的毛笔字写着一行草书："音乐当使人类的精神爆出火花——贝多芬"。舒莫颇有几分得意地在屋子中间转了个圈子，大声说："瞧，夏天来到我家了！"

　　舒贝走到窗口那张窄小的写字台前，眼光刚落在桌面上，不由得大吃一惊：玻璃板下，什么时候放上了一张放大的母亲遗像。她那一双美丽而深沉的大眼睛，慈爱地望着他们。在这张照片的下方，压着一页微微发黄的皱纸。纸上写着一行秀丽然而匆促的发黑的字迹：

　　"人们，我爱你们。你们要警惕！"

　　"小莫，你……"她哽咽了，"你怎么……"

　　舒贝无论如何没有想到，弟弟竟敢将母亲十二年前坠楼自尽前留下的遗书，拿出来放在了玻璃板底下。他的胆子真是越来越大了，舒贝不由得打了一个寒噤。让外人看见会说什么呢？弟弟的身上竟然发生了这么大的变化，这已是几天来舒贝亲眼所见的舒莫干的又一件傻事了。母亲是留苏的女高音独唱演员，在国内享有盛誉。但是1966年运动一开始，母亲就被揪了出来，说她"里通外国"，有"特务"嫌疑，被宣布为"苏修特务"进行隔离审查。那次大会舒贝被叫去站在前排，当她看到妈妈被折磨得面庞浮肿，手上脸上伤痕道道，脖子上挂着一双演出用的高跟鞋，光着脚跪在那里的时候，难过得"哇"一声哭了出来。台上那些人凶神恶煞地吼叫起来，一记狠狠的耳光落在她的脸上。透过泪水模糊的眼睛，她看到妈妈满目怒火地朝话筒扑去，但她很快被人死死拽住了。就在这天的大会上，那些人宣布了明天要将她挂牌游斗全城，还要到她丈夫的单位批斗，让她自己敲锣介绍"罪行"……

舒贝像一片秋风中的枯叶簌簌发抖，一位好心的阿姨送她回家，气愤地说："真是灭绝人性呀！唉，明天……"

"明天……"舒贝不敢想下去了，"明天……"如果真的出现明天那种情景，妈妈还能是原来那个美丽的妈妈吗？！

半夜的时候，舒贝从噩梦中惊醒，一身冷汗，心跳个不停，好像预感到什么不幸。她从床上跳起来，长久地把耳朵贴在门上倾听，然而，除了窗外风摇树影的沙沙声，什么也没有……她和泪睡去了，又是一个接一个可怕的梦，她梦见了妈妈，第二天她才明白，那是妈妈最后的告别。气势汹汹的敲门声，把他们姐弟从梦中惊醒，勒令他们去参加"畏罪自杀"的"苏修特务××"的批斗大会。"畏罪自杀"？难道这就是明天吗？舒贝担心的事情终于发生了，妈妈终究是拒绝了那个"明天"——半夜里，她从被关押的屋子的小窗里钻出去，悄悄爬到了歌剧院的屋顶最高处，跳了下去……不久后，有一个勤杂工老伯伯，送来了一张揉皱的纸条，是妈妈留下的遗言。

那次李欣到他们地下室来，舒莫拿出了母亲的遗书给他看（舒贝阻拦已来不及）。李欣听完后沉吟了许久，最后说了这么一句话，这句话舒贝是永远记得的。李欣严肃地说："她的死是对摧残艺术、侮辱人格的一种抗议。她的死恰恰是因为她爱人生、爱祖国爱得太深。不让爱，毋宁死！"到这时，舒贝才大梦初醒。

"人们，我爱你们，你们要警惕！——捷克革命作家伏契克不朽的名言！"舒莫大声朗诵道，兴致勃勃地说，"姐姐，最近我越来越感到，妈妈选择这几句话作为她的遗言，有多么深刻的含义！"

"不要来同我谈什么爱。"舒贝突然烦恼起来，冷冷地打断了他，"你到底要告诉我一个什么好消息，啊，什么事，快说吧！"

舒莫热情的大眼睛里的火花顿时熄灭了，他委屈地撇了撇嘴，抱着自己的肩膀坐下来，一言不发。半天，怯生生地冒出一句：

"我告诉你，你不会生气吧？"

舒贝的心沉了沉，勉强说："要生气，早气死了。"她忽然想到了什么，急切地问："该不是歌剧院给妈妈平反昭雪的事有结果了吧？我正想明天去问问。"

"不是。"舒莫晃晃脑袋，"这事我早去问过了，他们说报上去了，还没批下来。"

舒贝苦笑了一下："恐怕永远不会批下来……"

"不，现在不同了，我想一定很快就会批下来的。"舒莫很有信心地说。

舒贝不想同弟弟争论下去。在她看来，舒莫未免幼稚得可以。她用征询的眼光，请他回到原来的话题上来。

舒莫踮起了脚尖，从一只自制的木头书架上拿下了那只旧琴盒，显见这个消息是同他的提琴有关了。他咳了一声，好像要下很大的决心才能把话说出来。就在他第二次狠狠地咳了一声，准备开口的时候，有人敲门。

舒莫如获大赦，跳过去开门。门拉开一条缝，他很快走了出去，走廊里响起了低低的说话声。他好半天才回来，狡黠地朝舒贝眨了眨眼睛，歉疚地说了句："我有事需要出去一趟，回来再谈。"就一溜烟走了。

五

奇怪的是舒莫刚走，又有人来敲门。那时舒贝正倚在床头，苦苦琢磨着弟弟的那个好消息同他的小提琴。她决定等弟弟回来，要同他做一次严肃的谈话。忽然，耳边响起一个温和的男中音："舒贝在家吗？"她心里顿时突突乱跳。未等她站起身，来客已经不客气地拉开门，轻轻走了进来。

是他，曾许多次出现在她梦中的他。高高的个子，厚厚的镜片下闪烁着深思的光芒。他腋下夹着一本书，微笑地注视着她，有几分拘谨地站在她面前。

"身体好些了吗？"他似乎好容易想出这样一句话来。

"嗯。"她点点头，用轻得几乎听不见的声音回答。

不知为什么，此后便是长时间的沉寂。两个人都低下头去，默默地坐着，相对无言。

舒贝悄悄用眼角瞟了他一眼。他就坐在离她几步以外的地方，听得见他急促的呼吸。啊，为什么他同她挨得这么近，却又离得那么远？这样的时候，只要她稍一动摇，哪怕说一个字，她和他都会乖乖成为感情的俘虏，但是她不能够。她已经不是一个小姑娘了，她对爱情充满了恐惧，她情愿将"爱情"这两个字挂上铁锚，永远沉入松花江底。她可以举出一百个例子，说明凡是热爱人生的人都没有好的结局，而那些坏人从来没有爱，或者只爱他们自己，倒反而平步青云。尽管"四人帮"被打倒了，这样的人不是还都在吗？尽管今天的大街上，已经可以演奏萨拉萨蒂的舞曲，松花江的沙滩上，有人穿着游泳衣弹吉他，可是明天呢，明天又会怎么样？所以一定要记住爸爸的遗嘱，当你要把命运同另一个人联结在一起的时候，首先要考虑的不是彼此是否相爱，而是是否能安全、合适、平安地活下去。不管自己承认不承认，她心里喜欢面前这个年轻人，但他为什么偏偏不是个工人，也不是技术员，而是一个平反不久的"现行反革命"，外加哲学爱好者。他脑子里成天有那么多大胆而出格的想法，这种人多半会在严酷的现实面前碰得头破血流。十多年来家庭和自身的遭遇，不是早已告诉她：离开政治越远越好！她不是出于"父命难违"的封建观念来尊重父亲的遗嘱，而是确信父亲的临终嘱咐，可以保护她那颗破碎的心不再受伤害……

可是，偏偏，弟弟却固执地要去爱一件他最不应该爱的事；而她，又爱上了一个最不应该爱的人。生活啊，你为什么要把这样的难题，扔在一个没有力量解题的人的面前呢？！

"贝妮，"李欣终于鼓起勇气打破了沉寂，"信，收到了吗？"

痛苦的时刻早晚是要来临的，那么还是让它早一点到来吧。她垂下眼睑，躲避着他热切的目光，尽量显得平静地说：

"收到了……可是，已经晚了……"

"晚了？"他觉得奇怪，"为什么？"

"因为，因为……因为我，已经有了，朋，朋友。"

"不可能！"他失声叫起来。

"是真的。"她冷冷地说。

他神色黯然地靠在椅背上，半天没有说出话来。

舒贝觉得心里很难过。她扭过脸去，怕他那闪闪的镜片会把她的五脏六腑都看透。

他突然很快站起来，走到她跟前。他的面容是冷静而又坚毅的，只是脸色显得有些苍白。他看着她，那眼睛里闪烁着问号，却又充满了温情。

"我只希望你回答我一句话。"他说，似乎要用很大的气力才说得出来，"你，爱过我吗？"

没有听到回答。

他又等待了一会儿，看来对方是不愿说出使他难堪的答复。他颤抖着慢慢朝门口走去，走到门边，又转身把手伸出来向她告别。她没有握他的手，紧紧咬着嘴唇，脸色铁灰一般。他凝视了她一会儿，轻轻叹了口气，毅然背过身去。他的一只手伸向门把手，这时舒贝突然跳起来，哭着扑上去，从身后抱住了他的腰部。

"我爱你。"她叫道，"我是爱你的。从来没有一个人使我爱得这样深！我一直渴望着……除了你以外，我不会再爱上别人……"

李欣垂下胳膊，心在剧烈地跳动，他紧紧抓住了舒贝的手，真想一下子把她紧紧抱在怀里。"我爱你"，他盼着这句话盼了多久啊！

舒贝这突如其来的表白，难道不是早已深藏在他俩心中了吗？为什么来得这么晚？他在这幸福的时刻，感到了一种难以名状的悲哀……

“可是，我……”舒贝泪水满面地抬起头来，似有什么难以出口的话。她犹豫着，双眸痴痴地望着李欣，足足有几秒钟。

“我请求你，在我和你的哲学、你的政治之间做一种选择。如果你也爱我，请不要再搞你的那一套理论，那是一个陷阱，我实在地害怕了……我爱你，可不爱你的哲学，你明白我的境遇，我的心吗？我与它们是不能一起生存的……”她把发烫的脸颊贴在李欣的胸脯上，泪珠滴落在他的衣襟上，一颗颗滚落下来。

“难道只能有这一个选择吗？”他吃惊了，轻轻拨开她湿漉漉的鬓发，低声问。

“是的。”

他默默站着，好像在沉思。

“我的回答会使你失望的，贝妮。”他喑哑着嗓子说。那痛苦的声音里更多的是她所害怕的固执和冷静。“我不能因为爱你而放弃自己所爱的事业，不能。我爱你，也爱我的事业，我原来以为，我们之间有许多类似的遭遇，我们的心是相通的，我们的想法应该一致。可是没想到……”

舒贝的脸色变得惨白，她很快放开了他，走到一边去。她在窗前呆立了很久，没有作声。夕阳的金光在她头发上跳动着，她用手扶住窗格，背对着李欣，低声问：

“那么，多少年后，我们父辈的那种悲剧是否还会重演？你，能告诉我吗？”

李欣郑重地摇摇头："不，这个问题我无法回答你。我不会算命，也不开保险公司。但是我想你会懂得，人类在走向自由的道路上，要付出巨大的代价，在点亮科学的明灯时，已有无数唯物论者做出了牺牲。你知道布鲁诺，他是为坚持科学、真理，被宗教裁判所烧死在鲜花广场的。我们这一代年轻人，假如没有一点为理想献身的精神，何以谈得去搞什么'四个现代化'呢？"

如果是十年前，舒贝会为李欣这样崇高的境界感动，而且毫不犹豫地与他携手同行。但是她现在却再没有勇气，没有勇气来正视"献身"这个伟大而又可怕的字眼。她茫然地睁大了眼睛。

"好了，先不谈这些。"李欣看了看表，发现手里还拿着一本书。他浓黑的眉毛急急地跳动着，轻轻地叹息了一声："我过去一直希望，我所爱的人，同我一样热爱生活，崇仰真理。当然，我今后还是这样希望的……哦，这本书是给你买的，还是留给你吧。"他轻轻把那本书放在桌上，拉开门，沉重的脚步声远去了。

舒贝失神地怔在那里，看见崭新的封面上，留着几个汗手印。这是一本重版的《复活》。她猛地把书紧紧地抱在怀里，扑倒在床上……

六

不知过了多久，舒贝抬起头来，看到天已经黑了。她打开灯，这才发现舒莫抱着头在黑暗中坐着，那满脸怒气不由得使她大吃一惊。

"你怎么了，你在想什么？"舒贝慌忙问。

"我在想，活着是为什么？"舒莫的嘴角边带着明显的嘲讽，"我明明爱一个人，却前怕狼后怕虎，顾虑重重，生怕触犯了'天条'，我觉得这样活着，太没意思了……"

"小莫！"舒贝瞪了他一眼，"不要这样尖刻……"这会儿，她突然明白了李欣的到来，同舒莫的外出，原来是串通一气的。

舒莫的一绺黑发在额上跳动，看得出来他很激动。他为李欣这一周来受到的冷遇和姐姐刚才的拒绝感到不平，觉得自己也蒙受了耻辱。他心里憋了好久的话，终于爆发出来：

"我看过《梁祝》，看过《西厢记》，我原以为那是封建社会的事，今天才发现，你连祝英台、崔莺莺的勇气都没有。打倒'四人帮'的时候，你比谁都高兴，可是一年多来，你却远远落在时代的后头。你不敢爱，不敢笑，不敢说话，不敢发怒。你为了拒绝李欣，却说在公社已经有了一个朋友，你胡说！"

舒贝用双手捂着脸，喃喃地说："小莫，这是真的……我，已经按照爸爸的遗嘱，让同事在镇上农机厂物色，哦，是选了一个青年人，普通钳工，人很老实……虽然还没有定下来，但我想，也许就这样算了……"

惊讶和气愤使得舒莫半天没说出话来。

"你，你爱他吗？那个钳工。"

"不，我不知道……"她避开了弟弟咄咄逼人的目光，垂下眼睛说。

舒莫默默从衣袋里掏出一张小小的纸片，庄重地说："好吧，现在我也应该告诉你我的好消息了。对于我来说，这是一个真正的喜讯——我投考了沈阳音乐学院，被录取了！"

舒贝好似被什么蜇了一下，脸上愀然作色。她低头看那张小纸片，确是一张录取通知书。顿时，粗大的铅字在她眼下摇晃起来。她这才明白这一年多来，弟弟一直瞒着她在练习小提琴。她的嘴唇嚅动着，发不出声音。她想提醒他，1973年他去报考省歌舞团，因政审不合格没有被录取的事；还想提醒他，爸爸活着时，四处求人，才把他从农场里"特召"回来的情形，可她什么也没说出来。

"那，你真的想要继承父母的事业吗？"她费了好大力气，开口问道。

舒莫抚摸着那张通知书，很快回答：

"不单是继承父母，而是我太爱音乐了，只要一进入音乐世界，我所有的感觉都会飞起来，就像在天堂一样。许多老师都说过我在音乐上有天赋，我为什么要强迫自己不去搞音乐？是谁剥夺了我热爱音乐的权利？技术工人是铁饭碗，但音乐却是我的生命，甚至比我的生命更重要，我爱它爱得那么深，离开了音乐，我的生命毫无价值……"

热泪从他大而明亮的眼睛里涌出来。许久以来，舒贝没有看见弟弟这样伤心过，那一行行泪珠，好像沉重的车轮从她心上碾过，她觉得自己也许很快就要被弟弟说服了。

"不，弟弟，不要去！将来你会明白的！答应我！"她突然用命令的口吻说。

"不，我不明白，你为什么要这样？为什么？"

舒贝的两眼闪着寒光，好似一片积雪的山谷："为什么？因为，因为我不相信！什么也不相信！"

"你不相信，我相信！我相信人民决不会允许那十年中的悲剧再重演。历史已经到了一个大转折的年代！"舒莫激动地喊道，"一个新的时代……"

"不要说了，弟弟！"舒贝喘息着，打断了他，"难道你不知道，你进了音乐学院，就是走上了爸爸妈妈的道路，每一个拐角都是深不见底的悬崖峭壁？我可以让步，同意你在业余时间拉琴，甚至参加一些小型演出，这样不好吗？但是求求你，一定不要去搞专业，一定不要。你答应我啊！"

舒贝摇着弟弟的肩膀，几乎是哀求他了。

"不！"舒莫愤怒地拨开了她的手。

似乎是这个近于粗鲁的举动刺伤了舒贝，她的眼光阴沉得可怕。

"不答应吗？"她问。

舒莫坚决地摇了摇头。

她迅速抓起了桌上那张通知书。

"你要干什么？"舒莫叫起来。

舒贝冷笑了一声，把那张通知书紧紧捏在手里，然而她的手却在颤抖。

舒莫突然意识到姐姐也许会撕掉他的入学通知书，急得额头沁出了一片汗珠。他焦灼地注视着舒贝那苦涩的眼睛，痛心地把手指捏成了拳头。

"不，姐姐，你，你没有……你没有这个权利不让我去音乐学院，谁也没有权利不让我爱音乐！"

他终于喊了出来。捏紧的拳头猛地砸在玻璃板上，玻璃板碎了，殷红的血，汩汩地流出来，同母亲那些发黑的字迹淌在一起……

喊声似乎是一支射在雁翼上的箭，舒贝猛地震颤了一下，手臂无力地放了下来，通知书轻轻飘落在地板上。

"权利？"她冷冷地扬了扬眉毛，"你说的权利，是的，我没有……"泪水在她眼眶里打转，似乎往心里流去了。"可是，弟弟，你想过没有，难道我们就有权利去爱吗？有吗？想想这十二年来，我们不是早已什么权利也没有了吗？从我懂事起，我就不知道自己有什么权利。连妈妈要爱人民的权利都没有，爸爸爱艺术的权利更没有。我呢，连招工回城的权利、谈恋爱的权利，不是也早已被剥夺了吗？你还说什么权利！"辛酸的泪水终于从她迷惘的眼睛中涌出来，一滴一滴地溅落到地板上。"我，我只有当一个好护士的权利，够了，我早已什么也不想，什么也不要了……"她把脸埋在胳膊里，悲切地抽泣起来。她哭得那么伤心，好像要把她几年来的痛苦，都用泪水冲洗干净似的……

很久以来，舒莫不曾知道姐姐心里竟埋藏着这么深的伤痛。妈妈去世时他还太小，爸爸死后不久便很快迎来了光明。噩梦醒来后毕竟会淡忘，希望和理想对于青年总是神圣的。困难的日子里，他们姐弟相依为命，作为姐姐，舒贝总是把忧愁藏在心里，把可怜的一点欢乐给予弟弟。舒莫是爱姐姐的，如果不是因为后来在他探求生活真理的十字路口遇到了李欣——这个有思想的勇士，舒莫也许一直会把姐姐的话，奉作神明和金科玉律。但是李欣把真相和真理指点给他看，帮他在枯涸的荒漠上寻找甘泉，使他比同年龄的年轻人，更早地开始学习独立思考。慢慢地，他找到了自己家庭不幸的根源，他很快成熟起来，加入了李欣和他的朋友们的行列，李欣在他的生活中代替了姐姐的位置。1978年后，他对未来充满了信心，就像一团火点燃了自己，在心里暗暗抱怨并责备那个冷若冰霜的姐姐。他开始瞒着姐姐去做一切自己想做的事，直到眼前这一刻，他的心好像被揪住了似的一阵阵疼痛，他对姐姐舒贝产生了同情心……

"姐姐，"他用尽可能温和的声音说，拧了一条热毛巾递给她，"你想想，为什么我不能爱我所爱的事业，你不能爱你所爱的人？作为一个社会主义公民，本来我们都是有这种权利的啊。如果说，许许多多善良的人，在那个黑暗的年月中被剥夺了爱祖国、爱人民的权利，千千万万觉醒的人，不是已经把它夺回来了吗？可是你，你竟然要放弃这种权利……"

"是的，我情愿放弃……"她用几乎听不见的声音说。

"亲爱的姐姐，你受的伤太重了。火热的夏天来临了，可是你好像还穿着棉袄，裹着头巾。你睁开眼睛看一看，如今连冰川都已经开始融化了啊……"

舒莫热情洋溢地推开了窗子，晚风裹挟着月见草的浓香扑进来。

"李欣要我告诉你，你想用与世无争的办法，来保全自己的一生，避免我们父母的那种不幸，实际是不可能的。唯一的出路只有斗争。当我们掌握了科学与民主的武器，爱的权利才从此不会再被剥夺！"

舒贝抬起头，透过模糊的泪水，望着弟弟，觉得他变得陌生了。他什么时候变得像哲学家了呢？！

舒莫站起来，面容严峻地朝她的床铺走去，从她那只形影不离的书包中找出了那只白信封，从容不迫地划着了火柴。

"你要干什么？"她害怕起来。

"这本是爸爸留下的一份控诉书，可你却把它当成自己懦弱与胆怯的辩护士。"舒莫昂着头，理直气壮地说，"我不能让它同我们一起走进 21 世纪去。我相信，要是爸爸活着，他一定会收回，会更改自己的话，他一定会夺回自己应得的权利！音乐学院我是一定要去的，我要把一生献给音乐事业。假如有一天我爱上了一位姑娘，不论她是谁，只要她值得我爱，我就一定坚决地去爱她，去爱！爱到底！"

火焰吞没了那小小的信封，纸片顷刻间化成了灰烬。

舒贝不知为什么没有阻拦弟弟。她看到火焰使得母亲遗像上那双美丽深沉的大眼睛变得闪闪发光。遗书上的那行字也好像要燃烧起来。

七

在这个寒冷的北方城市，尽管不是每个人都能感觉到夏天的来临，但夏天毕竟还是来了。只有夏季的太阳，才会在人们尚未醒来的时候，就把坦荡的松花江染成了一条光灿灿的彩练……

她，一个二十七八岁的姑娘，步履迟缓地登上了开往下游一个县城的客轮甲板。离开船还有一会儿，她心神不定地望着江堤，似乎在等待着什么。她不辞而别，因为她觉得自己还没想好，她需要时间，把自己的头脑彻底清理一番……

江堤上有许多骑着自行车去上班的人们，有在柳荫下舞剑、打拳的老人，有躲在亭角里背外语单词的少年，还有年轻的母亲，推着轻便的小孩车，一边走一边逗着车里的胖娃娃。纪念塔下有一幅巨大的美术作品在展览，许多人围着观赏，人们脸上以前的愁苦都不见了，显得轻松愉快，容光焕发……

"啊——"舒贝长长地吁了一口气，真想对着他们大声喊："请告诉我，你们，都在爱着你们所爱的人和事吗？"

回答她的只有汽笛长鸣——客轮启航了。

有两个骑自行车的人匆匆朝码头赶来。

他们跳下车，奔到江堤上，向客轮挥手，一起喊："舒贝——"

舒贝的眼睛湿润了，她情不自禁地掏出了手绢，朝他们挥动起来。

他们看见了她。那个高个子戴眼镜的年轻人用手卷成筒，大声喊道："等放了暑假，我一定去看你……"

浑厚温存的男中音，久久在江面上荡漾，汇入了滔滔的江水。

她倾听大江的涛声，浪涛一阵阵叩击着她的心扉，她听见了自己激烈的心跳。

她忽然想到，她总是害怕明艳的夏天会逝去，严酷的冬天会再来。可是，即使大江封了冻，几尺厚的冰层下，滚滚的江水不还是浩浩荡荡地奔腾着吗？这是无法阻挡的潮流，也是任何人无法剥夺的权利。

"人们，我爱你们……"她不觉脱口而出。泪水涌上来，她迅速地把它擦去了。

从岸上飘来了悠扬的小提琴声，起初她以为自己听错了，但不是。那提琴声深情地奏着一支她熟悉的乐曲，她能背出那些歌词："一条小路曲曲弯弯细又长……"她抬起头，循声寻找琴手的身影，岸边的绿树遮掩了他们的身影。只有无穷无尽的江水，往辽阔的远天欢乐地奔去了。她不由踩着琴声的节拍，跟着乐曲轻轻地唱了起来……

1978 年 12 月

写于哈尔滨 ①

---

① 发表于《收获》1979 年第 2 期。

白罂粟

　　我自幼见到的罂粟花都是红与紫的，却不知这个世上竟还有白罂粟。

一

　　十年前的冬天，快过春节了。一场铺天盖地的大雪，压得整个连队没有一条可通行的路。我是从雪窝里蹚过去的，鬼哭狼嚎般的老北风打透了知青的黄棉袄，吹进人的骨头缝里，我跌跌撞撞地爬上那白雪覆盖的高坡，如果不是出气口插着几束挂满白霜的高粱秸，根本就无法找到这倒霉的菜窖。

　　"狮子头！"我从那嘎吱嘎吱响的木梯上往下爬，一边冲着黑咕隆咚的窖里头喊道。雪地上刺眼的阳光使我一时什么也看不见。

"狮子头！"我扯着嗓子喊。

没有人答应，整个菜窖没有一点声音。风在头顶的旷野上尖叫着，而这里，寂静如同一座墓地。我在黑暗中站了一会儿，慢慢看见那狭长的地面上，堆放着一排排整齐的大白菜。白菜显露着淡淡的绿色，散发着一种略带潮霉的气味。几盏昏暗的油灯闪着微弱的光，照出木柱的影子。我脊背上感到一阵阴森的凉意。

"狮子头！"我想起了自己口袋里的电报。

过道那头，传来窸窣的响动，一个影子慢慢朝我走过来。我头发都竖起来了，如果不是看见他的一双脚在移动，我真会以为自己大白天遇上了一具僵尸。他在离我不远的柱子前站住了，戴着一顶秃了毛的尖顶山羊皮帽，一双大棉靰鞡上缠着绑腿，油亮肥大的棉裤，以及一件瘦小的旧棉袄里裹着的弓起的背，使他的整个身子变成了一种十分奇怪的形状。黄瘦的脸、干枯的皮肤、瘪塌的嘴、僵硬的下巴，我无法看到他的眼睛，因为他一直低头瞅着菜窖的地面。

我的头皮不由倏地一麻，心里骂了一句："二劳改！"

"买脆（菜）？脆（菜）都是刚收拾过的……"他讷讷地说，仍然没有抬头。

我听出来，这是个南方人。

"什么'脆'不'脆'，我来找狮子头！"我嚷嚷。

他微微抬起头，慌张地看了我一眼，默默回转身，朝黑暗的过道走去。说实话，跟着这么个人不像人、鬼不像鬼的东西待在这四下无人的地底下，真得有点儿胆量呢。这个农场的前身是个劳改农场，知青大规模下乡之前，农场把大多数刑满释放留场就业人员都赶回老家了，好给知青腾地方。有些人老家无亲，没地没房，一时回不去，就被留下来，在农场干着最苦最累或是技术性较强的活儿。这里的人都管他们叫"二劳改"。

他提着马灯，在前面走着，犹如一个恍惚飘摇的影子。在这个影子里曾经是否有过灵魂呢？我想，即使有过，现在大概也早已死去了……

他在菜窖的尽头停住了脚步，战战兢兢地把马灯略微举高了一点，仿佛害怕那微弱的光亮会照见自己的丑陋。

我听见了一阵肥猪酣睡似的呼噜声——在这与世隔绝的菜窖里，鼾声如雷也不怕妨碍了任何人。呼噜声中，隐隐露出角落上的羊皮袄中裹着的一张胖圆的脸。

我用脚踢他。这个"狮子头"，没死没活地向连长请求来看管菜窖，原来是这么个美差，让人家替他干活，他好睡大觉。哦，他学会雇工了？可雇工还得付钱呢！

他不情愿地坐起来，揉着红红的眼睛，是夜晚打扑克熬的。

"啥事儿？搅了我的好梦！"

我从口袋里掏出一份电报和一封揉皱的信递给他。说实话，不到这种万不得已的地步，我是决不会找"狮子头"的。他是我初一时的同班同学，后来留了级。我初中快毕业时，他初一期末考试才头一回及格。可到了1966年，他却突然"能耐"起来，一夜之间戴上了手表，骑上了"飞鸽"。有一回还跟我夸耀"破四旧"时，他亲手打死过一个地主婆。去年秋天我从城市下乡到了北大荒，也不知他怎么会从这个连队冒出来，好歹算个熟人，就隔三岔五地喝点儿小酒，一起怀念我们共同的家乡。虽说他干活不咋地，又懒又贪，但比起那些耍嘴皮说空话、打小报告整人的家伙来，还能勉强算是个朋友。

我在他身下那张脏兮兮的羊皮袄一角坐下来，刚要开口，听见旁边不远的地方传来一点细碎的声响，好像是那老头在整理菜垛。

我有点不放心，努努嘴，说："他？……"

"没事儿，一个沉默的影子。""狮子头"打了个哈欠，晃晃乱蓬蓬的头发。

我于是心急火燎地告诉他，我的表妹从桦川来信，说她的父亲在哈尔滨病重被送进医院，身边无人照顾，母亲去了干校，根本不让回家。我表妹想请假回去，可身无分文，她刚刚下乡插队半年，分红才得了三块钱，实在没办法，才求到我这个在农场挣工资的表哥头上。而我这个穷光蛋，这月三十二元钱工资，扣除了十元钱的大衣费，又买了一顶帽子过冬，伙食费能否对付到下月开支还是个问题呢。

"狮子头"听着，忽然问："她爸病了，她咋不向生产队借钱呢？"

我说："她爸以前是公安局局长，现在成了'牛鬼'……"

他又问："她咋不向队上的同学借呢？"

"哪敢啊？谁一听这事儿都不敢借，我跟你说实话还攥着一把汗，哎，你不会去揭发我吧？"

"狮子头"往嘴里塞着一片生白菜帮子，咔咔地咬着，懒洋洋地回答我说："那倒不会，咱也不想当五好战士，扯那干啥？不过，这钱，可不好弄，你想要多少？"

"最少二十块吧。"

他跳起来，往那铺着一层细沙的地下吐了一口唾沫，说："扯，谁有那么多？开大银行啊？有点儿富余的，早买了老白干孝敬连长了……"

"狮子头，"我喑哑着嗓子，一副低声下气的可怜相。"我把那只半导体卖给你吧，虽说是自个儿装的，也能听个响……"

地面上远远传来收工的钟声，"狮子头"的耳朵真比猎犬还灵。他麻利地戴上簇新但已脏了的棉帽，套上黄大衣，拽着我就往窑口跑。

"今晚食堂吃包子，快走！"他三脚两步登上了梯子。

"你无论如何得想想办法……"我紧跟在他身后，忽然，他鞋底上掉下的沙子迷了我的眼睛，疼得我眼泪也涌出来了，我只得停下来。

这时，有人轻轻拍我的肩膀，接着一双冷冰冰的手伸到我的脸上，翻开了我的眼皮，那双手上有一股新鲜的白菜气息，好像是一片柔软的菜叶，代替了手绢或纱布，轻轻地把沙子抹去，闭眼眨眼，眼睛竟然不疼了。

我睁开眼睛，透过模糊的泪水，看见我面前站着他，那个老头，他依然弯着腰，眼睛瞅着地下，就好像他的腰从来不曾直过。我上了梯子，没有说谢谢。

"唔……唔……"他发出了一种古怪的声音，好像要对我说什么，却不敢大声。

我回过头去看他，见他眯眼瞧着我。

天哪，那是一双什么样的眼睛！好像一口深深地陷在沙漠里的枯井，干涩而荒寂，混浊的眼珠，像一潭枯井中的死火，闪着几丝善良、温和的光波。

我诧异了。他为什么这样看着我？

他伸手到那油腻的衣襟里去掏着什么，一面讷讷地说：

"不要卖，卖半导体，留着听个歌儿，解解闷……你要钱，我，我借给你……"

我愣住了，几乎不敢相信自己的耳朵。

他战战兢兢地把钱递过来，厚厚的一叠，是一块钱一张的，破旧而肮脏，攥在他鸡爪似的手里。

我暗自为这突然降临的运气庆幸，莫非表妹真的得救了？我刚要伸手去接，突然冷静下来。

"你要干什么？"我猛然大声喊道。那声音的严厉连我自己也觉得有些害怕。"谁要你的臭钱！你做梦！坏蛋，快滚开！"

我气喘吁吁地爬出了菜窖，浑身激动得直打哆嗦。"狮子头"早已等得不耐烦。

"你跟那老司头啰唆些啥？"

"没啥……"

"我听见了。"他狡黠地耸了耸鼻子。

我不作声。刚才那突如其来的怒火是怎么回事呢？我自己也莫名其妙。

"你真傻！""狮子头"回头说，吹了声口哨。

"不，我这点聪明还是有的。"我回答他，"那老头是'二劳改'，借了他的钱，他要是利用这个，去干坏事怎么办？不管怎么样，他也是阶级敌人啊……"

"狮子头"忽然怪声怪气地笑起来，"你真是没白拿中学里那么多一百分儿，阶级敌人？你以为个个都像书上写的、台上演的那样搞破坏，想复辟呀？我怎么就没见着过？他平白无故拉你去干坏事？他有病吗？！"

"这是他们的阶级本性……"

"本性？啥叫本性？就说这老司头，平日要说他多听话有多听话，我就是让他把我的尿喝下去，他也不敢说个'不'字儿！"

我有点儿恶心。

"就连他自己也常说，这些年他接受改造，从鬼变成了人。要不是他的老婆早早跟他离了婚，儿子又下了乡，老家没人接收他，他也早回广东了。你这叫不借白不借，傻狍子！"他显出一副很有经验的样子，"我替你保密，谁也不会知道。你得明白，除了他，如今谁也不会借给你这二十块钱的……"

我俩分手时，星星出来了，雪地闪着幽蓝的寒光，天上地下都是冷冰冰的。

二

这天晚上我做了个梦，梦见我姨父死了，表妹跪在他灵前哭……

我出了一身汗，心怦怦乱跳。醒了，再没有睡着。天刚亮，我就起床了，提心吊胆地溜出了宿舍。

我在通往菜窖的那条小路上等着他。"狮子头"说过，老司头每天要比知青早上班一个小时，晚下班一个半小时。在这儿截他，准保没错。我决定接受"狮子头"的建议，这是我头一回听他的话。

西北风吹得我脸生疼，帽檐儿都挂了白霜。

老司头终于来了，提着饭盒，弯着那永远直不起来的腰。

我忽然想逃开，逃得远远的。我明明憎恶他，却要利用这种憎恶去获得他的好处。我成了什么人？！

他从我身旁擦边而过，目不斜视。他就要走过去了，我忽然意识到机会万一失去，永不再来，于是大喝一声："站住！"

他机械地站住了，慢慢抬头看了我一眼，似乎有些吃惊。

"昨天……昨天的事……"我语无伦次，心里压得慌，"你……还得把那个……"

他听懂了，茫然点点头，却没有任何表示。他是在计较我昨天的态度吗？不，他的眼神虽然暗淡无光，却是和善的。

"我……"他惶恐不安地四下张望着。我明白，他在犹豫，或许是害怕。然而他终于还是伸出手到衣襟里去，掏了半天，掏出一个小纸包。他小心翼翼地揭去那张纸，把一沓钞票塞在我手里，喏喏地说："原想寄给儿子的，先不寄了吧……"

我拿钱的手颤抖了一下，他还有儿子？他叹了一口气，默默走了，竟没有提一句让我什么时候归还他诸如此类的话。

　　那以后一连好几个月我都没有看见过他。他上工的时候我们还没起床，他下工时我们早已上了炕。开冻化雪后，菜窖被扒开晾晒，剩下几根骷髅似的横梁，不用人看管，不知他被调去干什么活了。表妹那里很少有信来，听说姨父的病是一点点见好了，姨妈也从干校回了城。那二十块钱，表妹的信上除了"收到"二字以外，从此就好像没那么回事了。我当然也不会再提起。可是月复一月，我根本抽不出钱去归还老司头。三十二元钱的工资，除了吃饭还要抽一口烟（下乡后我学会了抽烟），也能喝上二两老白干了，否则每天下了班多无聊啊！连队半个月放一部《南征北战》，倒是有一个小小图书室，里面都是《艳阳天》那样的书，我倒着都能背下来——里头有个马小辫，妄想变天……

　　我差不多每月都想把那钱还上，可是每个月都落了空。走在路上，我特别怕碰到老司头。我悄悄向"狮子头"打听他的下落，"狮子头"说："春天开荒点没人做饭，调他去做饭了。如今瓜地快掐瓜秧子了，他也该回来啦。这老头，啥都能干，早先地主要雇这么个长工，一人就把家里的活儿都干全乎了……"

　　"狮子头"现在越发时髦了，毛涤裤笔挺，二孔鞋锃亮，不知从哪儿弄来的。我不敢问。

　　那是一个下雨天，不出工，在宿舍里政治学习。我靠窗口坐着，心不在焉地听着念报纸。突然，我的眼睛盯住了前面不远的一个黑影，我浑身冰凉，周身麻木，好像到了世界末日：没错，是他——

老司头，枯槁的面容、干瘦的身影，披一张白塑料布，像一个幽灵，正向我们宿舍走来。他来干什么？一定是来找我要钱了，他等急了？乖乖，这事儿要让连队领导知道了可不得了，起码得开我一次批斗会。瞧吧，我也便宜不了他。

我赶紧蹦下地，想把他堵在门外训斥一顿。可临出门的时候，我留个心眼在玻璃上张望了一下，我呆住了——他正用铁锹挖门前那条水沟，水沟一会儿就疏通了，堵住的浑水顺沟向东淌去，西边是瓜地。他无声地站在雨中，看水流得差不多，就转身走了。对这边的男宿舍，他连眼皮也没抬一抬……

我长长地松了一口气。

然而这一切都没有瞒过"狮子头"的眼睛。吃过中饭，他爬到我炕上来，扔给我一根"握手烟"，挤着眼睛说："咋的，你还没开窍哇？"

我不懂啥叫"开窍"。

"你还惦着他借你那二十块钱呀？真是头傻狍子。告诉你，'二劳改'的钱不拿白不拿，你就是不还他，他又能咋的你？没凭没据，谁能证明他借给你二十块钱？！他去告你，又有谁会相信他的话？！你不会反咬他诬陷你嘛！"

我听得气都透不过来。我再不成器，可从没敢往这儿上打主意，那怎么行呢？借钱不还，耍赖账，那不是比强盗小偷更坏吗？我总还没堕落到这份儿上吧。

"狮子头"在我脑壳上敲了一下：

"你咋还不明白，他们和我们不是一个窝里的羔子，我们是知青，他们是劳改犯，这一辈子有赎不清的罪！人和人生下来就不是平等的，哎，比如连长，成天拿我们当贼防着，在他眼里，我们知青是下等人，同那些'二劳改'没啥两样……"

窗外的原野一片昏黑，雨在不停地下着，我觉得冷，冷到骨髓，冷到心里……

不久后，连里开了一次阶级斗争新动向的批判会。老司头被押来站在前头，他站立的姿势引起全连队男女老少长时间地哄笑。他们说那是电影里头标准的坏蛋，一个孩子还上前去推搡捶打他。批判的罪名，是因为有个家属的孩子肚子疼，满地打滚，连队的医生不巧回家探亲了，他偷偷给了她几粒野罂粟干儿，让她给孩子沏水喝，喝下去，果然肚子立马就不疼了。她对邻居夸赞"二劳改"是个好人，邻居很愤怒，说老司头企图谋害革命群众，不认真接受改造，乱说乱动，妄图复辟，连队以后要加强对他的监视，明天开始让他去刨粪，掏冰冻的厕所。那个家属又哭又闹地做了检讨，说从今往后她宁可儿子拉肚子拉死，也坚决不上阶级敌人的当了。

我坐在角落里，不寒而栗。"狮子头"在远远的地方向我做鬼脸，我明白他的意思。我朝着天花板喷出去一口烟，周围的人群都模糊了。去他的老司头吧，既然他前半生欠下了人民还不清的债，白送我二十块钱也算不了什么。

三

从上个星期开始，我一跃变成了连队里自由自在的神仙——由于一个偶然的机会，我当上了连队的通信员，每天骑车到八里地外的一个邮电局，把大家的邮件寄出去，再取回报纸、信件和汇款单，然后分发给大家。当通信员很辛苦，但是自由自在谁也管不着。

这天下午我送信回来，跳下自行车，刚要进屋，发现门口站着一个人，一身黑衣裤，背对着我，差点把我吓一跳。

他慢慢地转过身来，低头看着地面，嘴里不知咕噜了一句什么。

老天爷！是他——老司头。

他比我第一次见他的时候，显得更瘦了，微微喘息着，一只手按着胸口，好像那里头有什么重负压得他透不过气来。他看见了我身上的绿色邮包，便伸出一只手到衣襟里去掏。

我的头皮一阵发麻，脸色唰地白了，厉声说："你要干什么？"

他哆嗦了一下，抬起眼皮，这才发现是我，竟然愣住了，那灰暗的眼睛里闪过一丝欢喜的光泽。

"好久、好久，没见你了……"他结结巴巴地说，"我来给我儿子，寄……寄一点钱。"他说着，一边把手从衣襟里抽出来，掌心里有一个小纸包，包得严严实实。

我突然记起来，他好像曾经说过自己有个儿子的。我好奇地问："儿子？他干什么的？"

"跟你们一样，是知识青年，在广东乡下……那里穷，养不活人，靠我寄……"

"你儿子他妈呢？她咋不管？"

他头又低下去了，一直垂到胸前。

"我犯了事，她就走了，这么多年，也不知她去了哪里……"

他把纸包递到我手里，转身默默地走了。

不知是什么东西扎了我一下，我的心挺不自在的。我打开纸包，见里面放着二十块钱，二角钱汇费，还有他儿子广东的地址，下面署着他的名字：司徒恭。我这是第一次知道他的名字。

我打算明天就把这笔钱寄走。

可是世界上有许多事情是无法预料的。这天傍晚的班车带来了我的表妹，那个漂亮而骄傲的小公主。她爸爸恢复了工作，她马上就要调回城里去了。离开桦川前，顺道来向我告别。我不明白她怎么还想着我，总不是因为那二十块钱吧？她在女生宿舍住了一夜，第二天早上提出来要我陪她上佳木斯逛逛。我请了一天假，高高兴兴地坐火车去了佳木斯，看了电影，逛了商店，下了馆子，吃了冰激凌。虽说玩得挺痛快，我心里却直打鼓：以后我假若找对象，可不能找我表妹那样的人，她会在二十四小时之内把你三百六十天挣的钱全花光。临上火车，她在车站食品部发现了凤尾鱼罐头，欣喜若狂地叫起来："呦，太好了！我爸最爱吃凤尾鱼了，我怎么也得给他带回去！"

我到背兜里去掏钱，手却怎么也拿不出来了。我存着侥幸的心理又搜索了一遍背兜，嘿，我摸到了什么，硬邦邦的一个纸包。哦，我想起来了，这钱是老司头的汇款。

"买十个！十个！"

我犹豫着，心里明白这钱是不能动用的。但这时表妹回头看了我一眼，她的眼光好像有一种什么魔力，我就乖乖把这个纸包打开，把钱递给她了。

　　回连队的路上，我决定等下个月老司头再来寄钱的时候，我就把这"挪用"的二十块钱加上，一块儿汇走。

　　可我上哪儿去弄这二十块钱呢？真让人发愁。

　　但"狮子头"却很阔绰，他经常鬼鬼祟祟地到深夜才回宿舍，有时喝得酩酊大醉，不知他哪儿来那么多钱？有一天晚上，从他的裤袋里滚出一颗骰子，我恍然大悟。

　　"狮子头"嘿嘿笑起来，把嘴贴在我耳边说："咋样？干一回？赢下一笔钱，就把老账都还上啦！"

　　我推开他，心却怦怦跳起来。事情明摆着：唯一可能得到的"额外收入"就是干这个！但是，我知道跟"狮子头"混在一起，绝不是什么好事儿。听人说他常偷"二劳改"的东西卖钱买酒喝，再说，赌博这种事，我怎么干得出来？

　　发工资的日子到了，老司头却并没有来寄钱。有一天，我在路上碰到他，问他这个月怎么不来给儿子寄钱，他说他是每隔两个月寄一次的，免得儿子为取钱耽误工分。我不敢正眼瞧他，怕他向我要上个月的汇款收据，借故急着走开。他却跟上几步，问我有没有他的信。他说儿子每次收到钱总要来信……

　　我的心咯噔了一下：我根本就没把钱寄出去，他哪能收到回信啊……

　　我闷闷不乐地回宿舍去，在大车班附近碰到了"狮子头"，他眼睛红红的，不知又在哪里喝了酒。看见我，嬉皮笑脸地迎上来，不由分说拽着我就走。我想挣脱，他却死死不放，踉踉跄跄把我推进了一间乌烟瘴气的小屋，里面围满了人。

我横下一条心：干一次！只要挣四十块钱还账就罢手，四十块我就心满意足了！

可是，好运偏偏不找我，我一上手就输了六十，那骰子莫非长眼睛？

我手脚冰凉、浑身瘫软地走出来，真想大哭一场。

又发工资了，许多人到我这里来办理汇款，老司头也来了。他交给我包好的二十块钱，在屋角磨蹭了一会儿，低声问道："没有我的信吗？"

我不忍心看他，那眼睛里没有一丝活气，好像从坟墓里出来。

"问啥问，有了信我会给你的！"我莫名其妙地发起火来。

我把四个往家汇款的"二劳改"的钱扣下，凑足六十块钱，赔给了"狮子头"。这个月我非但没能把上次欠下老司头的二十块钱补上，反而再次挪用了老司头的二十块钱。我为什么还敢继续挪用他的钱？大概是因为他从未向我要过汇款的收据吧……

最后一只大雁飞走了，蓝天上就再也没啥可看的了。空旷的田野上覆盖了一层薄薄的小雪，凛冽的北风掀起一阵阵细雪末子，把人的心刮得乱七八糟的。

这天傍晚，我从支局驮了一大捆《红旗》杂志回来。天快黑了，我心一急，在转弯的大道上，险些儿撞到道边的一棵枯树上。然而那棵"树"忽然活了，用凄凉的声音说起话来。我心里有些发毛，跳下车定睛一看，却是老司头。他一动不动地站在寒风里，看起来已经等了我好久。

"我儿子，没有来信吗？"

那声音是凄切悲凉的，犹如一只受了伤的老狼在呻吟。他不是问"有信吗？"而是问"没有来信吗？"，大概希望用最坏的打算来换取意外的惊喜。

"没、没有，没有……"

"该来信了嘛……总不会出什么事吧？……"

他跟在我的后面走着，一边小声地自言自语。那枯树般的身影，好像风一吹就会被折断。我飞快地蹬着车，躲进黑暗中去了。

四

眼看又快到春节了，我开始积极准备回家探亲。

我第三次心安理得地动用了老司头的汇款，补齐了我收支的差额。

"狮子头"也在准备回家。他最近好像很不走运，听说输了百把块钱，把褥子也卖掉了，光身睡在炕席上。他向我伸手，可我哪有钱借给他呀。他哼了一声，拍拍我的肩膀说："你当我是傻瓜？'二劳改'的钱包都捏在你的手掌心里呢，可真不地道……"

"你胡说！"我咆哮起来。

我恨透了"狮子头"，也恨我表妹，更恨我自己。

这天我早早就去邮局取信。在邮局的柜台上分拣信件，是我的习惯，分了类，回去送信省事儿。忽然，有一只揉得很皱的信封，几个字闪入我的眼帘："司徒恭父亲收"。

信封已经破开了一道口子，露出里面薄薄的信纸。

不知什么东西在撩拨着我的心，使我坐立不安。我偷眼看了一下四周，没有人注意，便伸出手指，用小时候做弹弓的灵巧劲，轻轻把信封勾开了。

下面是我看到的信的原文：

爸爸：

我已经半年多没有收到您的信了，也没有收到您寄来的钱。我到葵山邮局去查过，他们都说没有。我担心您是不是生病了？您要是有个三长两短，世上就剩下我孤零零一个人了……

我们队上的劳动还是很重，秋天遭了虫灾，没有粮食，现在只能吃番薯、南瓜，我的腿上生了一个疖疮，没有钱买药，也没有钱买油，锅都生锈了……

爸爸，您一定要好好接受改造，将功赎罪。您什么时候能回来探亲呢？我已经忘了您是什么样子了……

字迹模糊起来，看不清楚了。我这是怎么了？鼻子酸酸的，眼睛热辣辣地难受，头也有点发晕。我抱着沉重的邮袋，有气无力地溜出了屋子。

旷野上的空气清新而洁净，无边无际的雪原，像一块巨大的白布，把一切肮脏与丑恶都罩在雪底下。世界上可有非黑即白的是非对错？喜鹊叫得悦耳，所以招人喜欢；而乌鸦一身黑羽毛令人讨厌，其实也许是益鸟？不管老司头过去有多少罪恶，但他劳动改造了这么多年，早已刑满释放了。他是个有儿子的父亲，即使他不配享受有儿子的幸福，他儿子总该享有父亲的温暖吧？

而我，我对他干了些什么呢？我怎么会变得如此狠心无情，如此浑恶丑陋？他的儿子是同我一样的知青，他也许正是因为想念自己的儿子，才会同情我借给我钱吧？记得下乡前读过的书中，有个词儿叫作"人道主义"，老司头和他儿子，难道不都是同我一样的人吗？那么，我干的那些事儿，难道还像是个人吗？……

我的心第一次隐隐地感觉到疼痛，我像个游魂，一路飘飘荡荡骑了八里地回到连队，扔下邮袋，没吃午饭，重又蹬上了车，顶风赶了十八里路来到镇上，直奔那家唯一的商场，我知道手表是凭票购买的稀罕物，专门有人等在柜台前做手表生意。别看那时候总割资本主义的尾巴，那尾巴却是割了又长，老也割不干净……

天黑透我才回到宿舍，衣衫湿透，腕上那块下乡前爷爷给我的"英纳格"手表没了，换成了七十元的票子。

第二天，我便将六十元钱汇往广东乡下了。我觉得身上从未那样轻松。

吃过晚饭，我从铺底下抽出十元钱，是我这个月工资里的烟酒钱，加上卖手表剩下的十元钱，一共二十块，揣在裤兜里。然后把"狮子头"从宿舍里叫出来。

"跟我走一趟。"

"去哪儿？"他对这种神秘行动最来劲。

"菜窖！"

连队今年新砌了砖瓦暖窖，老司头就在菜窖里给火墙烧炉子。我叫上"狮子头"，自然有我的道理，我要让他亲眼看见我把二十块钱还给老司头。

月亮出来了，雪地一片惨白。风好像把一切都吹灭了，连同人们心头残存的热气。

厚厚的白雪几乎封住了菜窖小小的木门，敲了半天，老司头才来开门。他看见我们两个，似乎有些害怕，好像我们是来同他要债似的。他放下手里正编的柳条筐，从角落里拿了几个土豆要烤给我们吃。"狮子头"抓了一根胡萝卜嚼起来，有点不耐烦。

多暖和的菜窖呀，弥散着一股潮湿的白菜气息。北方的冬天，只有在这里才能看见大片的绿色。可这饱含水分的绿菜叶，和眼前这个干巴老头子形成了鲜明对比。

老司头坐在我对面的一块木头墩上，第一次敢面对面地瞅着我。他看得那么专注入神，倒让我不好意思起来。

"我儿子，也像你这个年纪……不知道有没有你这么高？我走的时候，他才两岁，我只有一张他小时候的相片……"他迷迷糊糊喃喃自语，浑浊的眼角上闪过亮晶晶的泪。

我的心里微微一颤，难道这就是他肯借钱给我的原因吗？快一年了，他并没有让我为他做过任何一件小事儿作为报酬。难道仅仅是因为他可怜一个同他儿子一样单身在外地的青年吗？……

"还没有信来？……"他深深地叹了口气。

"在路上，信，在路上走着……"我嗫嚅着说。

"你说，信在路上？"他重复一句，点点头，似乎是相信了，不肯再问，怕又打破了这微茫的希望。他枯瘦的脸上，皱纹舒展开来，干瘪瘪的嘴唇微微张开，露出缺了一颗的门牙。我第一次看到他的微笑，如果这能算作笑的话。

我站起来，脸在发烧，我什么话也没说，把攥在手里的二十块钱，轻轻放在老司头干枯的手掌上。

他抽搐了一下，头深深地垂下去。他紧抓着钱，摇摇晃晃地站起来，走到炕梢去，从墙根摸出一只铁盒子来，小心翼翼地把钱放了进去。

"这回路费差不多了，过了年，我想回一趟广东，去看看孩子……总得回去看看才放心……唉，年轻错一时，后悔一辈子……"他像是对自己说。

我偶尔一回头，吓了一跳："狮子头"正眼巴巴地盯着老司头手里的那只铁盒子，嘴都张大了。那眼睛里流露着贪婪凶残的亮光，让我的脊背一阵发冷。

菜窖的大门在我们身后关上了。听得见老司头的咳嗽声。月光照着这白雪覆盖的高地，活像一座巨大的墓地。不过，老司头也许将从这里走出去，去同他的儿子团聚。在他炎热而遥远的故乡，没有冰雪也没有风霜。

"狮子头"冷不丁冒了一句："你干吗把钱还给他呀？真够傻的！哎，你说，老司头这样的人死了，是不是同死了一条狗差不多？"

我懒得回答他。

第二天中午，我去食堂打饭，只见人手一碗酱油葱花汤。听大伙儿吵吵巴火地说，连队菜窖里死了一个人，食堂没人敢去菜窖拉白菜土豆了。我的心像被重重地击了一下，腿也发软，赶紧打听死者是谁，虽然我已想到了他。

"还有谁？老死（司）头呗，七老八十的人，还攒哪门子钱！叫人给抢了！他定是不肯松手，才被人打死的……"

人们议论着，毫无顾忌地谈笑，表示自己的蔑视。却没有人对他流露一丝同情，没有人敢、没有人愿意、没有人能怜悯"二劳改"。

只有我心里明白，我归还给他那笔小小的款子，使得他付出了生命的代价——凶手是我带去的，可是我能对谁来讲清这一切呢？我能证明自己无罪吗？

我回家过春节去了，在家一待就是半年。第二年夏天，拿着姨父给我弄好的返城证明，去农场办户口。在小镇的街上，恰好碰到了游斗抢劫杀人犯"狮子头"的刑车。"狮子头"一点儿没见瘦，他的目光无意中同我相遇，慢慢把头转过去了。然而他的表情仍是满不在乎，那空漠而抱屈的神情像是在问："打死一个'二劳改'，也算犯法？……"

我办完关系离开连队的前一天，独自一人悄悄去了松树林那边，我知道老司头被葬在那里，他永远也回不了自己的老家了。我该到他的坟上去看看，也算是和他告别吧。可我找不到他的坟，只有几个高高低低长了青草的土堆，坟前连个木牌也没有。几只老鸹在松林上盘旋，凄厉地叫着，好像为死者唱着哀歌。只有那漫坡如雪的野罂粟花，洁白纷繁一片，水一般柔顺的花瓣，在荒野上无声地摇曳……

　　我自幼听人说，罂粟是毒品。人们却不知，如用得适量，罂粟可入药治病。那是我第一次见到洁白的野罂粟花，白得叫人心碎。我久久望着它们，默默无言，心里好似有一点儿什么渐渐苏醒起来。

1979 年

写于哈尔滨 ①

---

①　发表于《上海文学》1980 年第 8 期。

夏

一

　　如果不是在穿着短袖衬衣的夏季，这件事或许就不会发生了。该着我倒霉，第四节课后的课外活动，是我们中文系同物理系的一场篮球比赛。我从图书馆赶到球场时，观众已围了一大圈。我打前锋，急火火地把衬衣脱下甩到树枝上，舒展了几下结实的胳膊，冲上场去。匆忙中我好像觉得树杈上的衬衣口袋里，掉出来一点儿什么，也没太在意，大概是饭菜票吧，顾不上了。

　　物理系的那些伽利略的崇拜者们，对篮球知道的绝不比地球仪更多。从一开始我们比分就遥遥领先，不是吹牛，我一口气就进了四只"砸眼篮"。几次传球，都是极灵巧、极神速的。要在平时，观众席上早已掌声不绝了，可奇怪的是今天那些人却好像有点儿无动于衷，总在那里交头接耳，有几个还冲着我微笑。等我们又连进了两个球，物理系那瘦高个儿的领队要求暂停。就这工夫，我发现我们班上的几个女同学手里拿着一张照片，在那儿热烈地议论什么，旁边还伸过来好几个脑袋，做着怪相，有一个人直朝我努嘴。

莫非同我有什么关系吗？我刚一转念，心就猛地往下沉。"糟糕！"我对自己说，这下完了，准是那张照片——我夹在学生证里的，掉在地上了……

我呆呆地愣在那儿，傻了似的，如果当时我照照镜子，脸色一定是白得像乒乓球一样。我想到应该去把照片抢回来，可哨子响了。

我稀里糊涂地在球场上奔跑着，像一头蠢驴，好几次把球错传给伽利略的人了。有一次投篮，还把球扔到篮板顶上去，引得全场哄然大笑。有喘息的工夫，我偷偷向观众席溜几眼，只见那张照片，又传到另一伙人的手里去了，几乎所有在场的观众都饱览无余。毫无疑问，这些人对那张照片的兴趣，已经大大超过了球赛……

我心慌意乱地摔了一跤，擦破了膝盖，情急生智，我立刻举起手——宣布退场。在众目睽睽之下，我硬着头皮走到小树边上，去穿我那件"捣乱"的衬衣。说实话，假如大家不知道这是我的衬衣，我宁可放弃它。唉，从现在开始，我已经丧失了比一件的确良衬衣要宝贵得多的东西——一个团干部、好学生的名誉。

我混在人群中，偷偷用眼角扫着对面的观众席，一面搜寻着那张照片，一面在心里琢磨，用什么办法能把它弄回来。我不能当场去索要，那样就变成给自己做广告了。唉，都怪这件衬衣，也怪这场球赛。当然，也怪她……

"梁一波！"忽然背后有人叫我。我扭头一看，是我们班的党小组长吕宏。她向我点点头，好像有什么急事。

我趁机挤了出去。

"这是你的学生证吗？"她把一个红皮小本子晃了一下。

我看了一眼，说："嗯。"

"那么这张照片也一定是你的啰？"她把一张已揉得很皱的小方照递到我眼前。

我飞快地朝那张照片瞄了一眼。说也奇怪，刚才那些惊惶和不安顿时飞得无影无踪，心里微微荡漾起来，充满了愉快和欢悦。

那是一片辽阔的大海，远远的有几点白帆（也许是海鸥），海面波涛起伏，一层层推向远方。海岸边一块巨大的礁石上，坐着一个女孩子，穿着一件游泳衣，身上的水珠在阳光下闪闪发光。她顶多十四五岁，扎着两把刷子辫，扬着头，面对大海沉思……

我真喜欢大海，可惜我从没有到过海边，我们这个城市离海太远了。

"这是岑朗，我没说错吧？"党小组长笑着说。不过笑声有点儿异样。

"是的。"我伸手去拿照片，可她倏地把手缩回去了。

"还穿着游泳衣呢！"她的笑容不见了。

我想转身走开，游泳衣难道不是衣服吗？

"等一会儿。"她跟上来，表情很严肃。她把那张照片小心地塞回学生证里，又小心地搋进了肩上那只黄书包，然后带着明显的焦急的口气说："哎，你知道不知道，因为这张照片，整个球场都轰动了？"

我点了点头。

"是她送给你的吗？"

"……"

"她怎么会送你这样一张照片呢？"她已经皱着眉头了。

她见我不回答，又问："你同她以前就认识？"

我讨厌别人这样审问我。要是换了一个人，我早就不理睬了。可她是副班长，素以关心同学出名，平日稳重朴实，在同学中有一定威信。我很少同她接触，但还是很尊重她的。她短短的头发，五官端正，几乎哪儿也挑不出毛病。细细的眼睛里流露着诚恳和谦恭，一看就是一个本分的姑娘。听说她上学前在农场宣传科工作，一心想上大学，农场借口工作需要卡着不放，所以拖到1977年，她才参加高考上了这所大学。我不明白她为啥对岑朗的照片如此关心……

"岑朗送我照片，原因很简单。"我说，"今天中午我到她宿舍里去取一本书，宿舍里就她一个人。我看见她床头有一个两块玻璃夹着的简易相框，里面就是这张照片。我看得出了神。我问她那海浪和身上的水珠怎么会拍得这样清晰，用多少光圈和速度。她说她也不知道，是好多年前她到大连去过暑假，大人在海边给她照的。临走的时候，我又在那张照片面前站了一会儿。她见我这么恋恋不舍的样子，笑了起来，从相框里取出照片对我说：'你要喜欢你就拿去好了，我有底片，可以再印一张。'我当时觉得有点儿不合适，也没想到会惹这么大的风波，不就是一个女孩子小时候的一张照片吗，有什么呀？"

吕宏的神经似乎有点儿紧张，听完了，不知为什么竟长长地松了口气，好像放下心来，还微微笑了一下。她一定很少笑，所以她笑起来的时候，还不如板着脸来得好看。她说：

"原来是这么回事，讲清楚了就好。好吧，再有人问，我帮你解释解释……"

我心里对她的感激之情油然而生。

"在大学里交朋友，可一定要慎重再慎重啊，可挑选的人很多嘛……"

她温和地看了我一眼，匆匆走了。我从来没有看到过她的表情显得如此亲切。我心里忽然闪过什么，不由惶惶不安起来。

"哎，吕宏，把那张照片还给我……"我在她背后喊。

"我替你保管吧，要不，你又得丢了！"她加快了脚步，皮鞋后跟像打铁似的，叮当敲打着水泥路面。

从身后的树丛里，飞来一串银铃似的笑声。我一回头，不禁吓了一跳，岑朗和一群女同学，正说说笑笑地朝这儿走来，不过她好像还没有看见我。我一闪身躲进了旁边的丁香树丛，等她们走过去了才钻出来。岑朗穿着一件碎花布连衣裙，套着一件浅灰的上衣，一双白色塑料凉鞋。我只望见了她的背影，这群人中她的笑声最响亮，甚至有点儿放肆。我不知道自己干吗要躲避她……

我同吕宏那一段对话中，无疑故意"漏掉"了这样一个重要的事实：我在第一眼看见照片上的岑朗时，她那天真无邪的脸上，那种深思的神情使我深深震惊。那双闪闪发光的眼睛，比海浪和水珠更清澈、明净。我不知那是一种什么东西在吸引我，我喜欢这张照片。如今她的面庞比之少女时代已变得圆润成熟，但那双眼睛却依然那么明亮，像两个问号，嵌在淡淡的眉毛下。

晚霞把校园里高大的杨树顶涂得一片金黄。她的背影隐匿到西番莲盛开的花坛后面去了，我多想看看她那双眼睛啊。究竟是什么时候开始，我在满天的繁星中注意到了这两颗晶亮的小星呢？

二

好像是去年的事了。七七级大学生的第一个学年，进校已半年多，老师指定我为班级学习委员、学生会干事。有一次上政治课，老师出了这样一个题："当前我们班级面临的主要矛盾是什么？"大多数同学都认为既然现阶段社会的主要矛盾是社会主义和资本主义、无产阶级和资产阶级的矛盾，那么我们面临的毫无疑问也是红与专的矛盾，是政治和业务的矛盾。持这种意见为首的是吕宏，她颇有雄辩的才能，论据、论证，一开口就滔滔不绝，思维清晰，逻辑缜密，大伙儿好像都被她说服了。她坐下以后，好久再没有人出来发言。我虽不太同意吕宏的观点，却慑于某种无形的压力，没有足够的勇气出来唱反调。政治老师眯着眼向大家扫视一遍，用一种满意的口气说："很好，今天大家谈得很好。通过讨论，统一了思想……"

"老师！"忽然从右边角落里发出一个清脆的声音，带一点儿南方口音："我想发言。"

所有的人都转身去看——原来是岑朗。

她从自己的座位上站起来，穿一件淡绿色的衬衣，领子上镶着两道半圆形的白色尼龙花边。大概由于同学们的目光唰地集中到她身上，她的脸微微发红，闪烁着兴奋的光泽。政治老师明显地皱了一下眉头，岑朗却丝毫没在意，她那双清澈明亮的眼睛直直地盯着老师，眼光里明明白白地流露出一种自信的神采。

"……我想，大学是通向'四个现代化'的桥梁，有自己的特殊任务，这个任务就是培养人才。我们是带着强烈的求知欲望走进学校里来的，因此，我觉得是否应该这样认为，学校的主要矛盾，应该是获取知识和知识贫乏的矛盾……"

这段话似乎搅拌着硝、木炭和硫黄——假如有一根火柴，可以引燃然后爆炸！全班同学都吃了一惊。当然，如果是在那个重大的理论问题得到基本澄清后的今天，她的话也许就不足为怪了。但岑朗这只爆竹却点得太早了。

"请大家肃静！"吕宏站起来，轻轻敲了一下桌子，"我认为岑朗提的问题应该展开讨论。比如说，学校里的主要矛盾，怎么可以同社会上的主要矛盾不一致？阶级斗争仍然尖锐复杂，校园怎么会是仅仅学习知识的世外桃源？我们怎么能离开阶级斗争，去奢谈培养人才呢？"

她似乎胸有成竹，不慌不忙，语音铿锵有力。

课堂安静下来，大家又回过头去看岑朗，大概想看到她的窘相，她却若无其事地削着一支铅笔。忽然冲着吕宏，用一种挖苦的口气说：

"如果照你这样说，知识是可有可无的？那我们每天上课、去图书馆、去食堂和澡堂，都是为了进行阶级斗争吗？你能告诉我阶级敌人在哪里吗？"

我止不住哈哈大笑起来，吕宏生气地看了我一眼。

幸亏这时下课铃响了，这场辩论到此为止，不了了之。吕宏阴沉着脸走出教室，追着老师去办公室了。

我真钦佩岑朗的勇气，也喜欢那种明白、简洁的表达方式。一个艰深的问题，用她那种柔软的南方口音说出来，变得浅显易懂。我向别人悄悄打听她，才知道她也是依靠自学从农场考上来的，七七届的小知青。听说她还爱写点儿小诗，只是没有发表过。也有人说她并不是太用功，早晨见她跑步，下午往往因午睡迟到，课外活动回回不落，晚上还要拉手风琴。两个不同的人，会说出关于她的截然相反的印象。她有时和大伙儿在一起混得开心，有时又远远地离开众人，不知躲到什么地方去了……

暑假前公布政治考试成绩，她得了不及格，我大吃一惊。这天晚自习结束的时候，我分发政治卷子，偷偷在她卷子上扫了一眼，有一道题，就是上次课堂讨论的那个主要矛盾问题，可她的回答除了坚持阐述自己的观点外，还添了这样一段话：

"……既然社会主义已经消灭了剥削制度，所有制方面的改造已基本完成，那为什么，主要矛盾仍然是走社会主义道路和走资本主义道路的矛盾呢？我认为这个'主要矛盾'论是值得怀疑的……"

就为这道题的回答，老师扣了她三十分。

教室里空荡荡的，只有她还呆呆地坐在自己座位上，望着自己的卷子出神。我走到门边，又站住了。

"岑朗，"我怯生生地说，"有些话，自己心里想着就可以了，犯不着往考卷上写！"

她一双眼睛瞅着她桌子角上贴着的普希金头像，好像那个普希金倒要比我更理解她似的。

"往卷子上写，确实有点儿傻。"她忽然说，"没用！"

她抓起卷子径自走了，连看也没看我一眼。

这次政治考试不及格，并没有怎样影响她的情绪。她大概沉默了两天，到第三天，女生宿舍又传来了手风琴声。她的手风琴拉得轻松流畅，偶尔还有清脆的歌喉伴唱。琴声和歌声像充满着青春活力的溪流，从悬崖峡谷，从开满灿烂野花的草原上，充满激情地奔流在大地的怀抱中……

可是这琴声、歌声，也刺痛了我这个学习委员的心。岑朗怎么可以不及格呢？她真是那么不在乎自己的成绩和名誉吗？

北方的夏天是一年中最好的季节。大地生气勃勃，蓝天上挤满了千姿百态的云朵，不像冬季那么空寂。如今回想起有关她的记忆，竟然都是夏天留下的。

第二学期开学的时候，我们班级到太阳岛搞了一次活动。其中有一项，是在树林子里联欢，每人出一个节目，岑朗用手风琴伴奏。轮到我们班长时，大伙儿起哄要他唱歌。他憋了半天，说他可以唱一首《小小竹排》，岑朗一听马上叫起来：

"哎呀，这首歌就算了吧，我耳朵都听出茧子来了！"

班长有点尴尬，抓着头皮下不来台。

"哎，你唱《山楂树》吧，我听见你哼哼过。"岑朗起劲地鼓动。

看来她喜欢山楂树。

"什么山楂树？"吕宏大声问道，"哪个民族的？"

"苏联的！"

"那你先把歌词念一遍。"吕宏说。

"多此一举！没听说唱歌还审查。"岑朗笑着反驳道，不由分说地用手风琴拉起了前奏，眼睛也发亮了。班长犹豫了一下，终于还是结结巴巴唱起来。岑朗用琴声和目光鼓励他，拉琴的身子故意转过去冲着吕宏。唱到第二段，班长卡壳了，背不出歌词，岑朗干脆和着他一块儿唱了起来。节奏感很强的优美旋律穿过白桦林，飘荡在树梢上：白天车间见面我们多亲密，可是晚上相会却沉默不语。夏天晚上的星星，静瞧着他们两人，却不告诉我他们俩谁可爱……事过后，班上不少人对岑朗有议论，说她太过分了，竟和男同学一块儿唱情歌；有的女同学也看不惯她，说她总喜欢和男同学在一起。到了秋天以后，关于她的流言就越发多起来。我悄悄凝视她，觉得那双明澈的眼睛，如此与众不同，我也许早就开始注意她了。

三

"照片事件"发生后，没过几天，果然是满城风雨。我到食堂打饭，总有人在背后指指点点，在主楼碰到外系的同学，也会有人神秘地眨着眼向我"逼供"，好像我干了一件什么见不得人的事，令人费解！有一个"好心人"对我说，岑朗把一张少女时代的照片送给男同学，是别有用意的。这种舆论对于一个女孩子很不利，我真想揍他一顿。即使有人为我辩护，也只不过是解释一下而已……幸亏这些日子没有球赛，否则我就会变成动物园展览的大猩猩了。

我开始躲着岑朗，免生嫌疑。上课的时候尽量做到目不斜视，晚上早早回到宿舍看书，这倒不是为我而是为她好。其实，我觉得自己心里有点儿做"贼"心虚……

有一天傍晚，打了下课铃，我最后一个从图书馆出来，刚冲下台阶，见对面小路上徘徊着一个女同学，我的心一跳，扭身就走。

"哎，梁一波，我就等你呢！"她跑上来，是岑朗。

我站住了，低头用脚尖踢着路上的方砖。

"我想找你谈谈。"她说。

"有什么……好，好谈的……"

"好多事，一下子也讲不清。吃过晚饭，你在校门口等我好不好？"

我慌乱地抬起头，偏偏同她的眼光相遇了。那双晶亮的眼睛坦率而勇敢，简直不可抗拒。难道你能拒绝这样一双满怀希望的眼睛吗？我稀里糊涂地点了点头。

她像一只轻捷的小鸟一样飞走了。她刚一走，我就后悔了。晚上，校门口——这不明明是约会吗？万一让人看见还讲得清楚？她怎么敢？到底有什么事呢？对了，一定是想把那张照片要回去，可是照片还在吕宏的手里呢！

我没吃晚饭，匆匆去找吕宏，却没找到她。眼看时间到了，校园里弥漫着傍晚的暮霭，在夕阳中冉冉飘浮，这朦胧而淡泊的烟雾，使人觉得郁闷……

　　我装作去教室，背着书包向大门口走去。才走几步，又折回来了，脚步竟是如此沉重。无论如何，我还是不去为好。可是，难道让她在那儿白等吗？不不，那样她会笑话我的。我经过激烈的思想斗争，还是决定去。到了校门口，却不见她的影子。我正看表，冷不防从身后的那棵老榆树后面钻出个人来。

　　"哈哈，你到底来了。是我主动请你的，你怕什么？"

　　我苦笑了一下。

　　"走走吧。"她说。

　　我心想：她如果向我要回照片，我就说忘带了，明天还她。当然肯定会还她的，请她放心。但千万不能让她知道在吕宏那儿。

　　她安静地走着，塑料底凉鞋无声地踩着散发着余热的街面，好像并不想说话。我偷眼瞧她，见她薄薄的嘴唇微微向两边翘着，似乎漾着一片嘲讽的笑意。

　　"你觉得，学校里最近的空气怎么样？"她终于开口了。当然，是在拐弯抹角。

　　"不怎么样。"我瓮声瓮气地答道，"这还用问我？你自己没觉得不自在？"

　　"这些天，我总在想，我们有没有办法改变它呢？哪怕是一丁点儿……"

　　"改变？……除非，除非你当着大伙儿的面，把那张照片要回去，我们从此不再说一句话！"

　　她吃惊地眨了几下眼睛，忽然咯咯笑起来，她笑得那么开心，眉毛跳动着，露出洁白的牙齿。那嘴边的嘲讽越发明显了："你呀……嘿……真不愧为……学习委员……"

"笑什么？"我有些恼火。

她好容易止住了笑，靠近我一点儿，轻声说："我的意思是说，这几个月来，系里的空气始终有点儿沉闷，我想我们应该组织一个文学社，一起读同一本书，然后交换读后感；如果写作，可以互相讨论。许多大学早就办起了文学社，瞧这寒冷的东北，还是夏天呢！"

真没想到她突然提出这样一个问题，我愣住了。

"有几个女生，我们想法比较一致，再找几个男生，可以一块儿办个墙报，刊名就叫《五味子》。"

"什么，《五味子》？"

"对呀，五味子可以治疗神经衰弱，现在神经衰弱的人太多了，有的心悸，有的怔忡，有的神经过敏，有的头昏目眩……你说是不是？"

我恍然大悟，明白她今天找我的意思了。说实话，创办文学社是我一直向往的一件事。3月初刚开学时吵嚷过一阵，但后来不了了之。作为一个学习委员，我不认为正规的、刻板的教科书是唯一的学习内容，我赞成在课堂听讲之外，提倡同学之间广泛的自由探讨。在我们中文系成立一个文学社，这真是个好主意。

我们兴致勃勃地谈起文学来，好像文学有一种魔力，把我们拉到另一个幻想的世界，以至我完全忘记了自己赴约前的种种顾虑。我对她说，我很希望自己将来成为一个萧伯纳式的剧作家，我的剧本上演的时候，我可以每天都去剧院看戏。我也希望当一个别林斯基式的文学评论家，给我们伟大的文学指引前进的道路。至于普希金，我是不喜欢的，他太偏执，太锋利……没想到就在这一点上，我和她发生了激烈争执。她愤然地涨红了脸，固执地坚持自己的意见。她高声反驳，引得路上的行人都惊讶地注意我们了。

"……一个诗人引起沙皇政府那样巨大的恐慌，他是一个真正的诗人！他不肯忍受屈辱而愿决斗而死，这才是普希金！"

我不吭声了，让她去喜欢她的普希金吧。她还仅仅只是喜欢，就已经有些人不喜欢她了！不过，跟她谈话真的很有趣。她的知识面很广，什么都知道一点儿；她不说则已，一说则必有自己的看法，有时简直咄咄逼人……

朦胧的暮色中，前面出现了一尊塔形的石碑，最后一线夕阳在它顶上跳动，清晰地勾勒出一组健美的劳动者的浮雕轮廓，喷泉在它脚下撒落了满池珍珠，在那宽阔的广场上，二十根环形圆柱后面，露出一片隐隐约约的沙滩。

"哦！松花江！"岑朗喊起来，欢喜地向它奔去。

星星出来了，一颗、两颗、三颗……它不是从天幕上露出来，而是从大江里跳上来的。傍晚的松花江，像一条嵌花的闪光银链，静静地垂挂在这一片沙滩裸露的胸前。晚风推起阵阵波涛，拍打着堤岸，水声的节奏，像大海的潮汐。沙滩温暖而松软，我们在沙滩上坐下来，呼吸着清凉而略带腥味的水汽，仰望那湛蓝深远的天空，勾起了无数儿时的梦幻。

"夜晚的松花江真美……"我脱口而出。我怀疑我们是否走到一个神话里来了。

岑朗斜卧在离我不远的沙滩上，黑暗中只看见她的白裙子在闪亮。她微微叹息了一声，用一种我从未听见过的忧郁声调说：

"黑暗把一切都遮盖了，所以你会觉得它美。天亮以后你才会发现它的缺陷……月亮和星光太微弱了，假如我们有一双能穿透黑夜的眼睛那该有多好……"

我说："白天的松花江也是美的，在太阳照耀下像一道闪光的金链。"

"我实在不喜欢这种比喻。"她不客气地打断我，"难道我们周围那种无形的锁链和束缚还少吗？你说'四个现代化'意味着什么？我说它意味着创造一种新的生活，在这种新的生活中，人们将从传统的旧思想、旧观念中解放出来。我一直认为，一个现代化的社会，应该为人的个性的全面发展创造条件，改造社会的目的，是为了人而不是其他……"

从来没有人这样对我谈论"四个现代化"，也从来没有一个姑娘这样深深地打动着我的心。她说出了我脑子里曾经一次次闪过的疑问。

"梁一波，"她忽然叫了我一声，声音有些异样。她站起来走了几步，靠近我重新坐下来，"我常常觉得你很像一个人。"

"谁？"

"你猜。"

"我猜不着。"

"啊，对了，你有妹妹吗？"

"有一个。不过，我们常常吵嘴。她喜欢穿喇叭裤……"

"是吗？这也值得吵？个子高的人穿喇叭裤好看。"

"她，她还爱跳舞……"

"可惜我不会，要是我有很多时间，我也去跳。"

我尴尬地笑了笑。这个岑朗，要让吕宏听见这些话，又该罪加一等了。我只好问："你说我到底像谁呀？"

"像……像我哥哥。"

"哥哥？他在哪儿？"

"他？……他死了，在宁夏插队，一次马车翻了，压死的……"

"那他，他……"我不知该说什么好。

"……他读过很多书，我们很谈得来……假如他活着，他一定会告诉我应该怎样去创造新的生活。你的脸形、额头都像他，今天我突然觉得特别想他，真想找一个人谈谈心里话……可惜现在我看不见你的脸……"

我的心被一种深深的失望充满了。她之所以注意到我，既不因为我是党员，也不因为我是学生会的干部——那些容易引起一般姑娘好感的原因，而仅仅因为我像她哥哥！真的，过去我脑子里怎么会有那些对她的无聊、浅薄的猜测？幸亏她看不见我的脸。我脸红了，我为自己感到惭愧……

回去的路上，我们好像都被什么东西苦恼着，谁也没有说话。快到校门口的时候，我忽然又想起那张照片来，她为什么对它一直闭口不谈？不好意思吗？

"岑朗，"我下决心提醒她，"你的那张照片……我一定还，还给你……"

"照片？"她用一种漫不经心的口吻说道，"就是穿游泳衣那张吗？还给我干什么？"

"还了你……省得让人……议论……"

"我不在乎！"她好像轻轻跺了跺脚。"吕宏拿着它到处让人传看，都传到七八级去了，还说是你让保管的，我不信！她既然那么感兴趣，让她们去看好了……"

"吕宏真是那么说的吗？"我打了一个寒战，好像在暗夜的一道闪电中，见到了一个阴森的黑影。

"人家告诉我的，我想也许不会吧！"岑朗随口说着，急速的步子消失在主楼的大厅里了。

我满腹狐疑。难道吕宏另有一副面孔？……

四

我被一片强烈的白光吵醒了。北方夏天的清晨，来得总是这样性急。

一夜没睡好……因为我看见了自己的浅薄与无知，这不是什么愉快的事。假如植物的绿叶，可以对大自然中浑浊的空气起到净化的作用，我们的浅薄与蒙昧，需要在怎样的环境里，才能被清除，让我们变得健康起来呢？

我睡不着了，起床走到操场上去。可是早晨的空气却不如我想象的那么清新，四处有从烟囱冒出来的烟灰飞扬……

"昨天晚上你到哪儿去了？"

忽然有一个冷冰冰的声音在我背后说。听这声音我就知道是谁。

"没到哪儿去。"我心跳了。为什么我竟有一种犯罪的感觉？在她面前。

"主楼教室没有，宿舍没有，图书馆没有，还能到哪儿去呢？要开支部会，害我好找。九点三刻进校门，不是一个，而是一对儿！我没弄错吧？"

世界上总是有人喜欢管闲事，否则文学作品就没故事可写了。

"我嘛，到我愿去的地方去了。"我望着操场上那条像铁链一样的跑道，说。

"……真没想到……真没想到……梁一波同学，你会做出这样的事情！"她显出一种很难过的神情。

"我究竟做了什么事情啦，要你这样操心！"我有点儿按捺不住了。

"你难道真的就这么糊涂，你不知道她是什么人吗？"

"她……她是什么人？"自然，她指的是岑朗。

"她从来不按时就寝，总是很晚才回宿舍……这样对吗？"

"……"我记得一个女同学说过，岑朗晚上常在教室里看书，老忘了时间。

"她的信件全班最多，社交极广，什么人都给她写信，这样好吗？"

"……"按她这个逻辑，"老死不相往来"才是全世界第一大好人？

"这些你都知道吗？"

"知道。"

"既然这样，你就应该明白，我们的责任，是帮助教育她，而你……"

"那么谁来帮助教育我们呢？"我歪着头问了一句。

她的脸略微有些发白，咬着嘴唇。

"……本来我不应该告诉你，但我想告诉你一下还是有好处的。"她把手放在腰后，在原地踱了几步，神情很庄严。"我原来在农场的时候，有一个青年指导员给我写信，表示了那种意思。我就毫不犹豫地把信上交给组织了。"

我吓了一跳。

"她……没给你写过什么信吗？"她突然问。

我摇摇头，真遗憾，岑朗为什么没给我写信呢？

她盯住我看了一会儿，好像要看出我眼睛里面究竟有没有一封信。她好像有满腹忠言要劝告我，有许多她的和别人的秘诀要给我传授。她的表情诚恳极了，如果此时有人看到她，一定会认为她马上就要把心掏给你……

可是不巧，早自习的铃声响了。

"你把岑朗的那张照片还给我吧。"我终于这样说。

"还给你？不，还是暂时留在我这里好。你自己考虑后果吧，梁一波，现在还来得及。你是个党员，又是学生干部，凡事要注意影响……"她忽然层层忸怩起来，"……当然，组织上也不是一概反对男女同学交朋友，只是应该慎重，再慎重，注意自己的选择标准……"

打第二遍铃了。无奈，她对我的"灵魂的洗礼"只得暂时终止。在走向课堂的路上，我一直想着"标准"两个字。是的，她说得并不错。标准，每个人都有自己的标准。可是谁来确定这个标准呢？我们是在苦难的祖国遭受极"左"路线荼毒以后的第一批大学生，我们十分珍惜大学生的荣誉。正因为这样，我们才要用自己的脑子思考，就像月见草在夜晚散发芳香，得经过长长的一个白天的积蓄和酝酿……

北国的夏天是生机蓬勃的季节，阳光照例在清晨催开牵牛花的喇叭。几天以后，我和岑朗，还有六七个同学办起了一个"仲夏"文学社，编写了文学墙报。第一期《仲夏》出版后，反响非常强烈，我们在平静的生活中投下几颗石子，引起了荡漾的涟漪，这真是令人喜悦。四周没人的时候，我会站在那儿久久地、一遍遍地读着岑朗的小诗，这时候我眼前就会出现她高高扬起的脸上、眉毛上那副坦然的神色，好像在说："让他们去说好了！"

偶尔碰到吕宏，她不再同我说什么了，只是冲我微微一笑，后来听说她叫人来抄过《仲夏》上的几篇文章。谢天谢地，总还有人关心我们。我已经了解了吕宏，这个人一向是关心他人比关心自己为重的。

学校花圃水池里的一株睡莲开了，去年睡莲开的时候就快放暑假了。暑假前要评选"三好"学生，今年也一样。那几天，班上的空气突然紧张起来。下了课，总有人三三两两聚在一起，悄悄议论着候选人。

岑朗各科的考试成绩都很好。这次的政治考了九十，其余都是九十五以上，全班总分她是第三名。我听见她在教室里嚷嚷："哈，原来，我比自己预想的要好得多呀！"

有人悄悄问我，岑朗够不够"三好"？把我问住了。细想起来，她有哪一条不够呢？但我觉得她好像当不上。——假定"三好"生是一个三角形的框框，而岑朗这个人，却是多边形的……

就在班级评选的前一天，发生了两件事，都是关于岑朗的。一是省报的文艺副刊上，发表了她写松花江的一首短诗；二是她给《人民日报》写了一封信，被寄回了学校。两件事都非同寻常，全系舆论好一阵哗然，毁誉参半。吕宏捧着那张省报，脸色阴沉得出奇。去年有个同学在《光明日报》上发表一篇散文时，她的表情就是这样，不知道究竟是嫉妒还是气恼？

第二天下午，全班根据各小组提议的名单进行"三好"生无记名投票表决。吕宏拿着几张候选人名单走上讲台。听到她念到我的名字，我的心跳了跳，最后一个候选人是岑朗，我的心也跳了。

"但是表决之前，支部和班委认为应该让大家统一思想。"她说，"首先要搞清'三好'的标准。"

下面就是她慷慨激昂的发言：

"……比如有的同学，看起来似乎各方面都不错，但实际上，最最重要的'德'的方面，怎么样呢？她屡次违反学校的规章制度，自由散漫。大家都知道，她的课桌上贴着谁的画像？这不是很说明问题吗？举一个例子，她刚刚被退回的一封写给党报的信中，竟然坚持自己的错误观点，她认为，在社会主义社会里，不存在无产阶级同资产阶级的矛盾！这是值得注意的思想倾向！"

"我没有说矛盾不存在。"岑朗打断了她，在座位上平静地申辩。"我说的是，不应是主要矛盾。"

"再举一个例子。"吕宏根本不理她，继续说，"她发表的那首诗，得到谁的批准了呢？那上面写着怎样乱七八糟的句子，我可以给你们念一下：'松花江，你载负着太重的记忆，所以流得这样缓慢；若将你一江的泥沙清除，你就能欢畅奔腾。'请问，松花江怎么会有太重的记忆？怎么能够撂下一江的泥沙？这是指的什么？"

"这是比喻……"岑朗忍着笑解释说。

"谦虚点儿。"班长严厉地看着她。

"至于她在《仲夏》墙报上写的那些玩意儿，反正大家都已经看到，今天不一一列举。更严重的是，她经常唱一些情调不太健康的歌，说明她……"

"我同意吕宏的意见，对这种不正之风应该整顿！"体育委员突然高声叫起来，"竟然还有人提名让她当'三好'，我们能要这样的'三好'生吗？"

我昏昏然望着吕宏，不知所措。她的脸上洋溢着一种胜利者的骄傲。

"更为严重的是，岑朗经常夜不归宿，和社会上一些流里流气的男青年混在一起，谈情说爱，耽误功课，妨碍学习，照片一事是人所共知的明证。事情发生后，她拒不接受组织的帮助，竟然诱惑男同学和她私自外出……"

"造谣！"岑朗站起来，气得声音都变了，"你诬陷人！"

"谁诬陷你了？"吕宏也丝毫不退让，"别以为现在还是去年寒假那时候，你应该清醒一点儿。"

"你也该清醒一点儿！"岑朗说。那双明亮的眼睛里交织着痛苦、气愤、焦急，却没有怯弱。"当然，也不是早春那会儿了，现在早过了夏至，已是仲夏了，你懂不懂？"

"你能证明自己的清白？"吕宏不依不饶地抓住她不放。

"……"岑朗用眼角扫了扫人群，明明看见了我，却把眼光挪开了。

"我们能证明！"后排有几个女同学说。

"不用了。"我站起来，大步走到讲台上去。"一个月前，我约岑朗出去散步，在沙滩上坐了一小时零十分钟，谈"仲夏"文学社的事，我们宿舍的人可以证明。我想，我至少不是被诱惑，而是主动自愿的。"

"你……"岑朗愣住了。她很快转身走了出去。

教室里顿时人声鼎沸，议论纷纷，简直比分电影票还热闹。吕宏敲着黑板，也无济于事。趁着哄乱，我也悄悄溜了出去。反正，我这"三好"学生也肯定是当不成了。

刚出大楼，看见岑朗拎着一只透明的尼龙丝口袋，里头装着一件红色的游泳衣和白毛巾，向大门口匆匆走去。我急忙随后追上，她已跳上了前面一辆电车。没错，是往江边去了。

五

松花江金色的沙滩，宽阔而平坦。风在上面吹起波浪似的皱纹，沿着江水一路铺排延伸。游泳的人矫健的脚步，在江滩秀美的波纹上，印下了一长串纷乱的脚印，合成一幅图案的长卷。靠近堤岸的沙滩上，人们躺着卧着坐着，刚从水里走上来的人，扑倒在温暖的沙滩上，滚了一身细沙……

我在沙滩上寻找岑朗。老实说，这比大海捞针还难。夏日的松花江沙滩，好像一个天然的海滨浴场，花花绿绿的人头攒动。我喜欢松花江慷慨豪迈的气概，任何人来到它的怀抱，它从不吝惜给人以自由和快乐。我在大江边长大，这金色的沙砾里，留下了多少儿时的梦呢？

但此刻我顾不上那些，我急于找到岑朗。我的眼前晃动着夜晚的沙滩上，她那星星似的眼睛……海边的礁石上穿游泳衣的少女，早已烙刻在我心里。

天空聚拢一堆乌云，江上的风突然变凉，夏季的天气总是这样，阵雨说来就来。人们纷纷四散逃开，去寻找躲雨的地方。霎时，沙滩上的人已所剩无几。波涛起伏的江面上，游船已纷纷靠岸，等待暴风雨来临。

我呆立着，待铜钱大的雨点，噼里啪啦打在头上，才知道雨头已经到达。我跑了几步，又回头向江上望去，意外地发现，在烟雨笼罩的江面上，有一个忽隐忽现的小红点。这个小红点在茫茫的江面上下浮沉，我立即推测有人遇险了。我甩掉鞋，脱下衣裤，丢在沙滩上,不顾一切地跳进江里,向那个小红点奋力游去。雨花、水浪打得我睁不开眼,还呛了几口水。我劈波斩浪地游向小红点,心里奇怪着,那小红点在波浪里时隐时现,可就是没有沉下去。我终于靠近了她,瞅准一个机会,伸手就把戴着红色游泳帽的那个脖子给一把揽住了。

"哎哎,你干什么?……"我忽然听到一个熟悉的声音叫起来。"小红帽"在我手下猛地挣脱了,一个姑娘的脑袋钻出了水面——啊,竟然她呀——她正是我踏破铁鞋无觅处的岑朗!

惊喜而忘情的笑声震动了江面,我们高兴得拼命扑打着对方,忘乎所以地在波浪里翻滚,差点儿忘了自己身处大江的风雨中。

"你知道吗?下雨的时候,游泳特别好玩儿!"她喘息,大声喊道:"你潜伏到水底下去……听雨点叮咚叮咚打在头上,好听极了,没有比这更妙的音乐……"

我更大声地喊道:"……江上音乐会,只有两个观众,太棒啦!"

雨很快停了,露出了橙黄色的云朵和蔚蓝色的天空。阳光从云层中钻出来了,金色的大江又和沙滩连成一体……

我们肩并肩向岸边游去。岑朗雪白的手臂有节奏地拍打着水面,溅起层层浪花,好像划破了缎子似的江面,击折了一条漂亮的链子。

我们钻出水面,踏上沙滩,浑身上下淌着水,却觉得说不出的快活。我用一只脚在沙滩上跳着,侧着头甩着耳朵里的水。忽然望见多级大台阶的岸上,支起了一把大阳伞,挂上了风景照服务处的牌子。

"岑朗!"我兴奋地叫道,招呼那个迎面走来拎照相机的中年人,说："咱俩拍一张合影，怎么样？"

她正打算去江滩上的简易更衣处换衣服，低头看了看自己，不好意思地笑了笑："就这个样子？——穿着游泳衣合影？"

"我就要这个样子！"我说。走过去，一只手搭在她的肩上。她扯下了那顶红色的游泳帽，露出湿漉漉的头发，冲镜头嫣然一笑，快门响了。

我心里想：照片洗出来后，我要放大一张，送给吕宏。

我们光着脚，在洁净的沙滩上走着。刚才那些杂乱的脚印，全让一阵大雨冲得无影无踪……

"岑朗！"我下定决心叫了她一声。我自己也听得出来，那声音"跑调了"。"我，我要同你说一句话。"

"你说吧。"

"你知道我要说什么？"

"我怎么会知道？"

"你知道的。"

"不，我不知道……"她执拗地转过脸去。

"好吧，"我停住了脚步，站在她面前，大胆地看着她的眼睛，说："你真的不知道，我就说出来了……"

她有点儿慌乱地抬起头来，摇落了头发上淌下来的水珠，水珠亮晶晶地挂在她的眉毛和睫毛上，又滴落到她的胸前。她望着我，那清澈的眼睛里，透出一种放松和信任。

"我……我……"我结巴起来。

"不，"她忽然仰起脖子，急切地打断我，"不要说，真的不要说，什么也别说……到秋天，花朵会结果……夏天，夏天是生长的季节……还是让它自由生长，让它生长吧！"

我紧紧握住了她的手。

无论如何，我喜欢夏天。让夏天更繁茂、更舒畅、更热烈些吧！

1979 年冬

写于哈尔滨①

---

① 发表于《人民文学》1980 年第 5 期。

火的精灵

我求索我得不到的，

我得到了我不求索的。

　　　　　　——泰戈尔

　　眼看着向阳坡上的积雪化尽，旷野上又刮起了一日猛似一日的干风。我在头顶上北归的大雁的嘎嘎声里，沿着那条熟悉的小路，像每年开春那样，挟着斧子去西岗树林子砍柞木杆儿，又是第五载了。4月，年复一年地来来去去，无论嫩绿的草根，报春的花蕾，还是蹦跳的青蛙，泥土里钻出来的蚯蚓，都引不起我一点儿春临的欣喜。春天于我无关，正如一切于我无关一样。我的心已习惯了这北方的酷寒。或许因为年轻人是容易适应环境的……

　　小路尽头，是一大片参差不齐的柞树林。褐红色的树叶，至今尚未落尽，稀稀拉拉地撒满了远近的山坡。我把斧子扔在一棵树底下，一屁股坐下来。这北大荒的四月天，自打开化就没掉过一颗雨点儿，地上哪儿都是干干的，用不着怕湿了裤子。

"妈的，一开步就是十来里地儿！走到这儿就累屁了！"小胡子紧挨着我，仰脸朝天地躺在一堆干草上，枕着自己的斧柄。

柞树林像一个包着破旧头巾的老太婆，毫无生气地站立着，保持着沉默。如果是大风天，它就该像指导员在台上训话时那样，哇啦哇啦地讲个不停了。今天真是交了好运——小风微微，要不然，顶风走十来里路试试，还没干活儿就没力气了。

我伸了一个懒腰，顺手摘了路边一颗干瘪的刺玫果塞进嘴里嚼着，却又苦涩得赶紧吐出去。同这树林边上低矮的灌木丛相连的，是甩手无边的大草甸子，那齐腰深的茂密的茅草，从一冬的积雪下挣脱出来，昂着脑袋，偶尔有几处留着马蹄践踏的痕迹。放眼望去，天空呈现着一种模糊不清的灰蓝色，若隐若现地浮动着奇怪的花纹，像一张糊壁的窝纸，划一根火柴就能点着似的。靠东北角的天空底下，散落着一群黑点，缓缓移动着，那是一群放牧的马，我闭上了眼睛。

"冰块儿！"小胡子撇撇嘴，不经意地说，"是她，没错，冰块儿！你看那块红头巾。"

我跳起来，抢起斧子砍树。

"梆——梆——梆！"

"跟你说话呢，老玉米！冰块儿她……"

"以后少叫我老玉米，少叫人外号！"

"哟，你咋还叫我小胡子呢？我不叫小胡子，叫胡荣……今儿咋还正经上了？你是岳米达？你看那冰块儿，一天绷着脸，像个大冰坨不是？"他龇牙咧嘴地做着鬼脸，小胡子在鼻孔下一翘一翘的。

梆——梆——梆……

笃——笃——笃……

尽管机械而单调的砍树声令人心烦，我仍不得不转过身背对着草甸子，竭力使自己不要看见那群马，不要看见她……

"……哎，你瞧瞧，冰块儿她骑着马跑开去了。嘿嘿，跑得飞快，着啥魔了……啧啧，飞似的……"

梆——梆——梆……

我不睬他。他那手和嘴是一个开关，一干活儿话就多。

"你瞧瞧呀，老玉米，八成是东头烧荒了呢。二排吵吵好几天要开荒，风大没敢放火，今儿个可是一个好天头……这冰块儿，她去干啥？又要管啥闲事？……啊，真是的，真是烧荒啦，你瞧那火苗都起来了……"

我忍不住了，蓦地回过头去，只见那远远的天边，几乎同时出现了一排火把，火把很快连成了一条弧形的火线，忽闪忽闪的，像一条染成了红色的地平线。她——颜冰，我能认出她来，无论多远。她呆呆地伫立在那里，很像一棵被火燃着的小树。很快，她又策马飞奔起来，挥动着手臂，似乎在喊叫什么……我吃惊了，在过去的五年中，我还从来没有听到过她的叫喊……

梆——梆——梆……

我转过身，仍然埋头砍树。我不想看见她，尤其是当她和火站在一起的时候……

然而那远远的火光，竟然把我的脸烤得发烫，一颗灼人的火星，甚至溅射到我的心上了。不，不！我同燃烧的火线隔着一片宽阔的草甸子，火舌如何够得着我呢？我感到灼痛，只是因为我的心里，留着八年前烧伤的疤痕，稍稍触及火光，结的痂就会破裂，流出脓血……我至今尚未能把它彻底治愈。

梆——梆——梆……

那是怎样的一场大火啊！

被崇拜的自然不是血也不是火，是同血与火一样颜色的红本本、红旗、红袖章。仅仅是鲜红的底色上有"红卫兵"三个黑色的大字，就足以使人热血沸腾。1966 年，血和火交织的疯狂的夏天啊！

"横扫一切牛鬼蛇神"的大幅标语，像小巷里竹竿上晒晾的尿片一样密布。我们"破四旧"的队伍，开进了一所杂乱的宅院。据说那里头住着一个反动透顶的老作家，写过许多黑作品。他家的墙壁上挂着一幅秃老鹰画，这头秃鹰圆圆的眼睛凶光毕露地瞪着我们。我还来不及发问，一个"红卫兵"已经唰地撕下这幅画，扔到地上了。

"你们……不能这样……这是潘天寿的亲笔……"那屋子的主人，干瘦的老头号叫起来。他惊慌失措，弯下腰去捡。我的一双大脚重重地踩了上去，秃老鹰的脑袋被踩住了，我听到它哇哇地乱扑乱叫。

搜查开始了，房间里一片翻箱倒箧的乒乓声，书架在倾倒，精美的花瓶砸得稀烂……

"有了！"是谁在高声大叫，他在一个书柜里找到了一叠厚厚的文稿，足有一尺多高，一本本装订得整整齐齐。

老人的脸色变得惨白，他不知是气愤还是惊恐，嘴角嗫嚅着，说不出话来。

我翻开那文稿的第一页，两个粗黑的毛笔大字赫然在目：《求索》。我迅速翻了几页，很快明白这是一部长篇小说的手稿。我本能地警惕起来，那时候我的脑子被填鸭一样灌满了"无产阶级意识"。

"这本书写什么？"我喝道，用脚踢了一下那部稿子。

他转过头，隔着那副深度近视的眼镜，久久凝望着墙上的一幅书法，好像没有听见我的话。

我又严厉地问了一遍。

"写一个人，写一个人怎样探寻真理……"他毫无表情地回答，倒显得出奇地镇静。

"你说清楚一点儿，你这个黑线人物，你知道什么是真理？！"

他傲慢地看了我一眼，不再言语。

我本想叫同伙们立即把稿子带走，但是有人在我耳边小声嘀咕："咱先看！看看他到底写的什么……"于是坐下来，装模作样地一页页翻阅起来。说老实话，读小说不是我的爱好，我是个初中生，没读过几部小说。他一开头就引用了资产阶级作家泰戈尔的诗，让我莫名其妙：我求索我得不到的，我得到了我不求索的。照这句诗的说法，我们求索一个红彤彤的新世界，难道我们得到的却是一个黑洞洞的旧世界吗？昏话，完全是胡言乱语。我不时用眼角瞄着他，终于看明白了故事梗概，说的是一个进步青年去延安的途中，碰到一个商人，那商人因遇强盗抢劫而流落他乡，青年动员商人同去延安遭到拒绝，他赠给商人一笔路费辞别而去。隔数年后，青年人在地下活动中受到特务追踪，掩护他脱离危险的不是别人，正是那个商人……我便完全不能忍受了。

"颜庄！"我突然大吼一声，"你把革命青年同商人混在一起，分明是赤裸裸地鼓吹资产阶级人性论！你把小说的题目叫《求索》，你向哪一个阶级求索？你求索什么？你不是同我们的无产阶级专政唱反调吗！"

颜庄推推自己的眼镜，死死盯着墙上的书法条幅，半句话也不回答。

"打倒黑作家颜庄！"有人领头呼起了口号，震耳欲聋。

他对我们毫不理睬，冷峻的目光好像同墙上的那字幅凝结在一起了。我这才想起来去辨认那字幅，笔迹非常清楚明白，写的是："石在，火种是不会绝的。"我知道，这是鲁迅先生的名言，上课时老师讲过。难道他自以为是万古长存的石头吗？还火种呢？如果他的小说是火种，那就太危险了。

我瞥见两个"战友"，正在角落里玩赏一只精致的桦树皮火柴盒，大概是老家伙早年从国外带回来的。刚好有一只白花猫路过脚边，他们扑上去把它抱住，从火柴盒里掏出一根火柴，嚓地划着了，去烧白猫毛茸茸的尾巴，白猫嗖地挣脱了……

这时候，我的脑子一转，突然滋生了一个极妙的念头，好像小时候和小伙伴们打架输了以后，不得已想出来的恶作剧。我的眼睛盯住了那盒火柴，驱赶不掉那个念头……

"你用沉默表示抗议，是不是？你想抗拒无产阶级的批判，是不是？你心里在说：只要我活着，就要'求索'真理，是不是？好吧，我现在就让你证实泰戈尔的预言，得到你不求索的……"

他震颤了一下。这微微的震颤使我越发得意。周围战友们的反应非常灵敏，立刻领会我的意图，显然比我更热衷于消灭人间的毒草。他们很快端来一只大铝盆，七手八脚地把写得密密麻麻的原稿扔到盆里去，表情严肃，表示自己正在进行一项庄严的革命行动。我面对面地望着颜庄，摇了摇手里的火柴盒。

"你还有什么要说的吗？"

他大概明白将要发生的事情了，脸色变得土灰一般，眼睛瞪得老大老大，紧紧地咬着嘴唇，然后饱含愤懑地迸出一句铿然作响的话：

"你们……这样做，会成为历史的罪人！"

我的心被刺了一下，觉得有点儿不好受。看着铝盆里的一堆原稿，忽然想到那密密麻麻的字，是这个老头子一笔一画在灯下写成的，怕有好几十万字吧？也许写了三年、五年，甚至是十年？我有点儿犹豫起来。

谁推了我一下，我立刻清醒过来。大伙儿的眼睛都注视着我，我怎么能同情这个反动作家呢？罪人？这个词令人生气。

"嚓"的一声，我差不多是下意识地划着了一根火柴。

"不行！你们不能烧我的原稿！"他突然扑倒在盆子上，企图用身子挡住火种的侵袭。

有人猛地把他拉开，我把手上那根燃烧着的火柴，扔进了稿纸堆里。

火苗从铝盆里蹿起来，发出呼呼的响声，好像是小说里的那些人物在痛苦地挣扎，在绝望地呻吟。火舌几乎舔着天花板上的吊灯，房间里的字幅、挂历、油画都摇摇晃晃，似乎也在害怕末日来临。我望着那一片片化为灰烬的稿纸，说不出是感到痛快，还是感到不安。我已经完全失去分辨是非和判别善恶的能力了。

"咚……"什么东西沉重地倒下了。我回头，看见他直挺挺地躺在地板上，双目紧闭，呼吸紧迫，嘴巴大大地张开，黄豆大的汗珠从额角上滚落下来。

"……十年以后……哪怕二十年……你们会明白……"

他断断续续、气喘吁吁地说着，似乎用尽了他平生最后一点儿力气。

火光通红，他的脸色却是铁青的。房间里弥散的黑烟笼罩在他的头顶上，给人一种阴森凄惨的感觉。我不知道为什么害怕起来。好像他的生命，也已经随同那烧毁的小说，一起离开了这个世界。

"爸爸……"一声揪心的喊叫，使人毛发悚然。一个同我的年龄差不多的小女孩，从门外飞快地冲进来，扑倒在地上那个老人的身上。她迅速地摸他的口袋，掏出药片塞进他的嘴里，却没有一声哭泣……

"岳米达！"有人喊我，挥了挥手，表示要求"撤军"。

那女孩听到有人叫我，忽然警觉地抬起头来。她的目光同我相遇了，我吃了一惊。怎么也没有想到，我同这个女孩子竟然是认识的。

　　我立刻想起来，她是我在幼儿园里的同学，名叫颜冰。我们两家曾在一个宅院住过，常在一起玩儿。她的额头中间有一颗黑痣，我们叫她"文成公主"。她们家搬走以后，两家再无来往。一年多以前，全市中学生文艺汇演，报幕员报道："女声独唱，十四中颜冰。"我听完了她唱的歌儿，立马到后台去拦截她。她似乎还认得我，但态度矜持，说话有些拘束。我告诉她，我爸爸已经调到市委去工作了，请她有空到我家来玩，她却没有来过。

　　这一刻，我有些尴尬，不知如何是好。

　　她已经把头扭过去了，再不看我一眼。天色阴沉下来，好像会下雷雨，从窗外吹进来的一阵风，掀起了铝盆里的纸灰，纷纷扬扬，像一只只黑色的蝴蝶……她默默地伸手到铝盆里抓起一把纸灰，紧紧攥在手心里，又放开了。铝盆里被搅动的纸灰中，露出了几片没烧透的残页，她迅速而小心地捡了起来，掏出一块手帕包了起来。我愣愣地站着，看她费劲地扶起自己的父亲，让老人枯瘦的双手搭在她细弱的肩膀上，两个人互相搀扶着，摇摇晃晃往门外走去……

　　我忽然想起来，在幼儿园大班的时候，有一次我们在大操场比赛跑步，她的脚扭伤了，我背她回去找老师。我和她一般高，背着她走，也是这么一摇一晃的，然后两人一块摔倒了……

　　一切都结束了，我和她之间的幼年的友情，也像这部《求索》，十几分钟之间化成了一堆灰烬。

　　我向铝盆的余烬瞥了一眼，火已经完全熄灭了。《求索》中的那些人物的幽灵是否还会阴魂不散呢？我有点儿疑惑。我走到大街上，一切都在燃烧：红旗、红袖章、红本本、红头绳……在硝烟烈火中诞生的红彤彤的新世界啊……

"发啥呆呀？老玉米，起风了，听见没有？"

小胡子朝我这儿走过来，用斧柄笃笃地敲了两下我倚着的树干。

莫非那就是我少年时代曾经幻想的红彤彤的新世界吗？哦，天，当然不是。前面烧荒的火焰，正在慢慢地往这边挪移。

"气象预报不是说今儿偏东风一到二级吗？怎么好像刮起了东南风？……"我用手试了试风向，有些担心起来。

"可不，这四月天儿，说变就变哪！"小胡子眯起眼睛朝草甸子张望着，"他妈的，要是刮西南风，可够咱们瞧的了……"

我心里明白这句话指的什么。烧荒的火线拉得很长，几乎有七八里地，如果风向一变，火势压过来，我们的身后是树林子，谁也别想活着回去。

干燥的树叶子开始发出沙沙的响声，荒甸子的枯草翻动着波纹，什么东西在我们脸上轻轻地爬过，撩得人心烦意乱。这一切都是风的信号。大甸子上来无影去无踪的风，是火的骄狂的情人。

"冰块儿还没走，你看她，在冲那些人喊什么呢？……"小胡子指给我看。

一个小小的人影，在两块尚未连成一片火场的草地中间，来回奔驰着。可惜听不到她喊什么……

"冰块儿是放牧员，放牧员十有八九会看天……"

小胡子这话对：她放了三年马了，她应该是会看天的。

"你说，冰块儿如果知道要变风向，她会来告诉咱们不？"

"不知道。"

"哦，我知道，你不说我也知道。"小胡子用一种无所不知的口气说，"你们俩有仇，她恨你，她才不会来给你报信呢。你等着吧，她是个怪女人，叫'冰块儿'还便宜了她，该叫'冰坨儿'……"

"少跟我提她！"我突然发起火来，"你给我走开！"

小胡子不吭声了。我在一棵碗口粗的柞木上狠命砍了几斧，才发现搞错了目标。我没有心思干活了，愿上帝保佑这火不要烧过来。假如真的要刮大风，大风骤起，满甸子沾火就着的干草，火势顿时冲天而起，一片烈焰腾腾，后果不堪设想。

她会来通知我们离开吗？怕是不会……小胡子没有瞎说，她至今还在恨我……

"别靠近我！"她儿时清亮的童音消失了，变成了浑厚的女中音，冷漠、粗暴，棉帽子下一双阴郁的眼睛，像雪地上的斧子一样闪着冷冽的光。

"听我说，颜冰……"我心慌，窘迫。

"我恨你！"她咬着牙说。

"听我说一句……"

"我恨你！"她大声重复。喘息着，很快跑开了，沉重的脚步声在黑暗中像原野上呼啸的风。

一切都无可挽回了。还在"支边"之前，听说她的父亲在医院死于冠心病的时候，我的心里就压上了一块愧恨与负疚的巨石。我点火烧毁手稿的那一刻，当然不知道那个"右派"作家就是她的父亲，但是后来我不是很快就知道了吗？我做了什么？那年夏天，在"破四旧"的风潮过去不久，我在一夜之间，也突然从一个骄横的王子变成了一个一无所有的贫儿——我的父亲被揪出来，成了"叛徒"，我们家被赶出了市委大院，搬到一间十平方米的小黑屋。1969年春，我毅然报名去了北大荒农场，却没想到，我们竟会在七千里外的异乡相遇。

我们在同一个分场，两个不同的连队。那时的我，早已收敛了昔日的狂热和傲慢，变得小心翼翼而沉默寡言。幻想中的红彤彤的新世界，化成了无边的黑土、百米大炕以及制作颗粒肥料的转盘，三年中饱尝的世态炎凉，使我万念俱灰。几百人的分场，竟然找不到一个可以交谈的人。有时偶尔遇到她，她总是千方百计地躲避我。有一次在分场部的小广场集体看露天电影，我递给她一块砖头代替凳子，她冷冷地拒绝了，连谢谢都没有。我知道她还在恨着我，我有什么理由请她原谅？

……疲惫不堪，浑身酸疼，湿的鞋、僵硬的胳膊……这都可以忍受。可是灵魂的空虚与寂寞到哪里去填补呢？打牌吗？喝酒吗？连队那一片乱糟糟的喊声中，居然还有人在唱"临行喝妈一碗酒……"的。

这一夜，轮到我值宿。往屋内地中央一口倒扣着的大铁锅肚子里，不断地填麦秸，把铁锅烧得干热干热的，散发出来的热量，可以提高室内的温度。那时候农场没有煤烧，知青取暖都是用的这种土办法。大家轮流值夜，假如烧大锅的打了瞌睡，半夜室内气温下降，大伙儿都会被冻醒。

我用大筐拖来小山似的麦秸，堆在宿舍里两边炕中间的过道上，堆得满满的，足够烧一宿，免得半夜再出去。远远看去，炕头上大伙儿一溜齐的脑袋，好像长在麦秸上的土豆；而我自己呢，像一只忙碌奔食的蚂蚁。我暗暗觉得可悲。

我把一撮撮散发着秋天田野醉香的金黄色麦秸，塞到那生锈的大铁锅黑洞洞的灶坑里，点上火，看着它们在火焰中跳着最后的舞蹈，唱着离去的哀歌，心里不免有几分惋惜。麦秸烧火，铁锅倒扣，读了九年或十二年书的知识青年，横七竖八地躺在火炕上，任香甜的睡梦带走他们的智慧和理想。该怎样来理解这颠三倒四的现实呢？那些在屋地中间大胆地来回奔窜，在麦秸堆里肆无忌惮地钻动的大耗子，还知道怜惜麦秸上残剩的麦粒儿……

火苗跳跃着，无可奈何地吐着尖细的火舌，好像要诉说什么。我细心地倾听，除了原野上号叫的风，却什么声音也没有了。麦秸在灶坑里烧得很旺，我却觉得那火焰是冷的，没有多少暖意，像颜冰的那双眼睛。三年前，在那一堆文稿的灰烬面前，她看我的那一眼……

我又往灶坑里使劲地添了麦秸，把身子斜倚在炕沿上。尽管守着大锅，仍觉得寒气逼人。莫非北方的火也是冷的吗？火到底是什么呢？三年前我如此狂热地崇拜过它，如今却厌恶起它来了。它可以给人温暖、热力，也可以毁灭一切……

耗子在地上窣窣地走动。

"我恨你！"

一群黑蝴蝶铺天盖地向我扑来，翅膀上沾着火星。啊，不，那不是黑蝴蝶，是一部文稿的飘飞的纸灰……

"喂！醒醒！快醒醒！"

有人使劲推着我的肩膀。我迷迷糊糊地睁开眼睛，只见屋子里弥漫着一股呛人的烟味。"着火了！"我跳起来，大声喊道。宿舍里的人都被我吵醒了，慌慌张张地坐起来，这时我才看清，大锅灶坑口上燃着的麦秸已经被踩灭了，烟是从宿舍门口那儿一堆麦秸上散发出来的。我的面前，站着一个裹着黄大衣的姑娘，蓬乱的头发，困顿的眼睛，居然是她——颜冰！

"这……怎么回事？"我心慌意乱地问。

"我……我刚打这儿路过……看见你们男生宿舍的烟囱冒火光了……"她结结巴巴地说，"我怕出事，进来看看，果然是，我已经把火踩灭了。"

宿舍里发出了一阵古里古怪的笑声和骚乱。小胡子穿一件汗背心，披着一条秋裤，从炕上蹦到她面前，嬉皮笑脸地说："半夜三更的，打这儿路过？偏打男宿舍路过？"

"我……"她涨红了脸，舌头不听使唤地说，"我……我刚好去上……"

哄堂大笑。有人吹了一声尖利的口哨。我也不怀好意地笑了。

刚提升的副连长，指着门边那堆还在冒烟的麦秸，阴阳怪气地说："就算值班的睡着了，麦秸着了火，可怎么会跑到门口来？"

"有一只，一只耗子……"她的舌头好像在打战，越发地紧张了。

"我看你倒有点儿像一只耗子！"小胡子愤愤骂道。他曾在火车上割了人家军大衣上的扣子，被颜冰说了一顿。

"是真的，有一只耗子……"她睁圆了眼睛分辩，"……耗子拖着一只冒烟的鞋，鞋上有火星儿……它钻进麦秸堆里去了……"

"胡说！"青年副连长挥动了一下手臂，"你这种说法很可笑，谁给你证明？你来黑龙江的时候，不还在火车上对别人说吗，你说要把你父亲没有做完的事做完……唔，我们不能孤立地看待今天半夜里发生的事件……"

我吓了一跳。由于我值班烧炕时睡过了头，一场不以人们的意志为转移的"阶级斗争"，竟然半夜三更找上门来了。

"岳米达！"副连长喊我，把我吓了一跳。

"你这个人，作为一个可教育子女，阶级斗争观念太薄弱了！现在我代表连部通知你，你要把今晚发生的有人企图纵火未遂的事件，写一份详细的材料……"

天哪，颜冰纵火未遂？我愣在那儿。

"你们冤枉人！"她一动不动地站着，抬起头看了我一眼，那眼光是森冷而有所期待的，似乎是说："难道你不明白我吗？"我惶惶然地避开了她的眼光。她呆呆地站在那未曾燃起大火的零乱的麦秸跟前，脸上毫无表情。大铁锅早已冷却了，窗玻璃上浮起一层白色的霜花。她紧紧地咬住嘴唇，一扭头走了出去。

"我恨你！"我的脑海中又闪过这句话。

三天以后，在场部派来的保卫干事和分场治保主任的联合"调查"之下，我写了一份关于那天半夜失火事件的材料——"证言"。

原来我只是证明颜冰如何摇我的肩膀把我喊醒，我不能证明任何其他我所无法了解的情况。但是我写了一次又一次，都被看作是一张无用的废纸。连长和指导员耐心地启发我，开导我，软硬兼施地要求我给颜冰加上纵火报复的罪名。我想来想去，颜冰的行径的确有点儿可疑，她是恨我的，如果她真的及时发现了火情，进屋一看是我值班，傻瓜也会退出去，没有比这样的惩罚更好的机会了。她为什么在把火扑灭以后，却把我叫醒呢？她摇我的肩膀是事实，可我并未看到她如何把火扑灭呀，我也没有看到那只拖着一只冒烟的鞋子钻进麦秸的耗子……

我无法相信颜冰那种半夜灭火的可疑的英雄行为，我开始怀疑颜冰是否正在对我个人进行危险的报复……

我的"证言"有这样一段话："……由于我在'破四旧'中的革命行动，颜冰对我是有积怨的，可能趁我值宿之时，暗中纵火对我进行陷害，但我确实是她喊醒过来的，醒来时火已熄灭，我无法证实颜冰是否纵火……"

也许我的"证言"使连长和指导员大失所望，也许的确是我的失职行为，我受到了记过处分。而她，因为"情节可疑，抗拒交代"，被送去场部小号蹲了三个半月，到夏天才放出来。这样一个可疑分子，哪个连队也不愿收，她就到大车队当放牧员去了。那个活儿本是男生干的，早出晚归，又苦又累。她自从当了放牧员后，那张脸就变得像永远不会融化的冰坨似的，再没有一丝笑影……

从此以后，便是我躲着她了，我怕见到她。她的头上飞着黑蝴蝶，她的脚下穿着带火星儿的鞋……有一次，她骑着马朝我直冲过来，把我像小鸡一样抓起来，扔进烈火熊熊的炉膛里去了……我吓出一身冷汗，醒了。我在更深夜静的不寐中，感到深深的恐惧，白天脑子里重复过无数次的怀疑，重新冒出来又被我否定。据以前连队的女生说，她是一个善良的人，特别会关心别人。她的睡炕旁边，有一个女知青，不慎被铡草机轧去了大拇指，颜冰常常照顾她，包洗了她的全部脏衣服，还替她洗头发、剪脚趾甲……

这样一个好心人，怎么会是纵火犯呢？如果不是火情紧急，她是绝不会闯进男宿舍来的。我在那个值宿的夜晚，明明由于自己的过错，造成一场可能引起灾难的事故，我为什么就不敢大胆地承担责任呢？

我惧怕火。总有一天，我可能同火一起化为灰烬！

现在，这样的时刻或者正在到来了。

骤起的西南风卷起了草甸子上的沙尘，铺天盖地的滚滚黑流，压得整座树林子狂怒咆哮。不久前还是隐约可见的远处跳跃的火苗，此刻已形成了一条宽阔的、高高的火带，风虎云龙一般地全速推进。我们的脸上开始感到风的热，火的烫；鼻子开始闻到草叶燃烧的枯焦的气味。黑乎乎的草灰被风席卷而来，同灰黄色的浓烟织成了无可逃遁的网……

"完了！"小胡子面无人色地瘫在地上，嘴角上冒出白色的泡沫，"咱们今天算是完了！"

身后是树林，前面是一分钟一分钟逼近的火海。再没有比这更严密、更可怕的天然包围圈了。附近没有小河，没有沼泽。最糟的是，我们什么工具也没有，只有两把斧子，而斧子不是镰刀，它无法在草甸子上打出一条防火线来；向北边徒步走出草地是唯一的出路，但是靠两条腿步行，是根本来不及了……

火在急速地逼近，枯草在火焰的吞噬中发着劈劈啪啪的响声。

"冰块儿，她不会来救我们了！冰块儿……"小胡子有气无力地呻吟着，"哪怕……哪怕她给我们送来一把铁锹，也可以就近打一个防火圈……"

我没有指望过她会来"救"我。我不配。

"她来了！"小胡子突然像看见了天兵天将，用手指着前面说，"你看，她来了，真的！"

从南边一条狭长的草地中间，一匹白马狂奔而来，紧紧追在后面的是一个包一块红头巾的骑马人，正朝我们的方向飞跑。前面的白马好像受了惊，包红头巾的骑手执着长长的套马杆子，几次跃马都没套住它……

"冰块儿！冰块儿！"小胡子跳起身子，声嘶力竭地叫喊着，就像喊救命。

此刻我已全看清楚了，骑在马上的人确是颜冰。她听到喊声，警觉地勒马向我们这边眺望。她很快看见了我们，立即朝我们这边策马跑过来。我的心一阵激动，蹦跳起来。小胡子连滚带爬地朝她挥手，声嘶力竭地喊道："我们在这里，快来呀！"

她突然勒住马。远远看去，能感觉到她的脸同以往一样冷峻，既没有吃惊，也没有焦急。她对我们默默地注视了一会儿，便掉转马头，若无其事地疾驰而去。我们只得悲哀地望着她的背影渐渐远去，忽见她勒马停立，似乎想起了什么，少时，她又策马贴着火带的边缘冲了出去……

"冰块儿！完了！她把我们给扔了……"小胡子用手掌捂着脸，号啕大哭起来。

我早该料到会是这样！我根本就不该指望会出现什么奇迹，会有什么更好的结局。她为什么要来救我们？凭什么呢？凭那飞舞的黑蝴蝶吗？凭那拖走一只冒烟的鞋钻进麦秸堆里的耗子吗？假如这一切都可以一笔勾销，她也决不会忘掉半年前那个夜晚。那个夜晚，我曾经多么残忍地伤害了她呀。记得俄国的一位大作家说过这样的话：对于那些曾经伤害过你的人，你永远不要轻易相信……这些年月里，我们像被风驱使的火一样，不由自主地惯于摧残他人，伤害无辜的心灵，摧残得太狠，伤害得太深了，一直到我们自己也将被火埋葬的时刻，才有了瞬间的不安与悔恨……

半年前那一日，我做了什么？我还有勇气回忆那个夜晚吗？

那个夜晚，冷风一阵紧似一阵地吹着，拉草的马车还没有回来，也和今天一样，把我和小胡子扔在这离连队最远的大甸子上。如果马车不来，十来里地，我们爬也爬不回去。肚子里唱的是"空城计"，身子骨里是"五更寒"，我总算体验到了饥寒交迫的滋味……

"笼一堆火烤烤吧！"小胡子提议。他缩着脖子，抱着胳膊，在地上直跺脚。

"没有火柴。"我不抽烟。

"妈的，真倒霉，偏偏打火机没油了！"小胡子嘟哝着。

我搬动着草捆，试图把它们围成一堵挡风的墙。草捆发出窸窣的响声，弯弯的月牙升起来了，静谧的深秋为原野罩上一层朦胧的暗影。

"谁在那儿？"远处传来瓮声瓮气的问话，接着出现了一个牵着马的人影和一点儿微弱的手电光。

"喂，哥们儿，有火柴吗？"小胡子喊道。

那人走近了。借着淡淡的月色，我和小胡子都认出来，来的不是别人，却是"冰块儿"——颜冰。她拿着一个电池不足的手电筒，穿一件光板的羊皮袄，好像在寻找什么。

"啊，是你……火，火……"小胡子也有点儿尴尬相。

真是的，她怎么会有火……火柴呢！

她的冷峻的目光向我闪了一下，似乎有一些犹豫，但还是伸手到羊皮袄的口袋里，摸出一盒火柴来。"啪"的一声，什么东西随着掏出来了，掉在地上，竟是一包"握手"牌香烟。

怎么？她也学会抽烟了？我战栗了一下，呆呆地望着她不敢说话。阴冷的月色之下，她的脸色发黄，疲倦，而又憔悴，嘴唇发紫，脖子上系着一条又脏又破的围巾，额头上的那颗黑痣，像一只叮在她脸上不肯飞走的牛虻。她脚上穿一双打着补丁的棉靰鞡，显得臃肿而笨重……

我突然觉得她很可怜。这几年，她生活得一定很苦，孤独，寂寞，人们都把她遗忘了。只是在开全分场大会时，会突然点名提到她。一会儿说她对抗"批林批孔"运动，一会儿又说她在写什么"黑日记"……她在这里的生活还有什么乐趣和希望呢？我是在等待父亲早晚有一天会"解放"，而她的父亲早已死了……

我很想同她说点什么，但是她连看也不看我一眼，就走开去了。

篝火点燃起来，像一座光芒四射的灯塔，驱走了黑暗和寒冷。那火柴是她给我们的，在这茫茫荒原上，一根小小的火柴是多么可贵呀！当年我也曾给她父亲一根火柴……我不敢想下去了。

火苗跳得很高，欢欢喜喜、无忧无虑的，像小时候看过的长绸舞。在这一片绚丽而灿烂的火光中，能叫人想起多少美好的往事：夏令营的营火晚会、春节少年宫的灯谜、中学里的火炬接力赛，还有幼儿园里做的游戏——吹蜡烛，我一口气能吹灭三根，而颜冰却一根也吹不灭，她鼓起胖胖的腮帮子，拼命地吹也吹不灭，她急得哭起来，连声说："我不吹了，不吹了，让蜡烛点亮，陪我长大……"

"真饿啊！"小胡子用手指头敲敲我的脑壳。晚会、灯谜、火炬、蜡烛……全消失了。眼前是无边无际的黑夜，万籁俱寂，只有肚子在叫唤。

"有什么东西吃吃就好了……"他探头探脑地张望，明明知道这片野甸子上是不会有任何东西可吃的。

我们只好耐心地重新面对着篝火坐下来，饥肠辘辘，谁也懒得说话。

忽然，我们听见了马儿打喷嚏的声音，马蹄的嘚嘚声就在我们身后。

"车来了！"小胡子蹦起来。

不是——原来是她。她并不看我们，径自向火堆跟前走，把怀里一包东西倒在地上，干巴巴地说了一声："烤着吃吧！"

她一转身就在黑暗中消失了。

那是一小堆生土豆，还沾着泥巴。我想起来，她在这草甸上放牧，附近有一个小窝棚，窝棚周围种了几垄玉米土豆……

小胡子喜出望外地把土豆抓起来，扔进火里去，咽了一口唾沫。他回头冲我做了一个鬼脸，故意朝着她的背影大声说：

"喂！老玉米！我们今儿个算是走运啦！哈哈，我看人家八成是看上你了！"

我又气又急，恨不得马上伸手给他两记耳光。这句话让我浑身发烧，我连想也没想，昏头昏脑地喊出一句话来："哼，谁要她呀！"

声音在夜空中传得老远，她一定是听到了。我不知道我为什么要这样说，要不是为了让她听到，我是不必这样大声喊叫的。我的声音明明在发颤，我的心也在发颤，那绝不是我的本意，不是我心里要说的话呀，但我确实是说了……

小胡子阴阳怪气地笑起来。篝火还在旺旺地燃烧，烤得我的脸颊都有点儿发痛，而背脊在寒风中却感到冰凉。我把身子转过来，让背脊烤着火，但前胸又灌满了风。这旺旺的火呀，始终没能烤暖我的心……

马车终于来了。半生不熟的土豆扔了一地，同被踩灭的余烬一起，被弃置不顾。篝火灭了，它是我们两只大脚踩灭的，我们完全忘记了得到那根火柴、点燃这堆篝火时的欢乐心情。当马车向着远处连队的微弱灯光奔驰而去时，小胡子已经呼呼睡着了。

现在我即将要同它融为一体了。我的心也将化成一团火，我的身体，将像冰雪一样，在它的怀里变成水蒸气，升腾到大甸的上空……火龙在一点点地逼近，摇头摆尾，张牙舞爪。灼人的气浪在翻滚，在喧嚣，成群的麻雀在烧红了的天空中惊惶乱窜。浓烟滚滚，热风呼呼，火光刺得人睁不开眼，烟呛得人喘不过气。我知道自己逃不出去了，烈火不会怜悯两个自作聪明的异乡的孩子。它不吞噬他们，他们也早晚会被别的什么所吞噬。所以，他已经不再惧怕火了。究竟从什么时候起，他和火结下了不解之缘？如今即使葬身火海，他又有什么可抱怨的呢？

小胡子不见了，他顺着山坡跑了，他要我跟他一道跑，我不干。那是自欺欺人，火跑得比他快，他跑不过火。但是，难道我就这样坐等火神的降临？即将无声无息地被火海吞没？现在只剩下我孤零零一个人了，我的心里充满了悲哀。我想起七年没有见面的父亲，想到将来父亲甚至无法了解我是怎样死去的……我扑倒在地上，绝望地大声地痛哭起来。我一边哭着，一边用斧子去砍那密密的茅草，茅草是热的，我的眼泪也是滚烫滚烫……

我哭着，像孩子一样伤心地哭，为自己曾经失去和即将失去的一切而哭。我究竟为什么坚持不肯离开这块危险地带呢？难道我不是一直盼望着一个人，盼望像那次她在淡淡的月色中突然出现一样，站立在我的面前？可我凭什么抱有这样的希望？她策马而来，却又策马而去，她甚至连看也不再看我一眼。刚才她勒马认出我们的那一刻，她一定是想起了篝火边的那个晚上。"哈哈，我看人家八成是看上你了！""谁要她呀！"是的，那个夜晚我故意让她听到了如此刻薄的话，我为什么会变得这样如此粗鄙而恶毒？为自己曾经说过这样的话，我还有什么可以指望的呢？我有什么资格期待她来救我呢？我活了二十四年，活成一个无可救药的人，多么可悲，一切都是罪有应得。让火神来惩罚我吧，让它来烧灼冶炼我的灵魂，或许在烈火焚烧中我会获得新生……

然而，我不甘心，我心里还有很多要说的话，我的话不能说给别人听，只能说给她听——她，颜冰。你听到吗？我要在火神惩罚我之前见你一面，我要问问你，为什么两个从小一起吹生日蜡烛的人，这些年，却在黑暗里掉入了熊熊火坑？我要告诉你，我先前的一切罪孽，并非我的本意……

哦，火，通红的火、燃烧的火、毁灭的火！

"米达！"

忽然，在火焰逼近的呼啸中，我分明听见了一个声音。

"米达！米达！你在哪儿？"

是的，一个声音，像小时候在幼儿园捉迷藏。

"米达！小胡！快来啊，给你们铁锹！"

是一个声嘶力竭的女中音，急切而又粗暴。

北边高坡的烟火中，飞出一声长嘶，冲下来一匹火炭般的大红马。

"我……我……"我几乎不相信自己的耳朵，突如其来的救命之星降临，使我哽咽得几乎发不出声音。

"铁锹，快接着！"这个声音因焦躁而变得愤怒。

我突然叫起来："颜冰！颜冰！是你……真的是你吗？"

"是我，小胡子呢？"

"他……先跑了……"我指了指身后的树林。

我的眼泪止不住哗哗直淌，是被烟火熏的吗？却又被火烤干。面对着骑在高头大马的背上，居高临下看着我这副狼狈模样的颜冰，我情愿让火把自己烧死。

"不行了，我们追不上他，来不及了……"她又朝树林子望了一眼，喃喃自语，猛然一拽，把我拽上了她的大红马。我下意识搂住了她的腰，我感到自己浑身都在颤抖。红马飞奔起来，耳边呼呼生风……渐渐逼近的气浪，熏得人喘不过气来，开始我还看得见她的红头巾在眼前晃动，后来，那红头巾化成了一团金红金红的火焰……

是什么飘过去了呢？像一队白帆在航行，又像一群天鹅在游动……是什么在摇晃？地平线歪斜了，树林子倾倒了……哦，是白云，白云；是蓝天，蓝天。她的肩膀在摇晃，一双穿着农田鞋的大脚在一步步挪动，一绺残破的红头巾，从她耳边焦黄的头发下翘起来，散发着一股刺鼻的煳味……

她没有死，我也没有死。我们与火神擦肩而过，风拐弯了，扑向了草甸东侧……

她脚下黑色的焦土，蒸腾着呛人的热气，每挪动一步，扑来一阵密密的草灰，使人想起八年前的黑蝴蝶。远处的树林在燃烧，山坡是一片火海，她摇晃着，发出沉重的喘息。我清醒了，发现自己伏在她的背上，她的手紧紧地抓着我的手。那匹大红马跟在我们的身后，疲惫不堪。我想挣扎，浑身没有一点儿力气，脸上的大泡火燎一样疼痛……她摇晃着，白云在摇晃，地平线在摇晃……

我想起在幼儿园的时候，她的脚扭伤了，我也曾这样背着她，东摇西晃地背着她去找老师，我咬着牙，憋红了脸，走着走着，然后两个人一块儿摔倒……

那灼热的黑土在摇晃，从那黑土中飞出来成群的黑蝴蝶，舞动着……黑蝴蝶变成了一个一个密密麻麻的字，变成了一个个方格子上的文句，又变成了一本书……

在那一本书里，有一个做买卖的商人，救起了一个曾经帮助过他的共产党人，他就这样背着他，走啊走啊，一摇一晃，走了几十里地。他卖掉了家藏的财物，为这个危险的革命者养伤，等到革命者有了力气，这个安分守己的商人又去做他的买卖了……

"十年以后……十年……你们会明白……"

那高高的蓝天里，有一个声音在震荡，他用尽最后的气力说了这句话，并且望着墙上的字幅，我分明看见他了，他那斑白的鬓发，厚厚的眼镜片……

"冰冰……"我鼓起勇气叫了一声。很多年前，在幼儿园，我就是这样叫她的。

她慢慢回过头来，冷冷地看了我一眼。她的手松开了，轻轻地把我放在地上，脱下了她的外衣，铺在地上，把我的身体挪移到她的衣服上。

"小胡子，他……"她朝着树林子弯下腰，低下头，深深地鞠躬。过了许久才抬起头来，深陷的眼眶里盛满了泪水。六年来，我这还是第一次看见她的眼泪。

"我……"我突然歇斯底里地大叫起来，"我……"嘴上的燎泡针扎般的疼痛。我想哭，却没有眼泪。我支起身，半跪在地上，死死抓住了她的手，"冰冰，我对不起你……"我刚一开口，就说不下去了。

　　她的嘴抽搐了一下，迅速地转过身去，用手蒙住了自己的脸。她蹲下了身子，背脊对着我，肩膀在抖动。她默默坐了好几分钟，慢慢回过头来，脸上竭力露出了一丝惨淡的微笑。她的嗓音嘶哑，面容平静却疲惫不堪。她望着天边，轻声说：

　　"我知道……不是你愿意这样的……小时候你本不是这样子……这些年……"

　　哦！小时候。当我背着她去医务室的小时候，我们是多么纯洁、天真、善良啊！究竟从什么时候起，我们变得残忍而凶狠？从什么时候起，我们的心被扭曲得连自己也不认识了呢？我的鼻子酸酸，她说得对，我本不该是这样的啊……

　　我努力睁大眼睛，看见她被烟火熏黑的面孔上，长长的睫毛在颤动，她的眼睛放出了光亮，是连队姑娘们那样迷人的光泽，溢出青春的活力。我第一次发现，她的脸也是好看而动人的。额上的黑痣，像一只飞来采撷花粉的蜜蜂……

　　"我真想……"我抹去了腮边的泪花，费力地说，"现在我真想从头到尾，重读一遍那本没有写完的小说……"

　　"小说？"

　　"那部《求索》。"

　　她垂下了眼睑。

……在这些年中，我不止一次地想到那部书。我痛苦地抱住了自己的脑袋："假如我能够早一点儿明白……"

假如我在八年前就明白，或者比现在稍早一点儿明白：社会难以用简单的阶级论加以概括。人与人之间，存在某种共同而相通的情感——或许那一切灾难都不会发生了。但是我们觉醒得太晚了！我们走过的人生道路，每一步都付出了昂贵的代价。若干年后，当我用朦胧的记忆去回想那部被我亲手烧毁的小说，我才大吃一惊地发现，原来我们也走过了同《求索》的主人公大同小异的曲折道路。可是我的颜庄伯伯，现在叫我们到哪里去找您呢？不管我对您说什么，您也是听不见了。我想重新读您的《求索》，也是永远无处可以寻觅了。它化成了黑蝴蝶、灰蝴蝶，飘散、零落、飞入了云端，或归之于泥土……我曾亲手烧毁了它，我应该受到火神的报复和惩罚……

"你听到了吗？我多么想好好地读一遍那本书！"我神经质地咆哮起来。

她诧异地望着我，把一个用白色石棉纸包着的小纸包放在我手心上。纸包是温热的，分明带着她的体温。

我小心翼翼地打开来，心里充满了疑惑。当我看到一张折叠起来的发黄纸片，角上留着烧焦的痕迹，我突然感到惊慌、头昏目眩，我很快就知道自己将看到什么。

我渐渐辨认出了八年前看见过的手稿上的题记，模糊而清瘦有力的字迹：

"我求索我得不到的，

我得到了我不求索的。"

——泰戈尔

风似乎渐渐在平息，远方的红瓦房在阳光下闪闪发光。从烧焦的茅草树根下，露出了翠绿的新芽……

她站起来，拢了一下蓬乱的头发，爽快地说：

"烧毁的不能再复原了，但是我们可以重新写，写一部新的《求索》。直到现在，也许我们才懂得，应该求索什么，怎样求索……"

我默默地望着眼前辽阔的原野，铺满了黝黑而肥厚的草灰，微风吹得它们翻滚、打旋。这片大火过后，即将被开垦的热土上，像一部大书，有无数的黑字在跳跃，散发着新鲜的油墨气息。如果有一天，它们真的变成了铅字，那一定是火的精灵。

1980 年冬

写于哈尔滨①

---

① 发表于《当代》1981 年第 3 期。

去远方

——《夏》之续篇

一

　　"听说镜泊湖的瀑布是环形的，像座截断的火山口，我真想去看看！"

　　"那该有多大的气势哦！我也一直想去。"

　　"湖里怎么会有瀑布？"

　　"镜泊湖是高山堰塞湖，就是冷却的火山口。"

　　"高山没能把湖水圈住吗？"

　　"我爸爸去年在那儿疗养过一个月，他说那个湖太满了，所以水就溢出去了。"

"嘀？"岑朗顿时来了兴趣，忽地从写字台上跳下来。她抓起桌上笔筒里一片灰黑色的鸵鸟毛，点着玻璃台板下一张全家照片上那个头发花白的老头，咯咯笑着说："你爸爸？梁局长？哎，你和他合得来吗？"

"你可真会问。"我苦着脸回答，"父父，子子，上下级关系，合得来？从何谈起？"

"他要知道我们暑假骑自行车旅行呢？会反对吗？"

"不知道。"我的心咯噔了一下。谢天谢地，眼下他正在遥远的地中海沿岸作为期一个月的出国考察，鞭长莫及，但愿我们能赶在他回到家的一分钟之前，出发去牡丹江。

岑朗转了一下她的大眼睛，脸上闪过一丝调皮的笑容，我真怕她又要嘲讽我几句。她盯着那张照片看了一会儿，扑哧一笑，果然用挖苦的口气说："喂，老实说，你是你爸爸的好儿子吗？"

"认识你以后就不是了。"我老老实实地回答。

她脸红了，转过去看那张还未画成的路线图。就为了画这张图，昨天刚考完试，今天就把她请到我家来了。

"老猫"不在家，小耗子可以为所欲为。

"真想去看看瀑布到底怎样从湖里冲出来……"她埋头在地图上，自言自语。她就是喜欢对这种奇奇怪怪的问题着迷。

热风把所有的家具烤得滚烫，显示着夏日的繁盛。灼人的气浪涂抹着天花板，热得令人怀疑也许马上要地震。房间里乱成一团，到处堆放着我们不遗余力从各个角落里搜罗来的"战备物资"——水壶、墨镜、登山鞋、雨衣、背囊、弹子、标本夹，还有一支半新半旧的气枪，占领了沙发、五斗橱以及地板上所有的空间。桌上摊开的路线图，是岑朗的杰作。三天以后，将从这路线图的一端，诞生80年代第一支夏季大学生远征军，计划自行车行程一千多公里，绕完达山一周，去镜泊湖、地下森林、古渤海国的遗址。多么惊人而宏伟的计划啊，首创者当然是岑朗。她在班里发起这次假期旅行，响应者不下十几人。神奇的瀑布在召唤我们，考试时都听到那隆隆的水声。现在好了，眼前一切都已准备就绪。

我起劲地擦着屋角的自行车钢圈，得意地说："你说从高岭子插过去，可以看到当年抗联战士住过的山林木房，那样可要多翻两座山呢！"

"翻山就翻山，什么了不起！"

"你能蹬动自行车？"

"你们能蹬动，我就能蹬动。"

"吹！就你一个女生呢。"

"可吕宏想去，你们男生又拼命反对。"

"要让她去了，赶上带了一个秘密警察！"

"反正我不怕吃苦。我在农场劳动过四年呢……"

"不是怕不怕，而是行不行。"

"怎么不行？骑自行车旅行就为了锻炼毅力。"

"蹚水过河怎么办？"

"扛着车子。"

"我帮你扛吧！"我宽宏大量地笑笑。

"到时候说不定谁帮谁呢！"她噘起了嘴，赌气地噗噗吹着前额垂下来的刘海。

我收敛了笑容，正经地说："高岭子顶上有个'鲫鱼背'，两边悬崖又陡又深，往下扔块石头听不见响，别说是走过去，就是站在那边儿上，往下瞧一眼，你都得吓晕……"

"真的？"

"当然。"

"有这六层楼高吗？"她从椅子上跳下来，走到窗口去。我伸长脖子往下看了看，嗬，可真够高的啊！再往远处一望，马路上的汽车像甲虫在爬，自行车像蚂蚁，电线杆变成了一根根火柴棍儿……

"差不多吧。"

"你是说，我往下瞧一眼就要发抖吗？"

"发颤，发昏，发傻，发……"我猛地刹住了车，发现她正歪着脑袋，用一种挑战的眼光看着我，她是对我刚才那句话认真了。

"反正，反正一般人是不敢过……"我吞吐起来。

"不敢？"

"不敢。"

"好吧，我现在就让你看一看，到底谁不敢！"她捋捋头发，抿着嘴，很快回转身，敏捷地一跳，身子就轻轻落在了窗台上。没等坐定，又撩起玫瑰红的连衣裙的下摆，扭动着腰，把两条腿伸到窗外去。

"你要干什么？"我顿时脸色发白。

她不理我，整个身子都转向街面，两手插在腋下，也不挟住窗框，还故意摇了摇两条腿。我看一眼她那悬在六层高楼窗台上的摇晃的脚尖，望一望头顶的蓝天和脚下狭窄的马路，我的心直发颤、发抖，我从她身后紧紧抓住了她的裙角，闭起了眼。

"敢不敢呀？"她咧着嘴笑，洋洋得意。

我咬着牙跳上了窗台，挨着她坐下。我受不了这种讥讽。她在哪里，我就得在哪里。说也怪，只要和她坐在一起，所有的胆怯都无影无踪了。

现在我们坐得多么高啊，好像一伸手就能拍到白云的肩膀了。假如能坐在屋顶上，一定更爽快，最好能把脑袋伸到大气层外去看一看宇宙。风大极了，掀起岑朗的裙边，拍打着大楼的墙壁。阳光点燃了她的红裙子，像一团火在燃烧。我忽然想，要是从楼下的远处看这窗口，岑朗就像悬崖上蹲的一只小鹰……

我也晃起鞋尖来。

"你知道吗，我十几岁时，有一年暑假，爸爸带我去黄山，天下着雨，石阶上哗哗往下淌水，我们冒着雨，一直爬到玉屏楼。半夜里又是雷声，又是闪电，把我惊醒了。我问爸爸，'明天还爬吗？'爸爸说，'想看云海吗？下过雨最美。'第二天我们爬上了光明顶。那笔陡的山崖上，铁链被昨夜的雷电劈断了……"

她大概讲得高兴，没留神，一只凉鞋从脚上滑脱下来，掉下楼去了。

岑朗开心地大笑起来。她笑得很响，无拘无束，笑声好像一串叮咚的雨声。我也忍不住大笑起来。

"你爸爸，做什么工作？"我笑得有点儿气喘。

"一个对生活始终充满了新鲜感的人。"

多么狡猾的回答。可惜对生活保持新鲜感的爸爸们实在太少了。

"哎，你爸爸怎么样？"她突然问我，"要是看见我们坐在窗台上……会生气吧？"

这话有点儿不吉利，我背上一阵发冷。

"你看……"她轻轻推了我一下。

楼下急驶来一辆小轿车，到我们这个单元门口无声地停住了。从车里走出一位西服笔挺的上了年纪的男子，还有一位略微发胖的中年妇女，司机从车后取出皮箱。

偏偏就在这时，岑朗另一只脚上不争气的凉鞋又滑脱了，垂直落下去，恰恰就掉在那个人的面前，只差两厘米就可以打在他头顶心。他们吓了一跳，吃惊地抬起头来。

我死死拽住了岑朗的胳膊，只觉得一阵眩晕迷糊，怕自己会倒栽下去。我情愿见到一个活鬼，也不愿碰到这样的事：现在我看清了，那个人正是我的父亲，另一个是我母亲。他们正眯着眼往楼上瞧着。啊，爸爸，他该不是坐火箭回来的吧，或者是通过电视卫星发射回来的？国外回来一般都会事先通知，我妈妈为啥不告诉我呢？

我呆住了。

最初，我觉得，老头的目光是友好的，他蛮有兴致地看了我们一会儿，还对岑朗笑了笑。他还没有发现那是他自己的窗口，他一定觉得岑朗很有趣。岑朗什么也不明白，她向他们招手，觉得不够劲，还使劲地晃了晃她的光脚丫……

然而爸爸脸上愀然作色了，妈妈在悄悄和他比画着什么。爸爸发了一会儿愣，我敢说尼斯湖里的怪物也不会使他如此吃惊。他对司机不耐烦地挥挥手，气冲冲地走进了大门。

我觉得自己好像掉进了镜泊湖的那个大龙潭，瀑布把我卷进了一个深深的旋涡……

"快下来！"我结结巴巴地对岑朗喊道。

"要我走吗？"她问，她已经明白发生了什么事情。

"最好是。"

"对不起，地图还没画完呢。"她泰然自若地光着脚丫跳到地板上，走到写字台前坐下来，不再理我。

钥匙在门锁里"咔嗒"地转动，门开了。

一切都没有比这更糟的了！远方的瀑布，为我们哭一场吧！

二

挂在窗外的几只蝈蝈笼子里，几只蝈蝈在不厌其烦地鸣噪，组成了一片单调的合唱。

"你，就是要和这样一个人，一起骑车去那个镜泊湖吗？"父亲的手指嗒嗒地敲着桌面，声音里带着毋庸置疑的威严。

蝈蝈的鸣声消失了，那锃亮的桌面上是一张放大的照片，光洁的沙滩上站着一对穿游泳衣的男女青年。小伙子的手臂搭在姑娘的肩上，身上挂着晶莹的水珠，嘿嘿笑着。此刻，似乎故意冲着满脸阴云的父亲笑得起劲。

"波波，爸爸问你话呢！"妈妈的声音温和、慈爱，减缓了空气震荡的频率。

我打了一个哈欠，作为回答。身为某大厂人事科长的母亲，早已在从机场回家的路上，就把背地检查我抽屉的一个新发现，迫不及待地告诉了父亲。我早就料到，就算他们没有目睹刚才那一幕剧，他们也迟早会出来干涉。不过，他们是怎样知道我们要去镜泊湖的呢？这情报局可真厉害！

"……岑朗……好古怪的名字……"他在沙发上摇着头，"你，了解她吗？"

我闭上眼睛，等待那即将开始的一场审讯，我打定了主意不吭气，就是扣了我每月二十元的生活费，也不吭气，一吭气就得发生爆炸。他们无非就是问："她父亲做什么工作？多少级？是党员吗？她母亲是党员吗？社会关系是否复杂？有没有海外关系？"对不起，我肯定一问三不知。交朋友又不是演古装戏，一上台就首先"自报家门"。

出乎意料，老头子并没有问这些。他呷着茶，慢吞吞地说："我和你母亲并不一律反对男女同学之间的交往。现在的年轻人，批评不得，你提醒他一句，什么僵化呀，凡是呀，一大堆帽子满天飞。"妈妈插嘴说："就是嘛，比如他的头发长得像草窝，能孵小鸡儿了。可要是催他去理发，先得哄着，'波波，妈妈不反对留长头发，可你得注意个人卫生！'竟然到了这个份儿上！"

父亲纠正说："头发长一点儿问题不大，放假前没时间嘛。可是，波波，你应该有一点儿是非观念。你要谈恋爱，交女朋友，我们都支持嘛，可为什么偏偏喜欢岑朗这种人？"

"岑朗怎么啦？"我终于按捺不住，嘟囔了一句。

"危险的正是你至今还没有认识到她是怎样一个人。好吧，让你妈妈告诉你……"

妈妈皱着眉头，大概表示她不屑于开口。可她又能知道岑朗什么呢？

"我举一个例子吧，"她说，"岑朗同情你们班上一个喜新厌旧的男同学，支持他同未婚妻吹灯。这不足以证明她是一个极端个人主义、自由主义者吗？……"

奇怪！我心里纳闷起来，妈妈怎么会知道这个事情？凡事到了她嘴里，都会面目全非，青蛙也会变成癞蛤蟆。事情是这样的：我们班上有个农村来的男同学，十六岁时就由父母做主，同外村的一个姑娘订了婚。订婚前只是在卫生院门口见了一面，连她是短发的还是梳辫子的都没看清。几年以后，他考上了大学，觉得双方并没有感情基础，知识悬殊又很大，实在不合适，就恳切地写了一封信给那个姑娘，要求解除婚约。结果那个姑娘的哥哥，带着她跑到大学来又哭又闹，搞得影响很坏。系里大部分同学都同情那个小伙子，认为爱情不能勉强，如果坚持这种婚姻关系，是用一种貌似无产阶级道德的形式，掩盖了封建传统文化。岑朗就是持这种观点的人，她为人热情又热心，亲自去找那个姑娘谈话，把道理给她说明白了，她说你们就是结婚将来也不会幸福……解决得很好，他们兄妹心平气和地回去了。但吕宏那伙人，对岑朗非常不满意，说她多管闲事，破坏婚姻法，等等……奇怪，我家的妈妈怎么也掺和进来了？

"再比如，她经常不上课，躲在图书馆里写一些夸夸其谈的文章，学生不上课怎么行呢？这不是违反纪律吗？我看，她这样发展下去，很危险嘛！"

我暗自好笑。岑朗确有一门课是经常不上的，她说文艺理论课的老师讲得太糟，全是书本上的内容，没有一丁点儿独立见解，还不如自己看书呢。有一次上文艺理论课，她只管自己低头看书，记得是看车尔尼雪夫斯基的《艺术与现实的审美关系》，让老师发现了。那个老师早已对她不满，态度生硬地对她说："不好好听课，请你出去！"岑朗抱着书起身就走。他却又说："站下！你还没向我道歉呢！"岑朗突然情绪激愤，快速对老师说了一段话。大意是：新时期以后，即使是一向被视为经典的理论，也应该用实践的尺子重新检验一番，但老师还用旧教材，对一切有争议的问题都避而不谈，既束缚学生的想象力，又影响学习的效果……她说完话甩手就走。事后引起了许多学生的共鸣，在墙报上写了小品表示支持。于是那位老师对她越发不满，恰好他是系里的总支委员，岑朗的处境就可想而知了。我如何为她辩解呢？

妈妈大概有点儿累了，靠在沙发上喘息，否则岑朗的罪状还会无限增长下去。我又纳闷起来，她和父亲两小时以前才见了岑朗一面，岑朗画完图就走了，他们并没有交谈，这一堆"人事档案"，到底是什么时候建立的呢？

"这样一个人，你和她……"父亲发问了，但却吞吐起来。

"爸爸问你，和岑朗到底是什么关系？"

我两眼发直，不知该怎么回答才好。像他们所希望的那样说是"谈恋爱""搞对象"吧，有点儿强加于人。我和岑朗之间，千真万确，向老天爷发誓，至今没有说过一个"爱"字，我们就是好朋友，好同学，真正的好同学，不可以吗？可我这样讲，他们就要说我撒谎。

"你们年轻人现在不是喜欢说真话吗？"老头子点着一根烟，悠悠然地吐着烟圈儿。

烟呛我一口，我脱口而出："你们说什么关系？什么关系也不是！"

他很快直起身子来，有点儿冒火，大声说："什么关系也不是，就这么随随便便在一起？游玩、照相，今天上午你们闹成了什么样子？看她坐在窗台上的那个样子，我就知道她不是个好姑娘。我搞的是工业，教育的事我不太了解，可自己家的孩子不管，不行！"他猛地咳嗽起来。

妈妈赶紧走过来替他捶背，一边和颜悦色地说："波波，这么大了，看人得掂量掂量，干吗偏喜欢岑朗这种人？隔壁老姜太太都说好几回了，你们班上有个党支部委员，对你可有好感呢，我见过她，又温和又稳重……"

"你见过？"我叫起来，"在哪儿见过？"

我立刻明白了。半年前，我在这幢楼的楼梯口碰到过吕宏，她说她来探望一位亲戚。啊，真有她的，地道挖到我家的锅台下来了，竟然和我爹妈结成了"神圣同盟"。看来她是要和岑朗干到底了。可她越是忌恨打击岑朗，我就越发恨她，恨她一辈子。

"少和我提她！"我咬牙切齿地说，"你们喜欢她，你们去喜欢好了！"

这句话真把父亲惹火了，他在烟缸底上用力地按灭烟头，站起来，口吻很严厉："我们不会喜欢岑朗。你听明白了，你和她一块去镜泊湖旅行，我们绝对不能同意！"

　　"为什么？"我从床沿上蹦起来，愤然涨红了脸。电扇嗡嗡响着，好像要掀起一场台风，蝈蝈在吱儿吱儿地嘲笑我，窗台上的茉莉花刚开出一点儿洁白的花，也吓得缩回了脑袋。"为什么？"我大声叫嚷，"大学放暑假，我们去见见世面，看看大山、森林，我们不要家里一分钱，骑自行车，带干粮，带上介绍信……"

　　我委屈得说不下去了，真想抓起他从巴黎买回来的一只微缩的埃菲尔铁塔木雕，狠狠摔个稀巴烂。他自己从东半球飞到西半球，从富士山飞到比萨斜塔，又从阿尔卑斯山飞到墨西哥湾，波音飞机，高速铁路，有空调装置的高级卧车，全都坐遍了，不用自己掏一分钱。可我们骑个破自行车去旅行，还要横加干涉，真是太不公平了！

　　他把桌上那张放大的照片锁进抽屉里去了，在房间里来回走了几步，口气和缓了些："我并不一律反对你的假期活动，我和你妈妈的意见，不同意你和岑朗一块儿去！"

　　我发着愣，出了一身大汗，拼命咽着唾沫，免得心里那股火蹿出来。

　　"你如果不便告诉她，可以由我们来和她谈！"妈妈端来一盘切好的西瓜，斩钉截铁地说。

　　大瀑布，你离得我们真远！难道你真是那么可望而不可即吗？你到底是怎样从湖里冲出来的呢？

三

没有岑朗同去，所有的旅伴都会索然无味。她是荒野上的火，是骄阳下的清泉，是树林里的凉风，是月夜下的歌声。没有她，瀑布也会黯然失色。

我在校园里寻找岑朗，我需要她的支持，她的鼓舞。只需她用那双亮晶晶的眼睛看我一眼，我就会有勇气对父亲说："再见吧！"我将会冒着摔死的危险，偷偷地沿水管爬下楼，背着窝窝头和咸菜，和她一起到远方去寻找自己的生活……

我看见了她的背影，她坐在校园一角的啤酒花架下，这是她喜欢的一个地方。满藤萝架翡翠似的绿叶，搭起了一座天然凉亭，微风吹动那无数盏尚未开放的花蕾，像一只只小钟，发出细微的撞击声。阳光使绿叶变得透明而发光，像一个绿色的梦。她倚在柱子上，久久地一动不动；头微微仰起，眼睛却低垂着，好像在倾听着什么。我觉得她脸上有一种我从未见过的痛苦神情，眼眶里蓄着闪耀的泪花。岑朗，你也有苦恼的时候？你的眼睛怎么不像从前那么闪闪发光了呢？

从那绿色的梦里传来低沉沉的旋律，熟悉、亲切，在她头上飘忽。那是岑朗最喜爱的贝多芬第五交响曲《命运》，它把人带进与命运搏斗的人生的战场，体会到人的尊严、伟大与不可战胜。可是在我们的生活中，当命运叩门的时候，我们都有勇气去迎接它吗？又有几个人能凯旋呢？我好像还没有见过命运，仅仅只是一个吕宏，一个父亲，就把我们搞得焦头烂额了……

"计划不变，我们明天一早出发！"我的声音打破了那绿色的梦。

她没有想到我的出现，肩膀微微颤动了一下，抬起眼睛看我。那一瞬间，她刚才痛苦的神情消失得无影无踪，又浮现出了她平时那愉快明朗的微笑。她摘下一朵小小的啤酒花扔给我，漫不经心地说："去哪儿？"

"天涯海角，哪儿都行，只要是远方。"

一片阴云掠过她的眼睛，她的眉毛跳动了一下，很快说："镜泊湖，我不想去了。"

"什么？"我手里的啤酒花掉到地下去了。我看得出来，她不是在开玩笑。

"发生了什么事？"我问她。

"什么事也没有发生。"她说。

我的心里充满了失望，变得沉重而惆怅。这一年来，我们共同经历了多少曲折和斗争，才走到现在这一步。她的处境比之去年已大大改善了，今年评选"三好"学生，她的票数几乎达到半数，原先攻击过她的一些同学，现在都站到她这边来了，有许多人心里都喜欢她。只是一部分学生干部对她的批评在升级，这些都算不了什么。夏天重新又来了，她把人带进了夏天，自己却退缩了，我倒宁愿夏天从来不曾到来过更好。

"你知道思想解放，要冲破许多传统的偏见才能实现。"我的口气是严峻的。我想嘲讽她，挖苦她，制止她，"想飞回到笼子里去吗？"

她把手心里的啤酒花一个个捏得稀碎，撒在地上，很久没有出声。

"你知道夏天从哪里来的吗？"我问。

"从蝈蝈的叫声里来的。"她苦笑了一声。

"不对！是你召唤来的！"

她摇了摇头："我不会忘记……夏天应该是生机勃勃的，可对于有的人来说并不是。我小时候奶奶常说'苦夏难熬'。苦夏啊，你以为夏天真的一切都那么美好吗？"

我吃惊地看着她。她的眼睛埋在一片闪耀的泪花中，忽隐忽现，扑朔迷离，好像一个个问号。

我们很久没有再说话。时而激昂，时而低回的乐曲，笼罩了这一片密密的绿色，但不是每个人都能听懂它的倾诉……

"我给你父亲的第一个印象，坏透了。是不是？"她突然问。

"是的。"

"他会因此借口反对你和我一起去镜泊湖。"

"已经这样做了。"

"……我想到了……我和你一起去，会给你们带来许多麻烦。"她轻轻地说，"……其实，今天上午，我确实不应该坐在窗台上，我这人，一高兴什么都不管不顾……我总是不去想别人会怎么看我，我好像空着一双手走路，自己轻松得很，不知道其他人都挑着重担……"

我急忙安慰她说："让他们去反对好了，我们走我们的！你别在乎我爸爸，我每次回家都和他吵架，我才不怕他呢，反正我妈会给我生活费。我爸出国访问许多次，好像全都白去了。他偶然在杂志封面上，看到一幅安格尔的名画《泉》，就大惊小怪地骂一通，……我实在同他谈不来，毕业分配时，把我分配到漠河去算了，我永远不回家……"

岑朗笑起来："你嘴硬吧，估计见了你爸，你大气儿都不敢出！"

我不好意思地笑笑："如今不是说代沟嘛，我家不是沟，是峡谷深堑……"

"我看你父亲人不错，心口一致。"她嚼着绿色的啤酒花，大概因为苦涩得很，又连连吐舌头。"我能理解，他只是不了解现代社会的变化，原来的旧观念改变不了……"

"那你愿意同他们谈话吗？"

"平等交谈可以，想要教训我，我拔腿就走。"

"你既然那么明白，为什么又突然决定不去镜泊湖了呢？"

她沉吟了许久，一只手托着腮帮子，望着浓荫密布的花架缝隙里的一线天空，说："如果，一个人的思想，超越了现实许可的范畴，会遭到众人的抵制，那个时候，也许需要做出妥协。我的苦恼在于……"她犹豫了一下，接着说，"……就在于我明明懂得应该怎样去生活，而无法按照自己的愿望去做；习俗要求我去做的，我又不屑于做……"

她的眼睛里有一种深沉的、变幻的光彩，使我第一次感到自己还没有完全了解她。在她那快乐开朗的外表后面，隐匿了多少常人无法体味的痛苦呢？是理想与现实的距离，还是天性与理智碰撞下的闪电、雷鸣、冲击波？

我激动起来："如果你属于明天，你应该大胆往前走！你会比我

去远方

们先到达！"

"明天？"她大声反问一句，心里好像有一股即将喷发的火焰，"其实我们只不过发出了几声微弱的呼喊，什么也没能做。我们的时间、精力，都花在提防暗箭，澄清谣言上去了。表面上看起来我轻松愉快，可只有我自己知道，我生活得并不轻松，我随时会被舆论吞没，我还要同自己心灵的绳索搏斗……比如说，刚才系领导通知我，晚饭后，让我到办公室去一趟，有人要找我谈话。"

"什么事？"

"不知道。学期结束前谈话，总不会有什么好事儿。管它呢！"

我猛然咆哮起来："无论怎样，我不相信你会放弃去镜泊湖！"

她的脸色一下变得灰白，嘴唇动了一下，又紧紧抿上了。她从石头上跳下来，那浓绿的藤萝架，绒毯似的挂帘，发出窸窣的响动，重又合成一个绿色的梦——她不见了。

四

热浪消散到黑夜里去了，蝈蝈也停止了鸣噪，马路上渐渐安静下来，街灯无声，满天的星斗默然，松花江水懒洋洋地流淌着，同我此刻的心情一样沮丧、黯淡。

我无论如何想不到，岑朗也会犹豫和动摇。她的内心处于一种怎样复杂的矛盾状态中呢？现在我们这支英勇的远征军，尚未参战就溃不成军，还谈什么瀑布、地下森林和渤海国的古迹，统统成了

"镜子湖"里的幻影了！一个雄心勃勃的计划，轻而易举地被葬送了，真叫人无比愤慨而又无可奈何……

我在街上闲逛多时，拿不定主意是否要回家。刚吃过晚饭，父亲就打来电话，要我立即回去一趟，说有要紧事。我去找岑朗，却又找不到，不知她被"支部"带到哪里去谈话了。我为她担心，他们到底找她谈什么呢？文艺理论课的事？那位"八哥"老师自然不会轻易放过她。可是岑朗并没有说错，如此死板教条的教学方法，培养不出新时代需要的人才，责任不仅在教师也在教材。难道是为了那个农村同学的婚事吗？传统道德、婚姻法，都要遵循，可是岑朗认为，不同的时代，道德法则和标准也该修正。我们今天应该去创造一种符合更多人利益，使双方都能得到幸福的道德观念……

唉，算了吧，什么爱情不爱情，岑朗要是爱我，就不会拒绝去镜泊湖。我们从来没有谈过"爱"字。哦，她说过"苦夏"，现在我可尝到苦夏的滋味了……

但我还是想她、惦念她，为她担忧、高兴。我喜欢她，我宁愿要一块有缺陷，然而有特色的火山石，也不会对无瑕的白玉爱不释手。大楼就在面前，我已经走到家门口来了。表针指着十一点，我抬头看看自己家的窗子，黑洞洞的，没有声音。我稍稍放了心，悄悄摸上楼去。不回家不行，明天是学期结束的最后一天，同学们要在主楼前合影，我还得回家取相机呢。

我轻手轻脚地开了门，正想偷偷溜到自己房间去，客厅里有人咳了一声，电灯"啪"地亮了，刺得我睁不开眼。原来他们没睡，父亲坐在沙发上抽烟。

“你过来，坐下。”妈妈指着一张小板凳说。她的声音温和慈爱，“波波，你马上要放暑假了，我和你爸爸考虑，你在家里待着也闷得慌，你不是一直想去北京玩儿吗，我们给你叔叔打过电话了，你去北京可以住在他家里……”

奇迹！竟然突然同意我去北京了？就是不让我去镜泊湖？

我不停地晃动身子，小板凳变换着各种节奏，发出吱呀吱呀不满的响声。

妈妈说："家里会给你一些钱，硬座还是卧铺，你自己看情况。"

我笑嘻嘻地回答："我打算和岑朗还有几个同学一起去，骑自行车长途锻炼身体……"

空气一下子凝固了，好像很快要爆炸。

“你说什么？和谁一起？我耳朵背，听不明白！”爸爸哼了一声，啪搭啪搭地打着扇子，其实屋子里根本就不热。

“他要和一个女生一起去！”我妈冲着我爸喊。又转身对着我："你可别提那个疯疯癫癫的岑朗。听说今天系领导找她谈话了，弄不好要受处分了……"她的声音里分明有一种被克制的幸灾乐祸。

我刚要张嘴打哈欠，突然被惊醒："处分岑朗？凭什么？胡说！肯定是造谣！"

“你说妈妈造谣？”爸爸生气了，脸顿时像一块砖头。

妈妈却并不反驳，她不敢说关于“处分”的消息，是从哪条“地道”里来的。

爸爸用扇子柄笃笃地敲着椅子背："你们在学校里念书，唯一的任务，就是当一个好学生。我们且不谈岑朗是什么家庭出身，但你怎么能和一个受过处分的人交朋友呢？我们这样正派的家庭，怎么可能接受她？"

"你们和我划清界限呗！无所谓。"我冷冷地说。

"你……"爸爸气得说不出话来，捏得手指关节咯咯直响。我怕他在万不得已的时候放下架子来揍我，悄悄瞟了一眼退却的方位。

妈妈转身去厨房，端来一只盘子，里面有一只洗干净的大桃子。她显然已经发现，让我去北京的计划是一个错误，因为他们无法控制我——和谁——一起去！

"你们不要那么绝对化嘛！"我嬉皮笑脸地说，"岑朗这个人，你们说她不好，也有不少人说她好呢，无非各人的看法不同就是了。比如，我们一直说，劳动者的皮肤是健康的黑红色，而资本家好逸恶劳，所以苍白无力。可是到了 70 年代，在资本主义国家，情况恰恰颠倒了个儿，有钱的富人可以外出旅游，晒得黑红，于是黑红色就成了健康、生活优越的标志；而经济不富裕的普通劳动者，需要较多的时间在流水线操作，脸色就变得苍白了。这说明，黑和白本身并没有好坏，只是人们的观念改变了……"

"你给我住口！"父亲吼起来，"你在哪儿学的这些歪门邪道？！念大学越念越傻了。我去非洲访问，有钱没钱的人都是黑的！你知道个啥！你走吧，我要睡了！"

我正等着这句话，于是一脚把凳子踢到墙根，小凳子发出了一声强烈抗议。

就在这时，我隐约听到楼下远远传来的一阵歌声，虽然听不清歌词，那曲子，却清晰而熟悉，是我和岑朗都喜欢的"川江号子"。歌声回荡在夜间空旷的马路上，直扑我家窗子：长又长啊，波浪滚滚向前方啊……

我的心一阵狂喜，扑到窗台上，果然是她，岑朗！她像一只天外飘来的飞碟，出现在楼下的空地上，正朝我招手。这个聪明绝顶的鬼丫头，怎么想得出用唱歌来作为联络信号？我顿时忘了一切，快步冲下楼去。

"发生什么事了吗？"我跑得气喘吁吁，又紧张，又激动。

"什么事也没有发生。"她轻轻甩着后脑上的发结，故意装出一副若无其事的样子，可我知道她一定是有事来的。

"那你来……"

"我来告诉你一句话。"她微笑着说，显得有几分诡秘。

"什么话？"

"你猜猜。"

我的呼吸有些急促，说："听说，学校要给你警告处分，是真的？"

"真的。刚才找我谈了，本来已经决定处分我，但组织上还想给我一个机会，让我写检讨，承认错误、改正错误，下学期看我的表现……嘿，还不是想吓唬吓唬我！"

我浑身冰凉，赶紧问："你答应了吗？"

"我不知道自己该检讨什么，怎么写？……"

"你想来问我该怎么写吗？可我，从小是乖孩子，没写过检查……"

"错了，我压根儿没打算写检查，用得着请教你吗？"

"那么你来找我干吗？"

"……肯定有事儿呗，谈话那会儿，我突然清醒了，我不能妥协！"

什么意思？我心里暗暗诧异，她到底要告诉我一句什么话呢？一句不能留到明天天亮再说的话？我真的就那么笨，一点儿猜不透她的心思吗？

"猜不着，我告诉你吧！"她调皮地耸耸鼻子。

黑暗中飞过一只绿色的萤火虫，我心里忽然亮了亮。

"我知道了，是……"

"让我自己来说！"她像小姑娘似的抓住了我的衣袖，急切地说："我……决定……去……"

"去镜泊湖！"我接住了她的话音。

"去远方……"她睁大了眼睛，眼睛里燃烧着渴望，像在朗诵一首诗，"咱们明天就出发！"

这才是岑朗，才是岑朗说的话呀！我早知道你是和夏天一样热烈勇敢的。我真想把她一把抱起来，转上十几圈儿。我闭上了眼睛，沉浸在这幸福的想象中……

"谁在那里？"一个冷峻威严的声音从黑洞洞的大门口传来。想象消失了，面前站着威严的父母大人。

"……又，又是你……"妈妈一扬眉毛，冷冷地说："作为梁一波的母亲，我有责任提醒你，你受了处分我管不着，你别把我儿子也带坏了！"

父亲严肃地说："一个女同学，晚上来找男同学，像什么样子！影响不好。"

岑朗偷偷抿嘴笑了一下，幸好没有被他们发现。

她并没有生气，平静地说："我不同意你们的说法，但我也不打算说服你们。一代人有一代人的想法，你们既然不能像我们这样生活，又干吗要求我们像你们那样呢？你们相信以往那些一成不变的理论，可我们相信实践，相信社会发展的必然，将会证明我们属于一个新的时代。就让我们试一试吧，让时间来回答，时间……"

她说完，忽然抓住我的手跑起来。她的手好有力，给我输入了巨大的能量。我们跑着，晚风推着我们跑，灯光领着我们跑，好像跑得离他们越远越好……

抬头望，巨大的银河穿过深邃广阔的天空，从我们头顶倾泻下来，真像一道气势磅礴的瀑布。那晶亮闪耀的密集的星群，恰似瀑布飞溅的水花。瀑布，我看见你了，可我离得你多么远啊……

"现在我知道了湖水怎样变成瀑布的。"我欣喜若狂地说，使劲捏了一下她的手。

"怎样？"

"高山总想把水围在它的怀里，让它做一个安分守己的湖，可是湖水想去见见世面，想去大海，去江河，灌溉发电，于是，它奋不顾身地从悬崖上纵身跳下来——

"这纵身一跳，就变成了瀑布。"她接过我的话，眼睛熠熠发亮。

"瀑布的精神，就在于它敢从高处往下跳！"

"是的。"

何以解忧

"跳下来以后怎样呢？"

"它就唱着歌儿到远方去了。"

"很远很远吗？"

"很远很远！"

1981 年

写于哈尔滨

无雪的冬天

——《夏》之终篇

一

日历撕得只剩下薄薄的十几页了，1981 年的最后两周，校园里的空气骤然紧张起来：室内室外，冰冷、凝固、沉寂。西北风时时撞击着密封的窗户，发出"砰砰"的响声。随着有线广播里降温的消息，屋檐下的冰溜子越来越长……

天空阴沉沉灰蒙蒙的，却又不见下雪。往年这时候，这个城市早该漫天漫地白皑皑一片了……

其实根本就没有人关心冰和雪，几乎可以说，谁也没发现到年底还未曾下过雪。这所庄严的高等学府里，目前起码有四分之一的同学们处于心神不宁，食无味、夜不寐的精神状态之中。他们在焦虑地等待那一个决定自己命运的时刻——一个月后即将公布的毕业分配名单。从表面看，同学们照例在一起打球、溜冰、看电影，在一个教室里写论文，可谁知道，那看不见的屏幕后掩藏着多么微妙的竞争？只有揭晓的那一天，大家才会明白自己这四年的真正"成绩"该打多少分儿。听说数学系的分配方案不咋样，那帮书呆子们成天在刺骨的寒风里奔走。小道消息不翼而飞，瞬息万变，叫人的心一会儿在天上，一会儿在地下……

我又何尝不是如此呢？报考研究生的事还没有消息。我和岑朗报的都是本校，她报的是哲学系美学专业，我报的是本系现代文学专业，听说一周内就要正式公布。谁的心不悬在嗓子眼上？我早已仔细盘算过了：假如我和岑朗考上了，那么我们的关系也将以中国传统戏剧的大团圆收尾；可假如岑朗考上了，我没考上，那以后我和她的差距就大了，万一学校把我打发到外地去，岂不更惨？所以最近我每个周末都回家，表现得规规矩矩，这是关系我后半生的重要关头，关键时刻说不定还得梁局长帮忙。还有岑朗呢，她如果考不上？……不，不会的，她早就开始研究美学概论和美学史了，毕业论文也得到了系主任的称赞……不过，我也明白，最优秀的人未必一定都能考上研究生，考上的人未必都优秀。当然，就算岑朗真的没考上，我也爱她，我可以想办法让她留校。可她到底爱不爱我呢？四年了，与其说我没有勇气，倒不如说，我怕捅开了这层纸，破坏了我们之间纯洁的友情。这深藏在心里的爱，给了我许多希望和幻想，我常常生活在这种想象的王国中。当然，现在到了该下决心的时候了！

今天系党总支书记找我谈话，原以为每人都要轮到，无非是例行公事吧。可他强调了一番党委对这次毕业分配，坚决抵制不正之风的决心后，开始向我了解"仲夏"文学社成立以来的情况。他那张脸笑眯眯的，显得和蔼可亲："和你唠一唠，了解一些情况吧。你们这个文学社，有没有办什么刊物？再比如，最近这一年中，有没有人，私下发表什么……言论？对了，你是个老党员了嘛！小梁，一个党员应该有组织观念，这是组织和你谈心，要认真对待……"

老党员！连我都不太明白自己是怎么入党的。1972 年高中毕业后，留城当了四年工人。1976 年 2 月，我跟我们大院里的一批老三届的"小平头"们写了几首悼念周总理的诗去散发，险些没让厂里开除。后来，金色的十月到来了。我爸官复原职，1977 年 6 月我就填了表。坦白说，填表那会儿我还没正式写过申请，我以为自己还不够格。可厂党委书记在大会上称我是反"四人帮"的英雄，我就那么稀里糊涂地混进去了。我总觉得哪儿有一点儿误会……

"小梁，来，喝水。你应该懂得，你与其他同学不一样。你的父母是老干部，你是我们自己的孩子，你的命运……"

我当时站了起来，眉毛突突地跳动，真想对着他喊道："少来这一套！你想让我告密吗？门儿也没有！"但我一眼看见了他面前的笔记本，我冷静下来，清清嗓子，还勉强笑了笑："真可惜，那些问题我当时没做记录，全都忘了。您要是早点儿提醒我就好了，至于我自己的优缺点，自我鉴定上全写了，您看那个就成。"

他认真地记下来，眉头皱着。我有点儿想笑。

"哦，对了，'仲夏'文学社后来发展到三十人，其中大部分同学在省市和全国性报刊上发表了小说、散文、诗歌。其中党团员占百分之七十。"

"这些我都知道，还有什么？"

"没有了……我，可以走了吧？"

他用钢笔杆敲敲桌子，沉吟了一会儿："坐下，还有一点事。你，同岑朗的关系……"那口气，似乎不便说下去。

"我，同她，是好朋友。不不，我爱她，我们是恋爱关系……毕业分配时，希望组织照顾。"我不敢抬头看他，我的心怦怦跳起来，这才是我所期待的"提问"。

他往椅子背上一靠，半天没吭气。

"恐怕不完全是这样吧？我们找岑朗谈过话，她否认了这种关系，她没有要求照顾。"

"不可能！"我叫道。我的腿发颤，脑子糊涂了。

他嘿嘿一笑，双手一摊，摇了摇头："是啊，这我就不明白了，两个人说法不一样，叫组织上怎么合理安排……"

我跳起来，冲出门去，当初真不知道自己是怎么从那宽大的楼梯滚下去的。楼梯上好像铺满了雪，软绵绵的；又好像铺满了冰，溜光溜滑。我喘不过气来。

就在大门口，我被吕宏迎面叫住："梁一波，正找你！开支部会，你忘啦？"

"我没空。"擦肩而过，我想溜。

"没空也得参加。讨论毕业前发展预备党员的事。"

"谁？"

"林建华、邬大同。"

"没有岑朗吗？"

"嗯？"她似乎觉得我问得奇怪。

风卷起一阵黄沙扑来，迷了我的眼。校园里哪儿都没有雪，没有雪的地面，小风也起灰……

二

一阵欢快的手风琴声，从走廊那头传来，跳跃在呼啸的风声里，忽隐忽现，明快动人，很像小时候我唱过的一支儿歌，歌词大意是："下雪了，下雪了，天上下雪了。下雪了，多么好，大地一片白。"

雪仍然没有下。而地上的事情，简直糟透了。不知谁还有这闲心拉琴——当然，除了她，没别人。

"喂！"我大声喊，"你停一停！"

她明明听见了，却偏等那一曲拉完，才回过头，还故意噘着嘴说："什么事？"

"报告一个与你的琴声截然相反的消息。"我阴沉着脸说，"研究生考试，我和你都没有被录取。"

"我已经知道了。"她只是淡淡地撇了下嘴角。

"知道了？知道了你还在这儿拉琴？"

"我早知道自己希望不大，所以一点儿不觉得大惊小怪。不过——你，我没想到，你会落榜。"

是啊，连我自己都没想到，多么无情的一棒。虽然我事先做了多种打算，实际上，我自信一定能考上。问题究竟出在哪里？听说岑朗是专业课分数不够。因为她没按那位指导教授的观点撰文，而她开始报的并不是这位教授……

"你是特意来告诉我这个消息的？"她把手风琴从肩上卸下来，一边系着扣带，"还有什么要说吗？"

"哦……还有很多……"我张望了一下四周。

她拎起手风琴，往肩上一甩说："你在这儿等我，我上去穿大衣，马上就下来。咱们出去散散步。"说着，小跑着上楼去。

"这个人！天寒地冻的，散什么步？"我嘀咕了一声。可是，除了散步，还有什么可谈话的地方呢？

风在高楼的顶层吼叫，飕飕来去，吹得人耳朵生疼。才走几步，口罩上厚厚一层霜。可她好像不怕冷，跳跃着，不时伸出手，抖落鬓发上的白霜。她喜欢从人行道上散落着的砖头木块上跳过去，又咯咯地笑。

"全班只有一个人——'书虫'考上了。"我愁眉苦脸地说，带着几分妒意。

"那是一定的，要不怎么叫'书虫'？"

"吕宏在教学大楼门口贴了决心书，你看见了？"

"没看，不过大家都在传。"她不屑地说，"决心干吗往墙上贴呀！"

岑朗的轻蔑当然是有道理的。那位一帆风顺的党支部副书记，这几年可学乖了，她很少再公开同我们过不去，甚至有一次还因为义务劳动表扬过岑朗。自从镜泊湖的自行车旅行她被排除在外后，她再也没有到我家去过。跟我说话也总是客客气气，公事公办。她从地县来，这次分配按说应回原地，但听说她已在本校物色了一位上届留校搞政工的工农兵学员做男朋友，所以她很可能留校。

"其实吕宏不找那位，她也能留校。"岑朗说，"学校最需要她这种人了！"

"既然她早做了留学校的打算，又何必假模假式地贴决心书呢？"

"是啊，我也讨厌这种装模作样的人！"

天真冷，我的手有点儿发木。戴着口罩，说话不得劲。可是摘了吧，恐怕连舌头也得冻僵。我使劲地跺了跺脚。地真硬，没有雪，跺得我的脚好疼。

"哎，进去待会儿？"岑朗在"通达"食杂商店前站住了。对了，这里边有冷食部，兼卖白酒和零食，有几张桌椅可坐，真是个避风歇息的好地方。我点了点头，拉开了门。

"来两杯？"岑朗脱了大衣，朝我笑了笑。

"白酒？敢吗？"

"有啥不敢？暖暖心嘛。我在农场时，冬天上水库割苇子，就像老职工一样，喝白酒驱寒气……"

我摸了摸口袋，好像没带钱。还好，有几个硬币：三五一十五，加上两个二分，三个一分，一共二角二分。我统统掏出来，放在桌上。

岑朗在慌慌张张地搜索自己的衣袋，表情也有一点儿不妙。她把手伸出来了，抓着一把什么，放在桌子上——乖乖，两张两角，三张一角，外加一个五分，七角五分。加上我的，一共九角七分。

"够了够了。"她高兴地嚷嚷，"一人一两，再来一碟煮花生米，一块面包。"

我红着脸，走到柜台边上去，将货币按我们的精确预算兑换成实物。

这小酒店很暖和，不远处的炉火烧得噼啪响。已是下午，屋角坐着几个老头，还有两三个男青年。他们的下酒菜比我们丰富多了，有哈尔滨出名的红肠和酸黄瓜。我咽了一口唾沫。

"来，回忆一下淡忘了的知青生活！"岑朗举起酒杯，不，确切说，是一只白碗。呷了一口，皱了皱眉。

我伸了伸舌头。她忘了我没有当过知青。

岑朗的花生米在嘴里嚼得津津有味。她好像是饿着了，撕开面包，全神贯注地吃起来。几口酒下肚，我马上就暖和过来了。岑朗的脸色红彤彤的，眼睛又扑闪扑闪地发亮。

"给你透露一点儿内幕，最新消息。有兴趣没有？"我问。现在开始言归正传。

"有兴趣。"她老老实实地回答。

"'路透社'消息：全班三十六个学生，除'书虫'一人考上研究生外，其余三十五人参加毕业分配。其中哈尔滨名额十七人，包括三个留校名额。十七个名额中，哈尔滨市符合留城条件的十二人。外省外地学生共六人，有三个已联系了外省，还剩三人。"

岑朗用一只手支着下巴颏，认真听着。

符合留城条件，是指工龄五年以上带工资入学的本市学生。这条该死的杠杆，恰恰把我划在外面了。我不知道岑朗听懂了这点没有。

"说下去。"

"还有十八个地县名额，也就是说，十七个留哈名额中还要补充地县来的同学，而本市学生也有可能去外地。所以，这几个哈市名额就成了争夺焦点。另外，这次留省城的大都是大机关，谁都眼馋……"

"嗬，真复杂，快把人弄糊涂了。"她喝了一口酒，"这么说，研究生没考上，现在咱们都在半天空悬着，是不是？"

我也呷了一口酒，给自己壮胆："我的问题不大，我好歹是哈尔滨人，又是党员，业务也不错，哪个单位都能塞。今天晚上，我打算找我爸爸谈一谈。"

"找你爸？"她筷子上夹的一颗花生米掉在地上，骨碌碌滚一边去了。

"我爸爸可以去找一下教育厅厅长，亡羊补牢，现在还不晚……"

她神色有点儿黯淡，默默点了点头说："是啊，这也是你能找到的最好出路。"

我赶紧说："我不会扔下你不管的，所以……"

"管我？"她惊异地睁圆了眼睛，直盯盯望着我。

"不，我是说，我可以帮你努力争取一下。我父母两个人的社会关系，总会有办法……你去年不是评上'三好'学生吗？"

"那是大家故意的！"

"你最好是留校。"

"别自作聪明，学校会要吗？"

"有志者，事竟成！我们可以争取啊。"

"你少说我们我们的，这是我自己的事！"她突然很恼火。"我自己知道该怎么办。"她仰起脸，一口喝干了酒，把大白碗重重地放在桌子上。

我不解地看了她一眼。她的眉心出现了几道浅浅的竖纹，眼圈也有一点儿发黑。难道她心里，也在经历着剧烈的思想斗争吗？听说她父亲过去是南方某省的水利厅厅长，亲自领导了几项重要的水利工程，她从小跟他走过许多地方。后来父亲被审查，她下乡到了东北，知青大返城时她没回南方，后来考上了大学，又报考了本校研究生。我知道像她这样自尊心很强，自立能力也很强的人，当然习惯自己来掌握命运。

"就算你自己管，也得赶紧进行。"我硬着头皮吞下了一口酒，我要拿出点儿男子汉的架势来给她瞧瞧，"你……是不是去找找你父亲的老战友，总会有人管你吧，动用一下哈尔滨的老关系，一个电话就妥了。"

"妥？妥什么？"

"留哈尔滨呀！"

她忽然扑哧一声笑起来："你怎么知道我想留在哈尔滨？"

这一下问得我张口结舌，半天才憋出一句话："其他，还有什么更好的出路呢？"

"你怎么知道没有？"

我有些沉不住气了，虎着脸，蹦出一句我自己都想不到的话来："怪不得你向系里否认了我们的关系。看来，你根本没把我考虑在内！"

她脸上愀然作色，嘴唇轻轻颤抖，怔了一会儿，站起来说："你父母不喜欢我，我也不想得到你家的照顾。我只能走自己的路，至少，言行一致。"

她抓起桌上我没喝完的酒一气儿喝干了，然后很快披上大衣，走了出去。

我清醒过来，赶紧追了出去。我不知该跟她说些什么。我们默默走着，踩着无雪的地面，听不到往年雪地上那好听的"咔嚓"声。

我们走到霓虹桥来了：桥头的柱子上镶着几条细铁链作装饰，桥身很宽，安着绿色的铁栏杆。闪亮的铁轨从桥底下穿过，恰好在这里形成一个弯弯的弧形，伸向前方，消失在西边的陡坡之中。往年到了冬天，陡坡被厚厚的白雪覆盖，衬着坡上密密的榆树林，火车吐着白烟，穿过这喧闹的市区，在这一段别有一番森林铁路的风味。我每次骑车路过大桥，总要站在桥上等候一列火车开过，让白烟整个将我笼罩起来，又慢慢消散，望着车尾隐没在弯弯的路轨和高高的雪坡之间……可是，今年冬季，无雪的坡地光秃秃，扔满了垃圾，灰不溜丢乱七八糟……

我们依在桥栏上，谁也没说话。岑朗扭着脸不理我，我搜肠刮肚地找不出一句合适的话来。寒风直往脖子里灌，不远处还有人在叫卖冰糕。

忽然，一阵轰鸣声，前方陡坡的树梢顶上滚过一团银白色的浓云。浓云很快向前推过来，推过来，我们感到了一种轻微的震动，整座桥都在震动、摇撼。浓云将我们吞没了，包围了，只看见一片洁白的雪原，无边无际地向远方伸展……

"你知道我是怎么学会游泳的吗？"

云雾里，我听见了一个熟悉的声音。我睁开眼，雾气消散了，她正靠着栏杆望着我。

"小学五年级的时候，爸爸挨了批，让他到一个山区领导一座大电站的建设，他把我妈和我都带去了，我在那个县城学校里念书。城关小学有个刚从省师范学校分配来的体育老师，整天愁眉不展。把他分配到这种山区角落里来，他灰心丧气。听说有一次发大水，他真的跳到河里去了，不过后来自己又爬上来。从那以后，他发誓要好好教学生，学生未来的人生，就是他的前途。但是学校什么体育设施都没有，校外有几条小河环绕，水挺深，岩石下有水潭。他教学生上游泳课，我游得最好，每天从小河这头游到那头，我还敢站在山崖上，往潭里跳水……等我跟爸妈回到省城里，第一次参加中学生游泳比赛，就得了百米自由泳亚军。我给他写信，寄了照片，但从此再也没有见过他，我一直很想念他、感激他……"

我像听故事一样，屏息静气。我被迷住了……可是，她讲这些干什么？

"梁一波，"她的声音使我想起了那个夏天沙滩上的夜晚，"你还记得前年夏天，我们骑自行车去镜泊湖旅行，路过的那个小山村吗？"

"小山村？"

"就是那个家家户户牵牛花爬满了茅屋顶，村口有一大片葡萄园的屯子。"

我想起来，那是个美丽的山村。我们傍晚骑车到那儿，谁都不想走了。村里人知道我们是城里来的大学生，一会儿工夫，西瓜、香瓜堆成了一座小山。晚上，大队长领我们去参观了他们正在建设中的学校，是社员们自己凑钱盖的三间大瓦房。晚上，岑朗和同学们还给孩子们讲故事，教唱歌……第二天清早我们走时，大队长一直把我们送到村口，握着我们的手，眼泪汪汪地说："俺们屯子穷，老师也请不来，学校教个外语啥的，跟收音机里差老鼻子……往后，你们走到哪儿，也甭忘了俺们，甭忘了中国还有这个小屯儿……"

"你放心，忘不了。"我鼻子酸酸的，大声说。

"没忘？"她充满疑虑地望了我一眼。

太阳西斜了，才下午两点。

"咱们走吧。"她用胳膊肘碰了碰我，戴上了口罩，露出一双眼睛，"好吧，让我再想想，咱们过几天再见面。"

又一列火车开过来了。一声长鸣，淹没了她的声音。假如刚下过雪，整列火车的顶部都是白的，像一条飞腾的大白龙，那该多有气派。可现在……

三

君子兰开花了。粉红色，喇叭状的花瓣，黄色的花蕊，躲在两组对称的叶片的夹缝间，似乎有点儿鬼鬼祟祟——不知因为爱惜君子的名声，还是怕伸出头遇见小人。

木菊刚谢，夹竹桃开花还早，只有一盆透叶莲，青葱苍翠，张牙舞爪地占领了大部分空间。麦冬蓬蓬勃勃，似乎有点怒发冲冠；云竹从酒柜顶上温顺地垂下它细长柔软的长茎；四季海棠快开花了，亮晶晶的叶片，透出一股昂首挺胸的傲气。

在这里，听不见呼啸的风声，看不见冰雪和严霜，恬静舒适，温暖如春。夏天八面来风的阳台，如今安上了玻璃窗框，放满盆盆罐罐的花草。俄式住房家家带有四面玻璃的花房，这个习惯沿袭下来，连我们这七层的新大楼都被精心加以改装。当然，梁局长对此很满意。

我靠在沙发上，偷了老头子的一支烟点着，打着呵欠，闭上了眼睛。眼前这一切——花房、彩电、落地灯……我觉得陌生而厌倦。这不是属于我的地方。我只希望有一个空房间，一无所有，但墙上挂满了自己作的画；有一把破椅子和一张嘎嘎响的桌子，但桌子上堆满了自己完成的诗稿……坦率说，我并不恋家，这个家我早待够了。关于我的分配去向，我认为一个人的事业只有在大城市、文化中心，才能展开宏伟的蓝图。

我把烟头扔进烟缸里，想了想，又把烟灰送进厨房的垃圾箱去，然后打开小窗户放烟——我怕妈妈回来又啰唆个没完。最近我们的关系基本上正常化，犯不上为一支烟闹别扭。去年过生日那天，妈妈在华梅餐厅为我订了奶油蛋糕，感动之余，我们正式讲和了。看来是我的生日，提醒了他们自己的年龄，他们不会不担心我真的跟着岑朗跑到天涯海角去。于是我顺水推舟，恰到好处地点明了毕业分配留在大城市与"四个现代化"的重要性，从此家庭关系趋向和谐融洽……

天阴沉沉的，似乎要下雪。其实压根儿不会下，已经制造过几次假象了。远处烟囱喷着浓浓的黑烟，房屋灰秃秃的，大街上又脏又乱，到处散抛着垃圾和煤屑，还有脏水堆成的冰山和冰封的下水道口……往年有雪，这一切都被盖在雪层下，自然是晶莹洁白一片，可今冬久旱无雪，竟把一切肮脏都赤裸裸地暴露在外，实在有损于这冰城的威严。

是啊，离开省城，就意味着离开政治文化中心。我听多少知青绘声绘色地描述过乡村的贫穷和落后，它们绝不可能在短时间内改变，有多少更重要的事等着我们去做。现代化社会的发展，必然导致城市人口的剧增和文化资源的高度集中。岑朗绝对不可能不懂这个，可那天，她为什么谈起了小山村？什么意思啊？叫人捉摸不透。等我的事有了眉目，我将和岑朗进行一次决定性的谈话。

妈妈为我的事情出去了，等得叫人心烦，但愿她能带回好消息。看来，天底下还是妈妈比爸爸更有同情心，难怪书上都歌颂伟大的母爱。那天我把研究生落第的消息告诉他们时，妈妈急得差点儿没落泪，老头子居然一声不吭，后来才慢条斯理地说："考上的毕竟是少数嘛，考不上，毕业分配组织上也会安排好。"说完就回房去了。

第二天一早，妈妈就开始依靠"组织"解决问题去了。他们往学校打了电话把我叫回来，因为即将得到最后的答复。

我心里觉得挺别扭，大学里毕业分配前两年，有人就开始为户口而奋斗。有实力的考研究生；有本事的走后门；门子硬的留城；关系好的留校。由于僧多粥少，我不得不接受父母的"恩赐"，这叫作"权宜之计"。我不断地安慰自己。

我回到沙发上，又打了个呵欠。真无聊，最好再抽一支"牡丹"？哦，门响了，是妈妈回来了。

"哎呀，可真麻烦。"她一屁股坐下来，脸上的神情让人不太乐观。

我恭恭敬敬地把一杯茶递过去："怎么样，有希望吗？"

"别提了。"她噗噗地吹着茶叶，"好不容易找到你们学校的党委书记，他是你刘伯伯的……哦，你听他说什么：党委早已做出决定，一律不接受条子和电话，坚决抵制不正之风。他光这么说，做做样子也就罢了，还对我说，'你要舍得放手，让孩子自己去历练'，倒好像是我，给'四个现代化'拉后腿，真是岂有此理！"

我把手插在裤兜里，转了个圈儿说："是啊，宝钢、葛洲坝、深圳……我神往已久，正好想去见见世面。"

"你？"杯子差点从她手里掉下来，"妈妈辛辛苦苦为你奔波，你倒悠闲。告诉你，你的事儿已经解决了。我不找书记可以找校长，不找县官可以找现管。咱们平时不求人，求人要在节骨眼儿上……"

我想象她去登门求人的那副模样，又想起家里平时来客她那种傲慢，心里有点儿幸灾乐祸。她说"解决了"，我也没感到特别高

无雪的冬天
—151—

兴，即使实在没有名额，她也有办法去另批一个来。说实在的，我留哈市的问题并不大，我之所以担心，是怕人用"仲夏"文学社做借口，分配的单位不理想。当然，这不能透露给她。

"不过人家说了，需要一条正当理由，否则不好交代。"她意味深长地看了我一眼。

我明白她的意思，正当理由——女朋友！前些时候她们给我介绍过一位市委副书记的女儿，她的条件是：要有考上研究生的希望。现在研究生告吹，她自然主动告退。最近半年来同学中掀起恋爱热潮，其实不是找男女朋友，而是找"绳子"和"木桩"。

"哎，波波，妈想起来了，对面楼里迟部长的女儿怎么样？长得挺招人稀罕的。"

"她上课时吃巧克力，坐在老师桌子上偷看考卷，上街好几个男朋友陪着，还抽烟……"我一本正经地把想得起来的坏话都加在她身上。我明知这有点儿委屈她，可我顾不得了。

妈妈沉思片刻，忽然又说："那林伯伯家的小梅不错吧？挺文静的。"

"她不愿受婆婆管，尤其像您这么厉害的。她想找个没爹没妈的男孩。"

妈妈摇摇头："那楼下的素素呢？"

"她是个售货员，还比我大一岁。"

"就没一个你看得上的？"妈妈盯着我冷冷地问。

"有一个。"我赶紧说。

"谁？"

"你们认识的——岑朗。"

妈妈半天没动弹，好像被谁施了定身法。好久，才轻轻问："她留哈尔滨了吗?"

"还没有定。"我用忧郁的目光望着妈妈。"你们知道我喜欢她，她假如分去外地，去基层，我也只好同她一起走了。我爱她，妈妈……"我心里突然一阵悸动，眼眶里涌满了泪水。我已经很多年没有在他们面前动感情了。

妈妈站起来，轻轻摸了摸我的头，叹了口气。我猜想，伟大的母爱开始发生作用了。

"那好吧，回头我和你爸爸谈谈……"

我欣喜若狂地走到窗口去。扑入视野的，却依然是肮脏的大杂院、平房、煤堆，黑而乱，赤裸裸……

我多么盼望下一场大雪啊。

四

过了冬至，快近小寒了。一年中最冷的日子。

冬日的晴空，阳光亮得刺眼。几只不怕冷的雀儿，在空荡荡的校园里掠过来掠过去，叽啾乱叫。

我在女宿舍前的小路上徘徊，犹豫要不要去找岑朗。我有一百条理由去找她，但我的勇气却不够……

听说系领导昨天又找她谈了一次，我希望得知具体的情况。据可靠消息：本届毕业生的去向大局已定。由于今年一再强调要抵制毕业分配中的不正之风，后门倒是没有大开。本人条件不够而靠关系者大多被关在"门"外。"卫星"就是一例。她本人第一志愿是北京林业部，结果她的去向是桦南县林业局。小蕙当了四年生活委员，小心谨慎，任劳任怨，总算是分到本市一所中学，大家没有意见。二〇三宿舍一位全市大学生田径赛中得过名次的外县男生也将留校，指望他继续为学校争光争彩。听说生物系一位中央某部长的女儿，也没回成北京，而是到她专业对口的某个生物研究所去了。至于我，当然不能算什么后门，后来证明妈妈的亲自出马完全多余，我那点儿事，校方并没有纠缠不清。

吕宏当然是留校了。对于这一点，全班百分之九十九的人都没有怀疑，也没什么人敢同她竞争。她一不靠权势，二不靠关系，就是凭自己的表现，凭学校领导上上下下对她的好印象，这才叫过硬。不服行吗？何况她留校当政治辅导员，真是再合适不过的了。这才叫"人尽其才"。

只有岑朗，还没有明确的去向。同学们私下议论纷纷，较多的猜测是她对考上研究生过于自信，所以没有及时准备办理南返的手续，目前有点儿措手不及；而留哈又不甘心，大概是在争取去京的名额。据说昨天有人给她来了一份电报，她歌声进歌声出高兴得很。可我的心，却像断了线的风筝，不知翻了多少个个儿。妈妈答应给岑朗帮忙的事，等爸爸一回来就"风云突变"，把我狠狠训了一顿，全是些冠冕堂皇的大道理。气得我没等他说完，就摔门走了。可是，岑朗……她究竟要到哪儿去呢？那天在霓虹桥，她似乎欲言又止……

她不是说过还要找我的吗？我为什么不主动些？为什么在她面前变得如此胆怯？好像她身上有一股慑人的力量，谁也不可能左右她驾驭她……哦，她来了。迎面冲我走来，披着大衣拎着一副冰刀。看见我，小跑了几步："嗨，这几天你为什么不去滑冰？"

　　"我……"

　　"总不下雪，冰场可干净了。"

　　"嗯……"

　　"我和吕宏比赛速滑，我赢了。"

　　"……"

　　"哎，怎么不说话？"

　　"没什么可说的。"我的眼睛望着远处，声音有些发颤，"你，真的就那样悄悄地走吗？连再见，也不说一声……"

　　"再见？去哪儿？"

　　"还用问？不是去北京吗！"

　　"北京？"她眨眨眼，恍然大悟地笑起来，笑得那么放肆，就像夏天在江上那一回，"你的消息真灵通，可惜去不成了。"

　　"那……你真的想过去北京？"

　　"是的。"她老老实实地承认，"研究生没考上，我的思想很矛盾。留哈名额少，我又不够条件，通过父亲在世时的老关系走后门，把别人顶下来，这种事我干不来。关于我的去向，我反复想过好久……"

　　她慢慢走着，冰刀在她肩上来回晃荡。

　　"那次我们从霓虹桥回来后，我做出了听从分配的决定。可就在第二天，我收到了姐姐的电报，她已把我的毕业论文，推荐给北京一家理论刊物的负责同志看了，他们认为我独立思考的能力很强。经过我姐姐的努力，他们表示愿意接收我，只要能拿到北京的名额。但我不是北京人，学校的北京名额已经满了，这牵涉到一系列问题……"

"那你为什么不回南方去呢？你父亲生前有很多老战友会照顾你，这也不算走后门吧？"我酸溜溜地说。

她站住了，眼神突然变得火辣辣的："为什么？你想知道吗？就因为那儿的一切一切，都将为我安排得妥妥帖帖，让人对自己的价值发生错觉！我讨厌那样，讨厌极了！"她突然提高了声音："我不愿走别人为我安排好的路，你明白不！就为这，很简单！我想做一个独立的人，不依附于任何人，靠自己的能力去发展。我才二十七岁，我必须成为一个独立的人，我想跑、想飞，想在天空中找到自己的航线……"

我伤心极了。我已听不清她在说些什么。她讲了这么多理由，这么庄严的宣告，难道就一丁点儿没想过我？"那……我们呢？……"我有气无力地说，紧紧咬住了嘴唇，我真怕自己会掉眼泪。

"我们？"她轻轻重复着这两个字，低着头，拽着自己的围巾，半天才说，"我要对你说实话，我觉得，在毕业前为了某些实际利益，急急忙忙地确定关系，是对自己的不尊重，我鄙视那种人……即使是好朋友，如果对人生的追求不完全一致，违背自己的心愿而迁就另一方，那是对双方的不负责任……"

"难道……难道我们不一致吗？"我的眼前昏黑一片，我拼命地睁大了眼睛。

她沉吟了一会儿，低声说："有一点儿。梁一波，你别生气，真的，有一点儿。我感觉到了，可我还说不好。总之，我感觉到了……"

　　"难道我……"

　　"你说过，冰灯的粘合需要两块极平整光滑的冰面，才可能牢牢粘在一起，无论多大外力也不会脱开……四年来，有一股潮流裹着我们一起朝前走，给了我们许多共同的欢乐和忧虑。你真诚、坦率、热情，可以说，我很喜欢你……"她伸出手，轻轻擦去我鼻尖上的一点儿煤屑。就在这一刻，她深深看了我一眼，那目光里分明有什么痛苦的潜流在荡漾，"……但是，咱们能不能在一起走下去，走到一起，实在很难说。我觉得咱们有很多地方不一样，是的。不一样！关于毕业分配，我想的，并不是是否能给自己找到一个安乐窝，我在意的是，我的人生将从哪里开始，怎样度过？十年二十年后，我会成为一个怎样的人？梁一波，你明白我的话吗？你没有勇气去选择自己的道路，我不勉强你。你是家里的独子，留在省城无可非议。但请你记住，就算你留在了大机关，或是经济文化中心，假如你从此安于现状，缺少激情和创造性，也会变成一个文化庸人……"

　　我的心被狠狠扎了一下，打断她："那，昨天你是怎么向系领导表的态？"

　　"我说了两个字：随便！"

　　"这是什么意思啊？"

　　"就是，无论分配去哪里，我都相信自己能行！"

　　"你没说咱俩的关系吗？"

　　"没说。我的想法，不等于是你的想法！"

我差点儿气疯了，扭头就跑，西北风从耳边呼呼掠过。我一气儿冲进宿舍，跳上床抓起被子蒙住了脑袋——一切都完了，没想到是这样的结果！谁能想到，她根本没把我们的关系当回事儿，她自以为是，我行我素，我对她了解得太少了！她这样一意孤行，将来肯定没好果子吃！

几天后，学校正式公布了分配名单。除了一周前流传的小道消息基本被证实了外，剩下的就是：梁一波——省电视台，岑朗——大兴安岭教育局。

当念到她的分配去向时，同学们大吃一惊，纷纷转过脸去看她。她若无其事地笑了笑。

地区教育局只是个大范围，到了那儿还得再往下分一次。谁知会怎么样？我真不敢往下想。但这已成为事实，任何人再也无力改变的事实。

五

几天后，同学们陆续离校，包装托运，好不热闹。虽然在校时，我们无数次地咒骂它，可真的要离开这生活了四年的学校，大家都恋恋不舍。最后一次聚餐联欢时，大家互相在小本子上留言，好多同学都掉了眼泪。我干完了一大碗白酒，摇摇晃晃走到餐厅门口，全吐了。那一周里，我整天醉醺醺昏沉沉的……

岑朗走的那天，天气特别暖和。没有风，云层很厚，太阳不知躲到哪里去了。外系来送她的同学很多，王书记和吕宏也都来了，校门口挤了一大堆人。吕宏那张红色的决心书，还在教学大楼的墙上噗啦噗啦地飘动，只是没人朝它看一眼。岑朗打算先回南方家里去过年，寒假结束后，直接去大兴安岭报到。她的行李已由我们几个男生替她发往大兴安岭加格达奇。几箱沉沉的书、一箱衣物，一只木箱里装着单独包装的手风琴和冰鞋……

我远远地躲在人群后，听人堆中传出愉快爽朗的笑声，一阵阵钻心地疼。我看了下手表，迟疑会儿，回身去推自行车。我要去火车站送她，我还有话要对她说。

……车站里到处都是人，像夏天松花江的沙滩。我进了月台，寻找岑朗的车厢号，一眼就看见了她的红围巾。她正在车门口同送行的人交谈。这是最后一节车厢，已接近月台的末端。岑朗，在这茫茫人人群中，你仍然这样引人注目。可惜，相处四年，我好像还没有真正理解你，我们就要分手了……

"梁一波！"她大声喊道，朝我挥挥手，从车上跳下来，"我会给你写信的，相信吗？"

我低下了头。

"等我从家里回来，我要送给你一件东西，保证你猜不到。"

我赶紧打开书包，摸出一个信封来，"这是送给你的。"我说。

她急不可待地拆开它，叫起来："太好了，瀑布，镜泊湖的瀑布照片！"

这是前年暑假，我们夏天去镜泊湖旅行时拍的合影，我把它重新放大了送给她。我在照片后面写了一行字："瀑布的精神，就在于它敢从悬崖上跳下来。"可——如今，我不敢翻过来再看一遍……我心里充满了惭愧，我不是瀑布，我不敢从悬崖上跳下来，而她敢，我相信。

"可惜今年冬天没有雪。"我讷讷地说，"本想送你一套松花江雪景……"

"等着以后我送给你吧，林区的雪景才美呢！你想啊，高大的红松，挺立在雪地上，披挂着白色的斗篷，那是多么壮观啊……"她的眼微微眯起，好像真的看见了雪里的红松。我忽然发现，这双眼睛，比起四年前，已深沉许多。

"岑朗！"我脱口而出，"我要同你说一句话。"

"不，不要说，真的不要说，什么也别说……"我以为我又将听到夏天时那样的回答。可是出乎意外，她却平静地微笑着，温和地看着我："你说好了。"

一点什么冰凉的东西掉在我的脸上，又一点，湿漉漉的。我仰起脸——雪花！真的，竟是雪花，久违的雪花，纷纷扬扬，零零落落，正从灰蒙蒙的天上往下飘飞。它们回来了，回来了！

"下雪了！"岑朗兴奋地对天空展开了双臂，又张大了嘴，伸出舌头去接，摊开手掌去抓。一瞬间她又变得像个无忧无虑的小姑娘。

月台上吹来卷着雪花的潮湿的风。我清醒过来。

"你要说什么？火车快开了。"她忽然催我。

"不，不说了！等以后，夏天！到了夏天，我会去大兴安岭看你……那时候再和你说。"我果断地挥了挥手，把唇边的话咽回了心里。这一刻我觉得有些惆怅，可又觉得前方有希望在等待我。

"好吧，那就再见了！"她把手伸给我。一双暖和、有力的小手，手心有点儿潮乎乎的，好像沾着露水的草叶。

开车铃声响了。她松开了我的手，转身敏捷地跳上车厢踏板，车门还没关上，她朝我挥手，俏皮地喊道："你来吧……大兴安岭的夏天，一定很美……"

车轮转动了，车窗上挥动着一双小手。我木然地跟着火车跑着，跑着……最后一节车厢消失在烟雾弥漫的前方，只剩红与蓝的地灯在闪光……我想起了霓虹桥下的"森林铁路"，想起了去镜泊湖路上借宿的小山村……谁也不会想到，恰恰是岑朗——这个常常受到人们非议指责的人，勇敢地去了最艰苦的地方……

"我爱你，岑朗！"我突然想大声喊。四年了，我没有把这句话告诉她。以前是没有勇气，刚才我又放过了最后一次机会。因为我不配，不配！我没有勇气，没有勇气挣脱羁绊，没有勇气面对开拓……可是，我爱她。我不知道在我这一生中，是否还有可能，对她说出这句话……

雪花飞舞，飘飘洒洒，漫天漫地。六角形的雪片旋转着，不时变换着方向。不一会儿，地面上就铺了洁白的一层——今冬的第一场雪。北国不会有无雪的冬天，毕竟，这儿是雪的家乡。

她好像曾经说过，北方的夏天，是从雪地里走来的……

1982 年

写于哈尔滨^①

---

① 发表于《中国青年》1982 年第 7 期。

水下，空中

　　它每年秋天飞过这个海湾，总是从小岛高高的悬崖上，衔来一粒红果，默默地投入湛蓝的大海。

　　那是天空的颜色：蔚蓝、瓦蓝、天蓝、淡蓝、宝蓝、湛蓝……天空是蓝色的，所以大海才会变成蓝色。海水自身是没有什么颜色的，就像空气一样。可是为什么在高空飞行的时候，望见的大气层明明也是蓝色的呢？

　　现在它清楚地看到，海水是透明的，近岸的海底懒洋洋地伏着一只只大红与深蓝、鲜紫与浅黄交杂的五个爪子的小东西，好像一排排神气活现的大奖章。假如海水是蓝色的，这些海星星怎么会是红色和黄色的呢？浪花从海的尽头涌来，一跳上岸，顷刻就变成了白色的雪花，在沙滩上翻腾、跳跃，既不会融化，也不会结冰，勾勒出一条曲曲弯弯的白色的海岸线。啊，这白雪似的泡沫，不是也没有被染成蓝的吗？它为第一次亲眼所见，证实了自己的发现感到快活。它抖开翅膀，在这片连接着海岸的礁石上空，打了一个漂亮旋转。

这是一个美丽的海湾。

沙滩上虽然没有它想象中的白沙，却铺满了五彩的小石子，闪烁着朦朦胧胧的光泽。岸边粗犷而嶙峋的山岩上，挺立着被海水洗得簇新的针叶松，露出树下红褐色的泥土。一排夏天时旅游用的小船如今被倒扣在几幢木头房子跟前的空地上，几丛金色的万寿菊开得正盛。海面上远远有几座小岛，柔美的曲线像微风抚爱的温和的海波……

它轻松地滑翔，然后看准了离岸不远的一块突出的礁石，垂直降落下去，用两只细细的脚爪，紧紧钩住了礁石最高的尖角。礁石的形状从这面看很像一只鸽子，从那面看又像一只回头观望的鹿。四面都是水，除了大海均匀的呼吸，听不见嘈杂的人声。它很高兴自己选择了这一地方，于是放开嗓子唱了一支快乐的歌，又唱了一支更快乐的歌。

泡沫们都拼命地鼓起掌来，浪花们也从远处赶来倾听。它又唱了一支豪放的歌。它唱了一支又一支，直到觉得累了，才俯身下去，想喝一口海水润润嗓子。

"不要喝，喝了你会后悔的！"

一个粗重的声音，突然从海面上冒出来，差点儿把它吓了一大跳。

它四下张望，除了海水，什么也没有。

它用幻觉来安慰自己。它实在有点儿渴了。

"不要喝，喝了你会后悔的！"

声音又响了，粗鲁、专横，好像就在它的脚底下。

它慌慌张张地低下头去，睁大了眼睛。它又吓了一跳：海水里有一条鱼，正贴在礁石上，严肃地看着它。

它有一点儿生气了。

"海水不是你的！"它说。

"海水不是玉液琼浆，谁都知道海水好看不好喝。我不过是想尝一尝而已。"它想了想，又说。

"我偏要尝尝。"它把那尖尖的嘴，伸到水里去。

"这样会把你的嗓子毁掉的！"那条鱼大吼了一声，猛地朝它游过来。它感到自己尖硬的嘴角碰痛了鱼的尾巴，心里有点儿过意不去。那鱼转过身，小眼睛恳切地注视着它，态度变温和了些："海水不好喝，又咸又涩。"

"我不喝一口，怎么会知道呀？"

"我不是告诉你了吗？"

"你吓唬我！谁都知道海水又苦又涩，可没听说会毁坏嗓子。"

"真的，会毁坏的。你刚来，不知道……"

"那是为什么？"

"唔……很复杂的原因……"

"哼！你就是想吓唬我，你想霸占这个海湾，不让我们过路的鸟儿歇脚。哼，你是个海霸！渔霸！是个大坏蛋！"

鱼却并没有生气。它宽厚地笑了笑，用长者的口吻说："你还这么年轻，怎么这样不相信人？"

　　"我们鸟儿南来北往，经历的事多了。"

　　"好吧，信不信由你……不过，我要不是被你的歌声吸引，我本来也没心思多管闲事……真的，这海上来来往往多少可爱的鸟儿，我并没有去提醒它们。"

　　"你听见我唱歌了？"

　　"我一直在听。"

　　"我是瞎唱的，一时高兴。"

　　"你的音质很好，音域也很宽，感情真挚，歌曲处理上变化多，有潜力，如训练得法，你完全可以成为一个优秀的歌唱家。"

　　"真的吗？"

　　"真的。我听过无数的歌唱，请相信我的鉴赏能力，所以我无论如何不能让你喝这水。"

　　鸟儿的脸红了，突然地受了感动。

　　"真对不起，刚才骂你是大坏蛋。"它真心诚意地说。

　　"没关系，主要是你还不了解我。"

　　"你就住在附近吗？你喜欢这儿吗？鱼儿们不是总喜欢成群结队的吗？海里的生活怎样？"

　　它那鸟儿的好奇心，使它生出一大堆问题来。

　　"那么你呢？你为什么孤零零地飞到这儿来？你的伙伴们呢？"鱼反问，好像不大愿意谈自己。

　　"我？"它在石头上跳了跳，咯咯地笑起来。

"哎，大家快看呀——海！大海！"

它对伙伴们高叫着，激动得连连扑腾着翅膀。这就是它曾经梦见过无数次的海，蓝得像星星、像宝石似的海，无边无涯。海天之际充满了神秘感，喧哗的涛声抒发着志士的豪情，远去的白帆满载着想象。它想象过在海风中起舞，在浪花里沐浴，在礁石上露宿，该多么富有诗意。

"停一停吧，这儿太美了。"

"不行，要赶路，赶路……"

"停一停吧，停一停。"

"路还远，我们去南方，南方还远……"

"哎呀，你们对生活太没有热情了！"

"你还是第一次长途飞行，不要少见多怪！"

"就因为我第一次看见海。"

"海是很单调的，你现在就看到了它的全部。"

"不，它壮阔，我喜欢它的壮阔。"

"没有时间争论了，冷空气正在南下……"

一团白云，救命的白云。伙伴们急忙升到白云上面去了，它却趁势灵巧地转了一个身，躲在了白云下面。啊，白云是一只降落伞……

它生来是自由自在的，它有丰满的羽毛，一对强健的翅膀。从来没有谁能主宰它，它喜欢由自己来支配。

"你很有个性。"

鱼听完后，由衷地赞美道。

"为这个，我的伙伴们常批评我。"鸟儿又笑起来。它很爱笑。

"你大概从来一帆风顺，所以……"

"那可不一定。"它反驳，"我有一次让人捉住过，关在笼子里，不过后来逃走了……"

鱼张大了嘴，现出惊讶的神情。

它又说："我的翅膀被岸上的人打伤过，后来有人救了我，为我治伤。我不大安分守己，但我从不抱怨。"

"哦，你的生活态度跟我很一致。"鱼认真地点了点头。"我一向提倡这种主动精神。你在屡次受挫后，依然保留了自己顽强的天性，我十分敬仰。"

鸟儿的脸又红了一红。它喜欢受到夸奖。

"你唱歌的自然条件十分优越，但缺乏后天训练，你的音量太小，吐字不够清晰，有时离谱，加以自己随心所欲的创造……这些毛病，你一定要注意克服。你好像有一点骄傲，这不好……"

鱼在水里来回摆动着自己结实的身子，像个严格的教练。显然，它很懂得音乐，它也许是位艺术家。听说大海里的居民都是才华横溢的。它一定是一位学者。虽然鱼不会唱歌，但也许可以做乐队指挥呢。

鱼的批评使它心悦诚服，那些伙伴们从来不肯安静耐心地听它唱歌，它们总以为自己的嗓子是天下第一。唉，知音，知音难觅！

鸟儿很有礼貌地给鱼鞠了一躬，它不知应当怎样来感谢面前这位陌生的新朋友。

"让你费心了……其实我……唱歌不过是业余爱好，没下过功夫，也没什么雄心大志……我真正的爱好是……"

"是什么？"鱼关切地问，一连吐了好几串水泡泡。

"我爱好飞行。我想当一个飞行家。不仅仅是为了觅食，而是为了飞得完美。"

"是真的吗？"

"是真的。"

"为什么？"

"我想看看世界，了解天空、海洋、陆地……"

鸟儿感觉到鱼的注视——一种犹如海水的蓝色的目光，冷峻而清澈。是审视还是欣赏？是赞美还是惊讶？它惶然了。

鱼用低沉的嗓音说：

"记住我的话，飞行是一门深奥的学问，要研究地理、气象、历史、文化、生物、化学……"

它点点头。"要学会怎样躲避风暴，辨认方向。每次飞过一座城市，要善于记住它的特征，要留神猎人的枪口和田野里的农药……"

天空模糊了，小岛朦胧了，大海燃烧起来了。是火焰还是热情？不，不，是夕阳的余晖，海水在灰烬中燃烧。

"再见，朋友。"

鱼用它短短的鳍，友好地道别。"晚风凉了，你受过伤，要知道爱护自己。"它回头亲切地叮咛，游向海的深处去了。

鸟儿孤零零地站在礁石上，呆呆地望着苍茫的海水，突然感到从未有过的寂寞。

是泡沫变成了海水，还是海水变成了泡沫呢？

它梦见自己变成了泡沫，和冰凉的海水在沙滩上追逐。海水真凉，它打了一个寒噤。它真的变成泡沫啦！浑身雪白，不，不是，是雪花，是的，是雪花，下雪了……

它从山岩上一冲而起。翅膀很沉，落满了雪。它睡得太香甜了。它一边飞，一边睡眼惺忪地抖落着翅上的雪片。

雪片同高高的空中飘下来的小雪花，一齐偷偷窥视大海，战战兢兢地降落。刚近海面，浪花就伸出自己长长的舌尖，把雪花一口吞下去了。

雪花落在海里，不见了。

又有一群雪花从远方飞来，落在海里，不见了。

雪花变成了海水。

贴近海面，海水呈淡淡的绿色。从空中往下看，海水是灰白色的。

可见，海水自己并没有颜色。

嗬，我看见下雪的海啦！

喂哦，泡沫飞上天啦！

它在雪花中尽情地飞舞、旋转，踏着雪花的舞步，雪花飞得密集的时候，它几乎睁不开眼，喘不过气来，但它还在盘旋。它的背脊上落满了雪，它呼扇翅膀把雪抖搂了。它唱了一支关于雪的歌，又唱了一支关于冰的歌，歌中有些淡淡的忧伤。它飞累了，唱累了，便落在海中央的一块礁石上歇息。

礁石是黑色的，像一只鸽子，又像一只鹿。

一个粗重的声音从下面传来：

"你好，朋友。"

它看见了那条鱼，庄重地向它摆着尾巴。

"你是一只勇敢的鸟。"鱼说，"我知道你会来的。"

"我知道你会来……"它有些不好意思，"我喜欢风雪。难道你不喜欢吗？"

鱼叹了一口气。

"我真羡慕你，自由自在……我多么渴望能像你刚才那样飞行。"

鸟儿感到很奇怪。

"我还羡慕你呢，住在这样美丽的大海里，可以看到海底最珍奇的宝藏。"

"可它们并不属于我。"

"干吗要属于你呢？它们属于大自然。"

"大自然属于谁呢？"

鸟儿答不上来，它没有想过。于是它调皮地笑笑。说：

"我又渴啦，让我喝一口海水，我就告诉你……雪花落在海里，海水变甜啦，真的！……好啦，我尝啦……"

鱼突然张开它的大嘴，用牙齿咬住了鸟的喙，用苦苦哀求的眼神望着它。比它第一天看到的更加恳切。

"不想活了吗？"

"为什么？"

"……原因，很复杂……"

"你不告诉我，我就喝，偏喝！"

"好吧。但是，你得发誓保密。"

"我发誓。"

鱼松开牙齿，四下张望。海面静悄悄的，雪花像一面巨大的屏幕，连小岛都隐去了。鸟儿觉得这条鱼有一颗天底下最最善良的心。它为了不让自己喝海水，情愿告诉自己一个秘密。

"快点儿。"

"据可靠情报，这个海湾已经严重污染了。"

"骗人！这么漂亮的地方。我知道污染的海面上漂着黑油泥，可这儿的海水，看上去多干净呀。"

"这是假象，徒有虚名罢了。"

"真的吗？"它下意识地往礁石上跳了跳。

"反正，有很多鱼都得了奇怪的病。"

"你怎么样？"

"目前还好，将来就难说了。"

"你是龙子太郎吗？"

"不是。"

"那你为什么不设法离开这里？"

"原因……很复杂。"

"有什么复杂的。走就是了。"

"海路，不是天空。"

鸟儿不由自主地长长地叹了一口气。

"我一直以为你在这里生活得挺好。"

"我自己甚至也常这样以为。"

"空气污染也很可怕的，所以我们总是住在山林野外。"

"海水污染，简直无处可逃。"

"假如不污染，你喜欢这海湾吗？"

"还可以……当然，就是这个海湾小了些……"鱼有些吞吞吐吐。

"那么现在你悲观吗？"

"不，我昨天就说过了。"

"好吧，别着急，咱们来想想办法。"

鸟为了安慰鱼，便给它唱了一支勇敢者的歌，它反复唱了好几遍，直到上涨的海潮几乎淹没那块礁石，它们才恋恋不舍地说了声再见。

它独自飞回小岛去时，雪已经停了，天空铅灰色的，海水变得墨黑。望着阴沉的大海，不知为什么，它心里失望极了。

是对威严的大海失望吗？它说不出。

"你早！"

"我知道你会来的。"

"雪化了，岛上到处是音乐。可惜你去不了那小岛。融化的雪水，顺山崖流进海里，海浪是长箫，雪水是短笛，还有满山的树叶，遍地的梧桐，雪水在厚厚的落叶上有弹性地跳跃，淙淙如古筝……"

"夏天的海岸热情坦荡，秋冬的海岸冷静而含蓄。"

"雪虽然化了，可我忘不了下雪的海面。"

"为了你的勇敢，我要送你一件礼物。"

鱼郑重地说，然后从鼓鼓的腮里，吐出一颗黄澄澄亮晶晶的东西来。

"珍珠！"它惊喜地叫道。它在画上看到过。

"这是一颗真正的珍珠。"

鸟儿有些惶惑不安地扇着翅膀。

"我要它有什么用呢？"鸟儿觉得珍珠确实没什么用。如果是一副望远镜就好了……

"你可以佩戴在你的羽冠上，像一只凤凰……"

"可我只是一只普通的鸟。"

"海里的珍奇，只有这个体积小，可以携带。而且颜色同你的羽毛也很相称。"鱼说。

它想说，它最不喜欢这种颜色。但它不愿让新朋友扫兴。

"你挂在脖子上也行。"

鱼很快找来一根细丝带。

礁石的石窝里有一汪水，鸟儿照照镜子，发现自己确实变得漂亮了。这样干净的水，怎么会污染呢？

"你，想出什么好办法了吗？"鱼期待地问。

它想先同它开个玩笑。

"想出来啦。"

"什么？"

"喏，假如你不是一条鱼，而是一只鸟的话……"

鱼的脸色唰地变了。它没有再听鸟讲下去，就转身向海中央游去了。它游得很吃力，平静的海水像一块沉重的铅板。

"哎……等等，我是随口说说的……你怎么了？"

鱼没有理睬鸟，它似乎比海水更沉重，沉下去了，沉下去了。

它很难过。它不知哪儿伤了朋友的心。

它唱了一支忧伤的歌，又唱了一支更忧伤的歌，泡沫们也伤心地啜泣起来，浪花逃得远远的。

涨潮了。它听任自己细细的脚爪，浸泡在冰凉的海水里，好像抛下的锚。

天黑下来了，它找不着回去的路了。

一个声音说："现在，只好把我的秘密，全告诉你了。"

它看见漆黑的海水里，闪烁着两颗晶亮的"珍珠"，同它脖子上的像极了。

"你回来了？刚才为什么生气？朋友。"

"因为我曾经就是一只鸟。我飞过这个海湾时，渴极了，喝了那么多海水，我飞不动了，掉在海里，结果变成了一条鱼。"

鸟儿浑身一阵痉挛，它觉得海可怕极了。

"我再也不可能重新变成一只鸟了。我不能飞回到蓝天去了，我永远只是一条鱼了！"

鱼那无可掩饰的悲哀撕裂着鸟儿的心，鸟儿本来就是富于同情心的，它的心中滋生出愤怒和不平。

"魔鬼海！"它骂道。

"轻一点儿！"鱼提醒它。

"魔鬼海！"它往海里吐了一口唾沫，又把一块小石子重重地踢到海里去。可是无济于事，大海纹丝不动。

"如果你是一只海蛙，或者海龟，就好啦，可以爬上岸逃走。两栖动物有较大的选择性。"

"你是个幻想家。"

鸟儿有些难为情。它低下头，绞尽脑汁，希望想出一个好办法来帮助它的朋友，它的心里翻腾着各种善良的愿望。

"你曾经是一只鸟的时候，是否也喜欢唱歌呢？"鸟儿问。

"好像是。我爱好音乐。"

"而鱼是沉默的，它们总是沉默。你是否因此而苦恼呢？"

"那倒不是，我本来就寡言少语。而且，即使自己不唱歌，也可以欣赏。当一个鉴赏家、批评家，不也是很有乐趣的吗？"

鸟儿高兴起来，"我的意思是，既然这样，你何不学会做一条优秀的鱼，成为一个出色的游泳家呢？凡是我们到过的地方，你也都可以到的。"

鱼没有说话。

"或者，你感到寂寞孤独的话，我也可以变成一条鱼，来陪伴你。我喜欢海，我曾经也幻想做一个游泳家呢！我们一块儿去寻找世界上最干净的海域，或者，到高山湖或江的源头去。"

鸟儿说这话时，自己也吃了一惊。它从来没想过要变一条鱼，可它太同情自己的朋友了。它不知该怎么办才好。

黑暗中它看不见鱼的表情，只看见它的眼睛，像点点遥远的渔火。

"当然，我不变鱼也可以，我还是可以陪伴你的。你在水中游，我在天上飞，到一个地方，我就落下来，在岸边的石头上，桥墩上，航标灯下，彼此谈谈一天的经历，像现在这样……啊，这该多么有意思……如果你愿意，我们马上就到淡水里去，你不再喝又苦又涩的海水，你就会重新变成一只鸟！哎，你怎么不说话？……你到底想干什么呢？"

鱼在水上"豁啦啦——"地荡了一个圈，它的声音如同白天的海的欢歌，突然变成了夜的叹息。夜的海似乎要比白天真实，因为它倾诉了无数不为白天所知的痛苦。

"没人关心我想干什么……我烦躁、期待、苦闷，连我自己也不知道，我能干什么……我想把大海喝干，我想把高山推倒，我想把冰川变成绿洲……呃呃，无穷的欲念使我痛苦……所以我羡慕你，自由的鸟儿。可惜，只有我自己明白，我再也不能重新变成一只鸟了……你不知道，老岬门堵住了海口，可那一带水情复杂，潜流汹涌，暗礁林立。没有一条鱼能游出这个海湾……我恐怕也一样……朋友，再见。"

它消失了。大海沉寂了。

鸟儿在海风中默默站立了许久。远远的有一座灯塔，亮了一亮，熄灭了，又亮了一亮……那是海和大陆的边界。

鸟和鱼的想法毕竟是太不相同了……它飞向灯塔的时候，隐隐地感到一种莫名的痛苦。不知是为自己，还是为鱼。

可它仍然决定要来帮助鱼。帮助能给自己带来愉悦，尤其是因为它曾经拯救过它的嗓子。

渔船，桅杆，汽笛。

暗礁，旋涡。

巨浪。

未曾见过的小岛，像浮动的冰山。

涌。

山顶的鲜花。海港，新岸。

路在翼上，路在鱼鳍下。空中航线，海中通道，在寻求者心中。

"我找到路了。"

它对着大海呼唤。

"我们可以走了，离开这里，离开这里。"

它对着天空欢唱。

天是蓝的，海是蓝的，海天一色。

"你累了，我的朋友。我不知道应当怎样感谢你。"

鱼从黑色的礁石下钻出来。它等得很久了，它盼得很久了。它的心在怦怦跳动，四周的海水都砰砰地跳动起来了。

"真的找到了路吗？"

"我要在前面给你带路，让你从水面上游过去，避开水下的旋涡，这样什么危险也不会有的。"

"你是一个真正的朋友！"

"我也要送给你一件礼物，是我从海的那边衔来的。"

"什么，快给我。"

"你猜猜。"

"一颗珍珠？哦，不是，是一粒红果，野果子，嗬，像玛瑙……"

"不，像一颗流血的心。"

它从翼下取出一颗红果子，带着它的体温。

"为庆祝我们启程干杯！喏，朋友，你真要走，下决心走，红果就送给你。"

"当然下决心了，给我吧！"

"吃下去，你会后悔的！"它学鱼第一天见它时的腔调。

"永远不，永远不后悔！哎，真甜！又酸又甜！我已经很久很久没有尝到酸甜的滋味啦。谢谢你！酸甜真好，海水是苦涩的，谢谢你给我酸甜的果，我忘不了你，亲爱的朋友！"

鱼把小果的核儿也一齐咽了下去，然后抬起头，把身子露出水面，靠在礁石上，大口大口地喘息。黄澄澄、亮晶晶的泪，从它脸颊上流淌下来，像一串串熠熠发亮的珍珠。

鸟儿的眼睛也湿了。它不爱流泪。

"也许大海是眼泪汇成的。珍珠也是。"鸟说。

"不，一粒珍珠是痛苦围绕着一粒沙子所建造起来的庙宇。"鱼说。

阳光从云层中倾泻下来，在海面上投下几道巨大的光柱，像在海天之间随意建造的一座气势宏大的阳光的殿堂，包含着无限广阔的时间和区域空间，灿烂的海水，无穷无尽地从它的怀抱中自由出入。

"你⋯⋯会后悔吧？"

"不。"

"我总觉得你，好像，舍不得离开这里⋯⋯"

"如果说在这个世界上我会有什么舍不得的，那就是——舍不得离开你。"

"可是，"鸟儿有些忧郁起来，"你只能在水里，我总是在空中，我们永远不会在一起。"

"无论走到哪里，我将永远追随你的歌声。"

"那我就天天给你唱歌。"

"我会永远保护你。"

"谢谢，朋友，谢谢你。"

"我要做一个最出色的游泳家，永远保护你。"

"不，也许有一天，你会重新变成一只鸟的。你读过安徒生的《海的女儿》吗？"

"那是一个童话。"

"不，那是真的，我会天天给你去采那种小红果，又酸又甜的小红果，等你把苦涩的海水都吐出去，你就会重新变成一只鸟。"

"等我变成一只鸟，我们再也不会分开。"

"我们自由自在地飞，飞到世界上最高的山巅。"

"飞到最美的湖畔。"

火山、冰川、北极、赤道、草原、大森林、沙漠、田野、海峡、卫星……

地球，世界，还有宇宙。

海水轻轻地拍打着礁石。无名的礁石，它们最初相识的地方。现在它们将要永远地离开这里，去寻找干净而辽阔的远方。

比翼齐飞——那是它们向往的真正的生活。

冷空气。不知从哪里刮来的寒流。

暴雨。折断了岸边的树。

雷电。海水翻腾咆哮。

"等几天，再等等，朋友，且慢启程，我们的力量不敌寒潮。"

"再等等，又有大风警报，真抱歉。降温了，你冷吗？"

"我从北方来，我不怕冷。你在水里，海水会结冰吗？"

问候，歉意，真心诚意，是温暖的。它不计较。行程推迟了，是天公不作美。只要它坚定。其实，它自己只身单飞，无牵无挂，它不在乎什么风雨。可它扔不下朋友，它一想到那肉眼看不见的污水，就对自己的朋友心怀怜悯。

"也许后天就晴了，再等等……请相信我，我做事喜欢稳妥。"

鱼在水里来回游动，用尾巴撩拨着海水，沉着而有力。

为了消磨时间，它带它到一处海滩去欣赏音乐。那片海滩上有许多五彩的小石子，光滑得像玉，鲜艳得像彩霞。海潮涌上来，它们在水中闪烁，海水退下去时，浪花撞击着石子，铮铮响，叮叮咚咚、窸里窸拉响，像一只小号或圆号，和大海喧嚣的波涛声一起演奏着雄伟的管弦乐。

"大海创造了那么多奇迹。"鱼感慨地说，"假如它不被污染……"

"大海会把什么都磨圆的。"鸟儿回答，"即使它不被污染。"

快走！快走！

天边有一团玫瑰色的云。

海面有一道玫瑰色的云影。天上有一个太阳，海里有一个太阳。天上的太阳高悬，海里的太阳却被波涛撕裂了。

飞机飞过去了，白的、银的。

轮船开过去了，白的、银的。嗡嗡……呜呜……

现在轮到我们了。天晴了，今天是一个难得的好天气。我来带路，我的翅膀的影子就投在水面上，跟我来。哦，我清清楚楚看见你在水里游动的模样，游得真好，多么可爱的尾巴。再上来一点儿，我要时时刻刻看见你，我们前进的速度很快，一切都很顺利。我们终于开始旅行了，一次愉快的旅行。嗬！

注意，左面有暗礁。

注意，右面好像有一股逆流。

好了，过来了。你真勇敢，你是一条勇敢的鱼。

前面就是那个名叫老岬门的海口。那是两座荒岛之间形成的一道海峡，出了老岬门，就离开了这个海湾，来到辽阔的大海上了。……前几天我亲自飞过这里，检查了每一只航标灯……当然，老岬门附近的水流很急，有旋涡，这是最艰难的一段航程，只要冲出老岬门就好了。我尽量贴近水面飞，你不要紧张。怎么了？累了吗？你说什么？

不不，老岬门并没有很窄，那只是你在水中的感觉。如果在空中看，它可以并排通过几条大船……你为什么不信？难道水上和空中的视觉角度相差这么大？是不是你的心理障碍？也可能是水急浪大的缘故……我很难体会到你在水中的滋味，或许我对你体谅不够，真对不起……阻力很大很大吗？你还能坚持吗？你很吃力是吗？怎么办呢？其实你只要再坚持一下，出了老岬门就好了……唉，我一点儿帮不上忙……哎呀……

这天晚上，鸟儿回到它出发前的那个小岛的悬崖上，颓丧而疲倦。它蜷缩在一根树枝上，却怎么也睡不着。

"你是一个胆小鬼！"它对悬崖下向它道歉的鱼说，"你是个懦夫！你生来就是一条鱼，从来不是什么鸟。我不愿再对你抱什么幻想，我在这里耽搁得太久了……我要自己走了，我看得出来，你根本就不想离开这儿……当初是你自己向我倾诉你的不满，我感谢你的信任，也珍惜我们之间的友谊，可是你……"

鱼惶恐不安地垂着头，叹着气，它正想张口说什么，从悬崖下爬上来许多螃蟹，一下子把鸟团团围住了，它们气势汹汹地责问它：

"你为什么要把鱼带走？你为什么要破坏我们海湾的团结？你在这里干什么？你是一只坏鸟，请你马上离开这儿！"

鸟儿气得大叫起来：

"你们给我滚，你们是什么东西？"

"我们是鱼的朋友！"

"我从未听它说起过你们这些怪物朋友！你们为了逃避污染，自己可以爬到岸上去住宿——口是心非的家伙，你们不配教训我！"

"哈哈，今天的地球有几处没有被污染？"

"我们要去寻找。你管不着。"

"当然管得着——我们不允许背叛！听见没有。鱼是一种迟钝的动物，没有东西直接触到它，它绝不会逃开。而且它天生只会朝前游，不会后退，它完全是你教坏的，所以你，请便吧……"

有两只螃蟹向鸟伸出了长长的钳子，鸟儿大叫一声，用嘴向它们啄去……

它醒了，海静静的，彻骨的寒冷。一弯残月，在水中哆嗦……

早上它们见面的时候，它的情绪还笼罩在那个噩梦中。它提到了八条腿的怪物。鱼默默听完，从容不迫地笑了笑，说：

"朋友！我没有别的朋友，我只有你。"

它解释说，昨天的行为完全不是什么胆怯和懦弱，而是它突然感到身体不舒服所致。这样重大的行动，当然只能成功，不能失败。

"请相信我。朋友，信任是友谊的基石。"鱼用长者的口吻对鸟说。

鸟儿心中准备发作的一腔怨气，都随海潮退走了。

"请原谅，我错怪你了。我做事从来义无反顾。"

"我喜欢的就是这个。"

"你今天好些了吗？"

"好多了。"

"还走吗？"

"走。"

于是它们商量怎么样克服老岬门激流的办法。鸟提出一个建议，它在小岛上的树林里见到一种细藤，可以搓成柔软而坚韧的绳子，拴在鱼的腰部。另一端套在鸟的颈上。这样两股力量的相加，足可以使它们安然渡过险滩。更重要的是，这样可以避免发生联系中断之类的意外。鱼欣然接受这一建议，它赞叹说：

"你真是一只聪明的鸟。我们会合作好的。"

鸟受到夸奖，忘了先前的不快，拍拍翅膀，绕着鱼的头顶跳了一个舞。

"明天晚上走吧。晚上浪小一些，又有月亮。"鱼下决心说。

"也好，再晚我怕海那边山上的红果子都落了呢。"

月亮还没有圆，却异常明亮。它刚刚升起来的时候，海水是银白色的，远远的天边有一道弧形的蓝线，蓝线之上的天穹，没有一片云彩，呈现出一种庄严的静态美。海水在月光中闪烁，衬托出远处的小岛，岸边的松树和舢板的清晰的轮廓。空中的月亮行走的时候，海面上那一片明亮的海水，也随着轻轻移动起来。

"月亮和我们一起走。"鸟儿快乐地说。

"不，月亮在追赶太阳。"

"那太阳呢？"

"太阳在追赶月亮。"

"月亮并不发光，它的光是借来的。"

"没有月亮，太阳也会寂寞。"

"可它们互相追赶，却永远不能相聚。"

"它们为人类造福。伟大的心一生都在付出牺牲。"

"这太残酷了。"

"世界本来就是残酷的。"

"我们总是争论。"

"所以我不能没有与你的友谊。"

"老岬门快到了，请注意。"

淡淡的月色下，不远的海面上出现了两座陡峭的小岛的暗影，汹涌的海水从两岛间穿过，铺天而来，又盖天而去。小岛像两座坚固的山门，守卫着这片海域。海水咆哮着，震耳欲聋，淹没了它们彼此的呼唤。

好大的浪！

好凶的涌！

浪迎着它们扑过来，涌迎着它们罩下来，恶狠狠、气汹汹，吞下去，又吐出来；埋下去了，又抬起来；沉下去了，又浮上来……浪不是琴，是魔掌；涌不是柔美的曲线，是沉重的石块、是车轮、是大山……

"你在哪儿？"

没有回答，它听不见。但鸟儿时时感觉到柔韧的细绳，紧紧地缠绕着自己，时时绷得更紧，绳子的每一回牵动，都重重地扯痛它的心。鱼没有翅膀，它愿在空中助它一臂之力。

有一次它被一股巨大的水流挡住了，一阵狂风把它拽回了好远。又一个巨浪腾空而起，险些把它整个儿推进浪谷。它的翅膀被溅湿了，脖颈被细绳勒得火辣辣地疼，黏糊糊的。

月亮被一块云彩遮住了，海面变得黑暗而恐怖，像一个无底的深渊，又像一座暴风雨中的断崖……

灯塔，你亮一亮。

到了，快到了，要准备拼搏。

你在哪儿？看不见你，我的朋友……

它在水里，我感觉到它的心跳。

灯塔，你亮一亮。

咬咬牙，我的朋友。咬咬牙，加把劲，我们马上就要冲过去了。跟着我，靠右一点儿，当心，那儿是旋涡……把涌躲开！没关系，再坚持三十秒……我知道你是勇敢的，再往前一步……呃，浪浪浪涌浪涌涌浪浪浪浪涌涌涌浪涌。我晕了……浪……过来了，天哪，过来了……

它长长地舒了口气。

它浑身湿淋淋。是海水？是汗？

它感到从未有过的轻松。

"喂——朋友，我们胜利啦！"

它用沙哑的声音对着海面欢呼。

"你在哪儿？"

没有回答。

它感到了一阵轻松，又突然感到了从未有过的恐惧……

月亮从云层中钻出来了，照见它颈上断成两截的细绳，软软地耷拉在身后，拖在水上，渐渐沉入海中……

它箭一般冲下去，贴近了水面，寻找那个被浪涌挣开的活结。是海水巨大的力量，使它和鱼在瞬间分离。它心里甚至充满了歉意。

灯塔亮了一亮。

它看见了绳子中间磨断的痕迹，它认得这痕迹。鱼的牙齿曾经在它的嘴上烙下过这种印记，是的，是的，是用牙齿咬断的，咬断的，自己咬断的，自己……

它在黑沉沉的海面上整整飞了一夜。

它贴近水面飞。任凭冰凉的海水湿透它的羽毛，任凭萧瑟的寒风钻进它的骨髓。它飞着，低声唤着鱼的名字。

海上布满了密密的黑云。月亮也沉到海底去了。

它飞着，哀伤地呼唤着它的名字。

……牙齿、牙齿、牙齿……鸟有翅膀，本没有牙齿……但它以前曾经是一只鸟啊……一定是锋利的礁石锉断了绳子，它没有防备……它不会自己咬断的，不会，不会不会……

朋友，你在哪里？

……也许，是渔船的网把你掳去了？听说如今到处有现代化的捕鱼技术……也许是我害了你，假如你不离开这儿，不会有危险。你可以过一种安定的生活，等待人类对海湾的净化。呃，你在网里呼救了吗？我听不见……听不见……

……或许你受伤了，正在海底呻吟？……或许你病了，被浪冲到了沙滩上？……我再去找找，再去找找，我的朋友，我相信绳子不会是你自己咬断的，我信任你。你从来没说过一句动摇的话，你不会不告诉我一声就走的啊……

大海，可诅咒的大海，我恨你！难道你真是这样不可抗拒吗？

…………

第二天拂晓时，它筋疲力尽地来到了它们曾经多次见面的那块礁石上。礁石冷冰冰地立在那里，黑魆魆的岩面上罩着一层阴森森的白霜。

它悲哀地低吟，希望听到从海水里传来那个曾打动过它的粗重的声音。

"哗——"海潮退去了，又涌上来。

永无休止。

海水本没有颜色，那是天空的颜色，苍白、冷漠。海水真是透明的吗？为什么在水里看不见它？更望不到海底世界。

你在哪里？我的朋友。

你不会再回来了吗？

退潮了。

它看见它曾经唱过歌的礁石上，挂着一圈短短的细绳。它曾亲自为小鸟系上的那个绳结，并没有松开。

牙印——那是鱼选择了留在安全之地的证明。

小鸟曾经照过镜子的小水洼里，竟然浸着一粒椭圆形的果核。它认得，那是自己飞了很远的路，为它采来的甜甜的小红果。它竟没有忘记把核还给它。

它明白了。它用不着再去找它了。它说过它是一只聪明的鸟。

多好的朋友：它懂得礼貌。它受过教育，懂得怎样告别。

鸟儿突然恍然大悟。

它们虽然同属一个亚门，却又分鱼纲和鸟纲。

它们毕竟是两个不同的物种。可惜当初它没有这个意识。

天上飘来一抹彩霞。

天边有一条金光灿烂的地平线。它惊讶地抬起眼睛，久久地注视着，它好像从来没有看见过地球的金边。

它在礁石上站了一会儿，然后轻轻摘下了颈上的那颗珍珠，把它慢慢放到水里去。珠子很快沉了下去，回到它原来的海底去了。有那么一刻，它觉得很像昔日鱼朋友的眼睛，回眸一闪，凝视着它……

鱼朋友就这样消失了吗？它失去了一位朋友，又好像什么也没失去。它难过的，是它的朋友，失掉了自己。它再也不能变成一只鸟了……其实，它本来就不是一只鸟。不过，作为一条鱼，也许它是对的。

它抖抖翅膀，飞了起来。风儿很快会吹干它的羽毛。再说，阳光是暖的。

现在，就剩下它自己了。它从来没有这样渴望飞行。

它在海湾上空盘旋了一会儿，便毅然朝着迷茫的大海飞去了。

它消失在蓝天里。

1982 年冬

写于哈尔滨

红罂粟

　　每年夏季，在北大荒农家小院里，常常会看到一种花瓣皱如裙衫的红花，花形美艳、色彩靓丽。每朵花镶一圈黑色的花边，带几分妖冶妩媚的毒性气质。此花学名罂粟，花谢后结球状罂粟果。然而，当地人却喜欢叫它：大烟花。

　　隋书记去世后的第八天，纪小明被叫到管理局组织处的办公室里，处长笑容可掬，使他受宠若惊。

　　随即他镇定下来，凭自己当了六年"科级"干事的经验，明白组织处有请，必定是严肃的事情。他把处长的和蔼可亲，归功于大楼门口的那张讣告。自从楼里响过悲壮的哀乐，全机关的人都佩上了黑纱之后，整个万宝岭农场管理局的干部职工都沉浸在巨大的悲痛之中。就连他这个平时举止随便、嘻嘻哈哈的人，也不得不有所收敛。他的那些没头没尾的玩笑话，被大楼里那种庄严的沉重感代替和淹没了……

但处长的谈话内容，还是大大地出乎他的意料。

他拼命地眨眼睛，鼓着腮，克制了又克制。他有一点儿心慌，又有一点儿兴奋，还有一点儿莫名其妙……说真的，他连平时走路都绕着组织处那块牌牌，而他们却"独具慧眼"，在全管局的十几位等待提拔的"后备干部"里选中了他。他曾经在一次小组会上，大不敬地把"后备干部"同"后备母猪"相提并论，使得处长事后不得不"删改"讨论记录。而他却一本正经地对处长解释，"后备母猪"同"育肥猪"一样，是农场畜牧业的专用名词，属于农业科学范畴。他或许用词不当，但并无恶意，不必当真。处长几日余怒未消。就在隋书记心肌梗死的前两天，处长在路上碰到他，仅仅是用鼻子"嗯"了一声算是打招呼……他不明白目前这个"历史性"的转折从何谈起。前不久机关干部刚刚进行过"民意测验"，难道……疑惑之下，他很想对自己开一句玩笑轻松轻松……

"今天就先谈到这儿，啊！纪干事，不，称呼什么呢？纪书记？"处长面有难色地搓搓手。"哎，反正，正式任命十天半月就下来了，等一等吧！你回去做些准备，明天就到团委去报到吧。先协助洪帆同志工作，这是滕书记的意见。滕书记这几天还要亲自同你谈话的。"

他记得半月前，处长口中的"隋书记"，有点儿像早年上海女知青不离口的话梅。而自从过去一向同隋书记意见相左的滕副书记，在隋书记猝然去世，有可能接任局一把手后，"话梅"很快换成了"橄榄"。

他站起来告辞。走到外面才想起自己竟然没有说一句表示谦让的话……

也许他并没有太把这事儿当回事儿，他毕竟是一个在管局机关当了六年干事的老知青。十年前，他就是万宝岭管局所属农场的一个能干的分场长。

这么说，小干事算是熬到头啦？在刚刚制定的"年轻化、知识化……"的四杆秤下，他竟然赶了个早市？

他低着头慢吞吞地穿过长长的走廊，心里仍然有一点儿莫名其妙，还有一点儿茫然。他是一个喜欢帮人修理电视，热爱球赛和下棋，过年过节敞开喝酒，联欢会上来几句单口相声，兴趣广泛的老知青。他还喜欢在开春时去河沟摸鱼，秋天趴在谷子地里打大雁……比较公正地说，他很难认为自己已经提前进入"四化"……

一道犀利的目光把他拦住了。他抬起头，看见了挂在大厅正中墙上镶了黑框的隋书记的遗像。高耸的颧骨，绝对自信的眼神，依然如同他生前每天从机关办公室门前走过时对每个人的扫视，具有一种无形的威慑力量。

"万宝岭谁最大呢？"他听见隋书记的声音在楼道里嗡嗡震响。"我最大！哈哈，个头大，年龄大，职位大！"

这个当年自诩为"天下第一师"的师长，战功赫赫的隋大忠，如今却在他自己毫无思想准备的情况下，永远地"退位"了。

"这个纪小明，上次不是报过一回了吗？这回怎么又提他！这人不行，我知道，下回别提了！好吧，就这么定了。"

隋大忠书记生前，对群工处干事纪小明两次提名升任副处长，做出了否决。这份常委会讨论发言纪要，是组织处一位干事在调离万宝岭之前，作为"绝密"消息透露给纪小明本人的，为了帮纪小明搞清楚究竟在什么时候得罪过这位万宝岭"公国"的"大公"。纪小明前后"反省"了好几个晚上，百思不得其解，不知隋书记对他的恶劣印象究竟从何而来。因为他和隋书记素来并无交集，唯一一次面对面"对话"，还是九、十年前，他在绥伦农场工作队的时候……

"就这么定了。"这是他熟悉的"隋大帅"的常用语。他这人不行——就因为这五字"定语"，机关的那些跃跃欲试的后备干部们，一直把他看成一个永世不得翻身的倒霉蛋。

现在这道无形的禁令终于失效了。

他恭恭敬敬地朝那遗像鞠了一躬，转身走出了机关大门。

一阵暖风和一道温煦的阳光，从大楼屋顶倾泻下来……

"刚过了头七呢，罪过！"他终于还是忍不住，自言自语地嘟哝了一句。才第八天，滕书记的战场就拉开了。而他对于那位即将要共事的洪帆同志，实在不甚了了。他只知她曾任总局政治部副主任，1979 年对青年干部普遍进行"调整"后，1981 年她调来万宝岭管理局任团委书记，丈夫是公安分局的一名干事。1981 年，纪小明有一大半时间在某农场蹲点，隋书记每次下场，必带着她。有一次讨论一位老大学生升任副场长，场党委五票同意，一票弃权，只有一位副场长投了反对票。当时洪帆同志立即宣布休会。休会后隋书记重新讲话，激动之下摔了一只茶杯盖，然后洪帆同志请常委们重新表决，于是全票通过。过了不久，这位投了反对票的副场长就被调走了。散会后纪小明才知道，那位"大学生"其实连一个生产队技术员也当不好……但一周以后，一篇据说由洪帆同志亲自执笔的万宝岭管理局党委积极培养知识分子干部的报道，就在《农垦报》上发了头条……纪小明历来对"紧跟"和"敏锐"两个词汇的定义混淆不清，再加上她脸上那种高深莫测的微笑，使他一直不得不对她敬而远之……

二

三天以后的一个上午，他站在绥伦农场的一条大道上等车。

漫无边际的绿色的麦海，被灰白色的公路切成两半。一辆红色的"热特"卷着沙尘开来，他摆摆手，车没有停下。

他每次下农场去，从不找车接送，一只黄挎包，两条腿，搭车，来去自由。

前天他到场部，一个干事说洪书记到佳木斯总部去开会了，不知什么时候回来，于是他擅自决定先下分场去转转。既然即将走马上任，应先摸摸团员、青年的思想状况。

昨晚他在十一队留宿，一个团支部书记找他反映情况，说连队党支部把共青团支部种的一大片秋菜给没收了，毫不客气地告了书记一状。今天他要去七队，据说那儿有个青年自荐当生产队长，却被老队长打发去喂猪了。各种新鲜的和古老的故事，每天都在这块黑与绿交织的土地上发生着，又无声无息地被遗忘……

公路伸向天边，望得见前面不远的水闸和三岔路口的两棵白桦树。岔路一条通往七队，一条通往九队。他眯起了眼睛。近十年过去了，白桦长成了大树，但大地和田野却是一成不变。他多么想到那个留着自己第一颗烟蒂的小土屋去一次啊。他只在那个生产队待了短短的三个月，而这一段生活却教给了他一道够解一辈子的难题。每当这道题在各种不同的考场，固执地向他发出同一种严厉的问号时，他那颗在机关呆板的生活中，变得麻木而又松弛的心，便隐隐地感到一种空荡荡的失落感……

拐不拐进去呢？他问自己。

岔路上停着一辆簇新的红色"嘉陵"。车座后拴着几只麻袋。一个穿尼龙翻领衫的小伙子，气呼呼地踩着引擎，摩托却像一根树桩似的一动不动，他失望地用手臂抹了一把汗，朝路上张望。

纪小明朝摩托车走过去，他一见人摆弄这些玩意儿，手就痒痒。横竖，大道上暂无一个车影。

"我试试。"他把挎包扔在地上。

那小伙子将信将疑地瞅了他一眼，让开身。

油路堵塞。"喂，有螺丝刀吗？""给！"故障并不难排除。十五分钟以后，摩托突突响起来，他大模大样地坐上去，一启动，车猛然蹿了出去，贴着水渠的边，在大道上跑了一段，又一个漂亮的旋转，拨转车头，气昂昂地奔回来，车轮扬起烟雾般的尘土，把他自己罩在其中……

"哎，嘿！"那小伙子插在腋下的双手放开了，眉开眼笑地迎上来，在他肩上重重拍了一下。"嗯，哥们儿有两下子！我刚买的车，自个儿不会修……"

"这车不错！上班用？"

"有啥班可上？还不是'长脖老等'一个，老婆娶不上，先买个车当老婆骑着。"

"哈哈，小伙子，你不用糊弄我，我可知道你是干啥的。"纪小明往闸上一坐，扔给他一支烟。

"你说我干啥的？"

"倒腾买卖呗，要不能养起这玩意儿？今年水大，晾子上鱼不少吧？一趟，能跑个四五百斤？"

"唔嗬，你还挺懂行情哪！"那小伙子吐出一口烟，眯起眼，把纪小明从头到脚仔细打量了一番，点点头，说："差不离，看你骑车那技术，错不了，嘿嘿，我就服那些有真本事的人！"

于是谈话在亲切友好的气氛中进行下去。那小伙子同他一见如故，热心地向他介绍附近鱼晾子的日产量，还透露了自己的"宏伟"计划。他约莫二十岁左右，同农场的大部分职工子弟一样，说话坦率实诚。

"现在一天闹好了净赚百八十，干它一两年，钱攒够了，再找一份正式工作，把车卖了，换成个媳妇儿……咱们一不偷二不抢，就想把自个儿的日子过好了。俺爸爸一辈子遭老罪了，俺从小也尽受欺负……"

他把烟蒂扔得远远的，好像要扔掉什么不快的记忆。那轻松的话音中夹着一丝隐隐的怨恨。

"你用钱换媳妇儿，我看靠不住。"纪小明用烟蒂又点着了一支烟，"等你没钱了，老婆就跑了，用钱换的东西长不了……"

那小伙子轻轻叹了一口气，说："可也是……那……"

"要用人换，用本事换，用心换，懂不懂？"

"做好人难哪！我爸……"

"学点儿真本事，姑娘会真心实意喜欢你，这是过来人的实在话，我儿子可已经六岁啦。"

"真本事？俺哪儿来？就读了六年书……"

"可以补课。你说给我听听，你读过哪些书？"

"嘿……哥们儿，你这是干啥？"

"帮你参谋参谋，为你好。"

"……你，喂，你到底是干啥活的？你不是这块儿人吧！"

"……我，是……我也没啥正常职业，小办事员儿，下来溜达溜达……"

"哦，我看你也不像个做买卖的，可别是个当官的啊？不像不像，当官的哪有在大道上等车的？"他笑嘻嘻地自我安慰，警惕的目光从他眼里消失了。"谢你啦，哥们儿，咱这块，明白人太少啦……回头你要鱼，尽管说。咱也少不了麻烦你！在外靠朋友嘛！不早了，该走啦！"

他捋起袖子露出一只亮晶晶的双日历手表，瞧了一眼，一条腿跨上摩托车座，双手一抱拳，朝他使劲挤挤眼睛。

"咱俩今儿挺谈得来，哈哈，哥们儿，贵姓？"

"我叫纪小明。你呢？"

"邬俊。俺家早先在九队住过，这一片儿都知道我。走啦，回见！"

"邬——俊，哎，你等等！"

摩托喷出一股黑烟，像一匹脱缰的野马，在大道上奔驰而去。一会儿工夫，便融进绿色的田野中去了……

纪小明呆呆望着远去的车影，惊诧地张大了嘴。"邬俊——"一道闪电顿时从他的记忆中掠过，将那久已被他淡忘的角落，重又模模糊糊地显现在他的面前。如果他没有记错，多年前的那道难题，似乎就是一个姓邬的人，掷在他面前的……

三

"乒——乓"，半夜里，他被惊醒。拉开灯，一扇窗玻璃已被砸碎，炕上落着半块砖头。第二天早上起来，"基本路线教育工作队"办公室门前，扔着一只死耗子，窗下的泥地上，留着一双小小的脚印。于是有人要抓阶级斗争新动向。九队那个因不搞"天天讲"而检讨多次的队长，把他悄悄叫到仓库墙根下，愁云满面地说："这事儿，你们就别追啦，是个孩子干的，他家有冤屈，怪可怜的，老也不给人解决……工作队，就整我一个人吧，我好歹……"

纪小明望着老远窗玻璃上的窟窿，生出一点儿好奇，又生出一点儿同情，问道：

"是谁呢？我怎么没听说，有申诉吗？"

"邬得福，一个留场就业的工人，他家属找过李队长几回，老李爱答不理的……他家孩子小，不会写申诉，再说，写了又交给谁去？"

"他本人呢？"

"判了五年，带走了。"

"为什么？"

"说来话长了……"那个"不"队长在墙根边蹲下来，用一条旧报纸卷了一根旱烟，吞吞吐吐地说："你虽是工作队副队长，但没架子，看着人心眼儿还正，要不，我也不敢说……那是两年前的事儿了，知青进场的第二年，好像是 8 月，割完小麦了，那天，一群姑娘在场院垛麦秸，太阳好辣，看场院的老邬头，烧了两桶开水，晾在门前，还端了几只碗，招呼那帮姑娘来喝水……"

不知为什么，纪小明心里有点儿紧张起来。

"……打头来喝水的那个姑娘，好像是个排长，见天穿一件当兵的绿褂子，她刚喝了一口水，就把那只碗扔在了地上，大声叫起来：'这水有毒！我闻着六六粉味儿了，有人放毒！'大伙都围了上来，死死盯着那两只桶，谁也不敢喝了。那姑娘当下就跑回分场去叫保卫干事，把老邬头逮起来了。"

"那……那水化验了吗？"

"化啥验？上哪化验去？她一说有毒，谁还敢尝尝。我舀了一碗，凑到嘴边，也闻着一股怪味，没敢喝。后来保卫干事对着那只桶拍了几张照，就把水倒了。接着全场开了批判会，批斗老邬头，表扬了那姑娘阶级斗争警惕性高，管局的一个啥局长还亲自来参加了大会哩。"

"后来呢？"

"老邬头坐了班房，那姑娘到处讲用，在外溜达了几个月，上调了，也有人说调总局去了。反正不是当官儿就是上学啦……"

"她叫什么名字？"

"唉，算了，叫啥名儿还不一样。在咱这旮旯不过待了几个月……连我也忘了……"看来"不"队长不想说。他站起来，往地上吐了一口唾沫，"我是可怜老邬头一家老小，没吃没穿的……他被带走前，我悄悄问过他，可是真放了毒药？他早已吓坏了，吭哧了老半天，听那意思，好像是怕食堂的菜不干净，那些知青容易跑肚拉稀，就在那水里，搁了点儿自己家种的大烟花籽儿……"

"大烟花？不就是罂粟吗？"他好奇起来。那一刻他眼前掠过了下乡前从展览会上见到的，旧中国那些面黄肌瘦的大烟鬼的照片。"大烟土？"他沉默了。知青读过书，知道鸦片战争……

"上头不让种大烟花……"队长看出了他的疑问，"……不过，这儿的人，都偷偷种一点儿，这玩意儿能治病，用处多。得老鼻子大烟花才成毒品……老邬头好心好意，倒成了搞破坏的……"

队长摇摇晃晃站起来，走几步，又回过头，低声说："纪队长，你心眼好，别同那孩子过不去了……冤枉啊……你们整我吧……还不行吗？……"

纪小明的心沉沉地颤悠了……回到宿舍，他胡乱卷了一根烟，呛得直咳嗽……那是他下乡后抽的第一根烟。在袅袅的烟雾中，脑海中突然出现了一片红色的海洋。啊，不是红旗，而是无垠的红罂粟花……那是专靠贩卖烟土为生的印度农户的田庄……

幸而，那个毒品泛滥的年代早已结束了。难道这有数的几株小花，还会构成什么威胁吗？他默默摇了摇头。

他记得，第二天他装模作样地将脚印和砖，亲自调查了一番，就不了了之了。他借故从老邬头家门前经过，只看见小院里几个泥猴似的孩子和窗下几丛惹眼的红罂粟花。花开得正旺盛，骄傲而又迷人。晚饭他咬了几口馒头，天黑后独自一人重又跑去敲老邬家的门。院门紧闭，望见里面昏暗的灯光，却无人来开。那白天像红旗飘飘的罂粟花，罩上了一层明晃晃的月色，好似朵朵滴血……

没过几天，恰巧有一位局长下来"抓点"检查工作。

他对各位局长的尊姓大名基本上一无所知，他只认识几个副场长。作为工作队副队长，工作汇报完毕，他认为机会难得，便提到了老邬头的冤案。他认为工作队有必要将此案查清，有利于鼓励下一阶段的民心士气，有利于……

局长没有听完，便拂袖而去。临上吉普前，回过头冷冷地看了他一眼。

"那水并没有毒！"他再三强调，却没注意局长的脸色……车开走了，局长威严的目光和车轮扬起的尘土一起留在他身上。他呆立了许久，背后有一个战战兢兢的声音："纪队长，你找错门了，那次来的，就是他，那时候他是副局长……后来他把那个女知青树了典型……"

四五年后，管局组织部门为了让纪小明方便照顾生病的爱人，正值管局青年干部纷纷上学回城的空档，他有幸被调到了局机关当干事。十一个月以后，在一次局机关春节联欢会上，隋书记敏锐的目光，重新落在他脸上。幸好他是一个"胸无大志"的人，所以隋书记同他在绥伦农场曾有过的不愉快的相识，在他看来并没有什么了不得……

但毕竟，在那长着几丛红罂粟的窗下，留下了他的终生遗憾。他没能把那道难题解出，却把一道错误的算式，留给了那几个泥猴似的孩子。他没有勇气和"本事"去找那个已由女战士一跃成为兵团首长的当事人澄清此事实。她那时正如罂粟一般红得发紫，红得刺眼，而他只是一个临时进驻的副队长。他也没法找到那位已去高墙铁网下服刑的老邬头。即使找到他，他是否能拿得出证明自己无罪的凭据？天真的纪小明同志，他差点儿忘了自己还仅仅是一个刚入党的普通党员……

一辆解放牌卡车在他面前"咔"地停下了。司机探出身子对他摆了摆手。

他拉开车门跳上去，说了声"七队"！

渐渐远去的岔路那一端，九队的红瓦房，被消失在绿原中的那辆红色的摩托代替了。多年前窗下那一双小小的脚印，变成了一双年轻而警惕的眼睛。

"做好人难哪，我爸……"

他还会再见到他吗？

四

"纪干事，管局领导来电话找你！"

他到七队的第二天上午，正准备去猪舍，会计来"传呼"。电话是团委那个女干事打来的，通知他立即去总局招待所报到，传达团省委会议精神。"洪书记让我直接通知你，让你一定参加，具体情况她和你见面再谈……"

三分钟讲了六个"洪书记"，他对话筒撇了撇嘴。

不过看来当书记还是比当干事强得多，刚到就有电话跟来了。难怪当了干事的人都喜欢当处长，当了处长的人都盼望当局长。纪小明在按时到达指定的招待所后，立即获得了这种强烈而深刻的新体会。

他当干事时送总结材料，在这个农场总局招待所留宿时，曾多次受到某些服务员的冷遇。如今一进门却被餐厅主任一把抓住，亲亲热热地塞进了小单间，一口一声"纪书记"，啤酒、热炒和口中的"书记"一般应有尽有。他很想说自己至今尚未正式任命，还是称"小纪"为好，却根本没有机会插话。两杯酒落肚，他自己也觉得心安理得了。

晚饭后他正式去拜见洪帆同志。不管滕书记葫芦里卖的什么药，打的什么牌，她总是认识已久的"老同志"嘛。

他敲敲门，门好一会儿才开。她手里抓着一本杂志，床上有一团毛线，一直通向床头柜的抽屉，抽屉里露出一只毛衣袖子的角角。她很客气地对他点点头，然后是礼节性的握手，请他在房间里唯一的一张椅子上坐下，然后自己坐在斜对角门边的床沿上。

"过去常见面的。"她主动说，带着那种他过去常见的含蓄的微笑。"平时工作忙，我又不善于……怎么说呢，不善于目前流行的那种关系学……"

他有一点儿尴尬地笑了笑。

"这回你来配合我工作，我就好多了，你是老干事，有经验。我常出去开会，以后家里工作你多承担一些，这个会议很重要，回去之后，要好好研究下半年团委的工作方案……"

他对于"你是老干事"几个字，没有立即反应过来。鉴于组织部门经常给他的"骄傲"的评语和提醒，他立即尽可能谦虚而认真地向她表示了自己对团委工作的"外行"，以及努力"配合"她的决心。末了，他认为这些正式的友好表示应适可而止，为了活跃一下房间的紧张气氛，随口加了一句：

"嗨，其实，我这个人，没正经的，上头也不知怎么看上了，让我去做团的工作，大概就看我和青年在一块混得熟呗……"

她的浓浓的眉毛动了动，笑笑说："滕书记对你印象不错呀。"

滕书记？他的思路赶紧拧了一个个儿，对自己发出一连串问号。机关的人都知道滕书记爱下基层，有一次临时找不到处长，就自己闯进办公室"抓"了他。一路上给他提了几十个问题，从他平时读哪些书，问到他爱人孩子，又从秦始皇谈到唐玄宗。纪小明本来就喜欢看点儿杂书，知识面似乎比滕书记还略广些，两个人竟然谈得十分"投机"。滕书记那天兴致正浓，路过一片果园，还哼了几句诗。"小纪，帮我改改，啊！"滕书记一高兴把小本儿扔给他。纪小明脑子里没有"等级观念"，把那诗看了一遍，老老实实说："这儿，'为人要做孺子牛，忘我不知鬓发斑'，'忘我'——最好改成'辛勤'。""好！"滕书记大笑，把他夸了一顿。回来的路上，还详细听取了他关于开展工会活动的意见。后来滕书记那首小诗，在《农垦报》上发表了，每次他在走廊里看见纪小明，总是和颜悦色的……

要说纪小明同滕书记的关系，都在这儿了。

"滕书记这个人真不错，有文化，作风又民主……"她进一步发表感想，"滕……"

"哦，到点了，该下班了，晚上有电影。"他站起来，意示谈话该结束了。

"啥片儿？"

"好像叫《浣纱西施泪》。"

"哦，换纱？哪国的？是……意大利的吧？"

"不，嗯……是罗马尼亚的！"

一出门，他憋不住用手捂住了咧开的嘴。

纪小明看完电影回到房间，那些从各管局来的精力充沛的年轻人，已经头碰头地开始在床上研究"扑克运动"。他们难得聚在一起，开会对于大多数团干部无疑都是一种神经的放松。在这里他们可以不再像在农场那样板着脸布置工作，而可以同那些小青年一样，打扑克熬到半夜。输了钻桌子，赢了高声大笑，还可以喝酒猜拳发发牢骚，彼此"交流"工作的得失，甚至互相透露一些"机密情报"。这一切，都是纪小明作为一个"新来的"，在短短一小时之内恍然大悟的。

"……搞文明礼貌月，让团员们扫厕所，你场长干啥吃的？连厕所都整不明白……哪个场的团员人数不占总人口百分之十以上，可是一统计，丢了好几百，也不知弄哪儿去了……"屋角有人在嘀咕。

"算了吧，现在基层团干部的水平也真够呛，没几个像样念过书的，你问他华盛顿是谁，他没准告诉你是佳木斯一家饭馆儿。我下场去，有人来问我：伍子胥为啥叫士大夫？古代叫大夫的人可多了，都会看病吗？嘿，就这水平！"有个人从扑克堆里抬起头来插话，一眼瞥见了纪小明。

"来来来，赢一盘！"他侧身让了让，把扑克塞到纪小明手里。纪小明认识他，北江管局团委副书记，人都叫他"姜副"。

"升了？恭喜。""姜副"大咧咧地从手心里甩出一张牌，但并不影响他说话。"进你一言：上任后，先把上、下、左、右的关系都整明白了，再干工作。"

纪小明会意地朝他挤挤眼睛。"整明白了"是眼下流行的属于"关系学"领域的一个潜台词，内容极其丰富。

"听说，清查'三种人'要动真格了……"

"唔，纪小明这个人，我了解，这人能用。"有人模仿一种大家十分熟悉的声调说。

"纪干事时来运转了，明天请客！大伙儿喝个痛快！"

"姜副"嘿嘿笑了几声：

"万宝岭管局的老滕头有眼力！"

纪小明耳根有些发烧，沉下脸分辩：

"别瞎闹了，谁没在组织部的锅里烤（考）炜（核）几个来回儿？"

"姜副"头也不抬地说：

"还没上马就炝蹶子啦？谁不知道，'烤'得再合格，也得有领导'了解'嘛，了解了，干错了有人兜着，要不然，不定哪下子就造翻板了。好好坏坏还不是有人一句话！……"

纪小明心里潜进了一股异常的涩味。他们用自己"过来人"的经历和"经验"来度量和理解他，使他感到委屈。虽然他们所说的一切，他全明白。但毕竟，他并不是这样的人……

"出牌！发什么愣！"

没什么牌可出了。必输无疑。他抓着头皮，他的牌本来就不好，一个"常委"也没有（牌友们把J、Q、K称为常委），也要满五十五分才能赢，明摆着不合理……

"嗬——"一阵哄笑。"纪小明钻桌子！"

他钻桌子是老手，不仅快而且不脏衣服。他还擅长其他各种体罚动作。有一次他告诉老婆去"开会"，等老婆怒气冲冲找到他时，他正跪在老刘家炕上，顶着一只枕头。

不过"姜副"还是一个十分通情达理的人，等纪小明从桌子底下出来后，似乎为了给他挽回影响，特地拿过自己的一件海军呢长大衣，给他披在肩上，对大家说："咋样？纪书记挺来派吧，你明儿上台发言，准把你们那位洪书记'毙'了。"

他在"姜副"的尾音里，听出一点儿对洪帆同志的小小不敬。纯粹出于好奇，问了一句："洪帆那人怎么样？我同她不熟，看样儿还挺……挺厚道……"

有人笑起来，却无人接话茬。继而室内冷场——肃静。有人推开扑克走到床边去，有人伸懒腰，好像有一个看不见的幽灵，悄然潜进了这个房间，使每个人脸上的表情顿时变得僵硬而又难以捉摸。纪小明有点儿摸不着头绪。

"小心点儿吧，老弟！""姜副"打了一个哈欠，一边解着衣服上扣子，一边说，"人家可是隋大帅点名调到万宝岭去的头号'后备母猪'，明白不？不把接力棒交到信得着的人手里，离休能放心吗？可惜他后事没安排妥就完了。幸亏老滕头看不上她，他当年在松江管理局任政治部主任时，洪帆同志当过他顶头上司，明白不？批'三项'时，老滕头的检讨，就是她抓的典型……老滕特别看重团的工作，如今老滕想用你把她替下来，你可小心，不定啥时就被她'奏一本'……前后左右都有隋大帅留下的'眼睛'……"

……熄灯后，纪小明在周围此起彼落的鼾声中，翻了一个身，又翻一个身。他觉得很累，也很烦躁。他简直什么也不明白，也不想明白。难道当干部也像谈恋爱写情书，要写上"你的××""永远属于你的××"，而现代恋爱观也早已废除了人身依附关系……

她到底是个怎么样的人？……算了，管她呢，还是想想扑克吧！

……无论如何，牌中的"常委"多少，都要一样的分，这个牌规不合理！应该改革！不能光靠手里的牌的好坏决定胜负，这不利于调动人的后天积极因素，发挥自己的才能。不能高个儿矮个儿都摘一般高的果子……对了，明天我提议，三个"常委"以上的牌，得多要分……

第二天上午听总局团委书记做报告，他还老想着这种扑克的新打法，心里颇为得意。他爱在听报告的时候"开小差"。四个小时的报告，等材料发下来，半小时不就看完了？他把扑克的改革方案考虑完善之后，就开始设想庆祝"十一"的团委活动和《现代青年》杂志的发行工作……后来发现"姜副"就坐在他后面一排，便按捺不住，低下头同他讨论起"三个常委"的设想来，得到了"姜副"的坚决支持。这期间，他看见洪帆一直埋头记录，心里不由得有些同情她，"这个人工作太辛苦……这种老一套的政工作风，也该改革一下了！"他想。

可是下午的大组讨论会，竟大大地把他"镇"住了。他这才算是第一次领教了这位当过多年政治部副主任的女书记的风采和厉害。当时他几乎倒抽一口凉气，目瞪口呆。会议室顿时"万籁无声"。

"今天听取了总局团委书记1982年的工作报告，很受教育和启发。我归纳了四条，就是：总结了过去，明确了任务，提出了方法，抓住了要害。而且，"她提高了声音，使用一种强调的语气，"而且，毫无疑义，这个报告从头到尾都体现了总局团委立志改革的倾向，采取了一系列紧跟改革潮流的重大行动和具体方针。例子就不用多举了，比如，以前的报告总是三大段，而这次就改革成四大段了嘛……"

纪小明揉了揉自己的眼睛，现在他才看清，洪帆同志长得白净端正，一头微卷的黑发，不露修饰痕迹，浅浅的格子翻领上衣裁剪合身。虽然由于某种原因，微微发胖的身材显得有些臃肿，但反替她增添了那种品行端正的中年女干部风度，颇有几分威严。纪小明这才明白，她是那种往会议桌边一坐，任何人都不可能把她随意摆布的女子。

"三大段这次就改革成四大段了嘛……"

他哭笑不得地朝"姜副"皱了皱鼻子。三段到四段，就成了改革？见鬼！

一上午会议，他都在一门心思地研究"三个常委"的改革。

"……小纪，纪小明，你谈谈……"那个专程来听取讨论的总局团委副书记，笑容满面地点了他的名。

他吸了一下鼻子，又清了清嗓子，然后严肃而认真地环视了四周，好像他还披着那件海军呢长大衣那么有派头。可是讲什么呢？他也没开始准备……当然，他完全可以讲得比洪帆同志更使四座皆惊。比如，他可以说："这次的报告，真是空前绝后，无与伦比，还有……"

他眨眨眼，却脱口而出：

"我想从扑克的打法讲起……"

五

玻璃翠、灯笼花、月季、洋绣球……还有，叫不出名的……

香皂、毛巾、脸盆架、报夹、文件夹、"奔向二〇〇〇年"宣传画、"团费统计表"、书柜……

一切都收拾、安排得井然有序。无论是窗台上的花草味还是墙角上的香皂味，都说明了这是一个符合标准的机关办公室。而在纪小明的感官中，似乎更说明了这里有一位能干的女主人。他在这个屋子里待了三天，一直觉得不十分自在。不知是由于那种过于整洁的女人气氛，使他难以忍受，还是这办公用品齐备的房间里，独独缺少那些他一刻也不能缺少的生动气息。

在这儿他再不能随便开玩笑，因为洪帆同志是个不苟言笑、举止端庄的女同志。他也不能再脱得只剩下一件汗背心，在办公室里练哑铃。这个办公室在他到来之前竟是清一色的娘子军。她们经常躲着他谈一些不便给他听见的话，或者在他走进办公室后立刻把话闸拉上。其实又有什么可保密的呢？他又不是没结过婚的人，还不是孩子呀、丈夫呀那套。他老婆在医院注射室也喜欢对人说："我们小纪呀……"然后发表一些似乎对他不满，而效果恰好相反的言论。有一次洪帆把那位小干事叫到外面走廊里"商量工作"，十几分钟以后他出去办事，却迎面碰上小干事从商店出来，抱了一大堆衣料。"你要开服装店吗？"他笑嘻嘻地问，完全没有恶意。小干事却涨红了脸，低声说："洪书记让我买来的，正在减价活动……你要吗？"他也脸红了，他没想到她躲的正是他。有一天早上，洪帆来电话请假，说她不舒服要去医院看病，中午他老婆却对他说："你们那个女书记的孩子得了猩红热，病得不轻，看样儿耽误了好几天啦，挺漂亮的一个男孩儿，医生叫住院……"他吃过晚饭去办公室，却见她照样埋头在读《中国青年报》。

她任何时候都没有忘记自己的身份和职务，她的一举一动都无不考虑在周围人中造成的影响，所以她能这样严于"责己"。然而他却怀疑，一年到头她做那么多表面文章，到底能干几件真正有效的事情？纪小明在敬佩之余，不由涌起一阵感叹：如果要他当这样一个书记，他宁可啥也不是……

本来这天晚上他准备同她确定一下，什么时间去向滕书记汇报总局团委常委扩大会议的情况，但他决定还是先劝她回家去照顾孩子。他正在考虑应该如何措辞，才不至于使洪帆同志产生他把她降为普通家庭妇女的误会。她从报纸上抬起头来，轻松愉快地说："啊，小纪，你来了正好，上午我去医院看病，路上碰到过滕书记了，我已经向他简单地汇报了总局会议的情况……你，就不必再去单独汇报了。"

谁汇报不是一样呢？他点点头。

"滕书记说，过些天就召开全管局团委常委扩大会议，传达总局会议精神，要我们先准备起来。"她又说。

又是开会！他不耐烦地看了她一眼。按他的想法，这类习惯性的层层传达，完全可以换一种更能取得实效的方式，比如由书记亲自挂帅，挨个农场走一走，岂不一举两得？他不假思索地把自己的"改革"方案说出来，希望获得她的支持。她耐心听完，照例含蓄地微笑了一下，说：

"这是滕书记的意见，要不你……自己去同他说吧。"

于是第二天纪小明郑重其事地第一次踏进滕书记的办公室，去阐述自己的反对召开这种例会的想法，并趁机谈了一通自己关于"改革"团委工作的设想。由于他完全沉浸在自己兴奋的思绪中，并未注意到滕书记的态度与以往有什么不同。滕书记在与他谈话中间接了五个电话，最后站起来说：

"你的想法以后再研究。下周一就开会传达，你把局团委的工作报告尽快写出来。小洪以前写的报告，青年人听了要打瞌睡。你得尽量生动，明白了吗？"

纪小明垂头丧气地"嗯"了一声。

"报告中，要强调对广大团员进行'五讲四美三热爱'教育，搞好文明礼貌月……"

"滕书记！"纪小明忍不住打断他，"如果一定要开会，我个人认为，对青年进行'五讲四美三热爱'教育，当然是十分必要的。但这些大道理，报纸上经常宣传……我们是不是可以更加具体一些？比如强调提高团干部的质量，首先抓紧自身的文化科学知识学习，另外，应在广大团员中提倡智力开发，自学成才……"

他把话头打住了，他发现滕书记脸上毫无表情，这是他从来没有看见过的一种表情。然而他立即回想起滕书记以往谈笑风生的性情，他那不十分复杂的头脑又生出一丝企图说服对方的希望：

"我给你举个例子吧，滕书记，比如说打扑克……"

滕书记冷冷地打断了他：

"以后少打扑克。"

滕书记走了，迈着自信而坚定的步子。走到门口，回头语重心长地加一句："……你啊，应该尽快使自己成熟起来。"

……纪小明怏怏地回到办公室，刚一进门，电话铃就响了起来，那位小干事把话筒递给他说："总局团委来好几次电话了，催问咱们管局团员，在红五月里清除了多少垃圾？洪书记说前几天请你统计过。"

"统计，什么统计？"纪小明正窝了一肚子火没地方发泄，嘟哝说，"他们这边刚开动员会，那边简报数字就出来了，哼！"

"喂喂……"话筒里传来急促的刺耳的声音。

"喂！"他没好气地对着话筒大声嚷嚷，"我是万宝岭管局团委，我场团员已清除垃圾五千吨！"

"恐怕万宝岭管局一冬天烧的煤总共也没有五千吨吧！"

洪帆站在门口，不动声色地纠正他。

他没有看她，扭头走了出去。

可是，滕书记为什么对打扑克那么反感呢？纪小明一路上打了几个问号。而那次在总局关于"扑克改革"的发言，万宝岭管局在场的只有她一个人……

他破天荒提早溜回家，早早地做好了午饭，想让他老婆高兴一下，可是她回来一进门，竟然对饭菜视而不见，劈头就是一句："你又不听我的话了！"

"你啥时候也成了我的顶头上司了？听话？嘿，这是家长的专利……"

"说正经的，告诉你，组织处的王干事叫他老婆来转告我，让你千万注意和洪帆搞好关系。我琢磨……"

"行啦行啦，快别琢磨了。"他心烦意乱地打断她，"你懂得二对于一的存在，本身就构成了……威胁。"

她紧张地睁圆了眼睛。

他让这道紧张的目光胁迫得透不过气来，立即采取补救措施：

"哎，这两天闲得慌，我琢磨出好多'胸无大志'的反义词——你听，目光远大、高瞻远瞩、青云直上、飞黄腾达、鲲鹏展翅、莺歌燕舞、不须放屁！"

饭桌上漾起一阵无可奈何的笑声。

六

由于纪小明的任命一直没有下达，他按组织程序把写完的工作报告交给了洪书记。关于他的任命，不知报没报上去，总之一点儿动静也没有。他的位置有些尴尬，机关的人不知道该称呼他"纪书记"，还是"小纪"或"小明"？

报告交出后，他松了一口气，认为自己有权利抓紧时间溜出大楼，到工会去看会儿画报。由于他在报告起草过程中，大谈团干部应提高自身修养和广大团员抓紧学习文化科学知识，而对"五讲四美三热爱"并无多少精彩发挥，他照抄了总局团委的报告，对此一笔带过。他预测滕、洪两位书记过目后，将会有艰巨的修改任务，甚至有重写的可能，所以在明天之前应该养精蓄锐。

工会设在俱乐部楼上东侧，去俱乐部要穿过"万宝岭大街"。这条"大街"虽然并不大，但百货、食品、照相、修理各行业倒也齐全。离菜社不远的地方，还自然而然地形成了一处农贸市场，烟叶、大米、蔬菜、鱼类，"丰富多彩"。纪小明正在犹豫是否可在上班时间略作"考察",只听见人群里传过来一个声音:"哎,哥们儿!纪大哥!"

他刚刚悟到这个称呼似乎同他有关,那人已从人群里挤出来,拎着一串半尺长的鲫瓜子站在他面前,大汗淋漓、气喘吁吁地说:

"我说嘛,回头见,咋样,又碰上了,哈,咱俩有缘分!"

"邬俊!"他定定神,喜出望外地叫道。

"嘿嘿,真还记得我?我说嘛,看你样儿就不含糊。瞧,还剩这些,都拿去吧!我收摊了,咱俩上馆子喝两盅去!"

说着,他把那一串鱼往纪小明手里一塞,拽着他的胳膊就往"万宝饭馆"走,看来,他是这儿的熟客。

纪小明被他这一系列友好行动弄得满脸通红,不禁有几分发窘。他勉强跟他走了几步,实在为难,当初在岔路口等车相识,是为了摸摸一般青年的心理状态,或者说交交朋友,试着推行自己那一套即将有可能发挥的"思想政治工作"的特殊方法。这可倒好,鱼啊酒啊饭馆都来了,哪还像个局团委副书记?

"邬老弟,你放开,听我说……"他哭笑不得地甩开了那小伙子的手。那小伙子站下了,短眉下投来一道愠怒的目光,鼻孔翕动起来。纪小明眼前闪电般地掠过当年窗下的碎玻璃和小小的脚印,不禁头皮一麻。

"你,听我说……"他急中生智,"鱼嘛,我收下了……喝酒,下回上我家,我家就在这不远……今儿个我还得开会,行不?你跟我来,我有东西给你哩……"

"啥?"

"你来了就知道了，认认门儿，以后就能常来了。"

"……呵呵，这还行，你够哥们儿意思……"他顿时眉开眼笑了。

纪小明路过医院把那串鱼交给了爱人，就领着邬俊走进了机关大楼二楼的团委办公室，他想送给邬俊几本自己买的书，还有他一直锁在抽屉里的一副围棋。那是他在局机关运动会上得的奖品。他有一大堆重复的奖品无处可给。再说，他确实想从长远关心一下这个小伙子，为了心头那笔未曾了却的旧债……

他们走进办公室的时候，纪小明望见洪帆正在埋头看他那份报告。他轻手轻脚拉开柜子拿好东西，一见邬俊还拘谨地站在门外，便招呼说：

"进来呀，邬俊老弟，坐一会儿再走，不忙……"

就在他叫出"邬俊老弟"这几个字的时候，他看见洪帆突然抬起头，警觉地朝门口望去。她的目光恰好同探进脑袋来的邬俊好奇而局促的目光相遇，顿时两个人都怔住了。这种愕然的对视，持续了足足几秒钟，屋子里静极了，连他自己也愣在那里。他只看见邬俊的大眼睛在紧张地转动，有一种近似惊恐又包含着愤怒的神情，从他那漠然的脸上浮升起来，而她那一览无余的面孔，在瞬间变得极为复杂。他下意识地用余光扫了她一眼，在那双一向镇定自若，甚至有些傲慢的眼睛里，竟然罩上了一片沉重而惶惑的乌云……

他听见走廊的地板咚咚响，邬俊不见了。

他冲出去，在大门外的拐角处抓住了他的衣袖。

邬俊垂下了头。

"告诉我，小俊子，你跑啥跑？"

"……"

"你就是邬得福的儿子？"

"嗯。"

"你爸呢？"

"刑满……回场了。"

"为什么不申诉？为什么？你以为我不知道这事儿吗？那半块砖头，在我心里压了十年……既是冤枉、诬陷，这两年你为啥不去找？不去上访要求平反？不去把案情整明白？"

纪小明心里憋了许久的问号，好似一道湍急的瀑布，把那位年轻人冲得猛烈摇晃起来。他一只手死死抓住墙边上粗大的水泥管，粗糙的管壁上留下了五个清晰的指印……他默默站了几分钟，灰白的脸却渐渐舒展开来。

"申诉？"他咧了咧嘴，冷笑一声。"那么多年前的事儿了，谁能证明俺爸无罪？那个'不'队长早死了，那两桶"有毒"的开水，也早已入地啦，我往哪儿去上访？哼，像你们坐办公室啥事想得容易……可咱们一出门，千儿八百地往水里扔，花得起吗？爸不让去找，平反了，不还是个农工？反正，他早二十年就是个刑满留场就业分子……好在如今政策宽了，咱们这号就业子弟，日子也过得不赖……攒下千儿八百的大白边（十元一张的人民币），买辆摩托跑活儿，能干就能挣钱。上访管啥用……"

他不屑一顾地晃晃脑袋，缩了缩脖子。

纪小明像是被一把重锤狠狠地敲了一下，脑子嗡嗡直响。在那犹如古钟震荡不息的长长的余音中，他好似听见了来自另一个世界的声音……他第一次发现在自己熟悉的这块土地上，还有这样湿潮昏暗的"洞穴"……

"我走了。"那小伙子哼了一声，显得风轻云淡。

他的目光逼视着他。

"……那么，你告诉我，刚才你为什么跑？……你认识她？她是……"

"不！"他很快打断他。"不认识！"他的嘴唇嚅动了几下，想说什么，又咽回去了。"……真的，不认识……"

默然。

"走了，纪大哥，回见！要鱼，尽管说……"

纪小明把那包书轻轻塞在他怀里，声音有一点儿嘶哑："等星期天啥的，有空上我家去唠嗑，好吗？"

小邬默默点头，转身去了。没回头，只见那背影，撩起了一只袖子在脸上蹭了几下……

他在大门口呆呆站了好久，他觉得在心里回荡已久的那种失落感，没有东西可以填补。

等到下午他见到她时，她脸上已一扫上午那瞬间的微妙，仍是一如既往地温和平静。她在向他布置了三天后的会议具体安排之后，无意地随口问道：

"上午那个青年，你认识？"

"是的。"他回答。"他家是绥伦农场的老户。他爸叫邬得福。……怎么，你也认识他？"

"不。"她的眉毛跳了一跳，"不认识。"

她哗哗地翻着文件，又接了两个电话，等那女干事去取当天报纸时，她笑着对他说：

"哎，你知道吗？组织部这次清查结果，机关的后备干部中，一个'三种人'也没有！"

他笑了笑，带着那天生顽劣的神气说："谢天谢地，不是'三种人'，等于进了保险柜，前途无量啊。不过你说，有没有第四种人呢？……"

七

隋书记去世后的第二十八天，纪小明又被叫到组织处处长的办公室里，处长的态度耐人寻味。不过纪小明很快镇定下来，凭他当了六年"科级"干事的经验，组织处有请，必有十分重要的事情。

"咳咳……，纪小明同志，请你来，因为……管局团委常委扩大会议，很快就要正式开始。经局党委研究……你暂时，还是先担任干事工作……洪帆同志，暂时还继续做团的领导工作……这是党的工作和革命利益的需要……咳，局机关的同志们上下一致认为，你是一个优秀的干事……"

纪小明站起来，抬手摇摇腕上的表，又放在耳边听了听，笑嘻嘻地说："哎呀，忘了，今天是青年杯排球赛……"

处长很高兴谈话取得了比预期效果还要好的效果。他对自己每一次在考核干部后做出的上报结论，与领导最后决定的一致性十分满意。对纪小明的不计较个人得失的态度感到更满意。出于一种真诚的同情，他在纪小明走到门边的时候，轻轻拍了拍他的肩膀：

"……不去医院看看吗？滕书记住院了，十二指肠溃疡……不过没大关系……别忘了，去看看……还有，省里办了团训班，学两年，拿大专文凭，你要想去，早早挂号……唔，小洪还争着去呢。她过了'三种人'那一关，若是拿到文凭，就前途无忧了。你不如先她去上大学……不过，她要真走了，你也就好办了……"

"是！"纪小明痛痛快快地回答，他忽然觉得，他随口说出来的这一个字，是要让他自己和其他许多人付出代价的。

走廊里风大极了，他顿时觉得浑身轻松凉爽，一抹斜阳从窗玻璃中穿进来，在他身上投下了几道窗格，他又觉得，似有一层模糊的阴影，沉甸甸地落在他三十四岁的心上……

不知为什么，他想起了家乡的一家照相馆，叫作"二我也"。"二我"：惟妙惟肖、一模一样、翻版、复制、脱坯……今年播去年收获的种子……哦，难道滕书记也会因为一句话、一件事，而对他……

第二天他仍然遵嘱抽空去医院住院部探望滕书记。为了滕书记曾经对他的理解和爱护；为了关于唐玄宗、秦始皇的那番议论；为了那首小诗；为了"忘我"和"辛勤"……除了这些，他没有和滕书记谈过任何同工作无关的话。不管怎么样，滕书记曾是他心目中尊敬和爱戴的人。

他在住院部一幢白色的干部病房的小窗里，望见了那个熟悉的身影。她安静地坐在靠窗的一把椅子上，背对着他。他看不见她那高深莫测的微笑，却觉得整个病房都笼罩在这无言的笑容之中。他轻轻地走近去，他看见那位年富力强的新任局一把手默默凝视着天花板，似在沉思，又似有一点儿无可奈何的担忧……他听见她正一字一句地给他朗读那份工作报告。滕书记一动不动地躺着，那种疲倦而愁烦的神色，说明他并不满意。是对他，还是对她？他突然对自己昨天一闪而过的想法怀疑起来。在这个隋大帅的"余威"至今尚存在的万宝岭，他深感就连滕书记也无能为力排除那个残留的人事圈子所放射的强大斥力。"就这么定了"——"隋大帅"手里易如反掌的事情，在这位兴趣广泛而又擅长旧体诗的滕书记面前，恐怕也……

他迟疑了一会儿，终于没有进去。

他望见窗外一棵杨树上新添了一只鸟窝。前些天，原来那只鸟窝依傍的大柞树，因为建新宿舍被砍伐了……生存、立足，对于鸟儿来说，无非是从一棵树移到另一棵树……

他慢慢走回去，耳边一直是那悦耳的朗读声，他把耳朵捂上，仍然无法驱除。使他感到恼火的是，朗读的却偏偏是他起草的报告……

奇怪的是，这份工作报告并没有再让他做什么修改，几天后就由洪帆同志在台上流利地全部照本宣读。它的新鲜与生动，获得了基层团干部们热烈的掌声。她以一个胜利者的姿态谦虚而含蓄地微笑着，同大家一起鼓掌。这微笑真像一面大网，把所有的成绩和赞扬都一网收尽了……

纪小明突然悟到，洪帆同志早已不是十年前那个黄毛丫头了，如今她迈出的每一步，都更准确地落在了时代发展的轨道上。在那个同时造就了魔鬼与天使的年代里，曾经有过的一切蠢行，将被宽宏大量的明天，归为年轻人的幼稚而获得谅解。他们在对幼稚的追悔中变得成熟而老练，就像她从容不迫地念他的报告，不是因为赞同，而是出于需要……成熟？他自愧不如，他感到脸红……当然，这里没有"三种人"。他完全相信。那么，究竟有没有第四种？他不过是随口说说而已。他同她相处半月，客客气气，并未发生过任何冲突。可是……望着台下那一张张年轻"幼稚"的脸，他感到怅然……

纪小明重又站在绥伦农场七、九、十一队交叉的路口。

一辆卡车，又一辆拖车，从他面前开过。沙尘扑面，又被风卷起，扬撒开去，飘过水渠，落在那一片无际的绿原上。久未下雨，沟里的浅水缓缓，齐腰高的麦子，叶尖有几分萎黄，显得无精打采……

他在路上停留了一小会儿，毅然往九队走去。

路的左边是水田，从水田里吹来的清风，使他感到舒畅；路的右边是麦地，麦地吹来干燥的暖风，又使他觉得压抑……连他自己也说不清，是什么原因驱使他到这九队来。他来干什么？他又能做什么？而这里的人，谁还认识他呢？

他终于找到了多年前来过的那个小院。荆条围的障子，稀拉而破旧；茅草苫的屋顶上长满了青苔，几根秫秸，垂挂在房檐下，窗台上的土坯塌了一角……一扇看不出颜色的门上，挂着一把锈锁。

"你找谁？"从栅栏那儿传来一个浑浊而沙哑的声音。

他回头，看见一位白发苍苍的小脚老太太，隔着栅栏眯眼望着他。

"我找邬得福。"

"唔……你说是老邬头呀？那家人早搬走了，从他蹲笆篱子回来，一家子就搬老牛圈那儿去看水库了……这地方，伤了心啦……"

他一阵发凉，怔在那里。

远远的公路上，掠过一团红色的火，在绿原里飞腾。那是一辆小小的摩托，国产嘉陵。是的，现在他们生活得还不坏，手里有一点儿钱了，可是……

他垂下头，忽然发现在那破败的栅栏下，孤零零地长着一株绿色的小草，叶片毛茸茸的，顶着一朵刺眼的四瓣红花。花瓣上镶着一条清晰的黑边。花虽小，依然妖冶而迷人。一阵风来，频频颔首，透出一股暗暗的得意……

"红罂粟！"他咬住了嘴唇。

"大烟花！这地儿，叫它大烟花！"那沙哑的声音订正他。"……可也怪，早没人种了，它还长……"

他心底浮上一阵深深的内疚，又涌起一阵更深的悲凉。他未曾想到当年窗台下那一排娇养的家花，会留下如此固执的种子，而一个再也无人追究、无人知晓的秘密，却永远埋葬在这儿，变成了那些坚定而正确地微笑着、四季不败的鲜花的底肥。他的面前出现了遥远的"红海洋"。

还有灰蓝色的烟，以及它引来的战火。

……那硝烟散去之后，被大烟耗干了钱财、摧残了身体的华夏子孙，才明白必须禁止大面积种植罂粟。然而百十年过去了，又有谁会想到，那些不曾散去的阴魂，会在不设防的角落借花复活；会在另一个遥远的地方，被善良的人们奉为良药，当成美丽的象征……

哦，这撒下了罂粟籽的土地！

"西头那小路，可通老牛圈？"他问。

"今年天头旱，低洼地不积水，没准儿能过去。"

很多年前他去过老牛圈。那儿有一片向阳的土坡，开满了野生的白罂粟。那清一色的白花，白得叫人心碎，就像纯净的雪地。他曾听人说，其实野罂粟的烟土含量极少，仅可用来治疗炎症和腹泻……

他忽然感到了深深的不安：需要极大量的烟土，才有致人死地的毒性。既然老邬头不可能具有罂粟投毒的动机和能力，那么，究竟什么人或什么物体，才是真正有毒的呢？

1983 年春

写于哈尔滨①

---

① 发表于《上海文学》1983 年第 6 期，1984 年获首届"《上海文学》奖"。

睡神在太阳岛

5月，紫丁香才落瓣，江沿两边的水，刚染上点儿绿，城里的人，就开始涌向太阳岛。

一个沸腾的太阳。

说是太阳岛盖上了个水阁云天，堆起了一座太阳山，山顶上凿了水帘洞；山下塑了两只鹿、三只天鹅、四只白鹤雕像……

都是林子里草地上的野物。过去在农场，见多了。啥了不起？水阁云天，不也是照人家苏杭二州学的么？没啥稀罕的。

他去太阳岛，可不是为图这些新鲜，凑这个热闹。

尽管要起早，他可不用开闹钟。白天黑夜，对他来说，大不离一个样儿。睁着眼，天就亮了，是眼睁睁看亮的。可天亮了，眼前就黑了，浑身软耷耷的，眼圈底下又加了一层青紫，一层乌灰。他害了失眠症，少说也有一个来月了。

晕晕乎乎，迷迷瞪瞪，上车、下船、又上岸。该吃喝的，照例使劲扯嗓子喊了；该背的该扛的，也都抹了一身臭汗。九点一刻，总算领到了自己那一份野餐食物：半斤五香花生米、一斤肉联的红肠、四只松花蛋、一盒沙丁鱼罐头、两瓶太阳岛啤酒。

这一切，全装在一只牛皮纸大封筒里。分到最后，红肠剩下了，他们管后勤的人，自然比别人要多一根儿。

年年一次太阳岛，不就是为的这包东西吗。不来野游的话，人能给你送家去？如今，老婆、孩子，拖家带口的。

他抱着它，放了心。心沉甸甸的，踏实了。

然而眼皮也沉甸甸起来。如同春天的风，干涩又粗糙，一眨一个响，能磨起泡了。腿也是沉甸甸的，如江上漏了水的小船，忽悠忽悠，直往下坠。

他一心想找片树林子打个盹儿。太阳暖暖的，林子静静的，草地软软的。没准儿，真能交大运眯上一会儿，哪怕就一会儿。

试试呗，总不能领了这包东西就往回返。

然而，却没有一棵树、一丛灌木闲着。

远近是人，甩扑克的、拍棋子儿的、拨拉琴弦的、跳舞的。旋转的高跟鞋扬起的沙尘，均匀地撒落在每一棵树下的丰盛筵席上。筵席是应有尽有的，向林子深处无限延伸。每一棵树下都是一个假日的王国。要是在飞机上往下看，也许就像一个吉卜赛人的营地，乱七八糟，叫人心烦。

他的眼皮又合拢来。他只想找到一棵树，能铺下一件外套。这是十分危急紧要的时刻，错过这个困劲儿，任凭是地毯沙发床，也全完。

　　他沓沓地走，走过一片林子又一片林子。总是有人，到处是人。他看准一块草地，却从那儿钻出一个蓬松的脑袋和一块五颜六色的画板。他看准一丛灌木，里头却传出啧啧的亲嘴声……他懊丧之极，他怀疑太阳岛已被其他什么星球上的生物占领。只有大路两边是空着的，可难道在游人面前七仰八叉地睡大觉？他可绝对不能让自己单位的人知道他失眠，万万不能，就是困死了也不能。

　　就在这时候，他朝旁边一瞥，眼前忽地一亮：一片翠绿的杨树林子里，有一座白房子。白房子四周，有一条宽大的走廊，或者叫阳台，悄无人声。要是在那座房子背后，找个地儿那么一躺，真是再美不过了。

　　他先捡一块石子扔过去，看看有狗没有。

　　这房子白得出奇，俄式的尖屋顶上的铅皮，好像是一片掺上银粉的雪地，荧荧的光点刺得人头晕目眩。墙壁像是一块块雪砖砌成，抹着一层透明的釉，细腻润滑。廊柱更像一棵棵生了根的白桦，似乎埋在白色大理石地面底下的，也是一团团白色的树根……

　　墙上钉着一块白色的木牌，写着几行蓝色的字：

佟大壮免药诊所
主治神经系统疾病（失眠、惊悸、忧郁、头疼等）
方法简便、疗效显著、诊费合理、富于独创性

　　他又看了一遍。在免药那两个字下做了反复停留。

他欢喜得几乎昏过去，又几乎噎住。

天助我也！他嘴唇翕动了一下。

……当然，应该试一试。——免药诊所，就是说，并不是用药物来治疗神经衰弱，不是用利眠宁，或是安定，来强迫人入睡，那么，是……用气功？还是什么新发明的仪器？反正不是用药。这真是天下第一聪明伟大的神经科大夫！这一个多月来，他为了弄药，一颗颗、一片片，跑了多少家药房，好像买了安眠药的人转身就要去自杀似的。三天两头去医院，单位的人不疑心？万一知道了你是去配安眠药，背后还不知怎么琢磨你。

他顿时消了困倦，兴冲冲迈上第一级台阶。

……何况，那种药吃惯了，不吃就越发的睡不着。一天不吃也不行！吃少了，也照样的睡不着；可是吃多了，第二天上班死活起不来，昏头昏脑，骑车直晃荡。像昨儿夜，就只好硬挺着。长久下去，可不是个事。

免药诊所——真是一个救命大菩萨。

也怪，如今，市上缺什么，什么就会冷不丁蹦出来，就看你运气咋样了。

他迈上一只脚，忽然，从第二级台阶上缩了回来。

佟大壮？听说过吗？没听说过。肯定是私人诊所。谁知道骗人不骗人呢？他从不敢在贸易集市上买个体户的烧鸡，谁知道他用的啥料？没准儿在洗脚水里浸过？

那一只脚，悬空了一会儿。从走廊的白纱窗里，他瞧见门厅里头，有几个人影，悄没声儿地走来走去。

他重新下了决心，鼓起勇气迈上最后一级台阶，穿过走廊，把纱门拉开了一条缝。

嘀，没承想，前厅里转圈坐满了人。

"嘘——"一个扎着尖尖的绿纱头帕的姑娘对他伸伸手指，像是个护士，语气温柔地说："先生，请排队。"

他松了一口气，既然有这么多人等候，既然要排队，可见……

"你也失眠？"他低声问排在他前面的一个年轻人。

"一天看不了几个人，且得等呢。"那人头也不回地答道，"也可以预约。"

答非所问，算了。对于患有神经系统疾病的人，他不计较。看来，得了失眠症的人还真不少，也没准全城的人都已经得了失眠症，只是谁也不说出来而已。就像他，单位里不是谁也不知道他失眠吗？

他心里顿觉宽慰不少。他断定全城的人都得了失眠症，否则，这个诊所怎么会如此生意兴隆？

前厅很宽敞，能装下几十人。转圈是一排简易沙发，扶手就是一只小小的茶几，许多人趴在上头写什么。墙是奶黄色的，挂着几幅油画风景。就在离地不远的一壁，挂着两只银色铝合金的镜框，里头写着字：

营业执照

太阳岛工商管理局

硕士学位证书

东方医学研究院

　　他仔仔细细看了两遍，心里犯了嘀咕：既然是名牌大学的研究生，干吗不开在首都、省城的大医院，跑到这树林子里？该不是野鸡诊所？该不是歪门邪道？该不是为了赚钱？该不是……

　　他越想越觉得可疑，越发觉得自己要上当，拔腿想走，就在这时，一声"请坐——"

　　轮到他了。

　　那个绿头帕的姑娘，笑眯眯地递过来一张纸、一支笔，说："请先登记一下。再交挂号费，两元。"

　　他倒抽了一口冷气。他没猜错。钱！他有钱吗？没有，兜里没有，家里也没有。家里即使有，他也不带在身上，穷不丢人，反正大家都不富余。只有不带钱才不会乱花，他得养老婆孩子。

　　他把全身的口袋胡乱摸一遍，红着脸说："忘……忘带钱了。"他站起来要走，"不看了。"

　　"哎……"那小护士追上来。

　　这时，螺旋形的小木楼梯轻轻响起了脚步声，他看见一个身材苗条，穿着入时的年轻女子，陪着一个穿着灰色风衣的胖老头，从楼上下来，一直往门外走去。胖老头拄着根红木拐杖，一个夹黑皮包的小伙子，跟在后面。

她在台阶上站住了，同老头握手，笑吟吟地说："我还是建议您尽快离休，去钓鱼、旅游……"

"唔，再研究吧。"老头长叹一声，"谢谢啦。"

又有几个人朝他迎上来，前呼后拥。这不通汽车的太阳岛，莫非要把他背走？

望着她轻捷的背影，他迟疑了。既然……既然大官儿都到这儿来，既然大官儿都相信……

绿头帕把笔和纸塞在他手里，笑容怪迷人。她轻声说："忘带钱没关系，可以用其他物品抵押。"

他决定豁出去。啥了不起的。两块钱？睡不着觉才是人生的一大痛苦。他仔细盘算一会儿，抽出了那盒沙丁鱼罐头。即使请人吃饭少了一个罐头，客人一般也不会觉察的，添上一个洋葱炒肉就是了。

他拿起笔，发现那是一份表格。上头印着字：病案。栏目多得不计其数，好像要搞什么社会调查或是个人档案。抱着一线希望，他工工整整地开始填写：

姓名：丁小慎

曾用名：/

年龄：35 岁

籍贯：/

文化程度：初中

性别：男

家庭出身：工人

简历：1966年在哈尔滨十一中学初中毕业，1968年去国营农场，1978年返城接班。

工作单位：东北艺术学校总务科

职称：无（曾任红星农场九分场副主任）

受过何种奖励：1971年被评为农场学习毛主席著作积极分子，1973年被评为农场局知青标兵。

是否党团员：已超龄，1973年加入……

婚否……家庭成员……

本人血型……

病史……

问题没完没了。不过，他倒挺愿意填写70年代那段历史，那是他人生最荣耀的一段时期。履历也能算个病案？新鲜！现在他一点儿也不困了。

他走上螺旋形小木楼梯，楼上是一个宽敞明亮的房间，四壁落地玻璃窗，好像是一个玻璃房子，淡绿色的薄纱，上面浮着一片硕大的荷叶，一朵朵粉白色的荷花。只是这荷花没有茎，躺在水面上，显得懒洋洋的。窗外，一排又一排的白桦，小叶杨挡住了视线，只听得声声鸟鸣，在树叶间回荡。房间四角摆着几盆花，红红紫紫的开得正艳，叫不上名儿。没有医院里大夫通常用的那种桌子，没有听诊器、血压计和哪怕一只药瓶子，只有两只形状挺怪的沙发，放在地板中央。一种柔和优美的音乐声，不知从何处飘来，在暗绿色的地板上低低回荡……

完全不像是来治病。倒好像，走进了一位什么朋友的家。

他挺愿意在这地方待一会儿。一种安谧、宁静的气氛，使人想要昏昏入睡。

她轻轻地走进来，坐在他对面。她没有穿白大褂，而穿了一件似黄似白的薄毛衣，黑黑的头发在脑后盘成一种说不出来的样子，比艺术学校那些舞蹈教师还时髦、雅气。只是她的年龄很难估摸，皮肤光滑得像个剥了壳的鸡蛋，看上去只有二十多岁，但她微微一笑，眼角上深思熟虑的细纹，像是有四十几了……

"您……就是大夫？"

"是啊。"

"您就是佟大壮大夫？"

"是啊。"

他闭了一下眼睛，很失望。这么说，佟大壮是个女的。这么说，这个医院楼上楼下一共就两人。这么说……可他刚才还把她当成是楼上的护士了呢！

两块钱。听天由命吧。就当那罐头让猫吃了。

那女大夫开口说："谢谢你光临我的诊所。在接受我的免药疗法之前，我有一个小小的请求。"

又是钱吗？他的心缩紧了。

"这也是我唯一的条件——我要求我的病人，如实向我陈述得病的最初日期、起因和日常病症，也就是说，我需要在病人真诚的信任和配合下，来确定我的治疗方案。"

她娓娓地说，眉毛扬得高高的，底气很足。

原来这样。这好办，只要不再掏钱，讲几句话，有什么难的！

"我要求，病人必须绝对诚实，对自己病情讲真话。"她一边看着那份病案，一边加重了语气，"否则，会造成诊断错误。"

他的脑子一阵阵发木、发胀，像一只无限扩大的气球，又如一只迅速萎缩的橘子。绝对诚实：回忆——就像从食管里抠一根鱼刺，或是从黑乎乎的下水道里寻一块表。长期失眠＋健忘，还记得什么？看来不掏钱也难。

"我想你是有一点儿不顺心的事。"女大夫一双笑吟吟的眼睛，不经意地从他脸上掠过，"说出来，会好受些。"

沙发有点儿硌，他换了一个姿势，又换了一个姿势。

不顺心，当然是不顺心。岂止一点儿？哪都不顺心。

鸽笼一般大的家，瘦猫儿一般弱的儿子，雌老虎一般强的老婆。在单位，又像小媳妇样受气。哪哪儿都不像他当年在农场当副主任那么风光了。

他叹了一口气，埋下头，讷讷地说：

"是呀，是不顺心，考电大，考了三年，愣是没考上。离分数线，还差好几十分，可如今，没个学历，叫人瞧不起……"

她点点头，显得很亲切——善解人意的样子。

"可这怪我吗？"他愤愤地解释，"那十年，哪摸过书本？甭说考电大，夜大也够呛。回了城就上班，白天累个贼死，下班回到家，做饭带孩子，趴桌上就犯困……"

她似笑非笑地说：

"那就甭念啥大学了，文凭也是唬人的东西。你犯得上为它苦恼？有份资料说，老三届的人，百分之七十都没有大学学历，人家都不活了？"

他点点头，搓着手，仍然愁眉不展。苦恼这东西，没什么犯得上、犯不上的……

他等着她诊断。

女大夫合上了病志，沉下脸，一双黑眼睛，凝视着他，深井似的，不可捉摸。

"我一开始已经对你说明了我们的要求——病人必须绝对诚实。"她用一种十分肯定的、自信的口气很快地说，"可是你，却含含糊糊、吞吞吐吐，真实程度连百分之三十都不到。你应当明白，只有当人的愿望受到无可排解的压抑时，精神才会失调和紊乱。如果能让它们得到释放，痛苦就会减轻甚至消失。"

丁小慎觉得自己的头发都竖了起来，有一点儿毛骨悚然。他不知道女大夫从何处窥见他内心真正的秘密和隐痛。

看来，他是没法子躲避这双眼睛了——既然走进了这座白房子。

那只该死的地球仪！

那小子来他家里告别时，把这光秃秃的蓝脑壳转送给他。神气活现的就像自己当年没收他那些破书时似的，风水轮回，如今轮到他牛了。可要说十年前，五年前，他哪儿不比那小子强出十倍八倍去？

哎，你一气儿扛动过两麻袋豆种吗？

你铲地尽打狼来着。

你他妈的评上过知青标兵吗？

你他妈的就知道钻在草垛里啃书本儿……

竟然还穿西服，系一条红领巾？

凭啥？

就凭他当知青那会儿，别人闲聊天的时候，他点油灯读书？

好意思，来回旋转着那只蓝脑壳，像是给他讲课呢——"喏，我就要到这个地方，美国加利福尼亚大学，攻读博士学位，我考上了出国研究生，我是来向你告别的。知青那会儿，你没少帮我，这只地球仪送给你，留个纪念。"

就这么，噌地飞走了。当了博士当教授，说什么美国的中产阶级，都住小洋楼。

而他，一月四十三块。勤杂工，文凭、学历、资格，要啥没啥。

这公平吗？

那只该死的地球仪，夜间一闭灯，黑暗中，就闪出蓝幽的磷火，眨巴眨巴，弄得人提心吊胆。到凌晨，又如一个光溜溜的骷髅头，在床头摇来晃去，好像他这辈子走到了地球的尽头。地球仪后来让他给扔了。可这觉，从此还能睡踏实吗？一开始是睡不好，到了后来，一闭眼，那个加利福尼亚就开始扎他心窝……

怪谁呢？病根儿，不就从那会儿种下的吗？他心里明白儿的。

那小子，噌地上了飞机。飞走以后，他就一夜夜整晚不能合眼了。人和人，差别咋那么大？他咽不下这口气。

楼下的小护士，送来一杯茶，大概，是下午了。

女大夫耐心地等待着，若有所思，仍然是一副高深莫测的神气——宽宽的额头上浮游着几道细纹。

"根据我多年来对精神现象的研究。我认为对一个患有神经系统疾病的人来说，最有效的治疗方法，是让他说出自己内心的痛苦，不管这痛苦来源于什么样的欲念。"她淡淡地说。

他又换了一个姿势。窗外四下是树林，没有第三个人。这么一个小楼，天生是替人保守秘密的。而且，那双眼睛，固执地注视着他。但愿这双眼睛对它所看见的一切，都不会大惊小怪……

他终于肯定了自己的安全感。

于是，他喋喋地说起来。他不太明白自己都说了些什么。他只是不能抗拒那双眼睛的信任——她相信他会对自己说实话，就像有个人，在帮自己掏出食管里卡住的鱼刺。尽管疼、恶心，却痛快舒畅，好像死了一次，又活了一次。堵塞的下水道，忽然通了，哗哗流水。他滔滔不绝地，或者是语无伦次地说着。反正，不要钱。无论说多少也不要钱。假如在枕边，有个人愿意听他这么说，说个痛快，他也许不会得这病……可那臭娘们，就知道同别人比。假如那些农场回了城的哥们儿，也像跟前的这双眼睛那么和善，如果他们不在背后嘲笑他，他也不会失眠……那些人，啥了不起！

"要说痛……痛苦，"他努力地说着，"我也有。我一个在党的人，思想，也不地道，我，也想出国去，给家带彩电、冰箱，可我没门儿，一点儿门也没有。就这么，一宿一宿的干瞪眼……有时做些个稀奇古怪的梦，梦见那地球仪上爬满了蚂蚁……"他长长叹了一口气，"这会儿，我全说出来了。"他瘫在沙发上，脑门发烧，扶手上一圈湿。

天花板是穹形的，如浅蓝色的海湾。几只五彩的海星星在游动。

他觉得自己倒立着。他看见女大夫在海水里微笑，一种同情理解的笑，好像她早就料到，他是为了那只该死的地球仪焦虑。

她开始拿出一件小孩的绒衣来织。绒线也是淡绿色的，散在地板上，在绿色的阳光里，时隐时现，轻轻飘拂。

她说，同你的生命相比，这些都不算啥。

他出他的国呗，人家有海外关系，父亲又是教授，书香门第，你能比吗？可是，也有人拿了博士学位，照样得回国工作，回了国，同一般人一个样。没看那些大学教授，说起来好听，其实收入少得可怜……

你没本事申请留学，能怪你吗？全中国的人都怪着了，也怪不到你头上。你念了几年书？那十年动乱趴垄沟捡豆包儿吃了，生产粮食支援世界革命了。闹到头来两手空空，怪那个该死的十年、怪那个时代、怪那些骗人的家伙呀，把好好的人都耽误了。

他出他的国，你犯不上生气。那个资本主义社会，是好人待的吗？那是有钱人的天下，挣了钱没准让人抢走了。像你这样本本分分的人去了那儿，不饿死才怪呢，有啥想不开的？让我去我都不去呢，在咱们这儿，多舒服自在，钱虽不多，可图个清闲。你说是不是？

那绒线，一圈一圈，飘在地板上，又一节一节，升上去，结成网，连成条，织成花。

她那么轻轻松松、亲亲热热地同他聊着天儿。他觉得，她倒是像他的娘。一句句，都揉着他那发疼的太阳穴，搓着那绷得快折了的神经。此刻，那卷曲、萎缩许久的神经，一节节舒展开来；原先筋脉上那堵着塞着的疙瘩块，都捅了口子似的，通畅了，顺溜了，活生生的血，周身奔走起来，眼皮儿顿时就滋润了许多。

他忽然发现，窗帘上那一朵朵粉白色的花，不是荷花，是睡莲。那年他去南方出差，管它叫荷花，让人奚落了一顿。睡莲，躺在水面上的，那安心舒服的样儿，真让人羡慕。

一丝夕阳从淡绿的窗帘中穿过来，紫色的，像只蝴蝶，在她膝上跳跃。树林子朦胧了起来。

她沉吟了一会儿，收起了绒衣，干干脆脆地说："我给你出个主意吧，也算是大夫诊断建议。"

那眼神儿，诡秘地闪动起来。

他听明白了，她是建议他，在学校的后勤工作上，打开局面，做出成绩，——你想想，就凭那十年党龄，分场副主任的历史，勤杂工干出色了，总务科长不就是稳拿了吗？如今不是大谈体制改革吗，正培养第三梯队，提拔青年干部，不提拔你丁小慎，又能提拔谁呢？有本事的人，坐着也吃香喝辣的；没本事的，走天边儿也得回来喝稀汤。阳关道，独木桥，各人有各人的神通、路数。十年八年，熬成局长了，他博士回来，还得归局长管哩！

他眼睛发亮，前景豁然开朗。原来这么个免药诊所，真是比吃药管用一千倍！早知道好好干着还有这么个盼头，骷髅头早他妈见鬼去了。这女大夫，没承想，有两下子，几句话，妥了。如今的人，赚钱也赚绝了。这买卖，一本万利呀，好啦，该走啦，要真治好了我的失眠症，回头谢你来！

他走出白房子。只见太阳岛漫天晚霞。

这年 8 月，几场好雨，草疯了似的往上蹿，树叶儿狂颠颠地在风里摇撼，造出满岛的树荫。城里的人，也都发了疯似的扑向太阳岛去"旅游"。

一个绿色的太阳。

他眼窝发青。天发黑，太阳发绿，岛子发灰。

他蹚着草窝，身子软沓沓地走。他得尽快找到那白房子，救命大菩萨。

他在一片水洼里看见自己的面影：两颊如皱纹纸一般，头发也白了几根。

那个绿头帕的小护士，果然不认得他了，开口就让他填表格。队伍排出前厅，一直排到台阶上。男女老少的，失眠的人有增无减。看来这世上的日子越来越难打发了，难怪这一夏天，免药诊所越发兴旺发达！她的名气，也一定越来越大发了。

露台的外墙上迎面居然挂上了几面大镜子，上面写着红字："妙手回春""救死扶伤""医术精湛"——患者 ××，××× 敬上。

他睁圆了眼。

幸亏那女大夫下楼送客，一眼瞥见了他。亏她的好记性，对于他的病，她似乎格外感兴趣，回头就对小护士说："复诊不排队，挂号就是了。"

他赶紧掏出两元二角七分，递过去，说：

"上回那沙丁鱼罐头，是一元七角三分，差你二角七分，总惦记着给你送来。这两块二毛七……"

小护士抿嘴一乐，又一撇嘴，说："还差七毛三分哪！"

他愣了。

"涨了。挂号费三块。"

三块就三块吧。犯了病，还能在乎钱吗？他还有什么别的医院可去？

他蹑手蹑脚地上楼。女大夫让他加了塞儿。

她从壁柜里抽出了他的病案，一边翻着，一边和颜悦色地问：

"咋样？上回那方子，不好使吗？"

他连连摇头，一直摇到对面的女大夫在眼前旋转起来。

"好使，绝对好使。"他急急忙忙声明，"从你这儿出来，回到家，我倒头就睡着了，一直睡到第二天下午。那以后一连两个月，都是天黑就犯困，倒下就打呼噜，连梦都不做一个。我老婆，还怕我是得了多眠症哩。"

她笑了。抬头端详了他一会儿。那目光耐人寻味。

"今天你来……是犯病了？"

他连连点着下巴颏，感动得说不出话。

"总务科长没当上吧？"她蛮有把握地问。

"嗯哪！"他答得挺痛快。既然是大夫，既然都通了一回下水道。还有啥可瞒的？看她那双眼睛，瞒啥也瞒不过她。

"不肯下，是吗？"她柔声细气地说，"死活不下。"

"不是。"他小心翼翼地反驳。"他，那个老科长要死活不下，还好了呢。可他退了休，倒换上了别人——一个比我还小九个月的家伙。比我进校还晚两年，比我下乡少八年。下乡时，连班长都没有当过一天，更别说是劳模了，才干两年就去当了兵，回城就开车，一个破司机，啥了不起的！可就偏偏提拔了他。大夫，你说这公平不公平？你说，这明明治好的病，不是活活给气犯病了吗？这能让人睡得着觉吗？"

女大夫微微一笑，不置可否，走到窗口去伺候花。有瓜叶菊，还有月季、四季海棠……她换了一张唱片。音乐声虽然很轻，节奏感却很强，地板微微震动起来。

她亲自给他倒了一杯水，又用那种使人琢磨的目光看着他。

"你上次回去后，没照我的建议去做？"

他差点儿从沙发上弹了起来：

"做了，怎么会没做？这几个月，我跑跑颠颠，忙里忙外，真是没少干呀，艺校的人谁见了我不说'小丁你辛苦了'。就凭我这份实干精神，也该提拔我才是呀……"

他说不下去，真是伤心至极。神经扭成了团，打成了结，解不开，绷不直了。

那全校教师的煤气罐，都是谁给弄来的？

一人五十斤正牌儿五常大米，会自个儿跑到你家饭锅里落实知识分子政策？

还有这一夏天的菜呀瓜呀，每天食堂的伙食不重样，茄子豆角辣椒洋柿子，都是最新鲜的。西瓜香瓜子，又大又便宜，是他亲自去批发市场拉回来的。

那些学艺的孩子们，每天练功喊嗓，是谁把浆子豆包，在课间休息时送到练功房？

那男女生宿舍的卫生，就甭提了，他逼着轰着他们，轮流打扫卫生，还评上了全市的卫生先进集体。他要求在女宿舍窗子上留一块玻璃，不许糊窗纸。她们闹起来，提意见说学校像……像监狱。气人不？他亲自把窗纸撕了，第二天却又被糊上了。就这样的一群小梅兰芳，他可没少受气又挨累……

可那小司机，开着"小上海"满世界转悠，捎脚、运货、倒腾买卖，能干的全干了，不哼不哈不明不白，赚下一笔钱，蔫悄地，给学校买了一套录像设备，说是艺术学校的教学需要，一家伙点了个响炮，全校师生都跷大拇指夸他，夸他有头脑，长心眼，懂业务，是明白人，苗子、梯子。上头那个文化局，官僚主义作风严重，谁知道他老子找没找关系替他说话？一家伙提他当了总务科长。他有文凭，咱也服。可他也是啥也没有，比我还少念一年书，可人家老头是教育局的一个科长，我能争过人家吗？你说这口气，咽得下咽不下？……

女大夫静静地听完，嘴角抿起来，眉梢挑上去——那浅浅的笑容，依然是捉摸不定，令人不安的。

"偶尔睡着了，做梦吗？"她问。

"梦不断。总是重复那同一个梦，好多好多蚂蚁在我身上爬，咬我，不过不觉疼……"

她站起来，在地板中央来回踱着。

她穿了一条薄绸的连衣裙。绸子上印着不规则的图案，裙边的下摆又宽又大，像一朵巨大的喇叭花。

"今儿病人多，我简单点儿给你说说吧——"

她那深井似的眼底，闪着冷冷的光，秀丽的脸庞，突然变得一副老谋深算、人情练达的样子。

"那小司机的老头是科长，你老头是个退休的锅炉工，能比吗？这能怪你？绝不能。昨儿来一位女病人，也害失眠症。她老头是省里的什么领导，她单位要提她当处长，吓得她一天天睡不着觉。她说：我哪会当处长呀？求求你们别让我受这份罪。可他们坚决不听，上赶着讨好她。你一个平头百姓，哪能想到去买录像设备？那得有门有路呀。话说回来，提个科长，又有啥了不起？啥时候能熬上处长？就是当上处长，也是处处受夹板儿气，你当如今的官儿好当呀？干不好就得往下刷，干好了，钱也不多拿一点儿，啥意思？还不顶那夜市上摆个小粥摊儿挣得多哩。你说是不是？操那份心，好人也得少活几年……"

她那裙边儿一摆，溜溜的小风悠悠，吹得人脑门凉飕飕。他脑子里那浆汁一般滞重、混浊的黏液，好像都被她那双纤细的小手，从发根里挤了出去。头脑顿时变得清爽、轻松。没准儿，就连满脸的皱纹，也让这谆谆开导，熨平了许多。

她提起笔来。

她要为他开方子。

她在病历上写下一些话，又递给他看，有四个字，他似乎在哪里见过，但不大懂得确切的含义，不好意思问。怔了一会儿，怯怯地说，能不能建议得再具体些，像上次那样。如果要加钱，也是可以的，过几天就送来。

她回到沙发上坐下来，略一思索，给他提了一个更具体的建议方案。他这才算听明白了，也懂了那些话的意思，顿时感到欣喜若狂。

出国的出国，升官的升官，就不会有人，想到出名吗？

出名不比那些都"高"吗？

出了名可以上报纸、上电视，谁看不见？谁不羡慕、佩服？一出名，全省全国都有人知道你了……不比那小科长强多了。

就那么个修鞋的个体户，还出了名呢。

就那么个卖烧鸡的，还出了名呢。

人人都可以出名。凭什么丁小慎就不能出？一个小科长啥了不起的？等我的名字印成铅字……

他的鞋轻飘、脑袋轻飘。苦汁已挤净，筋脉重又舒张熨帖。他打了一个长长的哈欠。

他很想再请教那女大夫，关于出名的建议，能不能——再具体些。可她似乎有些倦了，站起来，像要送客。他怕这一提问，她若真的增加诊费，也不好办。他看得出来，她对自己的收入，是决不含糊的。

他只好作罢。连说了几声谢谢，告辞下楼。

楼下的人等得很不耐烦了，对他侧目而视。

此刻他觉得，这些人每天睡不着觉，真是一件奇怪而又可笑的事。

正是晌午。杨树叶哗哗响，太阳岛凉快之极。

这年10月，几场秋风，草皮镀了一层金。林间变得开阔明亮了。满地萧萧瑟瑟的落叶。太阳岛的人，都开始撤回城里。

太阳岛的太阳，一日日冷却下来。

他踩着树叶，嚓嚓地走。树叶五色斑斓，在他脚下呻吟。萎黄的草尖上，一行东歪西倒的脚印，留在清晨寒冷的白霜里。

他觉得自己一条腿短一条腿长，脑壳一边沉，一边轻。好像要爆炸，又好像就要熄灭。几根脆弱的神经，支撑他的脖颈，随时都会倾斜断裂。

他再不来找佟大壮大夫，他断定自己活不成了。每次失眠，一次比一次苦痛难熬。

那座白房子，依然洁静安宁，从容不迫地接待它的病人。远远望去，像草地上的一朵白蘑菇。

奇怪的是，前来应诊求医的人，恰恰与太阳岛的冷落相反。候诊的病人，一直排到了台阶下。前厅都满了，人们在白色的台阶上晒太阳。看来，失眠的人数，仍然看涨。

绿头帕小护士热情地招呼他：

"请稍等。那些排队的人，都是来预约的。这几位复诊病人，请坐在这边。"

她一见面就摊开了手掌：

"挂号费四元。"

又涨了！幸亏他早有准备。国庆节发了二十元奖金，一笔意外之财。就当它只发了十五块，行吧。

他眯着眼，靠着廊柱坐下来晒太阳，阳光暗淡得很，一丝儿热气都没有。

那几个复诊的病人，嘀嘀咕咕地交头接耳。

一个老女人的声音：

"你说怪不怪，我对大夫说，我见天睡不着觉。她总说，别着急，过一段儿会好的。过一段？过了多半年了，好啥？越来越大发了。"

丁小慎赶紧睁开眼，问道："因为啥睡不着觉呢？"

"因为儿子呗。放着好好的铁饭碗不干，辞了职，跟人去办啥公司。那是好人干的吗？要是挣不着钱，又丢了工作可咋整？我看他是鬼迷心窍了。可人家一宿宿直打呼噜，睡得可香……"

又是公司，娘的，公司热，热得能把太阳岛都一口吞了。

一个男人的激愤的声音：

"我看也是，这叫啥大夫，尽整些个邪门，我老婆前些日子来看病，你们猜猜她对我老婆说了些啥？唉，说都说不出口，闹得我老婆要同我离婚。"

他的嗓子又粗又亮，说话时仰着脸，正对着楼上的窗口，好像有意要让女大夫听到似的。

"敢是有外心了。"老女人断言。

"可不，早先她总怀疑我在外头乱搞，又哭又闹，成夜睡不着觉，说如今社会风气坏了，做老婆的没有安全感。那女大夫劝她说：你多交几个男朋友，别在一棵树上吊死，男女平等嘛。这可倒好，她就三天两头出门会朋友，回家来睡得跟猪似的，我反倒失眠了。我没有家庭安全感了。哼！"

一个威严、粗壮的男人的声音：

"我看，这样的私人诊所，简直是扰乱人心，破坏社会正常秩序。谁允许她开什么免药诊所？胡闹！"

丁小慎听到这儿，忍不住从廊柱旁跳起来。话可不能这么说。他本人就从免药疗法中获得了许多安慰和希望。每次从这儿回去，他都能安心入睡。至于犯病，不能怪女大夫。如今社会是啥节奏？一天一个样。她又不是算命先生。瞧墙上，全是患者赠送的锦旗……

丁小慎正想对那男人进行一番有力的反驳。突然愣住了，那男人很胖，穿一身毛料哔叽干部服，挂着一根红木拐杖。他认出了这个人，是他头一次来时，女大夫劝他离休去钓鱼那位。他把话噎了回去。

那胖老头说：

"我听大夫建议，离休了。结果怎么着？没离的，十三级以下的干部，都涨了一级工资。她这不是造成了我的损失，对党对人民不负责任吗？听说工资改革以后，还得涨工资。这笔损失上哪儿补去？事实证明，自从我接受她的免药疗法，失眠不是消失，而是越来越严重了。"

他用手杖敲敲地面，郑重宣布："我早晚要吊销她的营业执照！"

丁小慎吓得面色苍白。他担心胖老头假如真的取缔了免药诊所，他往后可怎么办？

有人从前厅里走出来，往这边探头探脑。

他看见女大夫的头影，出现在楼上窗前的绿叶下。

她冷冷地俯视众人，轻蔑的目光从他们的头顶一扫而过："你们懂什么！"他听见她低声说，然后鄙弃地拂袖而去，嘴角上挂着那永远令人无法捉摸的、温和却是戏谑的笑容。

哦，不是她。是窗帘上的一朵睡莲。

就在他终于鼓起勇气，决定向胖老头现身说法时，有一个穿牛仔裤、格子衬衣的人朝他们走过来。

"诸位——"此人叫道，"你们的意见，我可不敢苟同！"

他站在人群中央，挥挥手臂，好像要发表什么演说。

"我本人，就是接受佟大壮大夫的免药疗法，成功治愈了失眠症的一例。我三个月前来此求医时，夜不能寐，昼不能行，精神几乎已到崩溃边缘。可是经过佟大夫一次诊治，几天后我的精神就完全复原。一周后，甚至超过了原来的状况，达到最佳精神状态，体重陆续增加了五公斤半……"

人群窃窃私语。

"后来，我不仅从未再发生失眠现象，而是睡不够，缺觉！总是缺觉！你们是想睡睡不着，可我是想睡没时间睡！"

人群哗然，老女人嚷道："敢情是治大发了。"

"否！"那人急急分辩道，他原来是中央戏剧学院的学生，毕业分配在龙江剧院写戏曲剧本，可是呕哧瘪肚也写不出一句唱词，领导等着要剧本，他交不上，搞得他白天黑夜睡不着觉……

他侃侃说，女大夫认为他不是写戏的料，路数不对。失眠是神经过分紧张所致。反正睡不着，建议他改写电视剧试试。这一试，果然大获成功，拿了钱又得了奖，天南海北的电视台，都来找他约稿。如今电视连续剧多受欢迎啊，他手头有写不完的剧本，电视剧好编，可比写戏曲剧本容易多了……

那中年男人打断他："你既然不失眠而缺觉，上这儿来干吗？"

"我是陪一位朋友来的。"他想起自己漏掉了一个关键问题，"我推荐他来试试这种疗法。他由于整天无所事事，已经三十年没合眼了……"

幸而，这时小护士喊号——轮到了胖老头。他气冲冲地上楼，一会儿又气冲冲地下楼。倒好像不是来看病，而是来要回那几块钱挂号费似的。那老女人和中年男子看完病下楼时，脸色倒比先前和悦了许多，眉梢上甚至还有几分喜气。他茫然不解的是，这些人既然对她的疗法如此不满，又为什么还要来找她呢？

最后剩下了他一个人。

小楼上暖洋洋的，四面阳光。地板上铺了一层薄薄的腈纶毯，屋角有一盆爬藤的葡萄，火红的叶片，紫色的果实。

她摘下一串葡萄递给他。紫莹莹的表皮上，罩着一层白霜，冷冷的。

使他感到意外的是，她没有笑容。好像早就料到他会来，轻描淡写地问："又犯病了？"

那双眼睛，也蒙上了一层白霜，冷冷的。同江上的秋风，同寒夜的雪雨，同如今城里城外的人、城里城外的事一般无情、淡漠、冷酷……他觉得委屈，心凉透了。

谁能想到有人抢先一步，抢在他前头出了名呢？

谁能想到经理也能自封呢？

谁能想到那丫头就把艺术学校的校办工厂、戏剧服装厂，办成了时装公司呢？

谁能想到办了公司就能挣大钱呢？

瞧人家那钱挣的，奖金一月三百。还有季度奖、年度奖、节日奖、生日奖……还有厂服、校服，盖了帽了！

还轻轻松松就把艺校拖了多年的"老大难"问题——澡堂子给盖上了。

可他，为盖这澡堂弄钱，吃了多少苦头。星期天不休息，推着小车满城捡砖头子；组织学生义演，演《三岔口》《拾玉镯》，到头来，门票收入还不够付场租、不够发夜餐费、不够赔行头损失的……

那笔账不好算，哪儿有一点儿不周全，就做赔本买卖。还想出名呢，不够丢人现眼的……

可那丫头咋就那么大能耐？一甩手几万，把个艺校破烂的排练场修上了。临街开扇门，办上了交谊舞训练班，艺校有的是舞蹈教师，指着这挣点儿外快，有钱就是爹了。听说马上要办音乐茶座、戏曲流派欣赏，名堂多了去！

他琢磨那丫头手头一定不干净，怎么就几万几万地挣呢？他给文化局打了报告，让派人调查，又给报社写了信，说里头肯定有问题。结果调查了一天星斗，那姑娘倒上了报纸，说是什么——改革的青年先锋。

谁说不拥护改革了？他打几年前就盼改革、涨工资，可谁承想改到他头上来，好处一点儿没得着，倒快把人累死、寻思蒙了。

那天他上那新盖的澡堂子洗澡，就差点儿没气昏在池子里头。

这觉，还有的睡吗？

闭眼就是报纸，闭眼就是报纸。满街几万几亿张报纸，没有一张印他的名字……

慢一步就差十万八千里；一步跟不上，步步跟不上。这叫个啥社会？

……谁知道这往下改革，还有啥新招折腾人？怕是再没有安生日子可过了，一夜夜，叫人睁眼到天明……

那女大夫披着一条鹅黄的羊毛大披肩，静静地听。头发又换了新发型，别着一只香蕉形的金黄色发夹，面色柔润，眼睛越发黑而大，深不见底。

他讲完了好一会儿，她却半天不作声。

她用手指梳理披肩上的流苏，一条条，璎珞分明。

她叹了一口气，说："唉，你呀你，你可真……"

"你可真笨！"他听见他老婆扯着嗓子数落他。

"你可真不走运。"她通情达理地说。

她又沉思了一会儿，欠起身子问：

"办时装公司那姑娘，有海外关系？"

"没有，"他摇头，"我都调查过。"

"她父亲是教授？"

"不是。"

"是局长？"——"也不是，爹妈早死了。"

"有文凭没有？"——"正念着电大呢。""老三届知青？"——"不是知青，'文革'时人家念小学二年级"。"是领导特意树的典型吧？"——"人家连团员也不是。""那么，一定长得特别招人喜欢。"——"别提了，她一条腿还有点瘸哩。别问了，她啥也不是。"

女大夫突然朗声大笑起来，笑声又高又尖，笑得他手足无措。

"这回，还怪谁去？我看是没得可怪的了。"她双手一摊，无可奈何地摇摇头。

失眠的人是健忘的。他琢磨她的笑，颇费了一番脑筋。他不能不承认，那丫头的能力确实有过人之处，没什么可怪的。

他纳闷、苦恼，神经又堵塞了，血管开始收缩。

一阵风过，黄的、红的树叶，纷纷飘落，哗哗响。风冷漠又无情，树叶儿却心甘情愿，回到泥土中去。

"我怎么办呢？"他可怜巴巴地探问，"你总不能治了一半，扔下人不管吧——你还有什么建议？尽管说，只要能让我睡着觉。"

女大夫望着他，笑了笑说："你来了三次，还没明白吗？这其实是一个疗程。现在快结束了。"

他听不懂。莫不是要加钱吗？他摸着衣袋里那皱巴巴的十五张一块的钞票，忽然怀疑自己受了愚弄。

女大夫收了笑，严肃地说：

"本医生建议，你可在工作之余，去夜市卖大碴子粥小咸菜，冬天卖烤地瓜，烤土豆……"

他憋了一口气，一步蹦到窗口，涨红了脸，结结巴巴打断她：

"你？说个啥？让我，去做小买卖？我，我……就是穷死了，也不能干那样的活……"

女大夫却连眼皮也不抬。

"如今挣大钱的活到处是，可惜不是谁都有这能耐。旅游帐篷，是你发明的？江上旅游船，是你发明的？那些都是个体户，你行吗？你说，你能干得了啥？"

那分明是鄙夷蔑视的目光，像一只大冰罩，将他包裹起来，令他顿时周身寒彻。像一道阴惨惨的闪电，在它经过的地方，又有无数新的毁灭降临。他恐惧、寒战。他想分辩说，他并不是为了钱。可他为了什么呢？他这样一个兢兢业业、勤劳忠厚而又不甘寂寞的人。

他想起那些病人对她的不满，想起那胖老头的宣言，他突然对这白房子充满了不可遏制的仇恨，他歇斯底里地大喊：

"免药诊所，你这骗人的玩意儿！"

女大夫不屑地一扬脖，傲慢地飘然而去。

他听见女大夫的声音，从楼下传来，好像在同什么人讲话：

"在这古老的国土上，无能再不会被人们当成一种美德。"

"那个东方人悠闲自在的时代，怕要从此结束了。这将是一个能人的天下。"

"忙碌紧张、疲于奔命、努力创造——一次姗姗来迟的进步。商品将克服潮汐延缓地球自转的速度，而成为能量加速器。我们的星球渴望加入到宇宙的智慧星系，从此摆脱贫困、愚昧和落后。"

她轻轻走上楼梯，回到诊室。她依然和颜悦色，并没有生他的气。

"能治好你的焦虑、你的失眠症，只有你自己。你怎么还不明白？"

她的平静，她的自信，她的自以为是，使他无法忍受。他浑身哆嗦：

"那么你呢？你咋就不失眠？"

"作为一个心理医生，我懂得怎样调节自己的情绪。"她回答。

她又说："一些人的酣睡，总是以另一些人的失眠为代价。你如果不愿意落后于这个时代，你就得不断使自身增值，应该来得及。"

"我听不懂你的话！"他喃喃道，觉得越发茫然。

女大夫打开壁柜门，从中拿出一本白色的纸笺，坐在沙发上，抱歉地笑了笑。

他定睛看，窗帘在飘曳。那洁白的睡莲……

她说："这一个疗程——我三次建议，对你来说，都失败了。最后的建议，你尚未听懂。看来，你的神经衰弱症，不宜采用免药疗法。事实上，我这个免药诊所，就是一家心理诊所，咱中国人以前不兴看心理医生，国际上早已流行。但心理疗法也因人而异，并非人人都有奇效。对那些病入膏肓的人，我也是无能为力。遗憾的是那些真正患有心理障碍的人，却并不来找我……我看，就给你开点儿安眠药吧。我在医院保留有处方权。"

他浑身痉挛，抱住了脑袋。

"我不吃安眠药！不吃利眠宁、冬眠灵、眠尔通……我害怕这些药，只怕吃下去，永远也醒不来了……"

"那就开几瓶刺五加或是酸枣仁。"她冷酷无情地敲敲沙发扶手，"你试试看？"

她唰唰地挥笔，飞速地写下一行他压根儿看不明白的符号，最后龙飞凤舞地签上了自己的名字。

"请收好。"她把纸笺递给他。

他愣住了，捧着那纸笺，眼发直——那名字，一撇带个钩，一横一竖，像个拼音字母。他的记忆在这一瞬间突然发达通畅——真的是她？市精神病院里就知道给患者开安眠药的那位女大夫？那次，差点儿就同她干仗。好多年了，还没忘记？……

他回来探亲，陪舅舅去看病。舅舅是一家大工厂的副厂长。

"他严重失眠，还幻听、怕夜、惊悸……"

还没讲完，方子就已经写完了，扔在他面前。

抱回去几盒安眠药。

第二次，仍然如此，第三次，忍无可忍。

"医生同志，你能好好听一听病情吗？"他提醒她。

"病情？"她比他更忍无可忍，"大同小异！都是因为紧张过度。吃了安眠药精神就会放松了，你放心，没有副作用。"那口气有点儿幸灾乐祸。

"你可在市精神病院工作过？"他探问，克制不住好奇。

"你说呢？"她反问他，"我记得，我好像去年才到这个城市来。"

"七八年前，你在哪里呢？"

"谁知道。"她漫不经心地答道，"我记不清了。那时我失眠来着。"

这是一个森林女妖？

他怀里揣着一个和十年前相似的签字，揣着封江前的寒风，筋疲力尽地回家。他没有取成药，医院已经下班了。然而仅仅是揣着一张方子，也是十分管用的。吃晚饭的时候，他嚼着白菜帮子，筷子落在地上——他枕着椅子背，奇迹般的睡着了。

这一觉不知睡了几天几夜，反正醒来时，天上地下一片白。

他补足了多日来缺的觉，脑子顿时变清醒了，精神抖擞。

他一定得把这消息，赶紧告诉那女大夫。也没准儿，是她的重大学术成果。顺便就把那病案要回来，往后就不用请假上江北去了。往后，他自己也能开个免药诊所，当所长。

虽然最后一次门诊，她对他没有好脸色，他心里却因为这个出乎意料的好觉，对她充满感激。

雪紧一阵慢一阵地下着。头场雪。

雪粉从树枝上落下来。一团白雾，一片白光。

他在雪地里踩出的脚印，回头就找不见了。

白桦林银晃晃的、灌木林白茫茫的。夏日里依次毗连的俄式小木屋子，红顶绿顶，圆顶尖顶，统统变成了一丛丛白雪雕，又像谁捏出来的白瓷玩具。

一个白色的太阳。

那座白房子，他记得它是在一片杨树林里，可是到处都是杨树林。

他记得它是在一条小路旁，可是哪儿也没有小路。

那所白房子去哪儿了？这会儿所有的房子都变成了白房子。

他在林中穿来穿去，雪粉落满了他的帽子。那白房子，就像一个白色的梦，一个识破的秘密，一个幻影，悄悄地隐去了，消失在白雪地里。

"佟大夫——"他喊起来。

风在雪地上打旋，只有他自己的声音。

……该不是她的诊所被吊销了吧？他想起那个打官腔的胖老头。……没准儿她搬到城里去了？他想不明白，反而糊涂起来，

他想起自己曾经失眠过很长一段时间，他对自己的记忆力完全没有把握。他开始怀疑自己究竟有没有来过这里？也许太阳岛的林子里，从来就没有过什么免药诊所，没有什么心理医生佟大壮……这一切，都只不过是他臆造出来的幻象。

他在一座白房子的台阶上坐下来，雪地白茫茫。有生以来，他第一次觉得头脑清醒极了。他开始问自己：这辈子，究竟什么地方走错了？如果不是他的错，那是谁的错呢？

1984 年冬

写于北京花园村①

① 发表于《中国作家》1985 年第 3 期。

黄罂粟

　　他听见自己重重地摔在床上的声音。他是被自己背后那一身冷汗惊醒的。黑暗中他睁开眼，几分钟以前梦里死死缠着他、追逐他、胁迫他的那些金光四溅的星星，依旧萦绕在他头顶。他闭眼、揉眼，试着摇晃自己的脑袋，都没法把那东西驱除掉。有时它们像一群金色的飞蝗，一条黄龙的鳞片，漫天漫地向他扑来；有时它们看上去像一阵黄土飞沙或是许多年前生产队场院上坟堆似的豆垛麦垛……但更多的时候，他却感觉到只是一片混沌而无尽的黄色烟云，吞没、掩埋了他。他被它们勒得喘不过气来。

　　接连许多天了，他总被这样的梦弄得无法入睡。似醒非醒的困倦中，他隐隐地觉得纳闷，又有些慌乱。他想知道这黄色究竟同他有什么关系，他似乎固执地想要弄明白那黄色究竟是什么东西。自从它们出现之后，他开始意识到自己正一日日陷入一种沉重的苦恼，这种苦恼折磨他，使他梦中的黄色愈发显得神秘。这种不可知的由杏黄、橘黄、深黄、浅黄、淡黄、金黄、灰黄搅和在一起的奇怪的黄色，在夜阑人静时鬼鬼祟祟地闪烁，如同一个斑斓的诱惑，简直要使他发疯。油菜花？黄花菜？黄山？黄河？他拼命地想要看清它们。他记得故乡的春天有灿烂的金黄油菜花。后来他远走高飞，落在八千里外黑龙江边的一个小村庄，那儿夏天的原野上，有鲜浓的金针菜铺地，金色的麦浪汹涌澎湃翻滚到天边……

然而梦中的情形仍是一片模糊。他暗暗苦笑。谁想到命运竟把他抛在这远离江南油菜花，又没有黄花菜飘香的北方小城里，如一颗半生半熟的落地毛桃，无声无息，无人问津……

卖，还是不卖呢？

一个念头，忽如草丛中的萤火虫，从他迷茫昏沉的脑中掠过——他看见一座金色琉璃瓦屋顶的小楼，一扇小窗上露出他儿子胖胖的小手和妻的红纱巾。

莫非，这就是他日有所思，夜有所梦的东西吗？

黑暗中那似有似无的黄色云雾，在这瞬间不再朦胧，转眼翻手为雨，一张张哗哗响、簇簇新的十元大票，风助雨势，纷纷飘落，冲得他站不稳。

他需要钱，急需。他无须回避否认，他需要一大笔钱。有了这笔钱，他就可以不再让妻儿挤住在这个阴冷潮湿的八平方米小屋，他就可以购置一套厂方补贴三分之二的商品房，从此，宽宽敞敞、扬眉吐气地做人。

他恍然大悟这一连多日在梦里诱惑他的黄色是什么。他从骨髓里渴望发一笔大财。他从未像现在这样深刻地认识金钱的重要。金钱金钱，当然是黄色的。

卖，还是不卖呢？

他的睡意全无。

其实，做出那个决定并不费劲。卖，那么一周内他就可以拿到一个五位数。买主不还价，开口就是一万，这笔钱对于他，买下那套二居室的商品房是绰绰有余的了。他平生还从未摸过这么多钱。何况买主还付一部分港币，即使中间人扣去一半，剩下的那些，弄好了，还够买一套时兴的家具……他把目光投向床头的那只五斗柜，它蹲在黑暗中，像一只镀金的小兽，浑身的皮毛散发着一层若隐若现的光泽。他从未想到过，他在十年前的一个雨夜，放进柜里去的那个黑色旧簿册，有一天会变得如此值钱，柜子因它而发光，他的梦也因它而生辉。他喂给它干草和清水，它却在某一天早晨，投给他金豆豆和金蛋蛋，他撞上大运了！

兴奋中他轻轻拧亮床灯，欠起身拉开柜门。以往他常常当家人熟睡后，更深夜静时，独自一人默默欣赏它们。他有时对它们喃喃自语，一坐就是几个小时。在他眼里，它们是无声的精灵，默契的友人，或是一条河流，一座庄园，一片谷仓，一座平坦宽阔的桥梁……

他的手指触到那厚而硬的簿册的边角，手指顿时一阵酥麻冰冷。卖，还是不卖呢？念头从指尖滑过，他的心突然像是被什么东西咬噬啃啄了一口，涌上种酸楚的疼痛之感——他难道真要卖掉它们，他收集、珍藏了整整十二年的粮票样张。

四大本厚厚的黑皮簿子，摆在他膝头沉甸甸。簿子都是他自己做的，用废弃的账簿，用过时的挂历，用处理的白纸，用锥子麻绳加上玻璃纸做成这样憨厚、蠢笨却有极饱满的吞吐量的"集邮"本子。至少是模仿集邮本的样子，才能把那几百张比邮票窄些长些的小票子，一张张，一套套，按年代，按面值，按省份，规规矩矩整整齐齐地陈列在其中。

在微弱的床头灯下，它们看上去更像一座沉睡的博物馆，在他手里温和而宁静地憩息。他庄严地掀开那已磨损得发白的封面，他每次打开它们时心里总是充满了庄严感。他猜想这种感觉来源于他的幼年，那时候他永远吃不饱，而吃不饱的原因就是因为粮票不够用。一个月三十斤，还常常要节省两斤上交支援灾区。他上学的食堂，米饭是在屉上蒸过两次的，进了肚子转身就饿。有一次他在路上捡到过一只小小的塑料钱包，至今他想起这件事都会脸红：他把那只钱包交给了老师，却留下了里面的半斤粮票。那时候，在他不太多的生活经验中，他认准生命的根本保证在于粮票。

是因为这个原因，他才对粮票发生了一种特殊的兴趣？他只记得自己收集粮票开始于大串联的时候，那年他十七岁，跑遍了全国三分之二的大城市。当他回到家乡的小城时，从他的挎包里掏出来那么多揉得稀烂的零散小票子，居然五颜六色地摊了一地。他舍不得扔，它们是他用一斤斤全国粮票，结余下来的，剩下一两一两的地方粮票，他再没法变回原样了。不过它们毕竟可以证明他到过那么多、那么远的地方。他想留它们作个纪念，为了那么浩大那么难忘的免费旅行。如今集藏界的集友撰写文章说,人人都有收藏意识。可如果没有大串联,他会不会对那形形色色、各式各样的地方粮票着迷呢?他说不准……

他轻轻抚摸着光滑柔软的玻璃纸,他觉得自己的手掌僵硬而粗糙。玻璃纸下,那一张张舒展平整的小纸片,如一只只娇艳妩媚的蝴蝶标本,停歇在温暖的日光中,唤起人生命的欲望;亦如蚕宝宝蜕下皮壳,要甩去往昔箍紧的记忆……

这张面值五斤的"干部补贴粮票"目前早已绝迹。60年代曾为农村的脱产干部专门发放过粮票。这张粮票的珍贵,在于它是由湖北省兴山县粮食局发放的,他很少见到县一级粮食局发的粮票。尤其对那些种粮食、管粮食的农村干部的奖赏方式,竟然是补给粮票,他每次想起来都觉得不可思议。为什么有的城市竟要使用"单月粮票"和"双月粮票"呢?他的目光在那一页的下方滞留,他一直没弄明白这个疑问。当然可以理解为,这是为了便于用户区别,那时粮食太紧张,过期隔月就不让再使用了。但他总觉得其中还有更深的奥妙,解不开的谜语。

他的眼神扑朔迷离。每当他走进他自己编织的这座小纸片儿垒成的粮食的迷宫,他的脸上就会出现这种似是而非的神情。他得意扬扬而又疑虑重重,常常把自己弄得精疲力竭。他固执地追踪每一张小票的来历,为它们编织出一个又一个故事,直到又有新的成员加入这座奇特的粮仓。

儿子在他身边发出几声咕咕梦呓,妻子的呼吸均匀而轻细。那次同儿子一起来逛这迷宫,儿子指着这张八两的粮票,奇怪地问他,为啥反面写着半斤。他笑了。这是一张 50 年代的粮票，那时实行十六两制，俗话说半斤八两嘛，小傻瓜！那次他忽然发现粮票可以用来考证风俗民情。妻顶喜欢那种小细条带锯齿孔的粮票，撕开来不会弄坏，十分方便，同邮票一样。他告诉她北京一直发行这种粮票。妻说应该向本地的粮食局建议一下，他说粮票发行起码归省里管，本地粮食局没用的。

卖，还是不卖呢？

他的心一阵紧缩，一时竟有一种烧灼般的疼痛。他的脸沉下来，灯光黯淡。一万块钱当然是个好价钱，他知道过了这个村就不会再有这个店了。他撞上了有钱的主，人家是古董鉴赏家。当时他收集这些小票票，可没下那么大的本钱，他是连玩带要一路走一路拣，白手起家积攒起来的，那时候谁也没想到它日后会值大钱。现在有人说他有眼光，有远见，做了一本万利的买卖。他心里知道自己抗拒不了那一万块，他禁不住这诱惑。他会在一个月黑风高的夜晚，将这四个大本本统统装进一只小提箱里，回来时箱子轻轻却价值万金，他也要当一回万元户，带上全家坐一回出租汽车，叫巷子里的人对他刮目相看。然后从此离开这"贫民窟"，住上新楼房。无论如何，这一万块是他花了二十年时间挣来的，他问心无愧。

他的手有些发颤，簿册愈发沉重起来。他把它们轻轻放回原处，关灯钻进了被窝。他不想看到这个破旧的屋子，他和妻子辛苦垒了十年的小窝，至今四壁空空。他的工资一向不高，刚够他和妻吃饭。妻的工资用来养儿子，每月光光。那台新买的十四寸彩电，算是全部家当中最值钱的东西了。但他即便把这个家的全部财产抵押，也凑不够他买房子的钱，他还得熬上十年二十年，也不定买得起。他想着应该找人商量一下这件事，不知为什么他仍然拿不定主意。有什么在妨碍他下决心？他不知道。他在极度的烦恼与疲乏之中，重新沉入他黄色的梦……

他依稀记得，经过那一排垃圾桶时，那张淡黄色的小纸片忽地从中窜出来，如一只偷了油的小耗子，沿墙根出溜出溜地爬得飞快。他扑上去，屁股朝天撅了几回，才算把它逮住。

他转过身子，背过风，在手掌里小心把它展开摊平，吹去上面的浮尘。他心里想象着它正是自己要的那个东西，一张设计别致的请柬，烟标或是酒标什么的。自从他迷上粮票之后，他也收集这些藏品以便与人作交换。

然而他大失所望。

它只是不知从哪个画稿或科技读物上撕下来的一角，上面有几行字，在阳光下缩成一串干菜：罂粟，又名罂子粟，二年生草本，全株无毛。夏季开花，花大型，单生株顶，萼片两枚，早落，花瓣四片，红、紫或白色……他随手将它揉成一团，他不喜欢花。城里阳台上养的那些花都是一副假模假式。再说，罂粟不就是大烟花吗。插队在黑龙江时，到了夏天，开得满山遍野都是，好像还不只书上所说的这三种颜色。好像还有一种什么颜色来着？他承认自己不太喜欢书。自从他在"文革"开始那年，打了那个曾给过他政治不及格的老师一巴掌，许多年他都对书本耿耿于怀。不知怎么的，十年后那老师当了教育局局长，他差点儿成了"三种人"。揭发他的信一直追到这个小城，据说他曾经被厂方考虑当俱乐部主任的，就因为他的档案里查出了什么而没当成。档案可以管他一辈子，尤其在小城总是拿着鸡毛当令箭，他从此陷入这不深不浅的泥塘，死心塌地当工人。他知道他走不了仕途也上不了大学，成不了工程师。不过人各有志，他独辟蹊径，业余搞搞收藏不也自得其乐。

卖，还是不卖呢？

他无精打采地踢着脚下的碎石子。他从未这般犹豫不决。说到底，搞收藏又能搞出什么名堂来？集月票贴花，集手帕商标，集信封书法，集电池标，集筷子，集奖券，集印花税票，集钱币，集蝴蝶标本，集乌龟，集年历片、记者证、鞋子、算盘、钟表，还有讣告……你还能把天下万物都收藏起来，藏进你家的抽屉？连人住的地方都没有，还有乌龟住的地方？谁知那些人怎么想的？你集得再多再全，也不过是个业余民间收藏爱好者，不登大雅之堂，没人理睬你，让你自生自灭，连租个小型展览场地，还要去求企业家老板赞助。国家连张集藏的小报都没有，只有油印的民间刊物，还是各地的集友自己凑钱办的。人家发明家科学家经理什么的创造物质财富腰板挺直，趾高气扬。相比之下，你还不是同收破烂差不多。一个实用主义的时代，如今谁来关心有什么东西需要保存？商品满天飞，不断被制造出来又不断被破坏，中国的历史太丰厚，还是让它减轻些负担优哉游哉些吧……

莫不如趁早卖了，还能得点儿实惠，他想国外的收藏最后也都是拍卖的。他又一次想起梦里金色的琉璃瓦屋顶，他决定去找他的岳父。妻子态度从来模棱两可。他岳父对他迷恋搞收藏也没好感，他需要让别人来帮他下决心。

他突然停住脚。

他的眼睛向右转。那儿有一排垃圾桶。

他本能地走过去。

他似乎有一点儿先天性近视，但是对垃圾桶却有一种天生的敏感，甚至热爱。只要一看见垃圾桶，他就容光焕发难以自拔。有一次，纯粹是偶然，他从垃圾桶里发现了一大堆许多年前的旧票证，什么香烟票、肥皂票、糖票、油票、豆腐票、花生票、布票、毛线票、棉花票、奶粉票、鱼票、肉票、鸡蛋票……整整齐齐地夹在一本红皮书中。他不懂在那个票证如此紧缺的年代，为什么还有人居然没有花掉这些赖以生存的购物凭证？是他们没有钱买？还是他们有特殊的供应渠道，根本不需要使用它们？这个问题曾使他许多日子烦躁不安，百思不解，不过从那以后他发现垃圾桶亦是收藏的重要来源之一。后来他干脆咬咬牙买了一条烟去孝敬废品站的小伙计，时不时还送些电影票去，条件是允许他隔十天半月进院子翻翻那些旧书……

他从地上捡起一根小棍，低头拨拉路边垃圾桶里的废纸堆。现在这个城市里总有许多人搬家，东城的搬西城，西城的搬东城。中国人似乎挺有远见，差不多人人都是业余收藏家，破箱子、破柜子，恨不能一直传它几十代。好不容易才咬牙把那些陈年八辈子的破烂家什清除出门，却没准儿那些破烂中就藏着宝贝。有一次他竟然从中翻找到一张二两面额"广西省"的粮票，使他欣喜若狂。1958 年广西壮族自治区成立之后，广西"省"的粮票就成了稀世珍品，他认识的集友中无一人拥有这种粮票。因为粮票过了期，粮食部门大多都是集中销毁。没想到这"无价之宝"竟来自垃圾，自然从此他对垃圾的感情与日俱增……

他弯腰捡起一只烟壳，又扔了。这些日子他最迫切希望捡到的是一种轮渡月票贴花，那是套古文物图纸，上面注明年代和名称，很有些文化普及的意义。如果他能搞到这种贴花，就可以去同一位集友交换一张特别的"加字改用粮票"了……

他全神贯注地对付那只垃圾桶，全身热血沸腾，却冷不丁听到身后一声怒吼："你给我放下！"他抬起头，他猛然记起，这儿似乎离岳父家不远。

他定定站直。

"当你出息个人样了！要不是我亲眼看见，砍我脑壳我也不信你干上这一行啦！算我瞎了眼，把姑娘嫁给你这么个窝囊废，莫不如真嫁个捡破烂的，也能挣大钱！你他娘的把祖宗八辈子脸都丢尽了，找你这么个女婿真倒了邪霉。你这和要饭有啥两样？你啥不能干，偏要倒腾粮票啊？我说，你倒腾点儿啥不比倒粮票强啊？没看公安局一天就逮票贩子哩。你这么下去早晚也得进去！如今不愁吃不愁穿，你还想干啥？早年乾隆皇帝还没坐上沙发椅看上彩电呢，你小子还不知足？回去把你那些票票都给我拿来统统烧了，这叫——叫玩物丧志，三十好几的人，干那解放前二流子干的事！你老婆也是个缺心眼的货，她爹一辈子扛活，到老了连个房混不上，她不叫自个男人走走正道，哪怕当上个科长也成……"

他灰溜溜往自己家走，点着一支烟提在手里。

他不想同老头辩什么论，有句话叫话不投机半句多，何必呢。这套话除了垃圾桶外，他早已听了几十遍。他原以为说出粮票换钱的事儿，老头会眉开眼笑，没想到糟老头如此不开窍，还想让他当科长，真让人笑掉大牙。你能同老头说清楚，自己和票贩子可不一样，他收集粮票是因为……因为什么？他自己说不明白。他从来没有弄明白过这其中的真正原因。他只记得在北大荒那寒冷漫长的冬天，一个大雪封山的日子里，他第一次从自己在串联时留下的那些粮票中，找出十几斤湖南省地方粮票，寄给了长沙的一位亲戚，请他帮忙换成全国粮票。后来，那十几斤全国粮票，他用来同当地的农民换了一只母鸡和两块豆腐……再后来，在一个青黄不接的春四月，他在回家探亲途中，穿行在拥挤的车厢里，手中攥着一把大串联时代留下的各地粮票，走过一个个旅客，听其口音辨其省籍，战战兢兢，可怜巴巴地央他们把所带的全国粮票给他，他再把相应面额的地方粮票换给他们……讥讽、白眼、同情……探亲期间，他终于将当年从各地集得的百十斤粮票，重又从指缝中散出去，换成了全国通用粮票，度过了下乡那几年的饥饿生活。如今一想起往事，他的心仍阵阵酸楚。后来，当他来到这座小城时，大串联的纪念物已所剩无几，除了一些印有语录的粮票不敢交换外，大多数粮票变成了他年轻的肌肉、血液、骨骼，还有儿子。曾有很长一段时间他终日沉默寡言，他恨自己。他一直在心疼那些被他吃掉喝掉消化殆尽的小纸片。他不知道是不是这个原因，使得他回城后又重操旧业。如果没有上山下乡，他会不会注意到这毫不起眼的小票子，他不知道。他只知道人活着，不可能每件事都提前有个算计，人活着活着，会活得不耐烦，活出些个胡思乱想的念头，不这么活，人不也太憋屈、太乏味、太悲惨了吗？你老爷子说玩物丧志，我说不定还能告诉你个玩物长智呢！就那个收集六千双鞋的家伙，最后自己也设计起鞋样来，还在国际上得了奖……

他愤愤吐出一口烟，觉得心里略略舒坦些。他在街头一条石凳上坐了一会儿。他想起他的妻，妻同她爹不一般见识，妻还算个明白人。这么多年他用自己的奖金、零用钱去同人换粮票，她从来没阻拦过他，否则他也不会为她留在这个小城里。只是妻在关键时候常常态度暧昧，她不知道男人有时需要别人来推他一把。卖还是不卖，假如她不总是说随便你，也用不着去挨老头的一顿臭骂了。

天暗下来，他扔下烟头站起身。他知道自己没有很多时间了，他需要尽快做出决定。他忽然觉得自己的心思实在不可捉摸。他其实是盼望岳父说出赞成他去做这笔生意的话，因为平素一件事只要有人夸赞，他马上会跳起来反对。他有这种偏与人作对的毛病，他承认。这么说，难道他是被一种恰恰同自己的期待相反的潜在心理，驱使他去寻找岳父吗？那么岳父偏偏反对他做这次生意，是否又会加重他的逆反心理而促成这次交易呢？他一只手在衣袋将那盒烟捏得稀碎。

他回到家时饭菜都已上桌，桌是吃饭、写字、裁衣服，加摆弄粮票用的。儿子碗里的荷包蛋散发出馋人的香味。儿子圆脑袋、小眼睛同他长得一样，看起来直不楞登。脖子上挂串钥匙，上小学三年级，每天中午自己回家热饭吃，桌上地上一摊饭粒子。他说："儿子你嘴漏了，粮食叫你糟蹋了，罪过罪过。"儿子说："街上要饭的，你给他白馒头都不要，饱得直打嗝，还跟人要粮票。"妻很温柔地捡着那些饭粒，说："粮票是中国人的身家性命。"儿子说："是不是粮票不会馊，想啥时吃就啥时吃，冰箱一样的。"他摇摇头又拼命点头。三下五除二呼噜完自己的炸酱面，把儿子抱起来放在膝头。他惊诧儿子居然对粮票有如此精辟的见解。十亿人大国，四十年来解决温饱免除饥饿，流动的粮票和不流动的粮票都是功臣！他心里怦然一动，放下儿子去取那五斗柜里的宝贝簿册。那一瞬间他萌生了一种奇思怪想：他想也许儿子能够替他做出选择。即使自己日后反悔，也不至于迁怒儿子。他想卖是一定要卖的，不卖他一家三口哪有出头之日。不过也许可以有个折中的办法，他卖一半留一半，只收下那买房的钱，一半珍藏，还可东山再起……

他一时激动万分，为自己的妙计兴奋得面孔涨红。他庄严地翻开那破损而发白的封面，过去他从未让儿子碰过它们一下，他问儿子："好看不好看？你在人家那里看到过这么多粮票吗？这是爸爸才有的宝贝，你来告诉爸爸，你顶喜欢哪一张。"

他听出自己的声音已变了调，他克制不住自己。他发现自己居然有一样别人所没有的东西，可以向儿子炫耀。他觉得小屋灯光辉煌，世界一片光明。

儿子睁大了眼睛，面对他的迷宫，显出前所未有的惊奇与迷惘。他短而胖的小手指，点着一张半市斤的淡绿色小票上的红字，缺乏信心地念道：

"节、约、什么、革、命"

又点着一张灰色的小票上的红字：

"深、挖、洞、广、积、粮"

——最、高——最高什么？最高指示？什么叫最高指示？

这套"文革"期间的"语录系列粮票"决不能卖，他对自己说。他知道走遍全世界也找不到这样的票证，而中国也再不会有这种粮票了。现在收藏的60年代语录粮票，可以说是从自己嘴里抠出来的，返城时许多东西都扔了，这些小票票都夹在笔记本儿里带了回来。那次生产队着火，抢铺盖卷儿也没忘了炕席下的这笔记本儿。每次翻看这语录粮票，都会使他想起许多令人难堪的往事。

儿子嘟囔了一声，似乎对他的敷衍感到不满。他的小手翻动那满载记忆的簿册，那一页上的粮票果然稀稀拉拉，泛黄而陈旧。玻璃纸闪耀着寂寞阴冷的青光。他想对儿子说，这是三年困难时期留下的粮票，是他收藏的粮票中极有价值的一部分，他收集它们可花了大力气。那张面值一两的河南粮票，是他用一只虎年发行、盖有卧虎屯邮电支局邮戳的首日封，外加一套十二张的花卉邮票，才换到手的。他决不会把它轻易卖出去。

他把话咽回去。儿子会问什么叫困难时期，困难时期就是饿死人，就是吃菜叶树皮，那么困难时期是旧社会吗。不是旧社会，是……他讲不清至少现在还讲不清，只好等将来儿子大了再讲。他还要告诉儿子，为什么这一页的粮票像跳棋的棋盘一样，有许多空当，然而这些空当，他也许再也无法填上。因为那个年代的人，饿得差不多连粮票都嚼咽下去了。三年困难时期的粮票几乎绝迹，偶尔收集到的，是那时社会上的不法分子伪造的粮票。不过这假粮票倒也有它独特的价值……他若要填满自己档案馆里的空白，恐怕要经过好多好多年耐心的搜寻。他不知道自己是不是能做完这件事。他常有一种近乎绝望的悲哀。

"我喜欢这张！"儿子突然嚷嚷，他的小手停留在几张崭新而鲜艳的小票上。票面中间有羊群、牛群、拖拉机和麦穗的图案。儿子点着上面的小字：农村粮票。他抬起头来望着他爸爸，问："农村不是种粮食吗，为什么还有农村粮票？"儿子的黑眸子闪闪发光。

他的嘴角溢出几丝笑意。他对妻说："你看儿子多会发现问题，你生的好儿子，聪明绝顶。我和他讲不清楚还是给你讲，你应该记得，1985 年起取消了农村粮食统购，按 4：6 价实行合同定购，销给农民的粮食按收购的比例价供应，所以国家给城镇居民的粮价，与给农民的粮价不同，于是发行了'农村粮票'以示区别。这里头的学问多多，学问大大的呢……"

妻嗯嗯地抿嘴直乐。她说："没想到粮票这东西也像服装，一直在变样子，你何不写篇文章发表到报纸上让大家看看。说来说去，你哪一张粮票不是少见少有的宝贝，我看你去卖哪一张？哪一张你也舍不得卖。刚才你没回来的时候，那个姓王的老板来催过了，他说再加一千块好商量。不过依我看……"

"依你看什么？"他想她终于要表态了。"依我看，将来总有一天，中国的粮票会取消的。"她轻轻地抚摸他的簿册，白皙的脸莫名其妙地红起来。"我在想啊，假如粮食够吃，还要粮票干什么？物以稀为贵，否则人家会出那么大价钱买它？"她继续说，"要是你现在不卖，再过几年，价钱肯定会更高。虽说我烦透了这些粮票，但是不把它们卖掉，新房子哪里来？"

他愣在那里。紧紧地抱住了儿子。

他重又坠入了黄色的云海之中，它们像一群金色的飞蝗，一条黄龙的鳞片，漫天漫地向他扑来。那一片无穷无尽的黄色吞没了他，掩埋了他，勒得他喘不过气来。他努力想要看清那迷茫而模糊的黄色究竟是什么？有时候他隐隐觉得那是床头边的痰盂里，儿子留下的嫩黄色的尿液，或是水池子里剖杀的鲜鱼肚子里流出来的胆汁。儿子向他伸手说："给我！"他记得他是想给儿子一点儿什么的，他打开柜子，柜子空空，他不记得他要给儿子一点儿什么了。他到处搜寻，那所房子大极了，空空荡荡，一无所有。只有墙上镶贴着米黄色的壁纸，印着牛、拖拉机、稻穗的图案……他把墙皮揭下来送给儿子。他对儿子说要记住你父亲不是一般的人，将来你可以到中国历史博物馆去找他。那房子空荡荡，堆满金色的谷物，儿子在谷物上踩出一个个松松垮垮的脚印。儿子大哭大嚷，说你什么也没有，要这么大房子干什么？他说我有大房子，用来收藏粮票、车票、邮票、棉花票、布票、香烟票，这些票证都比房子值钱……

那些金光四溅的星星，鬼鬼祟祟地在他头顶闪耀，纠缠、萦绕、追逐、胁迫着他，他心慌而气闷。二年生草本，全株无毛。他捡起一张淡黄色的小纸片。弥漫的黄雾中，他看不清上面的字。他穿过一块金黄色的草地，草尖如针，疼痛难忍；他爬上一座陡峭山崖，泉眼里黄色的水流冒出硫黄的气味，刺鼻难闻；他走进一片干枯的树林，只见金色的树叶纷纷坠地，铺满金箔。他听见有个声音说："萼片两枚，早落，花瓣四片，红、紫或白色。"他睁大眼四下环顾，却见黄烟升腾，天地混沌。他拼命地跑起来，一脚深一脚浅，跌跌撞撞、歪歪扭扭。突然他脚下出现了一滩金光四射的沼泽地，他不顾一切地跳进去了。那一瞬间，他眼前的黄色突然变得清晰可辨。他好像抓住了什么，在掌心留下湿润而新鲜的感觉。他清清楚楚地看到了那纯金一般透明、光滑的四片花瓣，在微风中高傲而轻盈地颔首……

他听见自己重重地摔在床上的声音，他的后背汗津津、热烘烘。他依然闭着眼，伸出一只胳膊轻轻地摇妻的肩。

"我看见了。"他说。

"看见什么？"妻的声音很朦胧。

"黄罂粟。"他说着，睁开了眼睛。

没人见过黄罂粟。那是一个遥远的记忆。当记忆可以兑换成钱的时候，它是否不再珍贵了呢？那种罕见的黄罂粟深藏在人迹杳至的大山里，在那儿无人知道它的价值，只是偶尔用来替人治病……它是金色的，却和金钱没有关系。

他还是没有决定，他该留住粮票还是用它换成新房子？

1988 年 1 月

写于北京花园村[1]

————————

[1]　发表于《上海文学》1988 年第 7 期。

流行病

　　我们到达 F 城之后。事情才真相大白：F 城时下确实正在流行一种有关肝的甲级疾病。

　　C 君顿时吓得面如土色。她一阵恶心，紧紧捂住了肝区。背包撂在自己鞋面上，差点儿连眼神都没地方落。

　　她有洁癖。略略听人说起过。

　　据说到昨天为止，已达到多少万人了，全城的医院都住满了，病床都开上下层了；据说全城所有的公共汽车扶手、餐馆的桌椅板凳、电影院的空气，还有自来水管、煤气管道、电线或是下水道里，都密密麻麻布满了那专门同人的心肝宝贝过不去的病毒。以至于路上每一个来来去去的人，头发丝和呼吸里，都可能携带着这要人性命的东西了。F 城已经彻头彻尾、彻里彻外地被污染了。

C君决定立即离开这个城市。她从下车到此刻，滴水不沾。

我倒认为未必这样。起码F城在这之前，从来都是不同凡响的。这种不同凡响难以用语言建构。它是一种感觉、一种声音、一种气氛、一种温度与湿度、时间与空间的总和。F城在我眼里永远那么精致那么细巧、那么敏感那么实惠，还那么艳俗那么时髦。F城的街道永远熙攘拥挤，迫不及待争分夺秒地流行的时尚，无论是流行时装、流行发式、流行家具、流行首饰、流行歌曲，还是流行霹雳舞、太空舞，流行妻子加情人，在此都是应有尽有，无一遗漏。像F城那条流去又流来的护城河水，把所有的流行色都脏兮兮地搅拌到一起……

如果再加上现在这个流行性肝炎，它就十分完美了，我暗暗想。我对F城的好感竟由此有所增加。事实上，F城在这一片心怀叵测的非议与流言之下，倒显得格外轻松自在。街道依然拥挤不堪，商店依然生意兴隆，餐馆依然杯盘狼藉，行人依然风流倜傥……我拨了整整一天的电话寻找我的熟人，发现他们个个依然健在。没有什么可以表明甲肝同这个城市的关系，没有什么迹象，至少我看不出它在哪里。我甚至觉得F城比以往更显得精力旺盛，更汹涌澎湃。

何况，甲肝甲肝，听起来就像是最好的肝似的，容易使人想起甲鱼。

"你们真是一点儿没听说流行……"

"听说是听说一点儿，没人相信，你晓得新闻的透明度有限……"

"我说的是这两年，流行粗的金项链……"

"我们是出来组稿的，等米下锅，没办法，现在流行武侠小说……"

"我不看书。我是问你，你刚过了年就跑出来，手里一定有货。"

"货？"

"不要客气，尽管直说，汽车钢材、木料还是水泥，我都要。你有多少我要多少。板蓝根也行，一包换一包'良友'……"

"我不是……"

"不是？不是你有介大的胆子，这种辰光跑到 F 城来做啥？你讲价好了，成交一吨多少信息费……"

C 君再没有离开过宾馆。

她根本买不到近日回 E 城的票。她从车站灰溜溜回来，说那儿挤得有点儿像二十年前知青下乡的时候。她后悔到 F 城来。她说整个 F 城看上去像一盒发了霉的饼干，长满了暗绿的苔毛。她前不久刚学过一点儿气功，说能测出城市上空的晦气。她毫不犹豫从街上买回一只电热杯，消毒杯子带消毒房间，烧干了十三杯水，烧得天花板都白了。自从在 F 城搁浅以后，她餐餐用电热杯煮面条、煮面包、煮苹果，不煮得稀巴烂绝不进口；她只在楼下大厅里买食物，还买回三双尼龙手套和一瓶洗涤灵。她几乎终日戴着手套。只要一旦摸过除了她自己嘴以外的地方，她就把手套脱下来泡在卫生间的水池里。有一天她在洗手套时惊呼，说毛蚶只是替罪羊，一定是水源有了问题。兴许核电站溢漏造成核辐射是由艾滋病毒诱发……她的嘴唇不安地哆嗦，命令我睁大眼睛，观察那汩汩而流，看上去清洁透明而实际上充斥杀机的自来水。她说她早就知道这个世界布满危险，早就预言这个世界再没有一处安全岛。现在所发生的，只不过是一个确凿的证明而已。

从那会儿开始，她的电热杯终日电流水流不断。她信不过宾馆热水瓶里的开水。她用自己的电热杯烧的水洗头、洗衣、洗澡、洗脚。她警告我必须用开水刷牙，否则只要有一滴生水的亿万分之一那么一个病毒进入我的咽喉，我就完蛋了。我不得不服从，险些没把牙床烫破。那些日子她躲在宾馆里闭门不出，从早到晚烧开水。反正她从来就对一切流行的东西深恶痛绝。组稿约稿的事一股脑儿推到了我头上。而当我筋疲力尽地回到宾馆时，她那警惕而审视的目光，让我怀疑她是否也想把我放在电热杯里煮一煮。

"给你多少出差费？"

"同以前一样。"

"憨啊！这种流行病的辰光出差，补助费应当加三倍。回去向你们领导要保健津贴。没好处的事情，现在啥人肯做？"

"哎呀呀，你怎么还穿这种大脚管裤子？老早不时兴了。"

"我晓得，我不喜欢同别人穿一样的。我人长，穿细的不大好看。"

"好看？时兴就好看！你看，我家的壁纸刚叫人来重做过，画线都拆掉了。现在时兴贴到顶，同宾馆一样。顶时兴的是做护墙板，顶灯用吊灯也不时兴了，要吸到天花板里，只见光不见灯……说句实在话，你回去介绍朋友做这个生意，保证赚一笔……"

"这一刻忽然间我感觉好像一只迷途羔羊……"

一路都是这首歌。

满城都是。

我回到宾馆房间时，C君正对着镜子翻看自己的眼白。她说她这几天尿有点儿发黄。我回答说莫非以前的尿是绿的？她把眼皮放下，揉了揉，一抬眼，看见了我买回的几只粽子和一盒奶油蛋糕，如见了一枚定时炸弹似的尖叫起来，叫我把它们扔出去。我说我吃腻了电热杯，这么吃下去我活不出F城去。粽子包着那么厚的壳，那肝炎还会像孙悟空一样钻进去？蛋糕是国营大食品公司里出的，即使有肝炎菌，烘也烘熟了不是？她拼命摇头，结结巴巴指着蛋糕上的奶油花说，说不定浇奶油的工人手上带菌呢，还有盒子、还有……我怎么就偏偏让你摊上？

你学过概率学没有？她愤怒起来。反正你得扔出去，不扔我就换个宾馆。我说那我一个人吃，还不行吗？我的肝儿馋得受不了了。她沉下脸说，你一个人吃也不行，我们同住一室，你吃了，就可能污染我，你得讲点儿公德，我回E城还要同男朋友约会呢。说着趁我不备，就把东西扔到了走廊里。

"这一刻忽然间我感觉好像一只迷途羔羊……"

那盒蛋糕像一轮灿灿的满月，跌落迸裂在猩红色地毯上，银白色的光泽洒射开去，散发出清肠润肺的芳香，眼前一片如玉如脂的雪地。我蹲下来，忍不住用手指去抠那白色的奶油，然后放进嘴里慢慢吮吸。我不相信这样纯净的东西会有什么病毒。这该死的病毒，传得神乎其神、骇人听闻、无处不在的恶魔，实际上我压根儿就没见过它，也许它根本就不存在。我知道隔一段时间，总会蹦一个魔鬼出来吓唬大家，否则他们就会无所顾忌、肆无忌惮地寻欢作乐。

其实，只要你觉得它不存在，它就不存在！我饿极了，我的消化功能一向极好（这样的肝才是真正的"甲肝"）。我蹲在地毯上吃完了那沾在腈纶毛上的奶油，嘴唇舔得心满意足。当然，后来C君本着起码的人道主义精神，还是让我进了房间，但从此我摸过的东西她坚决不再摸一下。她说她已创造了日洗手一百九十八次的纪录，她的手都快洗出茧子来了。

"不知应该回头，还是在这里等候……"

满城都是这首歌。

我组稿加采购，探亲访友加郊区旅游，在F城痛痛快快玩了个够。火车票也总算弄到手。C君在煮最后一次方便面时，电热杯终于因疲劳过度肝胆俱裂而未能善终，C君只好空着肚子同我上车去车站。临走之前，她又对着镜子检查一遍自己的眼白，长长舒出一口气。我侧目看她，见她的脸色苍茫如白脱蛋糕，连日来缭绕着电热杯的袅袅蒸汽，使她眼圈下的黑晕格外明显，下巴颏竟缩小了一圈。不由对她生出几分同情。

假如这一天我和她顺利地上了火车回到E城，那么，我对F城

何以解忧

也许将永远留下一种充满玄虚夸张的美感，一种出污泥而愈秀的印象。但不幸的是，C君终于饿了。就在我们下了电车，进入候车大厅之前，从左侧的屋檐下传来了一阵混合着葱花、猪油、芝麻、辣椒油，种种芳香无比的气息，诱人至极。

C君站住了。她的喉咙咕嘟响了一下，又响了一下。她的眼睛再也无法从路边的小吃店挪开。她没有油水的肝，在折磨她的心，心肝心肝，彼此乱作一团。

就在此时，我看见了一个人，也许说一座蜡像更合适。我从来没有见过肤色如此之黄的人。黄得如秋天的树叶，黄得死心塌地，有如枯萎的蜡梅瓣，晦暗、粗糙、干涩，犹如生命中的血液已被抽吸殆尽。那一瞬间，在他面前我竟怀疑自己作为黄种人是否合格。他似乎在掏钱要买馄饨，那摊主老头笑嘻嘻摇头；他将钱递过去，摊主后退一步只是摇头；他似乎提高了声音，摊主收了笑，指指他飞扬的唾沫又指指他的脸；他的脸愈发黄得阴沉扭到一边去，将那钱扔在摊位上，自己伸手去抓碗；老头按住了碗，眉毛额头脖颈绯红；他嚷嚷起来，索性伸开巴掌在摊头摊尾乱摸一气；他嚷嚷说他难道不是人吗，他病死也不能饿死……那老头急得抓他的衣服，被他蜡黄的手推个趔趄……

没有人说话。围一圈人，呆呆地、痴痴地看，傻笑、哄笑。端着碗的，放下碗悄悄走开；正要掏钱的，将钱塞回衣袋，走远几步。没有人去推开他，包括我在内。

快走吧，车要开了。

C君招呼我，我回头。她平静而漠然。我想起那一次在一辆长途汽车上，一堆人拥在一起赌博。有个毛头小伙子说了一句，应该把汽车开到公安局去，让那堆人揍得鲜血淋漓死去活来，而全车无一人吭声。我浑身冰凉。那次和这次，我同样是个麻木不仁的旁观者。

火车启动后，我仍在想着小吃店的情形。那黄皮肤人使我有了强烈的不适感。这么说，F城的肝是出了问题，F城确实是发生了流行病？我失望而扫兴。我低头张望正在渐行渐远的F城，发现F城的边缘竟是前所未有的破烂与衰老。可究竟是那黄皮肤人"流行"了F城。还是F城"流行"了黄皮肤人呢？金灿灿的龙年之疑。

C君上了火车后就一扫愁云，对我悄悄耳语说，总算平安逃出虎口。回到E城，她将把亏损的营养统统补回。E城是全中国最干净的城市，那儿的天空永远阳光灿烂。

然而，我们回到了朝思暮想的E城。E城却在我们离开短短不到一个月中，变得十分陌生与莫名其妙。

首先是E城的大街小巷出现了许多五颜六色的招贴画，电线杆、电车车厢、商店橱窗、居委会的黑板报，还有机关门口办公室墙上、小吃店、公共厕所，到处是些关于病从口入，祸从口出，饭前洗手，预防为主的口号惊叹号。更令人疑惑不解的是街上突然变得冷冷清清，菜馆门可罗雀。原先人挨人站在餐桌边上等候座位，现在居然变成了一张张光溜溜的桌子等人。卖羊肉串的摊主，任凭撕破了嗓子喊也无人光顾。所有的药店门口排起了长队。幼儿园铁门紧闭，终日围着一些男人女人，愁眉苦脸地从门缝往里张望……

我似乎感悟到、发现出一点儿什么。我止不住打了一串寒噤。尽管我并不愿意做这样的推测，却已有人来通知我和C君立即去医院验血。我记得自己差不多十年没验血了，我求之不得。"万一……很可能休假两个月"，那样的闪念令人兴奋。C君却很愤慨地拒绝了，她认为去医院有可能染上肺结核什么的。化验单第二天就出来了：我的澳抗呈阴性，转氨酶一百八十。

　　这个"一百八十"显得十分不伦不类。

　　有人说，这个指标，十几年前能开出病假条，现在医院规定一百四十也算正常。

　　何况大医院小医院、单位医院疗养院，各有各的指标，各有各的肝。他说你没病你就没病，他说你快不行了你就不行了。你揣着这"一百八十"的肝还得揣上个灭火器。没人让我休假，我的阴谋没得逞不说，还让我陷入了一种尴尬的境地。

　　我能感觉到人们用怀疑与警惕的目光从我的肝区迅速穿过，他们诡秘狡黠地冲我笑着，躲躲闪闪不怀好意；他们假惺惺向我伸出手来，我却弄不清楚那手里究竟有没有手，我不知道握住了什么，还是什么也没握住。我想起了皇帝的新衣，后来我恍然大悟，干脆双手抱拳，行拱手礼。但那也仍然不能够使我变得安全，不要说碰一下，好像看我一眼都会染上什么。最令我吃惊的是，一位朋友托我从F城带来一只原装的日本进口相机，我遵嘱将东西送交他的岳父家，他岳父的秘书，如同见到一只刚屠宰的猪，用鞋尖指指它，对司机说，马上送医院检疫。

　　不必再怀疑，一切都明白无误了：那个黄人，那座蜡像，已与我们同乘一班火车，悄悄走进了 E 城。也许它早就来了，它不是一个人。我不知道它有多少，谁也不知道它们有多少。谁也没有看见它们。但谁都相信它已侵入 E 城，它们像一个个隐身的幽灵，开始骚扰 E 城人的肝区。如一片巨大的阴影，徘徊在 E 城上空，遮去了 E 城昔日明媚的阳光……

E 城草木皆兵。E 城已做好了一切准备，准备抵御这个如洪水、如瘟疫涌来的魔鬼。E 城是一座古老的文化名城，它对时髦的流行性如此诚惶诚恐，我以为完全可以理解。好在本人自我感觉良好，日啖肥肉三两，无忧无虑，没心没肺。从 F 城回来后，我的兴趣有所转移，F 城的经历使我茅塞顿开。

"不要客气，尽管直说。汽车钢材水泥木料，我都要。你有多少我要多少。有板蓝根当然最好，一包换一包'万宝路'……"

"'新癀片'是厦门中药厂生产的肝炎特效药。几箱？二十箱？没问题，你开价好了，成交一箱多少好处费？"

"补助费不加倍？起码应该加一点儿保健津贴什么的。我和 C 君从 S 城跑到 G 城再跑 F 城，财务科领导不想想目前是什么状况，我们是冒生命危险去组稿的。没好处的事，现在谁肯干？"

"你们书库里还有没有预防肝炎的书？只要是同肝炎搭着边就成。你积压不也是积压，卖给我，八折，怎么样？九折就九折。九折我也能赚一笔。告诉你，这三个月内，绝不流行什么三毛和撒哈拉，只流行肝胆相照，个体户全在卖这类书，畅销得很。怎么样，给多少信息费？"

我忙得终日不着家，上班也是装模作样。我心里充满激情与冲动。我发现挣钱这念头叫人上瘾，叫人想入非非。

有一日早上我被人从梦中推醒，醒来时只见一片白雾缭绕。渐渐从白雾中出现一只电热杯。不过更确切地说是C君的脸。多日不见，那脸愈发地苍茫，眼圈愈发地深黑，下巴愈发地狭窄，眼皮还有些红肿。

我说C君你没翻开眼皮看一看自己吗？你好像得了猩红热。C君掏出一块手绢，站在地中央就唏嘘起来。她说她回到E城后，盼着那位助工打电话来，等了好几天，电话总算来了。她说今晚见见面吧，或者一块儿吃晚饭，他说不必了就在电话里谈吧，省得走路还省时间。她扔下电话就跑到他单位去找他，他住在单位集体宿舍，正在灯下画图纸，见她进去，放下笔就说，我们还是到楼下去谈，你刚从F城回来恕不奉茶了。实在要握手，等我一下，我去拿一块消毒皂来。我自己倒没什么，刚离婚儿子星期六要来，万一传染不大对得起他娘。就这样没进门没让座没喝水拉手，活活在走廊里站了一个半钟头，谈的全部是关于儿子如何预防甲肝乙肝丙肝丁肝，没有叫我一声心肝。说老实话，上次他是叫过的，我不会听错。我连猪肝都不吃，怎么会得肝炎！这该死的肝炎，活活拆散一对姻缘，我还没得病呢，他就对我这样，还有什么恋爱好谈，你说呢？

我张口结舌，不知道怎么回答。我只记得这流行性甲肝，对于C君倒是非常及时，有醒脑作用。我正打算诚诚恳恳安慰她一番，她卷起手绢，抬头望着天花板说，那么难道你不觉得应该付给我一笔赔偿费吗？是你叫我陪你到F城去的……

我瞠目结舌。我实在没有料到，曾对一切流行的东西深恶痛绝的 C 君，从 F 城回来后竟然好像换了一个人，令人刮目相看。看来 F 城真是不凡之地，你就是不染上流行病，也能染上点儿别的什么。不过，关于赔偿费嘛，我建议她应该去找单位的头儿，毕竟是他让我到 F 城去出差的。

这不公平。C 君像受了天大的委屈，皱着鼻子哼哼。我们在 F 城担惊受怕，我们是受害者；可回到 E 城，我们倒成了不受欢迎的人，又是受害者！

这很公平。我慢慢吞吞穿衣服，我相信我已完全清醒过来。我对 C 君说，我们在 F 城受污染，再回 E 城污染别人；我们在 F 城傲视别人，回 E 城后别人又疏远我们，正如人人都恐惧甲肝，其实都参与了传播。

C 君无言地走了。我觉得她的洁癖与自尊，受到了一次小小的打击与伤害。但我不知道是谁伤害了她。

"这一刻忽然间我感觉好像一只迷途羔羊……"

从 F 城到 E 城，满城都是这首流行歌曲。

越过大洋，越过高山，从世界的另一极、从国土的那一端，如风、如水、如种子、如羽翼、如光电、如细菌、如病毒，无边无际、无遮无拦。没有什么可以阻挡它的流行，没有什么不可以携带它流行。只要这个星球上的人们由于乏味、由于厌倦、由于欲念、由于疏忽，在某一个瞬间，偶然地或是处心积虑创造出来一个新玩具，便就这样盲目地疯狂地开始了它的国际大循环。

E 城由此变得面目全非。

我因工作之需走遍全城，随时随地都听见人们在说："洗手去！"

洗消净脱销，洗洁净脱销，洗涤灵脱销。洗衣粉、洗衣皂、洗头粉、爽脚粉，白猫牌、金鱼牌、鹿牌、船牌、舵牌、桨牌……E 城的自来水，流得前所未有地软弱无力。几十年来，我第一次在机关厕所的水龙头下，发现一块肥皂。有人告诉我说那是免费的，我感动得热泪盈眶。我亲眼看见食堂里戴白帽子的大师傅，擤了鼻涕之后，把手放在菜刀背上刮了一下。

E 城的人，成功地发起了一场自下而上的洗手运动，运动普及到每一只手指，十指连心，可想而知何等深入人心。

意想不到的是，有关方面三令五申了无数次的"分餐制"，也在这场洗手运动中，轻而易举地得以实施。过去我最害怕开会吃圆桌饭，即便每个人面前有一只空盘子，转台上有公筷公勺，那些具有强烈的共产主义精神的餐友们，也决不肯把菜舀到自己盘中，用自己的筷子夹来吃。如果他们没有把自己的唾液掺和进别人的口腔，这顿饭就算没吃。每次我把菜撵进自己的盘子，再不敢抬头，似乎满桌的眼光都在说：看这人，假讲究啊！

可如今，不知不觉，悄没声儿，厨房里端出来有四个不规则凹槽的不锈钢菜盘，盛上了荤素搭配的四种小菜，每人一份。有一次正规的宴会，中餐西吃，换了十二次盘子……

有记者让我谈谈对分餐制的感想，这一次，终于改变了千百年来饮食习惯公有化的民族痼疾，驱动力究竟是什么？

我脱口而出："恐惧。"

"你能不能谈得再具体点儿？"记者引导说。

"恐惧是一种人性因素，所以它切中要害。比如说流行歌曲，总之流行起来就能冲垮一切……"我语无伦次，不能自圆其说。我没心思同他啰唆。我已经想到应该立即向发明那种四菜一汤的不锈钢盘子的厂家大量订货，然后到全国各地去推销这种新餐具。要不了几个月，天上地下都将流行这亮晶晶的盘子。我给它起名为"恐惧牌"文明餐具。

我心里有一种恶狠狠的痛快之感，我觉得这流行性甲肝实在很有必要。

"现在时兴住房宾馆化。壁纸时兴贴到顶、不用画线，天花板也要贴讲究一点儿，重新做过，旋出花纹来，顶时兴的是护墙板，刷奶油色，现在就是流行这种式样，吊灯吸顶灯也不时兴了。要镶嵌到天花板里去，只见光不见灯……说句实在话，你去做这个生意，包你赚一笔。F城现在刚刚开始流行，马上就会流行到E城来……"

"你也去走，我也去走，今天别错过。"

从F城到E城，满城飘着这首歌。

终于有一天我想起了C君，我发现自从那天，她来向我索取赔偿费之后，已有许多天没看见她了。单位的人说她一直没有来上班，我有点儿心慌，也有点儿心虚。我担心，由于主编拒付赔偿费，她一时想不开走上绝路，也担心她男朋友助工的无情无义，使她从此心灰意冷。我决定"绑架"她去验血做 B 超，体检结果出来后，她可以把化验单拿给那位助工去看看。实际上，到今天为止，我还没听说 E 城有一个人得上甲肝呢！

我抽了个空，专门到她家去了一次。我隐隐听说过，她妈是在药店里工作的，我想说不定弄好了，可以同她妈妈接上个关系，留作以后使用。

她家房门紧闭，我敲了足有五分钟，才算开了条缝，缝上横挂一根铁链条，看来人是进不去的。我说我找 C 君，来给她送奖金。里面一个苍老沙哑的声音说，C 君进了传染病医院了。

我脑子轰然炸响。C 君那样一天洗一百九十八次手的人，也会进传染病院吗？她传染什么了？

里面的声音不耐烦地说，反正是流行病。发烧呕吐，确诊不了，还在观察，不是流行性脑膜炎就是流行性感冒，也说不定是流行性腮腺炎，还说不定是……

我回答说那我得上医院去看看她，我同她一块儿上 F 城，她生了病我很不安……

那扇门哗的一声打开了，一张愤怒而黄瘦的长脸立在我眼前。她说："好哇！原来你同 C 君一块儿去的 F 城。那怎么她流行了，你没流行？你搞的什么鬼？你存的什么心？你送些脏拉吧唧的钞票来还想流行我？你说明白 C 君到底怎么流行上的，她可是从来不唱流行歌曲……"

我低头看自己的鞋尖。我想解释说自己大概平时大咧咧不在乎，所以有了免疫力。我想说大概是 C 君的电热杯抵抗力不够，我想说我吃毛蚶时，喝了两斤白葡萄酒，现在流行"雷司令"，司令总还是管用的……结果，我却笑笑说，"哎，我没流行上，大概还在潜伏期，我的潜伏期比 C 君长。你知道潜伏期吗？"

门砰地关上了。从门缝里挤出更加嘶哑的声音："你千万不能去医院看她，免得 C 君真的染上流行性甲肝！"

我慢慢走下楼去。

C 君就这样同我无声无息地断了联系。我不知道她究竟在哪里，究竟流行上了什么没有。其实真的要流行，莫不如得甲肝。甲肝毕竟是自愈型疾病，又没有后遗症。

过了几天才想起来，那天竟然忘了同 C 君她妈妈洽谈药品生意。我真傻，不如不和她提什么潜伏期就好了。一个人身体里潜伏着什么病毒，自己是不会知道的。那个小吃店的黄皮肤人，事先肯定不认为自己会变成甲肝患者。比如说此时此刻，我吃不准自己身上有没有潜伏的病毒。这防不胜防、流来流去的家伙，也许还没等它发作显形，已经被另一种新病毒代替了。所以，对于流行病我其实并不害怕，我真正担心的是那些沉淀于骨髓，无声地销蚀着人的东西。但我不知它们在哪里。

我还是得设法找到 C 君。

1988 年 3 月

写于北京花园村 ①

---

① 发表于《北方文学》1988 年第 7 期，《新华文摘》1988 年第 9 期转载。

斜厦

他也许是全城最后一个听说那栋塔楼闹鬼的人。

但他终于还是知道了 90 年代的新楼房，竟然还有闹鬼这一说。而且闹得有鼻子有眼，闹得蹊跷离奇，闹得栩栩如生。

据说先是有民工发现自己清晨醒来时，竟躺在了水泥预制板的地面上，连褥子带枕头完好无损；继而就如同瘟疫传染，整个房间的民工，都在地上直挺挺躺成一排，十分壮观。这些人平日里一天干十几小时活，劳累不堪，通常一觉睡到天亮，从未有梦游或是神经衰弱的不良倾向，即便是有人睡相不佳偶然翻身落地，也不可能连锁成如此军事化的"地面行动"。更奇怪的是无人有痛感，且一律的在不知不觉中往东南方向失足。那么不是半夜出鬼有一只巨大的魔爪，将他们一个个搬运下来，还能有什么解释？

又据说他们喝酒时，那酒杯尚未倒满，酒便会往一边溢淌，在杯口与酒之间形成一个裤裆似的三角空缺，任你怎么倒酒那杯子总是不满，就像有个小鬼在一边勾着指头算计着你。最邪的据说是玩麻将牌，那麻将牌怎么也落不成垛，塌方似的出溜出溜往下滑，没等出牌，它自个儿就往外跳，蹦在地上，死活找不到，隔了好几天，在走廊那头的角落里……

他早在一年前就警告过承建这座大楼的第三建筑公司的一个经理，大楼未竣工之前，楼内规定不许住人。他担心工人会从未加设防的电梯井口一脚踩空摔成肉酱，以前就发生过这样的事。但设计师的话，说了等于白说，没人会听他的。高楼内又通风又凉快，即使没有电没有水，对于那些从农村招来的民工，仍是不住白不住的理想地所在。

吴工程师已过不惑之年，略有几根白发，20世纪70年代，当过几年工农兵学员，后来又重新考了博士研究生。他是绝对的无神论者，所以对那些荒诞不经的闹鬼传说当然是嗤之以鼻。但以前他每晚落枕就着，一觉睡到天亮不醒，一只闹钟是不够用的，必须同时开两只以上的闹钟才能把他闹醒。却从这天开始，夜里他辗转于床榻噩梦不断。梦中的他总是在摆弄着一堆堆凌乱的积木，而后积木坍塌下来，将他活活埋在其中，只露一个脑袋，犹如当年孙行者被压在五指山一般……

这天早晨他不用闹钟便早早醒来。尚未消失的积木使他想起该楼开挖地基时，曾多次挖到过的朽木白骨，森森寒光曾刺痛了他的眼睛，令他毛骨悚然。果然大楼开工后不久，这栋大厦的总设计师苏总工程师与世长辞，安然归天。作为苏总的助手之一，完成大楼的重任就历史而光荣地落在他的肩上。但从那以后，他却常有一种不祥的预感……

当然梦总归只是个梦罢了，梦醒后的吴工仍然抖擞地按时去设计院上班。即使他在被大厦闹鬼的传说纠缠一夜之后，晨光中他仍匆匆起身，直奔大楼工地而去。

吴工淹没在自行车的洪流中，穿过大街小巷。自行车发出干涩的呻吟。

灰褐色的城市，正在一日日漫无边际地向四外扩散膨胀。代之以昔日破旧的农舍菜园的，是一座座被建筑师们称为"冷冰冰的方盒子"的高层建筑群，骤然矗立于城区周围，犹如一道新的长城，将绿地与田野隔绝其外。吴工曾见过一幅从飞机上所摄的城市鸟瞰图，第一眼印象令他暗暗吃惊——城市的形状完全是一只四边突起，中间凹陷的巨盆，盆中蒸腾的烟雾尘埃，恰如一只灰黑的盆盖悬浮其上，使他顿感呼吸憋闷压抑。然而盆边还将继续增高增厚，终将筑成一片坚固的混凝土森林。

所以吴工在邻居同行们眼中，永远是一个埋头干活，走路目不斜视的怪人。他对城市景观有一种莫名其妙的恐惧心理。即使在他的情绪特别熨帖的日子，他的目光只要掠过那些饭店顶端，犹如土财主头上的瓜皮帽一般风光露脸的旋转餐厅，或是古董街口簇新的石狮子、街心公园里被小孩子摸得黑不溜秋的假小孩汉白玉雕塑，他发亮的额头顿时黯淡无光。

有人说吴工至今单身一人，就因为这双眯缝眼，对女性缺少吸引力。但在大学时代，吴工的双眼还炯炯有神。连他自己也不知道，从什么时候开始，他那明亮的眼睛，一年年在城市的高楼之间萎暗下去，瘪缩下去，最后连看女人也是那么一副目不忍睹的神态。虽然去年总算被破格评了高工职称，眼睛却是越发地蒙眬又蒙眬。

此刻的吴工，汗津津地仰视那栋风传闹鬼而面目狰狞的塔楼，就重又目不忍睹起来。

——设计要求高达七十层的大厦，至今尚未竣工。四下包裹着钢筋铁骨的脚手架和密实的防护网，在三十一层处戛然而止，看上去如同一个上着石膏夹板的无头巨人。

就算闹鬼，就算外星人来访，也不该选中这座塔楼。吴工一时很有些愤愤然。他不喜欢这个楼是他自己的事，作为建筑师他可不愿意在自己的"领地"上节外生枝。尽管这座楼的外形设计极其平庸无奇，就是被市民叫作"冰棍楼"的那种大众化的直筒子，但它的设计高度在全城却是独一无二，史无前例！建成后它将俯瞰整个神州大地。它是领导者智慧和力量的象征，是全城人的骄傲和希望。为了它的早日建成，全城人奉献了心里以及心外的全部热情。虽是建建停停，历时多年，但总算有了半拉可望又可及的高度，怎么就会不明不白地窜出这些神神鬼鬼蛊惑人心的怪事？！

巨型塔吊卫士一般屹立于大厦一侧，加上水泥振捣棒不停咆哮的噪声使他略有安慰。工程的承建经理已在楼前等待，经理风度翩翩，精明强干，抹过油的头发又黑又亮。吴工已同这经理打过多次交道，在他面前吴工总不由得自惭形秽，他深信自己早已让这腰缠万贯的包工头给耍了个底朝天。

经理递过来一只安全藤帽。他们穿过预制板的门洞，走上楼梯。尘土飞扬的空气中他闻到一种不可言传的神秘气息。经理那深不可测的鼻孔，在每个楼梯拐角兴奋地扇动，似乎预示着一个重大机密即将泄露。吴工气喘吁吁，面色潮红，他觉得自己的腿绵软无力，奇怪的是他的身子开始摇晃，而且总像汽车拐弯那样，往一边倒去。他想自己也许是得了恐高症或是美尼尔氏症，恍惚中抬头猛然发现走在前面的经理居然一只肩膀高一只肩膀低，原来如此气度轩昂的老板竟然是瘸子，他忍不住咕噜一声笑出声来。

经理头也不回地说了一句："这回你知道了吧！"

忽然就有一张白纸从他眼前飞过，接着又是一张，天女散花一般。有声音怪叫："邪了！"有声音应和："真邪了！"他几步并一步攀上楼，只见一群民工席地而坐正在打扑克，那扑克牌明明是往西甩出手，却飞碟似的往东边悠悠地滑脱下去……

经理站住，背着手，总结性地对他说："这回你们不认也得认了！"

吴工浑身一阵激灵，眼前黑了黑，额头沁出一层冷汗，膝盖颤了颤，一把抱住眼前的水泥柱子，呛了一口风。他知道自己输了。其实他早知道，只是他不想认也不能认。认个鬼认个外星人，认个什么也比认这强。认了他就完了，这楼完了大家也都完了。

吴工定神憋住一口气，转身往楼下跑，一溜烟跑到立体交叉桥上，他知道在哪个位置能够囫囵个儿地观望这座楼。桥上挤满了人，老的小的男的女的，个个手搭凉棚，围着那塔楼挤眉弄眼，暗暗窃笑，一脸秘而不宣的鬼祟神气。只听一片喊喊喳喳声，重复着那两个字：

"邪了！真邪了！"

吴工木然而立，将眼镜摘下在裤腿上蹭了蹭又戴上，戴上又摘下，脚下的尘土湿了一大片而浑然不觉。眯细的小眼睛睁得老大，良久，薄薄的嘴唇歪了歪，腮帮子耷下来，嚼碎一句只有他自己听得见的话："不是邪了，是斜了！这是一座——斜厦！"

吴工跌地喃喃自语，顾不得斯文扫地。他早知道有这么一天，大厦要在全城人面前脱光它的衣裤，就像那个皇帝的新衣。也许他一直所担忧所惧怕的就是这一天。现在他不认也得认了，正如那经理一向断言的那样，如果是施工质量的问题，倾斜幅度绝不会如此之大。而真正令他痛心的是，他大概是全城最后一个知道此事的人。大厦并没有闹鬼，而仅仅是由于地基沉降，引起了"倾斜"这个简单的事实。

当天下午吴工破天荒地被请到了院长办公室。

院长亲自站起来在他身后把门锁插严，亲自给他沏茶，用的是自己抽屉里的碧螺春茶叶。院长气色红润，慈眉善目，使人倍感亲切。院长当年曾留学列宁格勒，是建筑界的权威人士，内行管内行，很受设计院上下的敬重。

然而院长温和地望着他，并不急于发话。院长只是说辛苦辛苦，先凉快凉快吧，倒像是唯恐吓着了他。吴工感到心里很温暖。他一路上已准备好了全部的答辩词，因而十分沉着镇定。

"请原谅，院长大人，这座大厦开始设计时您还没调来，总设计师是苏总，也许您认得他。那时我刚从建筑学院毕业，建筑界中青年是断层，人手奇缺，院里调来我来给苏总当助手。那时他刚从'牛棚'里出来，毕生的梦想就是盖一座全城最高的塔楼，并建议选址在东湖西侧。关于这个基址，院里是有争议的，我查阅过地质资料，这块地方很早以前曾是湖沼，土层中有淤泥和流沙层，原则上不适宜盖高层建筑。您也许知道苏总搞建筑是半路出家，专业水平不那么……当然不是学院派的，但他的性格里具有一种挑战和反潮流的气魄。他说地质资料不是一成不变的，我们应当有超越前人的勇气。这块地方别人都不要，我们要！我们会创造出建筑史上的奇迹。他的想法市领导非常欣赏，最后方案是市领导亲自拍板的。苏总亲自搞的结构部分。当然勘查设计院提供的数据是仅作参考用的。于是大厦就在这块淤泥地上站起来了。也许您了解后来的情况，由于资金、由于原材料、由于一切不言而喻的原因，大厦几度停工，施工的时间跨度确实是长了些。前几年有一个建筑质量检查团，曾发现塔楼有倾斜的趋向，认为是施工的责任，撤了一个副经理，从十三层往上反复修改和矫正了几回，以为没大问题了，却没想到，没想到……"

吴工沮丧地垂下头去，内心充满失职的耻辱感和悲哀。万一大厦日后倾覆，其后果不堪设想，那么他就是十恶不赦的千古罪人。虽然设计图上的审定人是苏总而不是他，这个浪漫又奇特的创造者是苏总而不是他，当时他只是一个初出茅庐的助理工程师，他仅仅只是参与了计算。如果资料、数据不准确的话，他如何会得到准确的计算结果？但吴工的年龄断层，恰恰断在了儒家与弗洛伊德交接处，因此他多年来一直在谴责自己——他当时并没有表示过一句反对的意见，他曾渴望得到苏总的赏识与提携。所以当苏总带着未竟的遗憾离去时，才会把这宏伟的蓝图托付给了他。他是作为苏总最信任的学生而接受嘱托的，他抵御不了这种荣誉和成功的诱惑。如今苏总虽已作古，他又怎么能忘恩负义地背叛先师呢？

因此吴工左右旋转着身子，躲避着院长的目光而讷讷不知所云。他想说如果要追究法律责任就索性把我送交法庭好了。他偷偷瞟一眼院长，而院长依然神态自若笑容可掬。院长终于心平气和地说话了，口气之平淡就如同平日在走廊里相遇问他吃过饭没有。院长说：

"哎，吴工，事情就是这个样子，过去的先不谈了，重要的是有什么补救的办法没有？"

吴工惊魂落定，眼眶潮湿。那一刻他认定院长是世界上最专业、最聪明、最杰出的院长。他赶紧点了一连串头以便同院长达成最默契的配合，尽快制定阻止大厦继续倾斜的方案。亡羊补牢，祖宗早有遗训在上的。

院长站起来送客。院长虽近离休年龄但办事仍有效率。他拍着吴工的肩膀说："我看嘛，这一次学术性的论证会就先不开了，人多口杂，意见容易分散，我马上派出测量小组，给你一套准确的检测数据。你辛苦些，一周以后先弄出个补救方案来，注意目前要保密，我们要在市里领导过问此事之前，把准备工作做得妥妥的。明白？"

吴工久久地握着院长的手，院长对他的特殊青睐通过黏湿的手掌传递过来。他全身一阵酥麻，说实在的，被领导委以重任的滋味，真让人有点儿陶醉。

他倒背着身子退出门去。隔着走廊的玻璃，他望见夕阳正从一排高楼后面坠落下去。血红的天空衬托着千篇一律的楼群生硬的线条，犹如一块毫无生气的布景。他想城市的小学生课本上，应该把"太阳下山了"改成"太阳下楼了"。在这片拥挤的土地上，高层建筑正在不顾一切地风起云涌，否则把那些数以亿计的人口往哪儿塞呢？

他眯起眼。黄昏的余光中，一幢幢细高的建筑物犹如一个个沉默而忠实的见证人，记录着、证实着城市和民族的历史——他的心忽而一阵紧缩、一阵寒战，刚才的兴奋和激情顿时悄然飘散开去……天气燥热。城市终日笼罩于一片炽热的白光之下，憔悴而疲惫。位于城市中心广场那个形如宫灯悬挂的电视发射塔，像一只滚烫的火锅，日日煎熬着吴工的神经。

吴工在三天之内，神速拜访了本城最优秀的建筑师。他在建筑界人缘尚好，凭他的信誉和人品，他相信不乏出谋划策、解囊相助之人。院长没有谈到报酬，但报酬总会有一点儿，近日电视里常为那些做出了杰出贡献的人颁奖。他不是那种斤斤计较的人，到时候从他的奖金里分出一部分，作为给同行的回扣，或是信息费、或是提成、或是资助，都未尝不可。

他首先想到的是他的大学同学，后来读了硕士，虽在国内没有获过奖，但在日本得过一次国际竞赛奖的时工程师。时工的设计以丰富的想象力和独创性著称，常常给人以出其不意的审美体验。

他找到时工时，时工正夹着一卷图纸，站在自家十七层公寓的顶楼，脸色苍白作跳水状。吴工眼疾手快地一把拽住时工说："你这是何苦来着？"时工说："你放开我，我的设计方案被枪毙了，灵魂已死，生命还有何恋？那些蠢货非让我把方柱改成圆柱、把灰色换成黄色，再加一个琉璃瓦的亭子顶，不这么改就不批。哼，这就是中国的内向耗散自活系统，懂吗老兄？世界建筑已进入未来主义，这里还有人花大钱修造神仙佛祖名妓遗迹，搞假古董真庙堂，倒说什么维护古城风貌发扬传统文化，再往下就该借尸还魂了不是？20年代俄国建筑师罗巴金的莫斯科高层建筑方案，过了半个世纪才在芝加哥建成西尔斯大厦，谁能预测未来的行走式城市、插入式城市、夹挂式城市、超级结构式城市，不会在下个世纪变成人类的理想城市呢？嗬，学兄，你找我有什么事？"

吴工松开手。他记起这已是第三次在顶楼平台拯救时工了，当然时工属于比较容易被拯救的那种。只要谈到未来主义他一般就立即复活。为了巩固时工的一线求生之念，他赶紧叙述了来意，并恳求时工在挽救了斜厦之后，再考虑消灭自己也来得及。

时工没等听完，回身将腋下的图纸向空中甩去，说："这些都不要了，不要了，我马上就有新的伟大构思。"他一步跨下围栏，弯腰捡一块石子，在水泥地上画出一道向上的斜线，斜得倍儿直。又在斜线的顶端，往相反方向又是一斜。然后在第二条斜线的顶尖上，直直地往上画出一根直线——扔掉石子，说："瞧，成了！"

吴工蹲下身，又索性趴下，眯细的小眼睁得老大，他看清水泥地面上出现了这么一个图案。

"这叫闪电式。嘿嘿，也可叫反转式。建筑物表面着银色涂料，在黑沉沉的乌云下，犹如一道闪电直插大地！"时工满意地搓着手，一头长发迎风飘洒，展示出对生命的无限热爱。他解释说："根据反作用原理，在倾斜的顶部再反方向加高，即可扶正固本，反反得正。更重要的是，外观上的视觉刺激，可给人以雷鸣般的警告。你说，这个超未来主义的构思，应该是中国建筑史上前无古人后无来者之一绝吧？！"

吴工坐地不起，浑身凉透。他想自己也许是找错了人，或者是时工入错了国籍。这小子吃了三十年米饭，怎么就不懂这种奇形怪状的东西怎么会被有关方面批准？但吴工嗫嚅着嘴迟迟未敢开口，他怕一开口时工又要作跳水状。于是他面对闪电式频频点头大为惊喜，反复欣赏良久忽然啊呀一声说："老弟，忘了告诉你，地基倾斜恐怕还得另有措施，弄不好向西的斜线，过一段重又往东倾斜怎么办？"

时工哑然无语，面色逐渐又苍白起来。吴工不由紧抓住时工的衣襟不放，时工却一声苦笑，挣开他的手指，悲壮地一甩长发，径自一人悻悻而去。吴工有了时工的教训，物色第二位合作伙伴人选，需要谨慎而充分地加以斟酌。他记起杜工，杜工的设计以求实稳重、经济适用而颇受用户好评，在建筑界有口皆碑。

他寻到杜工时，杜工正光着膀子挑灯夜战。屋里无比闷热，吴工伸手要去按电风扇开关，杜工递给他一把扇子，努努嘴说："开不得、开不得，一开都刮跑了。"吴工环顾四壁，见桌上地下墙上摊着铺着的都是图纸，难怪有电扇却不能用。杜工五十有余，略略谢顶却是心宽体胖，任何时候对任何人都有求必应。杜工端一杯冰茶说："你怎么啦？干吗哭丧个脸死了爹似的，你要什么，说！"

吴工想起业内给杜工私下起的一个绰号，叫作"杜斧子"——案板前的钩子一溜挂满前槽后鞧五花排骨，他就像是个卖肉的，你要瘦的，要肥的，或是肥瘦搭配由你任选，要哪块给哪块包你满意——你是要切割颠倒反差错位的后现代，还是横三段纵五段的对称古典主义；你是要院围房的外向型式，还是四合院形的封闭式；是要得其形似失其气韵，还是要具其色彩而失其笔法；是要三叉形古字形 T 字形的科学主义，还是要民族风格加现代主义的综合美……总之他这里应有尽有按需分配。杜工的座右铭：用户就是上帝，所以他从不出售成品，而只是来料加工。也许正因如此，他的设计事务所总是顾客盈门。

吴工磕磕巴巴将来意说明，却没想到杜工听完后哈哈大笑，笑得脖颈直颤。一边笑一边抓起桌上两条大理石镇纸，竖立，底部分开，顶端合拢，对搭成这么一个人字形状。

杜工说："你瞧怎么样？这叫斜斜得正。两个错误相加，等于一个歪打正着。"

吴工定睛端详这个人字，心中顿开茅塞，不由大喜过望，急忙问："你的意思是，在斜厦东面，再建一座反方向的斜厦，利用平衡原理，将斜厦支撑住？也就是把本该往上建的楼层挪到旁边来建，既安全又保险？"

杜工摇着扇子，点着一支烟，鼻孔喷出两道白雾，说："哎，老弟，我给你讲个火炬的故事。我从'五七干校'回来那年，有消息说上头让搞些革命的城市雕塑，市里的展览馆要在门前广场上竖个火炬，却为这火炬的形状犯了难。火炬当然要有风中飘舞的动感，可是假如往西倒，意为倒向西方？绝对不行！假如往东倒，又岂不是西风压倒了东风？他们来找我，我说这还不好办，往北或往南不就行了。但他们说北边是个超级大国，指向南方又背离首都，东西南北哪个方向都容易出错，哪个错都有关政治倾向……哎，我那一回可算是彻底明白，建筑业是个什么行当了。"

那后来呢？吴工心里勾起一些酸不溜溜的同感。

"你猜怎么着？"杜工把手里的烟举起来，小屋内无风，缕缕烟气直直地往上冒。"人哪，要是明白了什么法子都有，我告诉他们可以开发三维空间，让火炬不偏不倚不东不西不南不北，干脆，直指蓝天，哪个方面都不是。嘿，结果怎么着？揭幕仪式一举行，一溜首长全哗哗鼓掌，说这体现了'刺破青天锷未残'的革命大无畏气魄……"

吴工愕然，闷闷地半天无话。眼盯着两块镇纸，犹犹豫豫地问："不过你看，这人字，又像是两条叉开的腿，若是建成了，哪位领导来视察，从下面走个来回，突然发现说受了胯下之辱，兴师问罪起来……"

杜工的眉毛跳了跳，解嘲地笑着说："若是韩信再世，倒也许能以此作为教训而发奋图强……"

吴工喝一口凉白开，咕嘟咽下，两眼发直，说："杜工你这个方案怕是不行了，你忘了这塔楼东边恰是个小湖，你往西斜的楼，莫非盖在水里？"

这一问问得杜工张口结舌笑容凝固。杜工说："老弟你有所不知，这两天我血糖高，手头还有活儿，明天要交货，咱们改天再议吧，你先自个儿琢磨琢磨……"

吴工独自一人在街上游魂似的闲逛。

夜已黑尽，路边的楼房透出白炽的昏黄的幽蓝的灯光，像是一尊尊千眼神佛。远处的建筑工地，只露出正在施工的最上面一层和吊车顶部的亮光，在深蓝色的夜幕下，酷似一座悬在空中的楼阁。

吴工想，就连时工和杜工都没辙，自己真是穷途末路了。也许该上外科整容医院去受受启发，听说时下连驼背罗圈腿都能矫治，为什么他面对一座斜厦，竟然就一筹莫展？

冷不丁就听有人喊了他一声。喊声清脆香甜，未等他辨别记忆来自哪一次约会，一阵白天黑夜都通用的香水味已缠住他的胳膊。他看见一张布满雀斑、形如柿饼的脸。他不可能忘记自己曾经是怎么坚定不移地拒绝了或者说是逃脱了她。吴工虽然常被已婚女人嘲讽，但他也常挑剔别人尤其是未婚的女人。

"你看了这本新到的杂志没有？"她微笑着露出锋利的牙齿，向他进一步靠拢。"你瞧这上，贝聿铭说中国的建筑师正在进退两难，他们不知走哪条路。对此你有何感想啊？"

吴工想起，此人正是自己准备求教名单上的艾工，但却为之尊容所碍迟迟未能下决心去拜访的建筑界才女。他突然产生一种遇到救星的幸福感。也许只有女性的温婉细腻，才能将他从混乱的泥淖中拯救出来。那瞬间他甚至闪过一念，如果她能帮他摆脱困境，他也许可以考虑娶她为妻作为报答。于是他迅速调整了情绪，用充满诗意的声音回答：

"当然，伟大的罗丹早就说过，我们整个法国就包含在我们所有的大教堂中，如同整个希腊包含在帕特农神庙中一样……"

艾工撇撇嘴打断他："算了吧，听说你有个设计栽了？真的假的？"

他故作轻松说："那不过是小事一桩，洼陷地的沉降造成，设法往地基里灌注水泥就可以解决问题。"

"愚蠢！"她喊起来，"愚蠢！你难道一点儿不懂得现代建筑的语言内涵？你听说过美国达拉斯的市场大厅吗？那大楼的设计本身就向前倾斜，倾斜是一个意向，一个象征，一个有意味的形式，它意指政府在向民众屈身、鞠躬，表示政府愿弯腰为民谋利。多形象多深刻多么发人深思。哦，不过可惜你盖的是民宅，象征性恰好相反……"

"你饿了吧？我请你去吃点儿宵夜好不好？"吴工眼前出现了希望的飞碟，他必须抓住它而在所不惜。

他们走进一家小吃店，坐下来以后她便安静得多。她用手腕支撑着下巴，温柔地询问他大厦究竟斜到什么程度。

他随手拿起桌上的一只塑料杯，做出一个斜度。

她的眼睛猫一般发亮，连声说："太妙了，简直太妙了，真是一个天赐的艺术品。"她一只手按住杯子说："你别动千万别动。"一只手抓起桌上的一把筷子，架在杯子的一侧。她说："你看见了吗？必须首先巩固塔楼的地面结构，用钢缆将塔楼底部团团绑住，然后每一层用一组钢缆，在倾斜的反方向，延伸到地面的支撑点，就像拴帐篷的支杆那样，有了支撑，大厦怎么可能倒塌呢？从建筑外形的寓意来说，这个设计寄予了负负得正的期待……"

他睁大了眯眯的细眼，觉得今晚的艾工显得楚楚动人。

"你可以概括一下这个设计的外形特征吗？"他问。

艾工用手指蘸着残留的可乐，在桌上画出一个图形：

"这叫——竖琴式！看清了没有？一架巨大的竖琴。狂风来时拨动琴弦，它会奏出世界上最古怪刺耳、最不和谐，然而也是最振聋发聩的声音……"

吴工怔怔地面对一只杯子和一把筷子，想象着全城面对这个怪物时的哗然。其实人们不喜欢振聋发聩，城市不需要艺术，只需要他们需要的东西。住在这里面的人没准会夜夜做噩梦，或想入非非。他支吾着对艾工说："恐怕还得按照塔楼目前偏离垂直线的数据，重新计算地基土质承载力。"艾工的柿饼脸明显地长了起来。他心里暗暗决定，还是暂时当单身汉算了，并趁着艾工深情地摆弄她的筷子时，很不男子汉地从竖琴后面溜走了。他没法不溜走，因为他根本没法向她解释为什么竖琴不行。假若竖琴真的竖了起来，全城的人恐怕都会"震"聋发"疯"的。

吴工眼前天昏地暗、一团漆黑，走投无路。黑暗中他遥望鬼影幢幢的塔楼，夜空中电焊的火花四射，忽如焰火照亮了他的绝望——如果发生地震，恰好不多不少里氏四点七级，就那么轻轻一震，便把斜歪的地方给正过来了！那该是多么省事、多么顺理成章、多么大手笔啊！

但假如多了那么零点一级，再多了那么横的几晃，竖的几摇，偏偏就把个不堪一击的斜厦给震塌了，岂不是弄巧成拙，前功尽弃吗？！

　　真是震也不是，不震也不是；改也不是，不改也不是。

　　难煞人也！吴工狠狠地咽下了一口唾沫。

　　三天以后吴工出现在院长办公室。他从洁净无尘的玻璃门中看见自己形容枯槁，颧骨高耸，禁不住吃了一惊。但此时他已顾不得个人安危，而是从容不迫地向院长出示了这一周内，自己选定的最为稳妥、最为可行的方案。他认为最可靠、最简单，并从根本上解除斜厦之难的唯一选择，即拆除斜厦，另行选址重建。他全面论述了重建的理论根据，希望院长当机立断。

　　院长以礼贤下士的风度耐心听完他的陈述。院长的银发一根根有条不紊，连电扇来回旋转的热风都掀不起一丝涟漪。院长微笑着，回答了一个问号："重建资金从哪里来？"

　　才子吴工眼前一片空白，霎时间他眩晕、他迷惘、他恍然、他彻悟。从院长苍白干瘪的嘴里说出资金这两个字，连钱也充满了温文尔雅的文化气息。他想自己那张压在箱底的建筑学院的毕业文凭，应当签上今天的日期。今天他才彻底明白大厦的地基不是钢筋混凝土，不是淤泥流沙，而是另一种东西。院长的话言简意赅，一语中的——如果没有资金，什么闪电式、火炬式、竖琴式，全都是他妈的扯淡！吴工无地自容，奇怪自己怎么连如此简单的原理都一无所知。当初就算是读了博士，智商大概也是在那些民工之下的。

　　如今真是拆也不是，不拆也不是；建也不成，不建也不成。

院长看了看表，咳了一声，发表了如下吴工迄今为止聆听过的最长的讲话：

"这个星期你辛苦了。其实，其实关于这个楼的解决方案，啊，是决定，不不，是意见，上头已经下来了，你就不必，不必再忙乎了。前天市领导亲自去工地做了视察。你知道那位主管城市建设的马副市长吧，他对大厦反复进行了观察，他的观察结果，认为大楼根本就不斜，这是一些别有用心的人恶意中伤。斜的恰恰是别的楼，当然别的楼不归我们管……"

吴工眼前浮现出一个胖老头，那老头总戴着个墨镜。有一次他摘下墨镜擦汗，吴工发现他是个斜眼。吴工想笑，又笑不出来。

院长严肃地看了他一眼，继续说：

"不过，考虑到天文地理民情等一系列综合因素，上头决定这座楼就盖到三十一层封顶。只要若干年内不发生地震或是龙卷风等意外情况，大厦在几十年内不会继续倾覆。所以院里决定交给你一项重大的，甚至是特殊的使命：为了向大厦落成后搬进去居住的市民，证明大厦的安全性，你作为大厦的设计者之一，同时又是未婚的大龄青年，院里决定分配给你第二十九层两室一厅住房一套，等到大厦正式结顶之后，你就可搬进去……"

吴工身子斜了一斜，一种自我牺牲的光荣和哀伤感纵横交错，使他的心脏有些隐隐作痛。他急忙拉过一把椅子，将后背和椅子搭成人字形。他喘一口气，无意望了望窗外，竟然第一次发现窗外的楼房原来全是歪歪扭扭的。他呆呆地愣了一会儿神，心想也许是以前的坐标出了毛病……

半年以后，大厦终于落成，煤水电三通电梯一应俱全，吴工不得不遵命迁入新居。他对新房子进行简单装修后，成为第一户敢于入住斜厦的人。吴工的表率使得各种"谣言"如同气泡破灭，住户纷纷争相仿效，三十一层的大楼，毕竟能缓解全城几百户人家的住房拥挤，一时间搬家公司生意兴隆。

　　时工、杜工、艾工听说后都来庆贺乔迁之喜。时工发表感想说，其实该楼可带伞塔，利用斜厦与建筑物垂直线的距离，在顶楼开辟跳伞台，跳下去准保安全着地。杜工赠他一幅书法新作，并特意为他题诗，诗云："身悬悬兮渺无期，心悬悬兮终相依。"个中滋味只有吴工自解。艾工送他一只泥塑的不倒翁，临走时眼泪汪汪就像要同他永别似的……

　　最令吴工惊讶的是：三建公司的那位经理居然改行经营了一家现代家具开发公司，专为该楼的居民承建特别适用于该楼的一种一头高一头低、一边重一边轻的特殊家具，以保证该楼的住户全家老小早晨醒来时，不会发现自己从床上被搬到地下；酒杯也不会倾斜而能斟满；孩子做作业时钢笔再不会顺势滚落……总之一切的一切都非常圆满。自从这个家具公司开张以来，斜厦里原来那些关于闹鬼的传说全都不攻自破，渐渐被人们淡忘了……

　　然而吴工自从搬入斜厦以后，却染上了些前所未有的怪癖。他把房间里所有的东西都拴了绳子。在床上焊接了不锈钢的床架，看上去就像一只笼子。他还常常在半夜里三番五次起来走到阳台上去检查门锁是否已滑上，回到床上便久久地端详墙上的那张比萨斜塔的照片。他每晚必须喝上三两白酒才能睡着，常常梦见自己被吊在一只热气球的网篮里，随气流上下颠簸晃荡，或是站在笔陡的山崖上做跳水表演；有一次他梦见飞机失事，丛林湖沼遍地残骸碎片；还有一次，他梦见了海啸，电闪雷鸣中一架巨大的竖琴沉入海底……醒时他冷汗淋漓，心慌气短。无奈中他安慰自己说，既然比萨斜塔再斜上一百年也倒不了，想必这斜厦也还能将就些年头，那又何必庸人自扰呢？

1991 年 3 月
写于北京花园村 ①

---

① 发表于《钟山》1991 年第 5 期。

何以解忧

那天晚上，寒风在旷野上呼号，发出警报似的尖叫。从下午开始，就下起了细密的小雪，溜进门缝的冷风，把宿舍的棉门帘子拍得呼扇呼扇响。陆德和一帮知青，在基干民兵排的宿舍里打扑克。这种能冻掉下巴的天气，幸亏火炕热得烫人，就像坐在被太阳晒烫的沙堆上；屋子里暖烘烘的，一只二十五瓦灯泡昏暗的亮光，把一个个晃动着的人影投在斑驳的墙上。

陆德已经输了两盘，今夜他的手臭。赢了的人，正在兴头上，摸出半瓶老白干来，倒在一只搪瓷杯里，大家一人一口轮着喝。有人还翻出了半碗炒黄豆来就酒。轮到陆德了，陆德把杯子接过去，只是凑在鼻尖下闻了闻，转手就递给了下一个人。

"哎，你小陆子不够意思啊。""下一个人"嚷起来，"你就喝一口能咋的！"

陆德虎着脸，不吭声，啪地甩出一对儿尖子。

见陆德不说话，别人也就不吭气了。连队的人都知道陆德不爱说话，一般情况下，他若是开口说话，也就只用两个字儿——"躲开！"别看只有两个字，通常是很管用的。你若是不躲开，陆德自己就躲开了，结果是一样无趣。

陆德到北大荒农场下乡三年，至今滴酒不沾。据他自己说，他是遗传性晕酒，喝一口就会昏昏欲睡。开始时没人相信他的话，一次元旦聚餐，有几个男生硬是捉住陆德的胳膊和腿，按住他的脖子，撬开他的嘴巴，把六十度的"北大荒"酒给他灌了几口下去，当时陆德就口吐白沫，四肢抽搐地倒在了地上，抬到炕上，一口气睡了两天三夜才醒过来。吓得从此再没人敢逼陆德喝酒。

陆德又甩出三个老 K，眼皮都不抬。这一局，眼看陆德要赢。

宿舍的木门突然被敲得咣咣响，有个声音在外头喊："紧急集合！快点儿快点儿，出大事儿啦！"那嗓音撕裂成两半，像是劈开的桦子。没等大伙儿放下手里的扑克牌，油腻腻的棉门帘子被掀开，冲进一个人来，帽檐儿上的雪花直往下扑腾。

"都愣着干啥？快快快拿枪，带上枪跟我走！"来人是连队的保卫干事。

"出啥事儿了？"知青们挪到炕沿上，开始慢吞吞地找鞋穿鞋系鞋带，七嘴八舌地问："又哪儿着火了？是苏修打进来了？肯定是信号弹吧？这回是红的还是绿的？"

保卫干事拍着腰上的手枪大吼一声："是杀人了！有人被杀了！"

屋子里霎时静寂。陆德觉得自己的血液停止了流动，头发都一根根竖了起来。

一片混乱，背上了枪又发现没上子弹，等到集合完毕，陆德总算听明白——是连队的老职工薛二，在自个儿家里被人杀了。保卫干事巡夜，恰好从他家门前经过，发现灯亮着门开着，雪地上有一串脚印儿，奔着大路去了。低头辨认，那脚印上沾着些红，用手一摸，黏糊糊的，是血。高度的革命警惕性，促使他立刻冲了进去，一看，薛二歪倒在桌边，脖子上被扎了一口子，血流了一地，身子还软着，人已经没气儿了。

薛二的家，就在基干排宿舍的房后，只隔着一条小路和一个菜园子。

陆德仍然有点儿将信将疑——就在知青们玩牌吵闹的这个时刻，有人被杀了。就在离他们几十米之外的地方，有人杀了人。这，这怎么可能嘛！

"他家人呢？"有人问。"孩子早都睡下了，一个个睡得像头小猪，他老婆是个瘫子，还哑巴，冲我啊啊地挥胳膊，披头散发的，像是给吓魔怔了。"保卫干事说着说着就突然发了火："还问啥问，有完没完？阶级敌人这么猖狂，我一个人能追上吗？我一个人能擒住凶犯吗？考验基干排的时候到了，我现在命令，子弹上膛，三个班立即分头往不同的方向追击！坚决不能让那凶杀犯跑了！"

踢踢踏踏的脚步声急急四散开去。

雪已经停了。从雪地微弱的反光中，隐约可见公路上有一串刚踩下的脚印，往镇子的方向歪歪扭扭地蹒跚而去。陆德几次弯下腰，趴在地上琢磨，心里纳闷着，那脚印为何竟然如此沉重凌乱，新鲜的雪地上，能看出鞋窝是深一脚浅一脚的，跌跌撞撞磕磕绊绊地走着。忽然出现一大片塌陷的雪印，手电棒的亮光清晰地照出了雪地上一个曾摔倒过的人形，好像又挣扎着爬起来，继续踉跄地往前走。陆德心想，难道这凶犯也受伤了吗？却又为什么不再有血迹留下？薛二家究竟发生了什么事情，使得一向为人敦厚甚至怯懦的薛二，与此人发生了激烈的冲突？抢劫吗？一贫如洗的薛二，家中有什么财物可值得凶犯动刀杀人？情杀吗？就薛二那个瘫子老婆……

脚印突然往路边歪斜过去，然后消失在柳茅丛下的排水沟里。

哗啦啦一阵枪栓上膛的声响，五六个电棒的亮光朝沟里扫射，聚拢在沟底的一堆黑影上。电棒哆嗦着忽明忽暗，勉强能看清那黑影像个人形，是躺着的。班长壮了胆对那人大声吆喝："不许动！"黑影没动静；又喊："举起手来！"还是没动静。班长的声音都撕劈叉了："你再不投降，我们就开枪啦！"只听得棉靴大头鞋把雪地踩得一片嘎嘎响，冲着大沟合成了包围圈，很有阵势的。可黑影仍是一动不动。班长忽然把手掌举到嘴边，做了一个嘘的动作，大家都安静了，屏住了气。一会儿，就听见从黑影那儿，传来了高一声低一声呼噜呼噜的鼾声。情况顿时发生了变化：那不是个人，是一头猪。

大伙转脸互相看着，都有些尴尬。班长犹豫着，小声嘀咕说："要不，还是得有个人下去看一看的好，刚才的公路上，明明是人的鞋印儿，也没见着有猪爪子印儿呀……"

人都吵吵着要争着往下下。陆德低低一嗓子："躲开！"就都给他让开了一条道。

陆德抓着柳茅子蹬着雪滑到沟底，轻手轻脚地接近了那个黑影。呼噜声越发地响了，陆德竖起耳朵，怎么听怎么也不像是头猪，而是个人。再靠得近些，电棒一溜扫过去，看见了一只鞋，又看见了一只手套，再看见了一顶狗皮帽子，只是不见脸，那身子是趴着的，倒卧在雪沟底上。陆德心想，这必是个人了，也没听说猪八戒取经往北走哇？他小心绕到狗皮帽子的上风头，用鞋尖踢了那东西一脚，只听鼾声依旧，仍是不动弹。他壮壮胆，伸出一只脚用力把那身子一家伙踢翻过来，手里那只四节一号电池的长筒电棒，如同一只小型探照灯，将那人的脸照得惨白如雪。

陆德一下愣在那儿。

竟然是老鸹，真是老鸹！老鸹的门牙往外撅着，离老远都看得见。你瞧他的嘴张那老大，牙撅在外头，牙缝里都塞满了雪末。他睡得可真香啊，鼾声山呼海啸的。脸上那一道道灰黑色的褶子里，平日总是藏着洗不净的烦恼，可这会儿，那皱纹都被鼾声撑开了，面孔倒像块冰似的光溜。

陆德接着看见了老鸹胸前的血迹，不由倒抽了一口凉气。血迹摸上去冻得发硬，看来是新鲜的，裤腿和鞋上也都是血，就像一个货真价实的杀人犯。陆德的脑子嗡地一响，他对自己说这绝不可能！老鸹怎么会杀薛二呢？谁都也许会杀薛二，就是老鸹不会杀薛二！

班长在公路上晃电棒，喊话说："陆德你咋的了？那东西是人是猪，你倒是说话呀！你就是牺牲了，也该先喊个口号吧！"

陆德迟疑地举起电棒，挥了挥胳膊。公路上等待已久的人马，全都出溜出溜地下到了沟底。

"绳子！把他捆上！捆结实了！"班长仔细勘查了现场之后，简短地下令。他已从老鹞身上搜出了五百块钱。铁证如山，百分之一百的凶杀嫌疑人没跑儿！班长下了结论，"把他带走！"

陆德一伙人用绳子捆绑老鹞，进行得很不顺利。尽管老鹞丝毫没有拒捕的意思，但他整个身子又沉又软，把他绑上很费了一番力气。总算七手八脚地将其捉拿归案之后，班长才真正发现了麻烦：老鹞根本就走不了路。他仍然在拉风箱似的大打呼噜。身子被五花大绑的老鹞，此刻压根儿没打算醒过来。

忙乎了一身大汗的陆德，这时候才闻到了一股子浓烈的酒味儿。一阵一阵难闻的酒气，正从老鹞张大的嘴巴里喷发出来。陆德刚才实在是太紧张了，竟然连嗅觉都暂时丧失了。这会儿酒气直冲他的鼻腔，他顿时头晕目眩，哇地一口就吐了起来。

老鹞愣是像一条死狗一般，被基干民兵们从雪地上拖回了连部。

陆德呕吐完了之后，离队伍落得老远，一个人在公路上慢吞吞地往回走。

血迹能证明什么呢？他想。尽管沟底的老鹞是他发现的，但也许老鹞只是刚杀了一头猪、一条狗、一只鸡而已？这是一个巧合或是误会？就像封资修的昆曲《十五贯》的那个故事。老鹞只不过是喝醉了，虽然，在喝醉的人身上，什么事情都可能发生。但就是把陆德打死，陆德也不会相信是老鹞杀了薛二。

陆德与老鹞相熟，对老鹞的那点儿底细知道得一清二楚。老鹞是陆德原先在水田连队时的一个看水工，据说在困难时期偷了老家生产队的几个红薯，被判了三年，送到北大荒来服刑。后来老家的亲人都饿死了，他刑满后没处去就留在了农场。老鹞本姓岳，东北话把岳念"药"，就被人叫成了"老鹞"。他干活勤快，为人热心，没啥别的毛病，就是爱喝酒，有个外号叫"药（岳）大酒壶"。他挣的钱都喝了酒，一直说不上个媳妇，是个老跑腿的。连队有个车老板子薛二，是个山东盲流，困难时期从关里家一路要饭到了北大荒，后来被农场收留下，一直在连队赶牛车。过了几年，他从老家找来个哑巴姑娘成了亲，生了两个儿子，一个脑瘫一个痴呆，个头不见长，饭量还挺大。薛二就那几十块钱工资，自家园子种点儿菜，到远处开荒种苞米，喂鸡养鹅，好歹算是把日子凑合下来。他和老鹞都是山东老乡，一个有家一个没家，老鹞时不时地贴补薛二家一些油盐酱醋的。薛二若是在河沟里摸着一条鲇鱼，或是套着一只野兔，家里有啥好吃的，便把老鹞找来喝酒；一喝就喝到半夜，喝得两人舌头都硬了，又哭又笑的闹得四邻不安。薛二媳妇还没得病那咱，是个人人称赞的贤惠女人。开了春她给薛二拆洗被褥，过了夏至给薛二织毛衣，秋分未到她就开始为薛二做棉衣裤，不言不语的，就像是薛二的一个影子。那么些年，老鹞和薛二称兄道弟，说他俩是一家人没人不信。前几年薛二媳妇突然得了魔怔，发了病满地打滚，炕上屎一片尿一片的，那屋子一掀门帘就一股子臭味，不用说知青，就是连队的职工，也没人愿上他家去。还就是老鹞不嫌弃，掏了不少钱给薛二，让他带媳妇上齐齐哈尔去看病。还不知从哪整来个偏方，上畜牧队去花钱买了母马下崽时的新鲜胞衣，让薛二熬了汤给他媳妇治病。有一次老鹞被连队派出去修水利，十天半月回不来，那薛二就像丢了魂儿似的，下了工就一个人在公路上来回溜达。到了天黑，在男生宿舍门口鬼鬼祟祟地朝里张望，有人问他干啥，他从怀里掏出一副脏兮兮的扑克牌，说想找知青跟他打扑克玩儿。知青说去去去，一会儿还开会呢。薛二悻悻地走了。那知青进屋说一句：谁有工夫跟他玩儿呀，还不得把我熏死！那些天的薛二就像个半死不活的人，谁跟他说话都爱答不理的。直到老鹞背着臭烘烘的铺盖卷，从水利工地上回来，薛二细弱的腰杆儿立马就挺起来了。连队知青说俏皮话：啥叫臭味相投呢，看看老鹞和薛二。

陆德不明白，薛二和老鹞那种相依为命的交情，会有什么天大的事，让他们翻了脸呢？

前一阵子薛二媳妇的病还真见好，有一天陆德路过房后薛二家，见老鹞提溜着一瓶老白干，正往薛二家进。老鹞说啥也非得拽着陆德进去喝一口，陆德死活不干。老鹞偏拦着陆德不让走，陆德说："躲开！"老鹞说："我躲开，你躲不开！"陆德火了，给了老鹞一拳，老鹞嘿嘿笑着不还手，说小伙子你没闻着炖肉的味儿？香啊，你闻闻，馋虫都出来了吧，跟我进去，你不喝酒，陪俺唠会儿磕总行吧？陆德没辙，只好进了屋。炕桌上哪有什么肉哇，就是一碗咸菜丝儿，还有两个光屁股的娃娃。薛二老婆蔫在炕梢上，披着一床黑乎乎的被子，咧着嘴冲陆德龇牙。陆德转身想走，被老鹞一把按在炕沿上。

"秀才，想跟你请教个事儿呢。"老鹞不怀好意地嘿嘿一乐，"都说你这人不爱说话，你喝点儿酒试试，喝了酒，心里的话那叫多，就跟尿尿似的，想憋都憋不住啊。"

陆德不吭声。

薛二说："那是，这话可真不蒙你。就说俺和你鹞大哥，一喝酒，就有说不完的话。心里头有啥不痛快的事儿，说一说，睡上一大觉，啥都忘了。这日子难哪，要不是有你老鹞哥跟我做伴儿，我都不知道活着还有个啥意思……"

老鹞说："那也不是我能耐，是酒的能耐，虽说我买的都是最便宜的酒，你可别小瞧那劲儿。小陆子你信不，人说那鄂伦春人喝酒啊，骑着马去供销社打酒，打上一瓶子，骑着马回来，走一路喝一路，到了家门口一看，酒瓶子空了，就说我这记性哪，酒还没打上咋就回来了呢？转身又往供销社去了。人骑在马上，身子喝得迤里歪斜，那人再是醉得啥啥都不知道了，那酒瓶子的口，还是朝上哩……"

陆德笑一下，算是信了。心里却是不信的。人咋就能喝成那个样子呢，喝得啥都不知道了，怎么还能感觉到快乐呢？他想象不出这喝酒的快乐，尽管他每一天都不那么快乐。

薛二和老鹞，两个人共用一只缺了口子的小玻璃杯，就那么面对面坐着，夹一筷子咸菜丝儿，喝一口酒，喝得那叫有滋有味。两个人灰黄的面孔上渐渐都泛上了一层红光，像是涂了一层蜡，浑黄的眼珠子也被酒精点得贼亮。陆德心里忽然生出一丝微微的感动，他想这老鹞也太孤单了，这薛二家的日子也太苦了。墙角挂着白霜，酒精却从这个人的身上，流到那个人的身体里去，这样流来流去的，寒冷的屋子也许就能变得暖和些了？

薛二和老鹞抢着瓶子倒酒，眼珠好像被浸泡在酒精里，转得飞快又好像不会转了。他们小声嘀咕又大声嚷嚷，已经忘了陆德的存在。陆德悄悄掩门而去，门外的冷风一吹，他觉得恶心，胃里泛上一阵酸涩。

要说这老鸹能把薛二给杀了，陆德是绝对不会相信的。只有那混蛋又无能的保卫干事，才会做出这种荒唐的推断。

陆德走回连部，绕道去薛二家看看。见薛二已经被人从家里抬出来了，放在门外的一块木板上，上面盖了块白布。陆德掀开白布看了一眼，那人还真是薛二。脖颈上的血块已经凝固了，脸颊上两道深深的鼻沟，一如往常地绷紧着。那张瘦削的脸，一副精疲力竭的样子。陆德永远也不会忘记薛二死后，脸上的那种疲惫不堪的表情，依然跟他活着的时候一模一样。那样像是要坠到地底下去的疲倦与沉重，连熟睡与死亡，都没能让他解脱。

陆德将白布小心地为薛二盖好。一阵冷风吹过，陆德闻到了薛二身上浓烈的酒气。

提审老鸹，连夜在队部办公室进行。陆德作为见证人之一，也被叫去旁听。

陆德进去的时候，老鸹被绑在一只椅子上，眼睛嘴醺醺地眯着，怎么睁也睁不开。排长嘟哝说这家伙还没全醒过来，要是不绑住，就得歪地上了。有人使劲地晃着那破椅子，想把他摇醒；有人端来一茶缸凉水，浇在他脑袋上了；又有人用燃烧的烟头按在了他手背上，还在他脸上抽了两个嘴巴。他猛地抽搐了一下，总算把眼睛睁开了。

"说！是不是你杀了薛二！"保卫干事开始了正式审问。

"你说啥？"老鹞的身子悠悠摇晃着。

"你瞅瞅自己这一身血，不是你杀了薛二，还能是谁？"

老鹞低下头瞅着自己的衣裤，抬起头，脸上的皱纹一条条拧成了麻花，眼神儿恍恍惚惚的，像是从梦里往外走了一步。他盯着自己看了一会儿，重又低下头去，脑袋沉沉地耷拉着，再也抬不起来了。

"是……是我……"他喃喃地说，"我咋就把薛二给杀了呢？"

"再说一遍，你承认是你自个儿杀了薛二啦？赶紧笔录！"

"是……是我杀了薛二……"

如果陆德不是亲自在场，并亲耳听到了老鹞的这句话，他肯定会认为是有人搞逼供讯。但没有，确实没有。没有人用老虎凳用皮鞭用辣椒水，没人动老鹞一根手指头，这家伙轻而易举地就招供了。审问进行得如此顺利，真是大大出人意料。在场的人，大概除了陆德以外，没有人对此抱有任何异议。陆德傻傻地愣着，真怀疑自己的耳朵出了问题。

"你是咋杀的他？啥时候啥地儿？用的是啥样儿的作案工具？你为啥要杀他？杀人动机是啥？杀了他之后，你为啥要跑？打算往哪儿跑？你给我一样一样从实招来！"

老鹞闭上眼，头又低垂下去，脑袋猛地一顿，重又退回到他的梦里去了。

保卫干事拔出了手枪，用枪管顶着他的脑袋说："你给我装蒜！老子毙了你！快说！"

何以解忧

老鸹浑身一激灵，眼睛忽然睁得老大。浑浊的眼球往外冒出一股烟气，像是被蒸发的一缕缕酒精，从梦里往外走。这回走的步子大了，速度也忽而快了许多。

"用刀子。"他说，"用刀子呗，还能用啥……我没枪……没枪……"

"我问你杀人动机！听明白没有？你究竟咋的就把个大活人给杀了？"

老鸹沉默片刻，像是有点儿清醒过来，开始了断断续续的坦白交代。陆德默默地站在一边，一言不发地听着。在老鸹语无伦次的叙述中，陆德听到了一个难以置信的杀人过程。不是由于残忍也不是由于复杂，而恰恰是由于简单。简单到几乎没有理由，甚至可以说，没有动机。

"……俺俩喝酒，喝酒，就跟平常日子没啥两样……俺俩喝得高兴……是高兴，高兴得就跟娶媳妇儿似的……薛二对我说：活着真难受，还是上天最好哇。我说：你说得没错，还是上天好，天上不遭罪。薛二说：说啥呢，我想想……薛二说：那我让你上天，不不不，要上天得咱俩一块堆儿上！我说：上天哪那么容易，你不行！薛二说：我咋不行呢，就你行？我说：我也不行，我上不了天。薛二就说：还是你行，你杀我吧，你杀了我，我就上天了。我说：杀了你那我咋办？薛二说：你杀了我，我再杀你呗。我说：我杀了你，你就杀不了我啦！薛二不信，我咋说他也不信，他转身就到外屋地去拿了一把菜刀，递给我说：你杀我吧，你不敢咋的？我说：你真要我杀？薛二说：你杀你杀你杀呀，你不杀我你就是狗娘养的！他一边儿说着，就把脖子梗着伸到我跟前儿了。我接过刀就往他脖子上抹了一家伙，就那么一下儿，薛二就倒地上了，流了那老些血……薛二可真不抗杀，一杀就杀完蛋了……"

"胡说八道！你这是狡辩！你骗谁呢你？"保卫干事狠狠地拍了一下桌子。"你不是想图财害命，你畏罪潜逃个屁呀你？你抢了薛二家五百块钱，瞧这，我人赃俱获，你还想抵赖！"

老鹞迷迷糊糊地看了桌上那一沓钱，终于是完全清醒过来了。

"天地良心啊，这钱可是我自个儿的……我一看地上那老多血，薛二老婆冲着我爬过来，我吓得就往外跑，跑回自个儿宿舍，翻出了我攒下的五百块钱，迷迷瞪瞪就想往镇上跑。我杀了人我犯了罪，我哪能不跑呢……我跑着跑着，也不知咋的就栽沟里了……"

陆德耳边响起沟里如雷的鼾声，他想老鹞那会儿也许真是半醒半醉的，跑着跑着醉不敌晕，掉沟底就又睡过去了。

"你少跟我来这一套！"保卫干事提高了嗓门大喊，"这些胡诌八咧的鬼话是骗不了人的！你要老实彻底坦白交代杀人的罪行，你一个就业工人，杀害了革命职工，这是阶级斗争的新动向，你别想蒙混过关！明儿头晌我就把你解押到场部去！"

老鹞的脸上又出现了那种恍惚的神态，身子往后缩着，恍惚中又多了些惊悸与恐惧。

你说，你举起刀子杀向薛二的时候，你到底是咋想的？

…………

你说呀，那会儿你到底想啥来着？

…………

老鸹开始口齿不清地喃喃自语，一遍又一遍地念念叨叨，像是在不断地重复着一句话。陆德朝他走近了几步，总算大概听懂了他的意思。老鸹说："我哪知道我想啥来着？我要是能知道我想啥，我就不会杀薛二了啊……我哪能知道我想啥来着？我要是能知道我想啥……"

他突然张开大嘴号啕大哭起来。

"薛二是我最好的朋友，我咋就把他给杀了呢……"老鸹干瘪的脸上涕泪滂沱，一串串滴在油渍渍的棉袄胸襟上，一会儿就湿了一大片。陆德的鼻子有点发酸，看得出来，老鸹真是哭得很伤心。老鸹一边哭一边说："我糊涂啊，我咋就把薛二给杀了呢，我杀了薛二，这世上就剩下我自个儿了……剩下我一个人，我可咋活呀……薛二你倒好，你咋就扔下我不管了哩……薛二死了，我还活着干啥，薛二死了，我也死了啊……"

"你闭嘴！嚎啥嚎！你既然承认了杀人犯罪事实，就等着杀人偿命吧你！"

保卫干事没有兴趣再继续听老鸹哭号。他吩咐必须严格看守老鸹，等明天一早派一辆"热特"把老鸹送到场部去听候发落。陆德和另一个叫小董的知青，被保卫干事指定留下来值夜班，其他人都回连队宿舍睡觉去了。

办公室忽然安静下来。陆德望着老鸹疲倦而憔悴的脸，不由生出一丝怜悯与同情。他忽然觉得周围的知青们所经受的那些苦难，比起老鸹和薛二那样年复一年孤独死寂的日子，是不是有点儿像啤酒和白酒的区别呢？

他心里想，起初大伙儿说老鸹杀了薛二，只有他陆德一个人是不相信的。后来老鸹承认自己杀了薛二，他自供中说出来的那个杀人过程，却是除了陆德之外，没有人相信的。

老鸹说他杀薛二的原委，只有他陆德一个人能明白。但陆德虽然相信老鸹说的那些杀人理由，奇怪的是，陆德仍然不相信是老鸹杀了薛二。

老鸹靠在椅背上，像是睡着了，却不再打鼾，也不再哭号，一点儿动静都没有。

趁着小董去外头解手，陆德凑近了老鸹，低声问："真是你杀了薛二？这可不是闹着玩儿的事，你可别胡说啊。"

老鸹眼皮也不眨地说："是我杀了薛二，真个，这天大的事儿，我能胡说？"

陆德瞪着眼半天说不出话。

陆德憋了好一会儿，气恨恨说："喝酒喝酒，你看你喝出这杀身之祸。"

老鸹叹口气，摇摇头说："可要没有薛二和我喝酒，我也活不到今儿个。你不喝酒不知道，人喝醉了酒，那快活，真就像上了天一样……"

小董进来了。老鸹把眼闭上，不再说话。陆德趴在桌上装睡，心里很是绝望，他想老鸹这样的酒鬼，走到这一步，也真是活该。

天快亮的时候，陆德突然被一阵叫嚷声吵醒了。睁眼一看，老鸹正在椅子上拼命地挣扎，用头撞着椅背，凳脚把地砖敲得咚咚响。绳子把他的脖子都勒出了血印，手背上的青筋一根根暴突，整个身子不停地癫狂着就像疯了似的。

"小陆子你救救我。"老鹞嘴里吐出一阵阵尖锐而锋利的叫喊声，"我死了，薛二他一家人可咋办哪？谁来养活薛二他老婆……还有俩孩子？你去跟上头说说，别让我死，让我活……我活着才能把薛二的孩子拉扯大，做牛也成做马也成，做猪做羊我也干……我有罪，可我的命抵不了罪，死算个啥，活着抵罪可比死难多了……当初我要想到薛二那一家人，我说啥也不能依着薛二胡闹哇……"

他的喊声嘶哑，吐出一口口浓而黏的血痰。走廊里传来急促有力的脚步声，一辆"热特"在窗外发出震耳的突突声。老鹞被一群人推出门去的那一刻，陆德把头转了过去，泪水一下子涌满了眼眶。他听见老鹞嘴里还在不停地重复着刚才的叫喊，然后渐渐弱下去了。

老鹞被拉上拖车前，突然跪在地上，冲着薛二家的那个方向，连着磕了三个头。

陆德后来听人说，老鹞到了场部后，提审中，反反复复就说一句话，求领导免他一死，让他来养活薛二一家。他说活着比死更难，以活罪抵死罪，他也对得起薛二的在天之灵了。这个荒唐的请求，自然是遭到了坚决地拒绝。老鹞的死刑判决书下来时，问他还有什么要求，他只是说，把他攒下的那五百块钱，还有被褥衣物等全部家当，都留给薛二的家人。这些消息传到连队，那些坚持认为老鹞是图财害命的人，都不再吭声了。

很久以后，陆德到场部去办事，听人议论起老鹞的事。说他从县里的监狱被押解刑场时，按当地的惯例，有人递给他一碗酒。他盯着那碗酒看了一会儿，舔了舔嘴唇，然后把碗推开，转过了脸，头也不回地上了囚车。

很多年过去了，陆德早已离开了当年的农场。

返城后的陆德有了一份还算不错的工作，先是开车，后来提升为办公室主任。他很快发现这个主任的工作，其实主要是陪各种各样的人吃饭。当然吃饭只是一种名义，实质性的任务是喝酒。陆德上任后的第一天，就犯下了一个严重的错误。有人给他敬酒的时候，他客气地声明自己滴酒不沾，对方再三坚持，他推辞不过，只得如实说明自己一喝白酒即口吐白沫四肢抽搐，后果不堪设想。当时大家都正在情绪高涨之时，领导说我才不信这种鬼话呢，你喝一口我看看？领导将了陆德一军，陆德是没有退路了。迫于情势，他想今天是必得豁出去了——若是不喝下这口酒，让大家当场见证自己酒后的丑态，把他们都吓个半死，他这主任日后还怎么继续往下当呢。陆德横下一条心，抱定英勇就义的牺牲精神，接过那杯"酒鬼酒"，一仰脖子就灌了下去。

问题就在于陆德把酒喝下之后，他为众人描述的恐怖情景，并没有在他身上显现。他万分紧张地期待着即将到来的发作、倒地、昏厥等等，竟然踪影全无。他头不晕眼不花脸不红心不跳，平静如常泰然自若——这一天陆德的脸可真是丢大了，好端端的一个陆德，得了个当众撒谎不够仗义还欺骗领导的坏名声。

为了挽回自己的名誉，更重要的是为了保住自己的工作，陆德从那时正式开始了他的饮酒生涯。陆德惊讶甚至震惊地发现，原来自己非但不是不善饮酒，而是酒量大得出奇，几乎百喝不醉，白酒对于他来说等同白水，喝得再多，去一趟厕所回来，就挥发完了。陆德因工作需要，几乎三天两头出入于各种饭局酒局，无论遇着怎样厉害的酒徒酒鬼酒仙酒圣，一概被他喝得落荒而逃。而且陆德酒德甚好，从不要赖卖傻；平日说话不多，喝酒时也仍是不怎么说话。喝酒时满嘴豪言壮语甜言蜜语胡言乱语的那些人，在陆德看来都是不会喝酒的。喝酒就是喝酒，说那么多话，把酒精都故意散发出去了，还算什么喝酒呢。陆德喝酒的态度极其严肃认真，就像在完成一件重大的任务。久而久之，陆德在他酒友中获得了良好的酒誉。若是哪一天他喝得身子都有些摇晃了，恰好夫人在场，在一边小声劝阻，或是用手掌捂住他的酒杯不让人再添，陆德就会横眉竖眼地对老婆大喝一声：躲开！

陆德曾对老婆说起过当年老鹞与薛二的事情。有一次他老婆生了气，就骂陆德肯定是被老鹞的魂灵附了体，所以才会在老鹞死后，变成了另一个酒鬼陆德。

但只有陆德自己知道，每回喝酒的时候，他其实一次又一次地在体验老鹞那天晚上在办公室对他说的那些话。喝酒真像上天吗？哪怕就让他感受一次，也好了却了这番心思。

但他始终没有得到过老鹞说的那种快乐。

2003 年春

写于北京颐和山庄 [1]

---

[1] 发表于《山花》2003 年第 8 期。

面果子树

那个想法我始终就没对周围的人说出来。十几天的时间里，我拼命地抑制着自己，生怕一不小心开了口，事情就会复杂化。我真的不想对任何人提到小杨子那个人。

情况从一开始就有点儿让人为难。人们都以为我是那种怀旧的老知青，借着出公差的机会，到农场来闲逛，顺便寻找青春的豪迈与昔日的辉煌。北大荒人每年都会慷慨地接待一些远道而来的访问者，然后大伙儿一起趴在丰盛的酒桌上喝得烂醉。

我也许是一个例外，是一只在秋天从南方启程飞回北方的大雁。反季节飞行的大雁，早晚是要冻死在雪地里的。我用自己疲惫的脚爪，使劲地翻捡着寒霜下的土疙，祈盼能找到一丁点儿同小杨子有关的记忆。一个人在走了五十多年的路之后，那些年轻时心里珍藏的往事，就像枯黄的头发那样，正在一根一根无声无息地脱落，你若是偶尔扒到了其中的半星游丝，它立马会在你的脚趾下发出惊天动地的断裂声。

那是我和小杨子之间的秘密。三十多年过去，即使到老到死，那些可以被称作秘密的事情，有一些被解密了，有一些永远不会。我不能向人们打听小杨子的去处，作为唯一遗落在大杨树农场的一个杭州知青，谁不知道她在哪个生产队呢？我不愿意开口，只不过因为在我看来，一开口就意味着泄密，也破坏了我和小杨子之间多年的默契。我确实想为自己在这个秋季悄然返回北大荒农场，保留心里仅存的一丁点儿私人色彩。

其实我知道，这几十年时间里，她一直就住在那儿——在离开公路主干线很远的地方，靠近松花江支流的一条河汊边上，那个叫作"守望"的生产队。翻过低缓的丘陵，老远就能望见坡下那一片茂密的沙果树林，春天开花时节，沙果花就像一片片粉色的云从天而降。自从她找到了她所谓的父亲之后，她就再也没有离开过那儿——那个只有几间草房的畜牧业作业点。在60年代后期，大杨树由劳改农场改为知青农场之后，那儿曾是一个专门喂养病马弱马的破马厩。安置着几个劳改刑满释放后留场就业的老弱病残分子，知青们管那地方叫"病号队"。

小杨子就是在这个离分场场部十几里地，偏僻而破烂不堪的"病号队"，奇迹般地遇到了她的亲生父亲。她居然对那个老杨头自称是她亲爹这一点深信不疑，并且在当天傍晚天还未黑尽时，便急不可待地向我宣布了这个消息。那一刻我感觉从隔江的苏联领空，倏地发过来一枚重量级的氢弹，将我在瞬间击成齑粉。而那个细眉细眼细腰细辫儿的小杨子，竟然从漫天黑灰色的烟幕与雾霾中，挥洒着喜极而喷的泪水，变成了一个拇指姑娘一般矜贵、精灵一般娇嫩的小女儿，真是让我惊诧万分痛心万分。

我近于恶毒地对她说："不可能！他不是你的父亲！这个人百分百是个骗子！"

她拼命地反向拧着自己的手指，淤血的指尖在暮色中一截截变得深紫，她低着头反驳我："不，你不晓得，你有很多事情不晓得的。老杨头真是我父亲。他姓杨，我也姓杨；我的户口簿上填的祖籍是浙江萧山，你听他的口音，萧山腔很重呢；我是 1951 年出生的，他1952 年出的事，刚好来得及把我生下……"

我打断她："这个世界上姓杨的老头多了，可是你杨红樱只能有一个爹呀。"

"我有证据，真的。你不相信，我早晚会给你看的。"她的声音轻下去，却透着一种拼死抵抗的执拗。

我冷冷地说："你最好还是把你妈从杭州叫来，同这个爸认一认，就不会错了。"

一提到她妈，红樱顿时就蔫了下去，把脊背转过去冲着我。

我一直觉得杨红樱决定到北大荒来寻父的事情，是有点儿荒唐的。

这泱泱十几亿人口的大国，同自己有血缘关系的父亲，肯定只有一个。那个人若是丢失了，岂是那么容易找得到的吗？何况杨红樱的那个父亲，既不是一条显赫的河，更不是一座雄伟的山，而只是一粒被扫帚追打的灰尘。

当飞驶的车轮确已把古旧的杭州城留在了身后，她怀揣着那个巨大的秘密，在车厢的过道上跌跌撞撞地不断走来走去。她的目光始终跟踪着我头上摇晃的两把刷子辫，到了暮色暖昧时分，她在车厢的连接处，气喘咻咻地将我截住，我感觉到自己面对着一只鼓胀的气球，如果再不说话她就即将弹破爆炸了。她是这样开场的："哎，我告诉你算啦，你肯定猜不到的，我报名去下乡，原因和目的都和别人不一样，我去北大荒，是为了找我的爸爸。"

我万分惊喜地问：

"你爸是 58 年的转业官兵吧？起码是个师长？"

"不……是。"

"哪怕是个团长，也够厉害的啦！"

"也不……是。"

"那……难道只是一个连长吗？总不会是个排长吧……"

她把身子缩在车厢连接处的折篷缝缝里，忽然伏在我肩头嘤嘤地哭了起来。在她混乱的叙述与啜泣声中，我大概听明白，她的爸爸连个排长也不是，而是一个货真价实的犯罪分子，原国民党留用人员，高级会计，"三反五反"后期被查出挪用公款，1952 年被捕后判刑，1955 年送东北兴凯湖农场劳改。尽管他挪用公款是为了给妻子买一件价格昂贵的海芙绒大衣，事发后，红樱的妈仍是很快就跟他办理了离婚手续。他在 1965 年刑满释放后，因杭州城里无人接收，萧山老家也无直系亲属，只好调到大杨树农场留场就业。有人曾把这个消息带给她的妈妈。她妈就对红樱说："你不是要下乡嘛，那正好，你上北大荒去跟着他过吧。"

在那一列昼夜兼程开往东北平原的晃晃荡荡的火车上，在沿途经过的城市火车站欢迎欢送的人群和口号声中，红樱对我断断续续地讲述了她的身世。红樱说她的记忆中从来没有一点点关于父亲的印象，哪怕是气味和声音，全都像透明的空气一样，你明知它在，可就是触摸不到。她觉得那个所谓的父亲，很像月光下的一个影子，只要乌云一涌上来，地上的影子就倏地不见了。她说她如果不赶紧去找父亲，这个父亲也许就永远找不到了；她不敢想象自己是一个没有父亲的女孩，就算父亲的成分再不好，等找到了，再同他划清界限也是来得及的。哪怕到最后只寻到一座父亲的坟墓，她也不会白白去了北大荒一回……她那种口无遮拦的坦率，令我隐隐地怀疑，似乎从未有人教给她，哪些话是不该对初次相识的陌生人说的。她的故事泡在劣质饼干的气味与厕所的尿味中，被无数次的原因不明的临时停车切割得支离破碎，但我已被她那样莫名其妙的信任感动得一塌糊涂。想想吧，这压得铁轨都矮下半截去了的成千上万北上反修建设边疆的知识青年滚滚洪流，落实在一个具体的杨红樱身上，竟然就可以如此地与众不同——她怀揣着与我们不同的志向，她去北大荒是为了去同她的父亲会合，同她的父亲团聚，这是一个多么了不起的秘密啊！我怎么可能不为如此绝密的动向守口如瓶呢？尽管那个父亲的身份确实不够光彩，但她要的仅仅是一个父亲，就像每个知青上火车前都得领取御寒的棉靴棉帽棉大衣一样。我看不出她有什么错，也许，正因为她有可能会错，这秘密才显出了不寻常的意义。虽然我无法认同她脑子里那些散乱而荒谬的逻辑，我却不能不小心翼翼地把所有的疑虑都一口口咽回去。

火车即将开动的那个时刻，在月台上下人群汹涌的哭声中，我和她仅仅是偶尔目光相接，竟如电光火石猛然撞击——那个瞬间，我们几乎同时注意到了，对方的脸上都没有眼泪，这在哀号四起的车厢中是两个稀有的例外：这一个十九岁的女孩心潮澎湃，是以为前方有文学在等待；而十七岁的杨红樱，眉眼中都是欢笑，只因她望尽前方的万水千山，一眼看见了千百次由梦里回来亲吻她的父亲，正抱着她在金色的麦田里翻滚……

她和她都有充分的理由快乐，快乐注定了要产生友谊，我和红樱从此无话不谈。

很多年以后，我才渐渐意识到，岁月就像那些破旧不堪的车厢，一旦被那冒着白色蒸汽的火车头拽上了一条固定的轨道，它自己是没有办法倒回来的。

八月的漫岗，如今是铺到天边绿得浓稠的大豆地，不见一丝儿麦黄。

我明明知道小杨子就待在那个叫作"守望"的生产队，后来这三十多年，她一直就在那个地方，和她那个所谓的父亲住在一起。没有人能够说服她放弃那个父亲，就像没有人能够证明那个老杨头不是她的父亲一样。事情真的就是这样越来越离奇古怪了，但在70年代，没人懂得或是没人有钱到医院去做"亲子鉴定"，我对此更是毫无办法——我越是反对她就越发来劲，我越是赞同她便越发身陷其中不可自拔。以我十九岁自以为是的肤浅智力，想要说服杨红樱自然是十分困难的。我每次到马号去找她，只能可怜巴巴地高举着一面生锈的小圆镜，跟在她屁股后头，一遍又一遍地对她说："你照照呀照一照吧！你看看老杨头长得什么样儿，你长得什么样儿？你的眼睛抹上狗屎啦？你哪哪儿都是细细的，眉毛牙齿眼皮儿，是柳叶儿那样的；你再看看老杨头，肩膀头额角头鼻头哪哪儿都是方方的，方方的人，怎么能生出长长的、圆圆的人来呢？你见过一只猫生出一条蛇来吗？见过一条带鱼生出一只刺猬吗？我向伟大领袖保证，老杨头不是你爸！千真万确，这是一个阴谋……"

小杨子夺下我的镜子，用一口地道的东北话凶巴巴地叱我说："你知道个啥，我从小就长得像我妈……"

杨红樱被人叫成小杨子，是在到了大杨树农场之后。她似乎对小杨子这个称呼有一种天生的喜爱。但在我看来，当她被人叫成小杨子的时候，她就变成了另一个东北妞。东北妞的小杨子让我有一种不真实的感觉，在杭州火车站登上知青专列时，有几个人"阿ying阿ying"地叫着送她。但我不知道那个读音ying的字是哪一个。火车开动了，窗前还有人塞进来一个笔记本儿，我看见了"送给革命战友杨红樱"那几个字。我心里是希望她叫红樱的，我想象着对面这个瘦弱的女孩，极有可能出生于一个樱花烂漫的早春，或是红樱桃成熟的初夏季节。然而，我的目光落在她扁平的胸前别着的知青证上，那上面竟然写着"杨红鹰"三个大字。我说你到底叫什么名字呀？红英红樱还是红鹰？听起来一样，写起来是不一样的。她冲着我羞涩地一笑，把那张知青证翘起来给我看，说："从现在起，火车一开，我就是杨红鹰了！天高任鸟飞啦！"

红樱娇艳的花瓣与芳香，被急速的车轮碾得粉碎，一片一片地随风飘逝。我被风呛了一口，愤愤地发表意见说，"我觉得你的名字改得太多也太乱了，何况红鹰那样一种红色的大鸟，看上去一定很吓人。你听听，斜对面那个男孩改名叫'反修'，窗口那个女孩改名叫'咏梅'，还有叫'革命''奋斗'什么的，光秃秃的都没有姓氏，很多知青都把姓改掉了，那样才干脆彻底。你干吗还叫个杨红鹰，真是难听得要死。"

红鹰的面孔，忽而变得苍白透明，像一只中弹后流尽了鲜血，从空中栽下来的雏鹰。

那一夜漫长的车轮声中，我们困倦无聊地相偎相拥窃窃私语，红鹰的呢喃与呻吟，随着口腔里扑来的热气，一阵阵萦绕并围困着我。天快亮的时候，我在肃然变脸的江北平原的荒凉中醒来，我听清了她絮叨半夜的最后一句话。她说，她是绝对不会把那个"杨"字改掉的。那个"杨"字，是她和父亲之间唯一的联系，如果她把姓改了，她从此就是一个没有父亲的人，她也注定会找不到自己的父亲了。

假如我从一开始就能预见到整个事情的结局，或者，至少能及时发现杨红鹰寻父在本质上的某种荒诞性，然后及早加以阻止与引导，那么小杨子就不会至今还留在北大荒的某个农场连队，成为一个远离都市文明、拖家带口的邋遢农妇了。假如我在 1969 年 6 月到达大杨树农场的当天起，就能把杨红鹰脑子里那样冥顽不化的寻父情结，刨根究底地扼杀在萌芽状态，那么，三十多年后的这个秋天，我也用不着如此费劲费神地来寻找小杨子了。我的迟钝或者说软弱，使得我当年仅仅只是一次次反复地向红鹰揭露那个老杨头不是她的亲生父亲，她的父亲不会是这样一个衰老而窝囊、俗气又丑陋的老头儿。我不断地为红鹰设想着她的亲生父亲，即便在恶劣环境中仍是温文尔雅、风度翩翩的模样，然后把眼前这个脏兮兮的老杨头贬损得一无是处。我唯一有点儿心虚的是：我只能说他不是，我却无法证明他不是。

1969 年刚满十九岁的我，把她在黑暗的车厢里透露给我的北大荒寻父计划，看成是我们之间无私的合谋与钢铁同盟，我对此充满了不可遏止的好奇感与更为强烈的热情。在我看来，寻找父亲是一个温暖而温馨的旅程，带有感伤的浪漫色彩，伴随着眼泪与思念。只有在苦涩和忧郁的尽头，才是圆满和甜蜜。尤其因为我们寻找的是一个"流放者"，而不是像电影《英雄儿女》中的那种正面人物，因此带有一点儿不可告人的罪恶感，愈发地生出灼人的刺激。最初的日子，我在暗中不动声色地寻访，最热衷于"排除法"：把每一个进入我们视线、年龄在四十岁至六十岁之间，凡是带有浓重或是可疑的浙江萧山口音的刑满留场就业分子，统统地不断剔除出去。只有把每一个可疑人选都彻底否定，才有利于我们把寻父的工作继续进行下去。假如一旦对某人有所肯定，就意味着这项工作的完结，我内心绝不希望寻父的工作那么轻易地结束。其实，以我们的知青身份，所能够接触到的"二劳改"人数是极其有限的。我和杨红鹰一开始被分在菜园队干活，那里仅有的几个"二劳改"，很快就被我们剔除了。然后我要求调去砖瓦厂，因为烧窑的技术工人，大多是"二劳改"。那段时间杨红鹰曾幸运地被点名去学开拖拉机，但她说机耕队全是知青，没有"二劳改"的地方，她是看也不会去看一眼的。她三天两头神出鬼没地出入于菜窖、仓库和场院，像一只鬼鬼祟祟的耗子，与"二劳改"们私下里窃窃交谈。假装在无意间问起他们的属相和祖籍什么的……那个时刻，她的细眉细眼会突然膨胀壮大，将那些来自五湖四海的肮脏老头们残存于风中的呜呜尾音，贪婪咽下并反复咀嚼过滤。

但我们那样心怀叵测漫无目标偷偷摸摸的寻找，几乎像大海捞针一般毫无成效。我很快就感到了厌烦。我对杨红鹰沮丧地嚷嚷：

"我算是明白了，天下没有比北大荒更大的地方了。可这才是一个大杨树农场啊。"

"一个大杨树肯定够了。"她安慰我，"天大地大，不如我的眼睛大。"

迹象其实早已昭显。所有的蛛丝马迹，一切能说明杨红鹰即将走火入魔的迹象，其实都已浮出地表。假如我能更早些发现她身上那种近于疯狂的固执，我还会帮着她去完成这一悲壮的使命吗？

那年冬天我被派往野外作业的水利队增援，那是一个东北知青和浙江知青混杂的连队，用镐头刨冻土的土方量定额，重得能把人累吐血。于是我帮小杨子寻父的计划，只能暂时告一段落。然而那个冬天野外的帐篷里，却从分场不断地传来有关小杨子的消息，每一条消息都令人心惊肉跳。有人说杨红鹰的行为十分反常，她总往

"二劳改"住的地窖子跑，她给"二劳改"织毛衣，还同"二劳改"一起喝酒；有人怀疑她与某个"二劳改"有不正当的男女关系；有人怀疑她被阶级敌人利用或是摧残了；还有人对她的阶级立场提出了批评，甚至有人说她政治上有问题，完全有可能是苏修派遣的特务，否则为什么别的知青每年春节都急着回老家探亲，她却一次次放弃总也没有回去过……关于她的传说越来越离谱，其中比较有人情味的说法是她得了一种怪病——她只要一听到有人说到"爸爸"两个字，就会情不自禁地号啕大哭。有个宁波女知青每天要给父母写一封信，而每天也会同时收到宁波父母的一封信。红鹰偷看她父母的来信，然后把信悄悄撕掉。有个男生买了一瓶"北大荒"老白干，又省下零花钱到佳木斯城里买了一支红参，泡在白酒里。那天他无意对人说一句：我爸风湿腰疼，叫我买人参浸酒，带回家去给他补一补……红鹰一听，当时就晕倒在地上。据说她醒来后，到处向人打听怎么自杀比较省钱又省事儿。我住的那个帐篷里，那些与她无关的人，背后的议论就渐渐刻毒起来了：有人说天知道她究竟是想爸，还是想男人，想爸哪有这么个想法儿的？革命青年变成个花痴实在太给咱丢脸啦……红鹰浑身的羽毛被那些闲言碎语一片片撕扯下来，裸露着瘦骨嶙峋的青紫色胸脯，叫我阵阵心疼。但我救不了她，我为她挖空心思保守秘密，她却擅自将自己暴露在光天化日之下。没有人知道她心里的那个父亲究竟在哪里。其实，就连我，说到底，也不知道那个所谓的萧山会计"二劳改爸"，到底是真的还是假的。

那些日子，水利队一直大会战不放假。我只得托连队的通讯员，带了一张纸条给她。上面这么写：自杀最便当的方法是找一棵沙果树上吊。但是那样的话，你就永远见不着你爸了。

　　我知道自己迟早是要见到小杨子的。我不向任何人打听她，我自己认得路。穿过白桦树林间的泥泞小道，在翠绿、墨绿、金黄和雪白，那么多颜色在各个季节轮流交替着的原野深处，我一闭上眼就能想起那个地方。我甚至能闻到沙果树开花时醉人的甜香。三十多年过去，她最后还是留在了那个叫作"守望"的生产队。那村儿可真小，三间茅草房两个草垛一眼机井，最后装下了小杨子的全部幸福。

　　那年春天呼啸的狂风中，我回到原来的连队。人们告诉我说小杨子已经搬到马号去住了。她的疯狂与乖戾竟然使得连长生出恻隐之心，已经批准了她到"病号队"工作的申请。没人肯跟我多说什么，对于那样一个动不动就以自杀相胁的人，政治思想工作的威力也暂时失灵。我的脊背冒出凉气，那是一个不祥的征兆。"病号队"的那些"二劳改"，瘸子烂眼驼背，基本上全是妖魔鬼怪。以前出工时路过那地方，我和小杨子大气儿不敢出，连呼吸都要屏住的，她如今竟然久闻不知其臭了吗？那个该死的水利队，趁着我几个月不在小杨子的身边，把一切战略部署都搞乱了。

　　可我不能对小杨子撒手不管啊。

　　那个傍晚，西天铺满了红海洋般的火烧云，田垄上刚刚返青的一簇簇嫩草，在夕阳下如鲜艳的玫瑰花一路引领着我。离老远我就望见了谷地里飘来的白色烟雾，袅袅地贴着屋檐升上树梢。然后我看见了房子外面空场上砌的一只灶台，大锅正冒着腾腾热气，飘来一阵阵略带煳焦的香味。锅台前蹲着一个老头，伸手举着一只炉钩子，从炉膛里往外扒拉着什么。我看不清他的模样，只记得他的门牙好长，都露在嘴唇外面了，像一个狼外婆。后来他的炉钩子戳住了一个圆圆的东西，他很兴奋地站起来大声地喊着红鹰红鹰。当我终于弄明白那原来是一只煨熟的土豆，只见从红鹰从屋里冲出来，用手掌捧住土豆，一边跳脚说好香好香啊，一边娇嗔地抱怨说烫死啦……那老头笑眯眯望着她说，等等我来给你剥皮，喏，这里有我擀好的细盐末子，不蘸着点儿盐吃烀土豆，烧心呢……

　　我见到红鹰的时候，就是这么一幅木已成舟、舐犊情深的幸福图景。无论我怎样地痛心疾首，我知道自己已经无法改变这个事实了。三十多年后，我仍能清晰地记得红鹰当时那副眉开眼笑欢天喜地的样子。她把剥了皮的烀土豆塞给我，揪着那老头的帽带儿说："你看，我现在相信世界上是有奇迹的，千真万确，这就是我要找的爸！"

　　天色倏然暗下来，遥远的那一抹胭红完全沉入地下，半个月亮从天穹的另一端升起。空气似乎有一点儿发蓝，澄亮而干爽，四处洋溢着一股暖烘烘的马粪与干草的气息。我无奈地倚在马棚的土墙上，一言不发。热乎乎的土豆在我手掌间慢慢凉下去，最后变成了一块石头。后来我冷不丁地大声尖叫起来——我的耳根一阵痒痒，有一个什么湿湿的软软的东西，正在舔我的脖子。我惊恐地跳起来，大步跳开去，然后哆嗦着回过头——我看见一个轮廓分明的黑影，在温柔而苍凉的月光下，如一幅生动而清晰的剪影缓缓移动。那是一匹半人高的小马驹子，在马圈的门边上一步一步地蹭来蹭去，朝着一匹母马迟迟疑疑地靠拢过去，它短而细巧的马蹄轻轻踢着地面，为那幅黑色的剪影增添了造型的动感。少顷，那匹母马扬起了修长的尾巴，轻轻地拂过小马驹光滑的脊背——小马驹幸福地打了一个响鼻，"扑哧"——像一声山摇地动的喊声：姆妈！

那一刻我的眼泪流得稀里哗啦，脸上已是一片汪洋大海。我紧紧地死死地抱住了红鹰，和她哭成一团。那会儿我已经彻底丧失了思维的能力，我想只要红鹰能有一个爸，管他这个爸是谁呢。

小杨子的所谓父亲，就这样以迅雷不及掩耳之势，走进了我们的生活。那天晚上我和小杨子睡一个被窝，小杨子对我复述她认亲的过程，竟然是出奇得简练，就像拿着对号入座的电影票，只管坐下就是了。她说去年冬天大会战，知青在雪地里抢割豆子。有一天，老杨头来找他走丢的马，老远就冲着知青大声嚷嚷，牙都龇出来了，那个凶样，好像谁偷了他的马似的。别人都听不懂他的口音，但小杨子听懂了，他那浑浊的萧山口音是在警告知青：无论干活怎么口渴，千万别抓地里的雪吃。黄豆棵子上有黑线鼠寄生的螨虫，落在雪地里，人吃了雪就会染上出血热，高烧呕吐腋下皮肤上有针头大出血点直至翘辫子……他这一嚷嚷，吓得知青们一个个蹲在地头就往外呕酸水。小杨子傻呆呆看着他的背影，看见他脖颈里露出一角看不清颜色的方格子围巾——全部的记忆就在这一刻彻底复活，她说她忽然闻到了一种熟悉的气味，当年她爸就是戴着这样一条围巾，在她脸颊上轻吻一下后，一去不回头的……

她的叙述敷衍了事，几乎是在胡乱应付我。难道她一岁就记事了吗？然而没等我找出更多的破绽和疑问来进一步核实，小杨子已酣然入梦。

第二天清晨，当我在马号的热炕上清醒过来，一种明确的直觉就一遍一遍告诫我说：这个留有浓重的萧山口音的长牙老杨头，是个冒牌货。他不是杨红鹰的爸爸，绝对不是！他如果真是小杨子的爸，他就会真的爱小杨子。要是真爱小杨子，为小杨子考虑，以他那样的身份和处境，他是绝对不敢也不会认小杨子的呀！

　　我开始想方设法给他找别扭。尚在 70 年代，我就已经无师自通地拥有了一件战无不胜的"人体炸弹"——从身高、体重、肤色、发质、五官、神态等诸多"生物"特性上，寻找父女间致命的差别。有时候我会暗暗惊讶，这个老杨头究竟是用了什么绝招，让小杨子对他如此心悦诚服鬼迷心窍？小杨子好像已经完全被他控制于股掌之中，对我列举的种种事实，竟然视而不见置若罔闻。我故意极其夸张地数落着老杨头的种种不是，例如他的丑陋、他的土气、他的假模假式故作殷勤……她偶尔被我对老杨头的恶意贬斥惹恼了，不仅不同我争辩，反而好像是专门为了同我作对，为了向我挑战，故意去讨好老杨头，偏偏一口一个"爸""爸"地叫得亲热，洗衣、补衣、做饭、盛饭，样样亲自动手，不仅把个脏兮兮的老杨头，拾掇得浑身上下有模有样，还把那盏马灯擦得锃亮，在灯下同他嘻嘻哈哈地玩起了扑克牌，笑声飞出好几里地远去。自从来到大杨树农场，杨红鹰还从来没有这么开心过。其实我心里早有预感，红鹰寻到了父亲的那一天，将是我们友谊结束的日子。就冲这一点，我也不愿轻易让她得逞。像我这样一个从小不缺父爱的人，实在很不理解，就这么一个真假难辨的爸爸，咋就让杨红鹰如此轻易地背叛了我，随意改写了我们在黑暗的车厢里坚定的誓约呢？！我真的又生气又嫉妒。

那个老杨头很快就显示出他作为父亲的权威与手段来了。他对小杨子最常用的鼓励话是："你看你，跟你妈一个模子刻的！"他开始明目张胆地运用"物质刺激"那一套，对我和小杨子大肆进行收买与拉拢。小河开化之后，他会割些柳条编成鱼晾子，在小河湾里"守株待鱼"，每天都能逮到几条大小不等的鲫瓜子或是鲇鱼什么的，用豆秸架了火，给我们烤着吃。他会用捡来的废电线，弯成个曲别针的形状，叫我们晚上睡觉之前，把额头上直溜溜的刘海儿卷上，等到第二天早晨起来，把那电线卷儿松开再梳一梳，额头上的刘海儿曲曲弯弯的就像真的烫过一样。他偷偷摸摸地把上头配给马号的精饲料中的黑豆和玉米馇子，一粒粒细心地挑拣出来，和大米掺在一起，给我们煮香喷喷的"腊八"粥。喂马的豆饼掰碎了泡透，再用豆油和辣椒反反复复地炒，变成了香喷喷的一盘菜。他还在水泡子边上捡来野鸭蛋，用盐水把蛋黄腌得油汪汪的，煮熟了一切对半，给我们俩就稀饭吃。每逢这样的幸福时刻，小杨子就会冲着我不计前嫌地挥舞着筷子，塞满东西的嘴巴含糊不清地嘟哝说："哎哎，你看，还是有个爸好吧！"

那种情况下，我会迅速丧失立场，拼命点头附和。我们贪婪的面庞被热粥的雾气熏得白里透红；我先前对老杨头的种种疑虑和警惕，逐渐地淹没在鲜美而黏稠的鱼汤里；我稚嫩的脑袋瓜，在接受了无数次实实在在的食物贿赂之后，最后变成了一锅是非不分的糨糊。

然而我确实无法抵御和拒绝如此温馨的"家"的感觉。俗话说吃人嘴软，真是至理名言啊。那一整年从春到秋冬，我一得空就溜到马号去"看望"小杨子，顺便也分享了她的父爱。很多年以后，我回想起那一段日子，心里充满了愧疚之感，因为只有我自己知道，我心里从来没有真的把老杨头当成小杨子的爸。我只不过是将错就错，以父爱的名义混吃混喝，我不仅利用了老杨头，也充分利用了小杨子。

偶尔遇上我清醒的时刻，我会翻脸不认人，对小杨子连损带挖苦。我说："老杨头不是你爸！你只不过是心里想有个爸！你认下这个爸，以后怎么办？你还能把他带回杭州去？"

小杨子咬着嘴唇不吭声。我便愈发恼火，语言也愈加恶毒："你一开始在火车上跟我说来北大荒找爸，我当你只是跟我一个人说呢，现在倒是好，闹得全场的人都知道了，你家的啥事儿都让人知道了，看你怎么收场？老杨头欺骗知识青年，弄不好会再判他一次刑……"

红鹰的脸惨白了一阵子，竟然站起来，像江姐那样掠掠头发，视死如归地回答我说：

"没错呀，我就是为了找爸才到北大荒来的。所以，我如果找不到爸，不是白来了吗？再说，他为什么就不可以真的是我爸呢？我，我有证据在手里呢……"

红鹰如此言之凿凿，旁人还能怎样深究呢？蹊跷的是，她的那个所谓证据，却一次也没有向我出示过。一直到我离开大杨树农场，我也没有见到能证明她和老杨头确是父女关系的任何材料或实物。倒是总场突然派下来一个神秘的工作组，在分场部与马号分别驻守了几天，不知在秘密地调查什么事情。工作组撤了以后，又派来了一个医疗小分队，说是要给女知青做例行体检，以便鉴别申请病退回城的人选。那次检查的具体经过，让所有的女知青感到十分难堪。事后小心翼翼的私下交谈中，才明白如此地兴师动众，竟然只是为了搞清楚在这荒天野地，女知青中是否有人不再是处女。当然，杨红鹰是重点的重点。不久后，有个女生在背后痛骂杨红鹰以及杨红鹰的爹，说小杨子是鬼迷心窍认贼作父——此话被小杨子亲耳听到，才明白此事的性质严重，原来差点搞出个阶级敌人奸污知青的典型。幸亏小杨子的处女膜保持完好，老杨头才就此保住一条小命。小杨子星夜赶回马号，倒在老杨头怀里大哭一场，尖利哀怨的哭声如长剑穿透原野的冷雾，像一条受伤的母狼在月下长嚎不止……那一夜我听见长长短短的哭号，每一声似乎都只有两个音节"爸爸——"；在那个漆黑的夜晚，荒野上每一片战栗的草尖上，都哆嗦着吐出"爸爸——"两个字。从此，我再也不敢不相信：这个老杨头，确实真是小杨子的父亲。

医疗队撤走后不久，我就调到总场宣传队去了，然后是分局的借调。一年后等到我抽了个空儿回农场看看，再颠簸几十里地到连队，却听说小杨子已经结婚了。那男人是邻近分场的一个就业工人子弟，瓦匠。小杨子的新房就设在马号，新郎入赘，老杨头与小杨子两口子，一家三人同住。

我哑然。

那是一个初秋的清晨，一夜不眠的我，像一个飘荡的幽灵，掠过雾气迷茫的原野。我看见马号的山坡下新栽了一片沙果林，一人多高的树苗，长得挺壮实，每棵小树上，都挂着乒乓球大小的几十个果子，红红绿绿的煞是好看。有个皂衣黑裤的老头，打着绑腿，青筋绽出的双手背在身后，腆着胸仰着脸，在果园的垄沟里来来回回地走。他伸出手掰下枝条，小心地摘下一个果子，咔嚓咬一口，酸得咧嘴，啐了；又找下一棵树上的果子，又啐——

那会儿他抬起头，看见我，眯着眼，见怪不怪地说："回来了？

杨子还没起呢，别叫她，让她多睡会儿。"

"我等着。"我没好气儿地答道。

"来，你帮我尝尝这果子。"老杨头伸出手递过一个沙果来，"我不要脆的酸的，就选这一棵又甜又面的好品种，给杨子留着，等她老了，没牙的时候吃。"

我的眼睛一下子就涩了。

"好果树不用多，一棵树就够她吃的了……"

许多许多年过去了，那个苍老的声音依然盘旋在苇荡和沼泽的草尖上，就像初秋树上的沙果一般新鲜如初。也许就是为了老杨头当年的这句话，我必得回来寻找小杨子。为了老杨头刻意选下的那棵面果子树，这么多年来我对老杨头的贬损，是不是该从此一笔勾销呢？

几十年的时间，长得让人心烦心焦，可要是写出来，几句话就说完——红鹰结婚后不久，我就被招工离开了农场，后来又上了大学。不知为什么，我与小杨子之间从未通过一封信。听那些返城的杭州知青陆陆续续告诉我，红鹰成家后一连生了两个儿子，她男人后来下了小煤窑，前几年煤矿塌方，孩子他爹被压死在里头，连个尸体也没找回来。她一直和她的那个"爸"住在一起，老杨头七老八十的人，病病歪歪的。80年代落实政策，可老家没人没房，也回不去了。总算有小杨子陪着，里里外外地伺候，真是他前世修来的福气。只是白瞎了杨红鹰，认下这个爸之后，她不得不从此扎根在北大荒……

由于我坚持自己一个人独自出行，当我摸索着寻到那个叫作"守望"的生产队，已是中午时分，我有点儿饿了，蹚过茂密的柳茅丛中荒芜的小路，一抬头，望见一棵粗壮的沙果树，缀着满满一树的红果儿。

离果树不远的灌木丛边上，飘过来一阵若有若无的烟尘，地上洒落着一片片白色的纸钱。林间的空地上，显眼地立着一座简陋的新坟。坟前摆放着一些供果和点心，一块精致的石刻墓碑，显得与土坟很不协调，上书：先父杨思杨之墓。

那墓前长久地跪着一个妇人与两个青年男子。我在他们身后悄悄站了一会儿。当他们终于站起来的时候，我轻轻叫了一声小杨子。

小杨子已经变得叫人认不出来了。布满皱纹的面孔、粗粝的双手和肿眼泡，黝黑的皮肤和略略花白的头发。如果走在场部的农贸市场上，我会把她当成一个卖菜的农妇。那曾经清秀姣好的眉眼间，再也找不到一丝杭州知青的影子。

她散乱而迟钝的目光从我脸上飞快地扫过，停下了脚步。她又看了我一眼，把脸转开了，侧着身子说："啊，你来了，其实我心里知道，你早晚会回来看我的……"

慌乱中，我结结巴巴回答说："是的，我来得有点儿晚，你知道，这些年一直都是很忙的……再说，也搞不清你到底住在哪里……没想到，正赶上老杨头，哦不，你爸过世了，我来看看……"我说着就往土坟那边走，我该给老杨头跪拜叩头的。

她猛然一把拽住了我。她的手那么有劲儿，差点儿把我拽一个跟头。

"你拉倒吧。"她粗鲁地说，"现在我可以告诉你，是我骗了你。老杨头根本不是我爸。"

我在极度的惊骇与震动中，思维几乎一片空白。

"……你还记得我说过，要给你看一个证据吗？"小杨子的声音像是从很远的地方传来，"实际上，当时我没法给你看。因为正是这件所谓的证据，让我明白了，他不是我的爸爸。他一直说他有一样东西，可以证明他和我的关系。有一天，他终于从破箱子里拿出了一块旧手帕，那块手帕上用红线绣着一只张开翅膀飞翔着的红鹰，我一眼就看出来，那块手帕是旧的，但那只红色的鹰，是刚刚绣上去的。他说，这块手帕，就是他离开家的时候，我妈妈塞给他，让他留作纪念的，说是将来女儿长大了，也好以此相认。那个时刻我浑身直冒冷汗，我知道他在撒谎，在骗我——因为，你晓得，当年他离家的时候，一岁的我大名叫红樱，小名儿叫阿英，如果真有什么手帕，上面绣的应该是一朵红樱花，或是一串红樱桃吧。至于红鹰的鹰，你知道，是我下乡前才改的名儿啊……"

我傻傻地呆立着。好一会儿才想起来问：

"这么说，你心里早就知道老杨头不是你爸？既然这样，你为什么还要认他呢？还把事情弄得跟真的似的，这不是把你自己给害了吗……"

小杨子低下头想了想，迟疑着说："也不为什么，我心里就是太想有个爸了。见到那块手帕后，我一宿没睡着觉。我想，这么大个北大荒，我上哪儿去找我真的爸呢？也许他早就死了呢。反正我也找不着真的爸了，那么，谁当我爸还不都一样？！……再说，再说，老杨头孤单单的一个人，也太可怜了，他真的想有个女儿啊……"

"那你当时可以想办法，弄一张老杨头的照片寄回杭州去，让你妈认一认的……"

"我一直没告诉你，我去了北大荒之后不久，我妈就跟我断了来往。"

我无言，慢慢挽起小杨子的胳膊，朝着房屋那边儿走。后来我试着对她说了一些安慰的话，我说你那么多年都过来了，对得起自己的良心也对得起老杨头。现在老杨头过世了，你也该考虑自己后半生的出路，是带着孩子回杭州去，还是再找个老伴儿成个家……

她突然打断我，低低冷笑了一声："你啥也别说了，脚上的泡，都是我自个儿心甘情愿走的……只不过，我不会再给孩子们找爸了。你看看，我这两个没爸的孩子，比谁家孩子都懂事儿。有时我也真是纳闷，那会儿，我咋就那么犯浑，非要给自己找个爸呢？"

一个小伙从我们身后噔噔赶上来，用手心捧着一捧红艳艳的沙果，往我的衣兜里塞。他说姨呀你饿了吧，你尝尝这果子，又面又甜……小杨子伸过手来一把抓过去，往身后使劲儿一扬，笑着说："得了，留给老杨头自个儿吃去吧。走，回家，我给你切西瓜吃。"

沙果小而酸涩，像青色红色的台球滚落一地。说实话，我有点儿心疼。

这年秋天我在北大荒走了许多地方，再也没见到一棵沙果树。知青时代的农场曾让人垂涎的水果，如今的农家大多已不屑种了。

2003 年 4 月

写于北京颐和山庄 ①

---

① 发表于《北京文学》2003 年第 9 期。

鸟善走还是善飞

你准备好了没？——洪伟问自己。

还没呢。——洪伟回答自己。

你还没有准备好吗？——洪伟再一次问自己。

耐心一点儿，我还需要些时间做更多的准备。——洪伟再一次回答并说服自己。

那就到秋天吧，秋收完了就上路。他这样决定下来。

人近中年的农业技术员洪伟，准备去做的当然是一件很重要的事情。至少，目前，对于他个人来说，没有比这更重要的事情了。他已经为此准备了十年？二十年？甚至更多时间。几乎可以说，从蔡老师离开洪河农场返城的那一天开始，他的准备就在暗中进行了。不，这样说有点儿像编瞎话。事实不是这样的，事实是那些早已返了城的上海知青哈尔滨知青，这几年开始陆陆续续回农场"探亲"，说起了返城知青谁谁谁，如今都怎么怎么样，有人提到了蔡老师，洪伟的耳朵忽然就像录音磁带那样转动起来。尽管没有一个人能说清楚蔡老师返城后的情况，他却意外地得到了蔡老师如今在辽宁一座小城的含糊不清的地址。

那天的风很大，把路边上凌乱的鸡毛和纸片儿，刮得满地打旋儿。洪伟听到"蔡老师"那三个字，像是忽然抱住了一个暖水袋，心里有一股热水在咕咚咕咚地晃悠。他想起很多很多年以前，他九岁那年，小学三年级，蔡老师第一次给他们上课的情形。那时候的蔡老师梳着两条长辫子，脸蛋儿就像刚剥了壳的煮鸡蛋那么白白嫩嫩的。那堂课蔡老师给他们讲一种名叫鸵鸟的动物。三十年过去了，洪伟依然能清晰地听见，蔡老师好听的声音，像草甸子里的云雀，在教室里直着升起来又落下去：

大家想一想，鸟善走还是善飞？
——飞——鸟当然善飞。
一般来说是这样。可是，有一种鸟例外。
光会走不会飞的鸟，那叫个啥鸟哇？
鸵鸟。

洪伟就是在那时候，第一次见到了这种名叫鸵鸟的图片。那只大鸟一身黑毛，大眼睛瞪得凶，模样很难看，光着屁股，脑袋包得挺严实，却把长满了红肉刺儿、没毛的裸脖子露在外。蔡老师说，鸵鸟在沙漠中疾走如飞，一小时可达六十公里，比"东方红"胶轮快好几倍。那天下课前的最后一分钟，蔡老师看着洪伟的眼睛说：鸵鸟是鸟类中最大的走禽，天下的鸟，会飞不稀罕；善走，倒是一项绝技，啥叫与众不同？这就是。

洪伟下意识摸了摸自己的屁股，脸蛋儿呼啦一下烧得通红。

其实在蔡老师开始给洪伟那个班上课的前一年，洪伟就"认识"这个上海女知青了。那年洪伟七岁半，刚上一年级。他第一眼见到蔡老师那个时刻，真是惊心动魄，使得洪伟在后来的几十年里，一想起那个瞬间，都会觉得是一部国产电影大片的精彩回放——

那一场突然袭来的洪水，冲垮了江边的防护堤，一直灌进了连队的围墙。天亮的时候他被父母拽着，从一棵杨树杆攀到了邻近的屋顶上，整个连队的知青还有家属，都在声嘶力竭的呼叫声中，匆匆忙忙地往高处走。大水不停地漫上来，水面上漂着农田鞋和脸盆。洪伟兴奋地骑在红砖房的屋脊上，抬头望得见队部门前的那个大木架子。那个大架子也叫瞭望塔，用来观察草甸子里的火情水情还有敌情。大木架足有三层楼高，洪伟早就和二嘎子偷偷爬上去过，天晴的日子，他相信站在上头差不多都能望见北京了。这会儿，洪伟看见上面挤了不少人，大水已经把大木架的四条大象腿都泡胀了，水还在滋滋地往上升。大木架底下的侧边，有一个好几人深的水池子，说是伪满时期日本开拓团垦荒时留下来的，知青来了以后，把四周挖成了斜坡，就地改造成了一个"游泳池"。夏天的傍晚，收工以后，真有男知青在里头游泳，人竟然会在水上浮起来，像一条鱼似的游着走，真把个洪伟看傻了。

就在洪伟待在屋顶上想入非非那会儿，他忽然听见了一阵尖锐的哭声，正是从"游泳池"里发出来的。那些匆忙奔走的人群中，不知是谁家的女孩不小心滑进了水池里，周围的几个大人都吓呆了。有人高喊救人哪救人，有人带着哭腔尖叫：俺不会水呀，这旮哪有几个会水的……就在这时，半空中犹如一道闪电划过——从大木架顶上，唰地跃下了一条会飞的鱼，在空中打了一个旋儿，然后像一枚炮弹，准确地落在了"游泳池"的中心，轻轻地溅起了一阵小小的水花，没等洪伟看清楚，那个女孩已经被托到了岸上。随后，那条银色的鱼也自己蹦上了岸——洪伟终于看清了，那是一个姑娘，白色的衬裤和背心都紧紧贴在身上，湿淋淋地淌着水……

那叫啥——那就叫跳水，开了眼吧！等大水退去了之后，二嘎子向洪伟显摆他听来的消息：那个女的上海知青，打小就是少体校的跳水队员……

啥叫少体校？洪伟的脑子发晕，知青带来了许多词儿，过去连听都没听说过。

我也不知道，反正，那么高的跳台，人家眼睛都不眨一眨，唰地飞下来了。

洪伟最初认识蔡老师，是在半空中。这显然不是一个合适的地点，从此以后，洪伟所有的念头，都会在半空中无缘无故地发生。他不会游水，只能像一只森林里的长臂猿，在树林间飘来荡去。但是，他梦里全是些会飞的鱼，那些鱼无一例外都是银白色的，张开的鱼鳍如同柔软的小辫儿在风中飞扬。

蔡老师当了洪伟的班主任以后不久，小学校里那几个男男女女的知青老师们，就吵吵着要修整篮球场。他们用业余时间平整操场，弄来些白石灰画上规规整整的道道，把歪倒的篮球架竖立起来，有个女老师拆了一副花线手套，亲手钩了一只网篮吊在那个光秃秃的铁环下，那个篮球架立马就像模像样了。知青老师又吵吵说要建单杠和双杠还有吊环，洪伟听得傻眼，蔡老师弯下腰，伏在他耳边悄悄说：哎，找你爸，给学校弄几根木头吧，要直的。洪伟他爸在1956年转业前曾是高岗警卫部队的一个排长，那个内卫团后来解散了，整个团的指战员都送到了北大荒农垦战线，如今好歹是个连队指导员，管着一百多号知青呢。据说洪伟就生在开荒大会战的地头。但洪伟没敢去跟爸要木头棍，他和二嘎子把自家院墙的粗障子柱、仓房里留着打饭桌的圆木头，统统偷出来送到了学校。知青里头有的是能人，男老师会做木匠活呢，他亲眼看着那些木棍儿被老师们用刨子和砂纸，打磨得溜光水滑，然后横的横，竖的竖，结结实实地架成了大炮和榴弹炮——原来这就是"单杠""双杠"和"高低杠"呀。蔡老师轻轻跑几步，纵身一跃，身体就像面条一样柔软，在那"杠"上随性儿翻翻打滚儿，把洪伟的眼珠子都快旋出眼窝了。有个男老师从机耕队弄来了几根比手指头还粗的钢筋，弯成个圆圈，又套上一根红色的胶皮，再把那两个红胶皮的圈圈，拴在高高的树杈上，他说这就是"吊环"。蔡老师的两只手抓住吊环，整个身子忽然悠悠地升起来，她在空中像一只燕子，飞过来又飞过去，两只手突然放开吊环猛地打个滚儿，像一片花瓣似的落地了，吓得洪伟一哆嗦。她说我教你呀，洪伟使劲儿摇头。洪伟害怕呀。她说我扶着你，等你会了，你就觉得自己会飞呢。

一直到那个学期快结束的时候，洪伟才能在"单杠"上翻一个小翻儿。

洪伟最喜欢做的事情，是看知青们打篮球。洪伟只要一听着打比赛的信儿，就会火烧火燎地颠颠儿赶过去。一到星期天或是放了农忙假，知青总是五个对五个地打比赛。他们的衣服都穿得乱码七糟，根本分不清谁在跟谁争球，每一场比赛都把洪伟看得敌我不分。洪伟多么希望自己也能上场打一回篮球啊，但他的个头太矮了，钻在知青的胯下就找不着了，不会有人把球传给他的。他只能坐在球场的白线外头，脱了球鞋垫在屁股底下，老老实实地当观众呗。每一次他都会从比赛开始一直待到比赛结束，身子都不带动弹一下的。没多久，知青们就对他这个忠实的观众委以重任了——他的脚边堆满了知青们脱下来的衣服，冒着热烘烘的汗味儿——给！看好了！有人把腕上的手表摘下来，打球太猛了，会把表砸着呢。他们把手表一只接一只，小心地套在了洪伟细瘦的胳膊上，好像他是手表厂的传送带，或者是卖手表的柜台呢。那些手表大多是"上海牌"和"宝石花牌"的，全钢或是半钢，他全都认得。他现在成了一个赛场的"守门员"啦，多牛！再努努力也就离裁判不远了。二嘎子眼气得不行呢，可就没人把手表交给他保管。

洪伟看的比赛多了，渐渐有了立场。每一场比赛，不管谁跟谁比，只要蔡老师在哪个队，他就向着哪个队，拼命地喊加油，直到把嗓子喊哑。他觉得所有的女知青里头，蔡老师长得最好看。他对二嘎子说，蔡老师背着包儿上场部办事儿，走在公路上，身后来了一辆“热特”或是“大解放”，她只要摆一摆手，那车准保就乖乖停下。这个说法连二嘎子也基本赞同。等到秋天的青苞米下来了，洪伟让妈煮熟了；沙果刚刚红了半边，就让爸给摘下来，他用一块雪白的新毛巾包着，给蔡老师送去。第一次刚走到女知青宿舍的门边儿上，就被一个尖嗓子的女知青给拦下了。她伸出一条腿，堵着门不让进，噘着嘴问：小孩，让我检查一下，头发上有虱子没有哇？他憋红了脸，哇的一声哭了起来。蔡老师听见了他的哭声，端着一盆清水走过来，用香喷喷的肥皂，把他的脸蛋脖子和黑黑的小手，洗得干干净净。那清水痒痒地流过他的耳根，他不由得重重地打了一个喷嚏，热热的眼泪哗地一下又流出来……

到了暑假，蔡老师就开始在那个“游泳池”里，教他和二嘎子游泳。一开始他在水里扑腾，湿透的头发一根根粘在脑门儿上，除了“狗刨”啥也不会，他觉得自己像极了一只落水狗。望着头顶上如同马群一般飞驰的白云，洪伟出神发愣，他实在想不出，外面的世界究竟会比北大荒大多少倍呢？

那个暑假快结束的时候，他已经能够用划桨的姿势在“游泳池”里打几个来回了。他第一次从蔡老师那里听说了“蛙泳”“自由泳”这样的新词儿。开学的前一天，蔡老师决定带着他和二嘎子，还有别的几个同学，到连队几里地外的水库去游泳。那是他第一次看见蔡老师穿上了叫作“游泳衣”的那种东西：淡绿色的布料上有无数的橡皮筋，把衣服勒出一个个鼓鼓的小泡泡，看上去像一只巨大的青蛙。“游泳衣”的上身和裤头竟然连在一起，不知她是怎么穿进去的，紧紧地裹在身上，露出了她像白面馒头一样的胸脯、脖子、大腿，还有脚丫子。一直到蔡老师用雪白的手臂劈开了碧绿的水波，自由自在地游开老远去，洪伟的眼睛才敢追着老师赶上去——水库里的老师不是平时上课的老师了，她像一只从远方路过这里的白天鹅，落在湖上悠悠玩耍栖息，白天鹅的冠是黑色的，那是因为她把头发盘在了头顶……洪伟永远不会忘记那个下午，灼热的阳光下湖水依然清凉。蔡老师的笑声像一串水珠子飞过来：游啊，别怕，放开手脚，对，冲着我游，好极了，再游，抬起头呼吸，蹬腿儿，用力，四肢要尽量平衡，对了……

洪伟在九岁那年的夏天，知道了世界上有一种衣服叫"游泳衣"，还知道了世界上有一种运动叫作"体育"。这都是他的知青老师教给他的。当他气喘吁吁地在水湾里打了一个来回，踩着水底的淤泥好不容易站起来的时候，他的蔡老师笑着揪住他的耳朵，往一边儿按下去，连连晃动着，让他甩出耳朵里的积水；一边狠狠地对他说：

体育就是速度！你还得学会游得更快些！

你准备好了没？——洪伟问自己。

还没呢。——洪伟回答自己。

你还没有准备好吗？——洪伟再一次问自己。

耐心一点儿，我还需要些时间做更多的准备。——洪伟再一次回答并说服自己。

那就到秋天吧，秋收完了就上路。他这样决定下来。

事实上那时的洪伟完全辜负了蔡老师的期望——在这水库一年中有大半年封冻，夏天就像兔子穿过草丛那么倏地一下子就没了的北大荒，游泳是一件多么奢侈的事情。再说，洪伟逐渐发现自己的四肢协调能力实在太差，而且更为致命的是——他从事任何一项体育活动，都达不到起码的速度。尽管洪伟在内心深处是多么地热爱体育，多么希望通过热爱体育来热爱蔡老师，但他却对自己的能力产生了深深的怀疑，对自己在体育课上一次次拙劣的表现和成绩痛不欲生。他只能更多次地往蔡老师的宿舍跑，给她送去黏豆包、野鸭蛋或是自家菜园子里刚起出来的新鲜水萝卜什么的。他每次去看望蔡老师，总是站着说话，从不往她炕上的褥单子上蹭。每一次去知青宿舍，出门前他都会郑重其事地使劲儿洗脸，甚至换上一双干净的没有臭味的袜子。他对妈妈说，知青不喜欢埋汰小孩儿。有一次他从妈妈擦脸用的雪花膏瓶子里抠了一小点儿，抹在了皲裂的手背上，恰好被妈妈撞见了。他妈用手指点着他的额头，又好气又好笑地骂道：

得，我看啊，知青如今是一天天越来越埋汰；你们这些小崽子，倒是越来越臭美了！

洪伟也觉得，自己的生活正在一点一点发生着变化，不知从什么时候开始，他的眼睛能够穿过教室结满冰凌的窗玻璃，看到别人看不到的、天尽头很远的地方。他知道那儿是上海，那里有许多许多高楼，是蔡老师的家乡。蔡老师回家探亲的时候，给同学们带回来"大白兔奶糖"，每人都分到好几块儿，洪伟舍不得吃，在兜里一直撺到粘在衣服上抠不下来。那时功课不多但学习很忙，要批《水浒》，要学黄帅，蔡老师一讲就是一个钟头，一句话都不带重复的，这让洪伟格外地佩服。于是洪伟经常地故意地"犯错误"，比如捉一只蛤蟆带到教室里；或是在学校盖房子的工地上，用沙堆上的小石子儿互相扔着玩儿，终于打碎了教室玻璃；再就是把教室炉子的烟道堵上，把教室里搞得硝烟弥漫。那种时候，一定会有二嘎子那样的人当叛徒，迅速地把他出卖。这样，蔡老师肯定会在放学后把他留下来，同他个别谈话，一谈就是一个钟头，自然也是一句话都不带重复的。那是洪伟真正觉得无比幸福的时刻，蔡老师不再是在对全班同学讲课，而只是给他一个人讲，对着他一个人，生气地皱眉、撇嘴、瞪眼，或是微笑……蔡老师无论说什么，洪伟都一个劲地点头，每一次他都信誓旦旦地保证，然后心满意足地离去。他觉得有幸倾听蔡老师的训斥，真是一件快乐的事情，他像上了瘾似的，隔几个星期就到蔡老师的办公室自动"报到"一次，一直到蔡老师在某一日似乎终于识破了他的诡计，从此无论他干什么样的坏事也不再理睬他，洪伟才算就此"改邪归正"。后来蔡老师就开始给他们排练文艺节目，那是一个二人转调调的集体"坐唱"，每个人一手拿一块呱嗒板，一边唱一边打板，听上去热热闹闹的。洪伟直到现在还记得那个节目叫作《处处有亲人》，讲一个到部队去看望儿子的赵大娘，下了火车迷了路，最后如何被热心人送到了儿子身边……蔡老师就扮演那个赵大娘，用黑墨笔在眼角上画上几道皱纹，把洪伟笑得肚子疼……

接近中年的洪伟，记忆中充满了少年时代如此鲜活的故事，它们至今清晰如初，不会轻易褪色。行走在农场场部宽阔的大路上的技术员洪伟，每当想起往事，总是会情不自禁地扑哧一乐——"赵大娘不吃也不喝，两行热泪流下了眼窝……"洪伟顺嘴儿哼哼着当年的曲调，奇怪的是时隔三十年，那歌词竟然是一句不带忘的。他觉得自己才是一个有"知青情结"的人，他在人生之初学到的所有知识、他身上那些经常受到老婆表扬的良好生活习惯、他的理想他的勤奋，统统都来自他的知青老师。这一辈子，如果他不主动地到哈尔滨或是上海看望他们一次，他也许会留下终生遗憾。是的，许多知青都回来过农场，但唯独蔡老师没来，始终没来，一次也没来。每一年他听说老知青回来了，都会怀着热切的期望在第一时间奔向场部招待所。一年一年，他见过了许多人，所有那些明显地变老了发胖了的知青中，却没有他的蔡老师。

羽毛球、乒乓球和排球都能被大风吹走，只有铅球，沉沉地在坠在心底。

蔡老师回城那一年，他已在场部中学上了初中。他不知道蔡老师走的消息，蔡老师当然是不会专程到场部中学去同他告别的。她走得一点儿动静都没有，就好像草甸子上空的一片云彩，无声无息地消失在天边。洪伟是在学校放了寒假，回到连队之后，才听爸说起蔡老师走的事儿。爸说蔡老师的对象是个天津知青，他们回不了上海也回不了天津，只好一起回了她父亲老家辽宁的一个小城。那天，洪伟把用绳子拴在连部办公室窗台钩子上，那几个用萝卜和肥皂刻成的破破烂烂的公章，一把拽下来，他恨恨地使劲用脚去踩。萝卜早已冻得刚硬，一脚猛地下去，倒把他的脚脖子崴疼了。

鸟善走还是善飞呢？善飞？不，有一种鸟是个例外。

什么鸟？鸵鸟。

中年农业技术员洪伟，每当想起他幼时的知青老师，心里会隐隐地觉得有一点儿痛。

洪伟高中毕业后没考上大学，他想也许是他的蔡老师过于重视体育而放松了文化课的缘故，但他一点儿都不怪蔡老师。虽然他的体育成绩并不好，但他毕竟是从心里喜欢体育的，是蔡老师教给了他最初的体育常识。知青们一个连队一个连队地走空了以后，农场场部机关的篮球、排球比赛，倒是仍然继续进行，只是观众稀稀拉拉的，不像一场比赛倒像是体育训练似的。那段时间他在场部电影队放电影，这份工作是他给宣传科长家劈柈子、搬煤拉柴火，使劲儿溜须才整上的。放电影的工作挺轻松，白天待在办公室，有很多时间听收音机或是半导体。他发现那些大型的运动会，每一场比赛时，都有个男人的声音，在旁边不停地说话，告诉那些"听"比赛的人，比赛进行到什么程度了，这一个进球是怎么回事，那一个球没进，又是怎么回事。几号球员身高体重是多少，几号球员有什么什么绝招。他听得入迷，眼前出现一个活生生的赛场，那些解说词就像穆铁柱手里的篮球，一个不漏地灌进了他的脑子里。再后来他知道了一个名叫宋世雄的体育播音员，那个人的嘴就像一台半导体，一打开就不带歇的。北方长长的冬天，下午没过完就天黑了。晚上放完了电影，他待在值班室里，一夜一夜地捧着半导体听宋世雄

"白话"。他至今记得那个大雪纷飞的夜晚，炉子里的煤火轰隆轰隆地燃烧，像一列从雪原上驶过的火车。半导体在他怀里发出嘶哑的声音，那声音的每一个音节都是急急忙忙往前赶的，一秒钟也不敢耽误。那个声音越来越快越来越重，在空中旋转飞翔，那已不是声音而是一种速度，是一种奇大无比的力量，就像一个冒着蒸汽的火车头，拼命地拽着他往前走——

鸟善走还是善飞？善飞？不，有一种鸟是例外。

他看见一只黑色的大鸟，目光坚定，用两个脚趾的厚脚掌，一弹一跳疾步穿过北大荒无边无际的田野。它的羽毛轻盈、脚杆瘦长，一步跃出去就是三米，它不是在走，而是在飞；不是用翅膀飞，而是用脚掌飞。鸵鸟不会飞，但它能够在地面上达到飞行的速度。那么人呢？那个人没有翅膀，但他能用声音飞翔……

洪伟在寒气袭人的冷屋子里醒来，炉火已灭，阳光从窗玻璃上透进来，一片一片薄如蝉翼的冰凌，像风中奔跑的大鸟身上那雪花四溅蓬松飞扬的羽毛。洪伟清楚地记得，他就是从那一天开始同自己较劲儿，他要把自己的声音变成速度，成为一个农场的业余体育播音员。

那是一段比冬天更漫长的岁月，人们常常看见一个瘦长的年轻人，站在场部与公路连接处的十字路口，目光如炬，紧紧地盯住从那里开过的每一辆汽车，口中念念有词。他必须在最短的时间内，过目不忘地报出汽车的牌号，以此练习自己的记忆力、反应能力，以及嘴皮子功夫。那是他自己发明的一种强行训练的土办法，他对这种方法很满意。当春天到来的时候，他已经能够不打磕巴地说点儿什么了。他在机关的各个办公室，疯狂地搜集一切能够搜集到的报纸，然后把上面所有一切与体育有关的报道，统统地剪下来。可惜那些报纸实在太少了，他狠狠心省下自己的零花钱，在农忙以后短暂的假期里，坐火车到佳木斯的图书馆去查资料。早上九点钟开门进去，一直到下午六点钟关了门才出来，再急忙坐夜班火车往回赶。图书馆里头不让抽烟，真是要把人憋死了。中午吃了一个面包，饿得他快要昏过去。来佳木斯一趟容易吗，路费呢，时间呢，再悲壮也得忍了，谁让你迷上了这个体育解说呢？你不掌握大量的数据资料，到了赛场上一开口啥也说不明白，谁愿意听你瞎嘞嘞？那几个月里他鬼鬼祟祟地在家里出出进进，爸就没好脸给他了。肯定有人悄悄对他的爸妈说：你家洪伟怕是得了魔怔呢，见天站在雪地上瞅啥呢，你看那帽檐儿下巴颏都上霜啦，得带他上医院瞧瞧才好。他爸在暗中将儿子观察了几天，从洪伟住的偏屋找到一大堆废旧的账本儿，一页页贴满了豆腐干大的报纸，那个当年的知青连队指导员，看见了许多陌生的名字和面孔，动作和姿势都很威猛，发达的肌肉上有河流般的汗水从纸上溢出来。洪伟的爸终于找到儿子的时候，洪伟正在场部坑坑洼洼的篮球场上，进行他的第一次现场解说。汗水从他的头发根上一滴一滴落下来，他的脑袋像个拨浪鼓不停转动，眼睛像贼一样四处溜达，舌头像是打了结，声音变成了一片片柔软的柳絮，被风吹得不知去向。终场哨响起来的时候，许多人大声地叫着洪伟洪伟，那一刻洪伟觉得自己真的变成了一只鸵鸟，恨不得一头把脑袋扎进欢呼的掌声里……

洪伟就这样开始了他的业余体育解说生涯。从春到秋的短暂赛季，他被请到各个农场去进行解说。那是一个令人惊讶的新奇行当，农垦人第一次发现，一场体育比赛如果没有解说员出场，就像看一场没有声音的电影一样乏味。那整个儿青春勃发的 80 年代，他像牛仔裤或是流行歌曲一样受到人们的热烈欢迎。他一日日名声远播，在辽阔的垦区，哪个农场凡是有像样的体育比赛，就会有人提议：让那个新华的洪伟来给咱解说呗！

洪伟出场的时候，在赛场上的个人形象，绝对是毫不含糊的。裤线笔直，锋利得可以削萝卜了。他常常穿一件格儿衬衣，竟然有人问他说你咋穿个女人的衣服呢，真是无知得很。皮鞋必得在前一天晚上提前仔细打上鞋油，到第二天一大早起来，再一遍遍擦得锃亮，亮得都能照出人影了。这个擦皮鞋的方法，还是许多年以前，在知青宿舍跟那些上海小伙学的。他参加工作后，用第一个月的工资，托回上海探亲的知青，为自己买了一条直筒裤，就是裤脚翻起一条折边儿的那种。上海男知青都喜欢穿一种头儿尖尖的"火箭式"皮鞋，一直到现在，他脚上的新皮鞋换了一双又一双，但式样仍然是这种"火箭式"，二十年始终不变。刚开始那几年，宣传科的周小菲迎面过来，一看见他穿皮鞋，每次都会撇着嘴吐出两个字"臭美"！没过几年，小菲成了他的妻子，又把头发烫了，比他还臭美。洪伟知道自己后来常常被别人说成是"毛病"的那些生活方式，大多是知青在农场时，他偷着跟人一点点儿学，"落"下的"病根儿"。这些个习惯就那么一直保持下来，后来再想改也改不了了。

那一年，农场地里的庄稼收尽的时候，他收到了一封省城来信，信封上有省体委那几个大大的红字。光是信封就把他吓了一大跳。更加不可思议的是，省体委这份盖着公章的信函上，竟然邀请他去为即将举办的全省运动会比赛现场担任解说，来回路费和误工费人家全都包了。洪伟想：备不住是体委搞错了人呢；再一想，方圆几百里还有谁会体育解说呢？没有了。把信给小菲审阅了，小菲明确地指示：什么叫自学成才？你就当去省城溜达一回呗。

　　洪伟永远都不会忘记那一次的省城之行。他被安排在游泳池边上的一张桌子后面，他面前放满了麦克风、录音机，还有许多他看不明白的东西。音乐响起来，还有观众的叫喊，但他眼前蓝色的池水和高高的跳台一片漆黑。比赛开始的那一刻，他的身子像狂风中的草叶不由自主地瑟瑟发抖，他听见自己战栗的、不连贯的声音像一片片残破的羽毛，在体育馆巨大的屋顶下颠簸起伏。刺眼的灯光下，他渐渐看清了观众席上晃动的无数陌生的面孔，那个瞬间他忽然想起了蔡老师，他想也许蔡老师就在人群中悄悄坐着呢，等比赛结束的时候，蔡老师就会从台阶上跑下来，不，也许蔡老师就正站在跳台上，像许多年前那个大水漫漶的清晨，如一条会飞的银鱼，闪电一般从空中飞跃下来……他有些走神了，他的嘴皮子突然变得利索起来，继而，他的舌头变成了一条奔腾的河流，从崇山峻岭中一泻千里飞流直下……

　　掌声戛然而止，赛场的灯光暗下来，喇叭中广播的声音悄然停息。比赛结束了，人流鱼贯而出，游泳池忽而变得空空荡荡，一池碧波就像一块凝固的巨石。他木然地往外走，没有欣喜也没有兴奋。

体育馆大门外有个女人的身影孤单单地立在那里，他的心一阵狂跳，他的身子飘起来，迎她走过去，昏暗的路灯下，他看清那是一个年轻的女孩，手里拿着鲜花……

那不是蔡老师。他的蔡老师就像一只鸵鸟，消失在沙漠的深处。

就在那一刻，洪伟想起小时候在课堂上，蔡老师曾教他们大声地朗读"想念"那个词。他发现自己原来一时一刻都没有忘记蔡老师。可是蔡老师为什么不回农场来看看呢？走了二十多年了，她怎么就连信都没有来过一封？洪伟抬头看着省城大街上满天空晚霞似的霓虹灯，眼睛刺得发酸。他想，蔡老师到底藏在这城市哪一栋楼房的哪一扇窗子里呢？无论如何，回城以后的蔡老师，在他的想象中，肯定是在从事体育工作的。

回家后他对小菲说的第一句话是：蔡老师不来咱农场，我一定得想法儿去看看她。

你准备好了没？——洪伟问自己。

快了快了。——洪伟回答自己。

你还需要准备什么呢？——洪伟再一次问自己。

车本儿已经拿下，车技也练得不大离了。好多年以前他离开电影队之后，就被场部送去八一农大学习农业技术，然后回到场部，在农业科当了一名农业技术员。他的工作不算出色但也过得去，只等二嘎子工作的税务所买下一辆"切诺基"，他就能开着借来的新车，去看望蔡老师了。开着车专程去一趟辽宁，那才够气派。汽车意味着速度，而"速度"这个词，几乎在三十年以前，他就从蔡老师那儿听说过了。如果开着车去，那就比鸵鸟在沙漠里行走的速度，更要快上好几倍。

好了，现在，终于问到了蔡老师的地址。万事俱备，那就上路吧。

洪伟为自己准备的行装，装满了整整一个后备厢。除了给蔡老师带的少量东北精选大米和优质黄豆、一小箱新鲜盒装牛奶，还有几个死沉死沉的纸箱。那些纸箱里放入了他的全部宝贝，这二十多年来他的所有"家当"：十几个黑皮旧账本做的剪报簿、十几本儿他在几十个农场运动会上的现场解说照片（其中还有同穆铁柱的合影呢）、几十本儿红丝绒面儿的荣誉证书——场部和管理局、总局工会颁发给他的，小菲用红丝线给他扎成一大捆，壮观得很，至于这几年来发表的几百篇体育短评，光是报纸就好几百张，单用一只纸箱都装得满满的。洪伟差不多在过了三十六岁生日之后，就开始拒绝做比赛现场的解说了。他觉得继续在赛场上没完没了地唠叨，就像原地踏步一样，一点儿"速度"都没有了。他做了那么多年的垦区业余体育"记者"，国内国外但凡跟体育有关的人和事，还能有他不明白的吗？他从五六年之前就开始写体育短评，那才真正让人过瘾呢。那些文章从《农垦日报》《鹤岗日报》一直走到了《中国体育报》《当代体育》杂志，从豆腐干那么大一点儿，一直"长"到干豆腐那么大块儿，实打实的没一句蒙人的话。前几年还得过一次《体育天地报》的"全国好新闻奖"呢。

但真正让人激动的，也是他最想给蔡老师看的那件极其重要的东西，藏在最底下的一只纸箱里，那是一大厚本儿书稿，是他用手一个字一个字写出来，真正的书稿啊，截至上个星期，小菲终于用电脑给他敲出来了，再打印后装订成的。这部书稿他写了足足三年，三十万字都不止呢。连洪伟自己都不相信，他真的能写出那么厚的一本书。

　　光是听听那书名，都能让人吓一跳哩：《夏季奥林匹克百年风云——写在 2008 年北京奥运会开幕之前》。这本书搜集整理编辑了历届奥运史上的主要代表人物，描绘了百年夏季奥运会的竞技场面、历史背景以及奇闻逸事，是一部知识性、趣味性、理论性、可靠性都很强的体育书籍，等将来有一天出版后，准保让人看得放不下手呢。说到底，这么多年来，他精心准备的就是这本书稿。他要把这部征求意见稿，送去给蔡老师。让蔡老师知道，自从她离开农场以后，他一天都没敢放松自己，就好像她仍然存在于他的生活中，始终用她温和的目光注视着自己。他要带去那么多剪报和资料给她看，绝对不是为了炫耀，而是想让她明白，在人生最初的起跑线上，她给了他最重要的鼓励。不，应该说几乎影响了他的一生。蔡老师九岁就进了少体校，正经体育科班出身，她一定至今还爱着体育。那么，难道还能有比这本体育书稿更好的礼物，来替他向蔡老师说声谢谢吗？

　　天气有些凉了，阳光里透着几丝寒意。洪伟开车上路的时候，心情像天上的白云一般透亮。笔直的公路划破广阔无垠的原野，好像会一直通往地球的另一头。他猛然把汽车时速提到了一百三十公里，他希望能在天黑以前到达那个城市，不要让他在路上过夜。他听见风在车窗边上尖锐的呼啸，"切诺基"像是一只张开了翅膀的大鸟，立马就要飞起来了。鸟善走还是善飞呢？洪伟也许是一只不善飞的鸟，但他在地面上大步大步地走，也可以走出飞翔的速度来。

　　洪伟一口气开了十二个小时，紧赶慢赶，当他到达那个小城的时候，天已经完全黑了。这使他多少有些沮丧。他本想先找一家旅馆住下来睡一觉，等到第二天一早，再按照那个地址去找蔡老师。但他又想白天老师要上班，多半是不在家的，他莫不如趁着晚上找到她家里去，见到她的可能性更大些。他慢慢开着车，循着小城昏暗的街灯一路问过去，他想象着见到蔡老师那一刻她惊奇而欢喜的模样。那么多年过去了，蔡老师还能想起他吗？但他相信，无论蔡老师变成什么样子，他是一定能认出她来的。

　　蔡老师的家并不难找，一条小街上的一个大杂院，里头住着许多人家。他手里捏着的那个门牌号，却是上着锁黑着灯。敲开旁边那家去问，有人探身出来，倒是客气，回答说你找蔡姨呀，她这个点儿还没下班呢。洪伟就问她在哪儿上班。人说不远，你出了胡同往东走，那儿有家电影院，电影院门口卖彩票的那个摊儿就是。他又问一句：什么彩票？人说：体育彩票嘛。你去了就看见了。他心里沉了沉，再想问点儿什么，人家已经把门合上了。

　　洪伟把车开到电影院门口，正在散场，人群乱乱的。他在路边上把车停妥了，一眼就看见一个报亭的角上，写着"体育彩票"几个字。一个胖胖的中年妇女，身上裹着一件臃肿的棉大衣，眼睛正盯着来往的人流。见他冲着报亭直奔过来，眼里射出一道殷切的亮光，她急急地冲他问："买彩票？明儿就开奖，还不赶紧试一把？赶上您运气好，两块钱就翻千百倍。"

洪伟愣在那里。她那有些沙哑而粗糙的嗓音，竟然是如此陌生，几乎挫疼了他的耳膜。借着影院门口的灯光，他拼命地睁大了眼睛，交叉地抱住胳膊，让自己站定了，呆呆地望着她，期待着能找回往昔的哪怕一丝丝的影子。在眼前这女人满是倦容的面孔上，他似乎看见了多年前那熟悉的眼神，如一颗流星迅疾划过夜空，尔后倏然隐没在黑暗里。

"你到底买不买啊？"她有些不耐烦了，"就两块钱，亏不到哪儿去。"

他屏住了呼吸，轻声吐出三个字："蔡老师……"

又加一句："我是洪伟啊。"

那女人茫然地摇了摇头："说啥呢，你认错人了吧！"

洪伟觉得鼻子有点儿发紧，他咳了一声，忽然问道："鸟善走还是善飞呢？"

那女人瞪了他一眼，生气地嘟哝说："捣什么乱哪，你不买，别在这儿挡道！"

洪伟的脑子乱成了一锅糨子。他心里准备了那么多年的话，竟然一句也想不起来了。他的身上发冷、面孔发热、脚底发飘、额头发晕。他怔了一会儿，下意识地摸了摸上衣口袋，打开钱包，把所有的钱都掏了出来。

他把那一沓钱递给她，说："都买了吧！"

那女人愣了一下，问："号码是人选还是机选？"

"随便。"他回答说。

那女人的脸上露出了欢欣的笑容，很快就埋下头去数钱，然后开始麻利地按键。机器嗒嗒响着，第一张小票出来了，她抬起头，想把打上了号码的小票递给这位突如其来的夜间彩民。她揉了揉眼睛——她发现刚才那个冒傻气的小伙儿已经不见了，从不远的马路边上，传来汽车发动的声音。

洪伟奔走在黑暗的公路上，一行冰凉的泪，从他面颊上淌下来。

他要赶夜路回去，他一分钟也不想在这个陌生的城市停留了。但他得先找个地儿把油加上。这车太沉了，他真想把后备厢里的那些纸箱统统扔掉。他忽然觉得，那些喝多了酒的知青，没准儿是把地址告诉错了，这个女人肯定不是他的蔡老师。下一次，他得把地址打听准了再去。他一定还会再去的。

2003 年 5 月

写于北京颐和山庄 [1]

---

① 发表于《北京文学》2003 年第 9 期。

去维多利亚

徐奋斗要去维多利亚

维多利亚岛，在温哥华城以西一百余公里外的海上，英文名字叫作 VICTORIA。那个大岛上有一所大学。从夏至曾写给徐奋斗的信中，简略描述的情形看来，他在那儿过得挺滋润。

徐奋斗直到五十二岁快要退休的年龄，总算得到一个机会，参加了一个连他自己也搞不清楚名目的代表团，从中国到加拿大去公费考察，先到东部的多伦多和渥太华，然后是温尼伯和埃德蒙顿，最后一站到达温哥华。徐奋斗一听说旅程中有温哥华，心情就像炉子上的一壶水，一下子烧到了沸点。他几乎就是为了去温哥华才参加这个考察团的。因为到了温哥华就意味着有可能去一趟维多利亚。行程确定后，他马上就给夏至打了长途电话，夏至的声音也很激动，夏至说你来你来，从温哥华到维多利亚的飞机票，我给你出。不过，对于徐奋斗来说，维多利亚就算是个海上乐园，跟他也没什么关系；他对出国考察本来就没有特别的兴趣，旅游卫视天天都播放外国风光，看来看去就是那么回事。而徐奋斗要去维多利亚，仅仅是为了看望夏至一个人（不过夏至前些年已把他全家都搬过去，只好连同他的家人一起看望了）。这个愿望是如此强烈而又单纯，弄得他连参观温哥华都没了兴致。他急于去维多利亚见他的老朋友，准确地说，是当年北大荒的患难之交。所以，即便此行中没有温哥华，只要到了加拿大的国土上，哪怕就是自费，他也会去维多利亚亲眼看看夏至。

算起来，自从他和夏至各自离开北大荒以后，已经有二十多年没见面了。知青大返城那一年，他回了哈尔滨，夏至回了上海。回城后的那些年，上学找工作结婚生孩子，就像一场看不见尽头的持久战，烽火硝烟不进则退，谁也顾不上谁。十年八年过去尘埃落定，夏至已在上海一所大学拿到了硕士学位，徐奋斗也在哈尔滨一个区政府当上了处级干部。那次北大荒知青下乡二十五年纪念活动，使他们意外地取得了联系。此后常有电话往来。又过了一年，夏至去加拿大读博士，读着读着就留在了那个岛上的大学当上了副教授，还经常到世界各地去参加学术会议。想必如今的夏至肯定学问大了，但徐奋斗搞不清夏至究竟研究的是个什么专业，也没有兴趣知道。夏至只是他的哥们儿，仅这一条就够了。

去维多利亚的路上

从地图上看，维多利亚岛与温哥华城只隔着一道海峡，但要想穿过这个海湾，不是一脚就能跨过去的，得坐船或是坐飞机。徐奋斗刚一到达温哥华，领事馆的人就通知他去取从维多利亚寄来的飞机票。徐奋斗给夏至打电话，说飞机票太贵了，不如坐轮船呢。他已经跟团领导说好了，把回国的机票时间改签一下，推迟三天回国，就是坐船也可以在岛上待两个整天呢。夏至在电话那头急迫地说：你一定要飞过来，难得有这个机会，这片海湾的风光真的很好看。咱俩谁跟谁啊，不用客气的。徐奋斗心里一热，他想夏至还是当年那个哥们儿，这种交情到底是不一样的。就像冻在冰箱里的鲜肉，只要不停电漏电，几十年都不会变质的。

徐奋斗把温哥华的参观项目，心不在焉地对付了个大概，然后在一个星期五的中午，在团里翻译的指点下，先坐巴士然后换乘小飞机——去维多利亚。

去飞机场的路上，路过唐人街，他看见许多西方人聚集在几家中餐馆门口，手里举着一些英文的横幅，像是在静坐的意思。徐奋斗基本不懂英文，恰好旁边座位上坐一个黑发少女，长得像华人。他就问那个姑娘，那些横幅上写的是什么。姑娘用一种外国人说汉语的腔调告诉他，那是西方人在抗议中国餐馆活杀龙虾。他脱口而出："不活杀龙虾，那肉就不新鲜不好吃啊。"姑娘睥睨他一眼说："应该，用无痛苦的方式，让它体面地死去。"

徐奋斗不再说话。他觉得这个地方的人，凡事都有点儿小题大做。在加拿大考察半个月，一路看下来，所谓西方发达国家其实也不过如此。多伦多那个号称全世界最高的电视塔，还不如上海的东方明珠醒目呢。那些高科技企业的现代化流水线，如今国内的独资合资企业也都一样。徐奋斗这次出国，印象中只是觉得加拿大乡村的农舍，一座座都像是别墅似的漂亮干净，国内比不了。十几天的参观途中，上车下车购物吃饭，睡不了午觉，一整天人都犯困。

他被机场的工作人员带到飞机跟前，才发现那是一架极小的飞机。在停机坪密密的机群中，就像停车场上塞了一辆自行车。机上连驾驶员在内一共只有十一个人，连个空姐都没有。座位都是单人的，分两侧单列，机舱比巴士窄了一半多。飞机很快就起飞了，刚飞了几分钟，窗子外面就变蓝了，那窗子小而低，一垂眼就见蓝色的海水在飞机下像一幅绸子抖动着。飞机好像贴着海面在飞，浪花就要溅到窗子上来，徐奋斗觉得自己像是坐在船上，有一点儿轻微的眩晕。

他把眼睛闭上了。他是去看望夏至的，不是来看海水。

但此时徐奋斗的脑子却如同海水翻滚，起伏的蓝绸子里，浮上许许多多有关他和夏至的事情。在去维多利亚的路上，不，是空中——徐奋斗觉得在整个海上的天空中，只有他和夏至两个人。

为什么要去维多利亚

徐奋斗始终记得，他与夏至的友谊，缘于一只烧鸡。烧鸡这个词听起来有些不雅，吃起来就完全不一样了。三十多年以前，烧鸡属于珍稀动物。尤其在徐奋斗食量奇大的青年时代，烧鸡对他有着致命的诱惑。北大荒留给他所有的记忆，几乎都是与食物有关的。

徐奋斗和夏至同在一个连队，但不是一个班组，平时没有太多来往。那年冬天，徐奋斗在脱谷回连队的路上，听人说起夏至就要回上海去探亲了。他追上夏至，厚着脸皮请求他从上海回来时，火车经过德州，能不能在站台上给他买一只烧鸡。徐奋斗只是那么一说，夏至顺口就答应了。没想到的是，夏至过完春节回到连队，果真给徐奋斗带来了一只德州烧鸡。夏至把烧鸡包在一只塑料袋里，悄悄交给了徐奋斗，否则让宿舍的男生闻到了味儿，肯定连根骨头都剩不下了。徐奋斗接过塑料袋，第一件事情是躲到厕所里，把那只烧鸡彻底检查了一遍，果然连一只翅膀都没少。徐奋斗觉得夏至很够意思，如果是自己，一路上要做到不动那只烧鸡一根毫毛，几乎是不可能的（鸡毛当然没有，哪怕先揪下个鸡脑袋尝一口呢）。有一次柱子回哈尔滨，徐奋斗让柱子给带几根红肠，等柱子回到连队把纸包打开，红肠不见了，只剩下一根油腻腻的绳儿。徐奋斗因此对夏至有了些另眼相看的好感。不过徐奋斗试探着把买烧鸡的钱给夏至，夏至竟然一点儿都没推辞就收下了，所以徐奋斗在心底里认定夏至还是个上海人。

不久后发生了一件事，使得徐奋斗忽然又觉得，上海人天津人其实也没啥不好。那天徐奋斗一个人跟着一辆胶轮拖拉机去河滩拉沙子，遇上另一个连队外号叫"白毛子"（那人是个少白头）的宁波知青，同几个人在那里装车。徐奋斗的拖车经过的时候，白毛子故意高高地扬了一锹，沙子迷了徐奋斗的眼睛。徐奋斗就开口骂了白毛子一句。那句话肯定是骂得比较难听，否则白毛子也不会那么愤怒。白毛子当即跳上了徐奋斗的车斗，挥着铁锹就朝徐奋斗砍过来。徐奋斗一看不好，跳下车撒腿就往场院跑。白毛子紧追不放，徐奋斗冲进场院的小屋，里头一个人也没有。他抓起窗台上的两只暖瓶就冲着白毛子扔过去，暖瓶没打着白毛子，徐奋斗就扔碗筷板凳，屋里所有的家什都被他当成了武器，却仍然没有抵挡住白毛子疯狂的进攻。徐奋斗转身就往屋外跑，白毛子抢着铁锹砍过来，徐奋斗只觉得额头上一麻，肿胀的眼睛一下子睁不开了，用手一摸，摸一手血。他捂着额头跑到场院上拼命大喊，白毛子又追上来。徐奋斗心想今天肯定要壮烈牺牲了，自从下了乡，他看见死人的事情是经常发生的，只不过今天的牺牲实在是轻于鸿（白）毛。这时突然从场院的房后窜出个人来，手里挥舞着一根当当响的链轨轴，横着身子拦住了白毛子的去路。徐奋斗从手指头的血缝缝里看见了戴眼镜的夏至。他大喊：夏至救我！

夏至用徐奋斗听不懂的那种南方鸟语，跟白毛子嘀咕了几句。白毛子叽里呱啦地嚷嚷着，然后声音低下去，最后竟然把铁锹扛在了肩上，转身扬长而去。

战事平息得出人意料，就像一场戏刚演了个序幕就结束了。徐奋斗这才知道，夏至最近在场院选麦种，刚才正在房后解手，所以杀出来晚了点儿。夏至用清水为徐奋斗细心洗了伤口又用纱布包上。最重要的是，夏至没有让徐奋斗赔偿屋子里被砸坏了的那些东西，倒让徐奋斗有点儿意外。过了些日子，徐奋斗又在河滩上遇到白毛子，白毛子冲他友好地点点头，说了一句：要是早点儿晓得你是夏至的朋友，我肯定不敢打你的！

徐奋斗为了感谢夏至，就从家属区独自偷了一只肥鸡，拿到场院里，对夏至说，是他从老乡那儿买来的，杀洗炖熟，然后与夏至两个人分享。那是徐奋斗偷的第一只鸡，其味之香肉之鲜，令徐奋斗至今一想起来，依然涌上一种即刻昏厥的幸福感。偷鸡是一件充满危险的工作，很费了徐奋斗的一番心血。加上场院的那场血战，所以徐奋斗和夏至的友谊，是用鲜血凝成的。虽然没当过兵，但徐奋斗一向都把夏至当成战友看待。

飞机飞得那么低，从海面上掠过一个绿色的小岛，然后又是一个。从空中看去，小岛就像一片片绿色的浮萍，蓝天白云都凝固不动了，只有绿茸茸的浮萍在漂流游荡。飞机几乎擦着岛上的树梢飞过，像一只轻盈快活的银色大蜻蜓。

现在徐奋斗知道了夏至所在的那个大学，离温哥华有着四十分钟的飞行距离。他根本没有心思观赏海上的风光，只想快点儿到达那个叫作维多利亚的地方，与夏至痛痛快快重聚。

维多利亚宠物

维多利亚的飞机场，是从水里升起来的。四处都是海水，唯独中间一块绿岛。

在接飞机的人中，离老远，徐奋斗一眼就把夏至给认出来了。尽管夏至的头发少了许多，已经有些谢顶的意思；尽管夏至的面孔呈现出与教授很不相称的黑红色，分别二十多年后，徐奋斗仍然毫不含糊地认出了他昔日的战友。他拼命地冲着夏至挥手，几乎是一路小跑着冲到了夏至跟前，然后是拥抱，毫不犹豫地不假思索地紧紧地拥抱——在狠狠地拍打着夏至后背与肩膀的那个瞬间里，他忽然发现只有到了外国，才会像外国人那样拥抱。松开手之后，他们彼此打量着对方，傻傻地嘿嘿地乐，一时竟不知道说什么话才好了。

"你胖了许多啊……"夏至说。

"心宽体胖嘛。"徐奋斗说，"如今想吃啥就有啥，哪里像在农场时候，一天到晚像个饿死鬼投胎……"

"真不敢想象，你会来这里看我，当年的荒友，就你一个人到维多利亚来了。"

"哈哈，搞得像老情人似的。这里差不多就是天涯海角了。"

"二十多年了，那么长的日子，怎么说过就过去了呢？"

"是啊，怎么说过就过去了呢？"

两人说着话，走到停车场，上了夏至的小汽车。徐奋斗留意看一眼，见汽车的式样很一般，看不出是什么牌子。汽车一启动，一溜烟就钻进了树林，公路在树林里盘旋，半天不见一个人影，不像是去一座城市，倒像是去打猎似的。路边一簇簇一蓬蓬的鲜花，一片红一片紫，森林里有了星星点点的红叶，如同光斑跳跃，晃得徐奋斗的眼睛发花，脑袋都晕了。

"你还记得那年冬天，咱们坐着'热特'一块儿去加工厂拉面粉的事儿吗？"徐奋斗兴致勃勃地说，"下午拉着一车面粉回来，走半道那车的车轴断了，猛一下就翻了车，咱俩都摔到了沟里。一只面粉口袋死沉死沉地压着我的腿，我好容易把口袋挪开了，坐起来一眼就见你直挺挺地躺在一边，身子一动不动，脸上全被面粉糊住了，一身白色，就像被雪埋了似的，我吓得也不会动弹了。你知道我当时觉得你像个啥吗？"徐奋斗侧脸问。

"像个……像个大夫？至少也像个手术台上的麻醉师吧。"夏至回答。

"哪呀，你就像一个生物课上用的石膏模型人……还有那个……那个，那个老乡说的白衣无常吊死鬼儿……"徐奋斗说着就憋不住乐，一边乐着一边继续说："我赶紧把你脸上的面粉都扒拉开，你，你开始喘气儿了，我想这不还没死嘛，就使劲掐你的人中，结果怎么着？你狠狠地打了一个喷嚏，把鼻孔里的面粉全喷在我脸上了……"

徐奋斗哈哈大笑起来。夏至也嘿地笑了一声，笑得很有节制，不像徐奋斗那么肆无忌惮的。徐奋斗后来又讲了一些当年的笑话，比如有一年过元旦，他俩合伙花了七块钱到老乡那里买了三只鸡，竟然一顿全吃完了。可这样的事情，夏至嗯嗯地应着，却是接不上茬，好像一点儿都想不起来了，这让徐奋斗多少有些扫兴。徐奋斗不远万里奔到维多利亚来干吗？就是来找夏至忆旧，来共同怀念那一段难忘的青春时光啊。

徐奋斗的眼前出现了一片开阔的草坪，几棵高大的枫树，血红色的枫叶如同无数面红旗，在风中飘扬。枫树掩映着一栋二层的木头房子，敞开的走廊上吊着几只花篮，一些不知名的鲜花像瀑布一样垂下来。一棵枫树下摆着白色的桌椅，盘中的水果像蜡制品一样光滑。有一个七八岁的女孩儿，迎着汽车跑过来。徐奋斗知道这是夏至的小女儿凯蒂，是他和夫人到加拿大以后生的，他的大女儿已经到美国去上大学了。

"到家了。"夏至说，"希望这两天你能在这里过得快活，就像在自己家里一样。"

夏至把车停在草坪外，然后解下安全带，走到另一侧为徐奋斗开车门。这个彬彬有礼的动作就像刚才那句话，似乎都在提醒着他与夏至之间的主客关系，让徐奋斗感到不舒服。他隐隐地觉得，夏至好像已经不是当年那个仗义爽快的夏至。他一路上的话都很少，有点儿心事重重的样子。

夏至领着徐奋斗参观了自己的房子，楼下是一个敞亮的大客厅、开放式的厨房，以及一间客房。楼上有两个卧室、一间儿童房和一个书房。房间里的陈设都很简朴，家具看上去也是极普通的。徐奋斗心想，这房子前不着村后不着店的，住在这里都能把人憋死。夏至在这么个偏僻的海岛上当教授，换了徐奋斗，就是工资再高也不会干的。

当徐奋斗走到用栅栏围成的后院时，眼前顿时一亮，情绪立即兴奋起来。

他看见了两只鸡，是城里早已很难见到的放养的活鸡——一只红毛公鸡和一只黑母鸡，正在草地上互相追逐。公鸡昂首阔步，鲜红的鸡冠一步一颤，斑斓油亮的羽毛在风中抖动；母鸡低头在草丛中觅食，忽而扯出一条蚯蚓，急急衔到一边去了。栅栏的角上，有一间低矮的木头小屋，想必是主人搭建的鸡舍了。徐奋斗忍不住朝着鸡们走近一步，那两只鸡竟然一前一后忽地扇着翅膀飞了起来，扑棱棱飞到了小楼偏厦的屋顶上。那只红毛公鸡单腿独立，昂起脑袋，仰天长啸一声——那叫声犹如一支嘹亮的小号，悠长而放肆，在这寂静的郊外住宅区，大有石破天惊之感，足可传出好几里地远去，把徐奋斗的耳膜震得生疼。

那般傲慢与雄踞的劲头，好像不是鸡而是两只威严的老鹰。

徐奋斗的情绪陡然高涨，他闻到了一种亲切的气息，从遥远的北大荒飘来。夏至竟然养鸡！夏至的鸡竟然能飞上房顶！这简直是太棒了，简直没治了！他想自己也许是错怪夏至了，夏教授把鸡养到了加拿大，可见他是多么怀念曾经的知青生活啊。

凯蒂指着那只公鸡对徐奋斗说："它叫麦基。"又指着母鸡说："她叫海伦，已经当妈妈了。"凯蒂欢快地叫着海伦的名字，朝着鸡招手，那只黑母鸡东张西望一番，呼啦啦就从房上飞了下来，踱到凯蒂面前，用尖尖的喙啄着凯蒂的手心。夏至忽然显得很紧张的样子，跑过去把女儿搂了过来。女儿在他怀里挣扎，用英语尖叫着。徐奋斗好奇地问她在说什么，夏至犹豫了一下回答说："她说鸡是她的宠物，今天为什么不让它和自己玩儿了？"

"鸡是宠物？你，你养鸡是给女儿当宠物？"徐奋斗有点儿不相信自己的耳朵。

"是啊，一开始我是这么想的。不过，眼看就当不成了。"夏至微微叹了口气。这句话有点儿让人费解。

维多利亚和北大荒

晚餐很丰盛，有糖醋排骨、熏鱼、土豆烧牛肉和油焖大虾，还有稀饭和榨菜。夏至的太太也是上海人，哪道菜里都放糖，这上海风味实在不对徐奋斗的胃口。徐奋斗此次海外旅行，最为痛苦的就是吃饭问题。正经西餐倒是勉强还能对付，可那些中餐馆说是潮州菜川菜粤菜，弄得中餐不像中餐，西餐不像西餐，全都串了味儿，徐奋斗一路走来，每天都觉得饥肠辘辘地吃不饱饭。到了夏至这儿，他真想自己动手做东北菜，炖一锅猪肉粉条吃个痛快。夏至肯定不会反对吧？

桌上放着好几瓶刚开封的法国葡萄酒，干白干红，就是没有白酒。他对夏至说，咋不整点儿白酒呢？今天晚上咱俩就喝他个一醉方休，就像当年在连队那样。夏至支吾说附近的超市没有卖白酒的，再说他也早已不喝白酒了，又连声抱歉说他怎么就把这事儿给忘了，他和太太给奋斗收拾了客房，安排好了带他参观维多利亚市和著名的布查德公园的时间，还打算为他举办一个 PARTY，把维多利亚岛上那些从中国大陆留学出来的朋友（一共十四位）都请来聚会——可就是没想到应该为徐奋斗预备下一瓶白酒。其实茅台和五粮液在温哥华城里的超市都有卖的，偏就忘了……

夏至这样一解释，徐奋斗倒有些不好意思了。他挥挥手说没关系没关系，不就是为了高兴嘛，红酒白酒，喝肚子里还不都一样，来来来，咱俩干了这杯！

夏至与徐奋斗干了三个半杯红酒之后，说自己心脏不大好，自顾自地改喝橙汁了。只是时不时地拿起瓶子给徐奋斗满酒，满上了却也不劝，倒像是随意的自家人。可徐奋斗一个人独饮，这酒就喝得有些乏味和单调了。他只好不停地说话，把他和夏至共同认识的那些老知青的情况，统统说了一遍。夏至倒是饶有兴致地听着，时不时地插话问这问那的。有一会儿夏至不知怎么说起了中东问题，徐奋斗毫不犹豫地把话题切断了，他可不想钻到那些八竿子打不着的沙漠里去探讨什么真理。徐奋斗只对他和夏至当年的老故事感兴趣。说来说去，那些话就像个车轮子，又转回到了当年的农场。北大荒是个车轴，没有它，车就转不动了。北大荒是口深井，一圈儿一圈儿地摇辘轳把，满满的清水就一次一次提升上来了。北大荒是天边的地平线，永远在那里等着你奔过去。徐奋斗把那瓶酸涩的干红自个儿都喝完了，满肚子的话才刚说了个开头。

夏至你还记不记得，有一年冬天在地里刨粪，眼看天都快黑了，连长还不喊收工。我还以为自己的表停了呢。我问你几点了，你说五点半了。我就撺掇大伙给连长提个醒，大伙都杵着镐头站着不干了。连长嚷嚷说咋都站下了，想罢工咋的？大伙一齐把手腕子伸出来，亮出腕上的手表说：连长你看看都几点了？连长在棉袄袖子里抠了好一会儿，抠出一个物件，眯着眼瞅了好半天说：才三点半哪，今儿天咋黑这么早？大伙都说，连长连长，我们的表都到点啦！连长把脸一沉，说：以我的表为准！

夏至笑起来说是有这么回事，又说奋斗你的记性可真好，什么都没忘啊。

徐奋斗说那倒也不是，回城以后，日子一天天都差不多，想记都记不住了。

夏至说，我就记得刚到农场的时候，我们上海知青都带了蚊帐，蚊帐挂起来，同宿舍的东北知青特别愤怒，说你们挂蚊帐，不是就让蚊子干咬咱们嘛！吵吵着差点儿没打起来。后来就让我们回上海给捎蚊帐，过了几年，你们越来越讲究，我们倒是越来越脏了……

徐奋斗笑着点头，说夏至你就是得个诺贝尔奖，也不如知青那会儿的生活有意思……

夏至不置可否地嗯了一声，一口橙汁憋在嗓子眼儿里。

夏至的夫人端上了菜就没了影儿，不知为什么好像一直在客厅的角落里打电话。有两次她走到夏至身边，在他耳边轻轻低语，那会儿，夏至的眉头就紧紧地皱了起来。然后站起来，对徐奋斗说声对不起，就离开座位去接电话了。厨房和客厅整个都是打通的，夏至快速地说着一串串英语，徐奋斗当然听不懂。但其中有一个单词，重复的次数多了，徐奋斗就听懂了——

那个单词发音"齐啃"，就是"鸡"的意思。徐奋斗旅行一路，别的单词记不住，这个"齐啃"几乎每天都会听见，听都听腻了，一听就知道是同鸡肉、鸡腿、鸡翅膀有关。

徐奋斗扫了一眼餐桌，发现餐桌上果然是没有鸡的。恍然大悟地说夏至你是不是在餐馆订了烤鸡啦？不要不要，菜已经够多了。再说，我这一路上总是吃鸡，吃得我都烦了。

夏至摇摇头说不是不是，不是订鸡。呵呵，是关于鸡，不过不是烤鸡……

徐奋斗就有些疑惑。这个思维缜密的夏至，以前说话从来没有这样语无伦次的。也许是在国外待久了，中文就不大利索了？他见夏至不往下说，也不好追着问。

但徐奋斗的思绪却因此被"齐啃"大大地激发起来。一只只鲜活的芦花鸡、红原鸡、来航鸡、乌骨鸡、九斤黄、白洛克……扇动起翅膀，在他眼前扑腾扑腾地跳来跳去，一下子引出了他脑子里无数有关鸡的话题，令他兴奋莫名。

"夏至你还记不记得当年我在农场的时候，练出来偷鸡的那一手绝招？"徐奋斗有些得意地说，"要是在现在，说不定能申请个专利了。"他笑道，"捡一粒个儿大的苞米，用锥子在当间钻个孔，找根儿纳鞋底的那种麻绳，从孔里穿过去，打个结系住了。然后悄悄猫在家属区的那些柴火垛底下，那些肥鸡就爱在那儿溜达。看准了一只，把手里的绳儿甩出去，鸡走过来，一眼看见这么大一粒苞米，一啄就咽下去了，然后你就收线吧，就像钓鱼那样，慢慢地一点儿一点儿把线往自个儿身边拉，那粒苞米卡死在鸡的喉咙里……"

"凯蒂，你的水果吃完了吗？"夏至突然急骤地打断了徐奋斗的话，转脸看着他的女儿，语气随即又变得温和，"凯蒂我想你是该去洗澡了。"

"我想听完这个故事，我还从来没有听过这样的故事。"凯蒂扭了扭身子表示不满。

夏至的脸色严肃起来："这个故事不适合你听。"

凯蒂接着就听到她母亲在洗手间叫她，这才说了声晚安，不情愿地走开去了。

徐奋斗问："你说这个故事不适合她听，什么意思？你应该让她知道我们的知青生活嘛。"

夏至说："那当然。不过……你接着讲吧，我听着呢。"

徐奋斗就接着讲，那一粒苞米卡在鸡的喉咙里，鸡就发不出声音了。那粒苞米卡在喉咙里肯定很痛，所以鸡就被迫一步一步跟着绳儿走，挣脱不得。等到把鸡拉到跟前，一把抓住了，拧断它的脖子，塞进准备好的布袋里，就算大功告成，然后逃之夭夭。这个办法可以说百发百中，他在农场八年中，前后总共偷过几十只鸡，一次也没有失过手……

徐奋斗说到要害处，击掌而乐，大笑不止。夏至却不笑，显得有些神思恍惚。

那时候的鸡，是真正的农家鸡，吃着那叫解馋。徐奋斗啧着嘴回味着，那儿的鸡可真野，你万一逮不住它，它飞起来，能飞到房顶上去，就跟你们家的鸡一样……

是的，那儿的鸡能上房，这我记得。夏至的语气里，已经有了些许敷衍的意思。他说奋斗你这些天一路辛苦，早点儿休息吧。好好睡一觉，明天后天我有两天休息，陪你到处走走，我们有的是时间在一起，咱们再慢慢聊好好聊……

徐奋斗觉得自己其实一点儿也不困，他猜想大概是夏至累了。

徐奋斗洗了澡，躺在客房的床上，家具散发着一种清爽的松木香味，周围静寂无声，倒使他的头脑越发清醒起来。他觉得这个陌生的维多利亚，好像有什么地方不太对劲，总之是不对劲。他在来维多利亚的路上，一次次激动无比地想象着——和夏至久别重逢闹成一团通宵未眠然后喝得烂醉如泥的情形，压根儿就没有出现。

维多利亚哪儿不对劲

徐奋斗梦见自己正在追捕一只肥硕的黑母鸡，那只母鸡躲在了柴火垛里下蛋，下了一窝鸡蛋，一眨眼就变成了一群毛茸茸的小鸡仔，怎么轰都轰不走。他撒下一大把苞米粒，母鸡咯咯嗒咯咯嗒地叫唤着，就是不上钩。有一只大公鸡摇头摆尾地走过来，一口就啄下了苞米粒。煺了毛的鸡被囫囵个儿煮在大锅里，鸡汤咕嘟咕嘟冒泡，奇怪的是，那只已被他杀掉了的大公鸡竟然从锅里站起来，昂起脑袋喔喔地高声啼唱……

徐奋斗睁开眼，好一会儿才发现自己不是在农场，而是在万里之遥的北美洲，一个望不见人影的海岛上。但他真的听见了大公鸡的啼鸣，一声声高亢洪亮，从他的窗下传来。他起身撩开窗帘，草坪上不见那只活生生的红毛大公鸡，只听得一声声嘹亮的鸡鸣，从关闭着的鸡舍板缝中突出重围。伴随着那只母鸡咯咯嗒咯咯嗒的叫声，倒像一场配合默契、热闹诙谐的二人转。

他推开窗子，冲着夏至喊："是母鸡下蛋了吧？还温乎呢，早餐就吃煎荷包蛋咋样？"

夏至没应声。他和他夫人正围着鸡舍团团转，一脸的焦虑无奈，好像面对的不是两只鸡而是两只前来偷袭的黄鼠狼。徐奋斗心想夏至这家伙当了教授，咋变得这么磨磨叽叽的？

早餐有面包牛奶和煎鸡蛋，徐奋斗咬一口，马上吃出不是新鲜的"柴鸡蛋"，而是从超市买回来的养鸡场出产的鸡蛋。餐桌上的气氛不知为什么有些压抑。等徐奋斗差不多把盘子里的东西都消灭掉以后，夏至吞吞吐吐地对徐奋斗说了以下这些充满歉意的话：

"……发生了一点儿意外的事情，奋斗，真是太不巧了，今天上午我恐怕不能陪你去维多利亚市区参观了，我和我太太得马上出去一趟，有点儿急事要处理，真的很抱歉。我没想到这件事会那么严重……偏巧就是昨天中午你到达之前发生的，这完全打乱了我计划……"

徐奋斗挥了挥手说："嗨，这抱什么歉哪，谁家还没点儿什么事儿，你们只管去只管去，我正好休息休息。我已经把加拿大都转遍了，维多利亚市区去不去都无所谓，我本来就是来看你的。哦，你的事儿我能帮上忙吗？不会是啥要命的事儿吧？"

夏至犹豫了一下说："是要命的事儿。"

"要谁的命？瞧你说的，别吓唬我啊。"

"是要那两只鸡的命！"夏至的脸色沉下来，"我还是把真实情况告诉你吧，免得你担心。"

徐奋斗张大了嘴听了一会儿，终于明白了夏至所说的"要命的事儿"——夏至当初养鸡，是为了培养女儿对小动物的感情，但他单单选择养鸡，确是因为对农家鸡情有独钟。但他没想到鸡长大了是会叫的——公鸡打鸣，母鸡下蛋。这两只鸡的叫声干扰了周围的邻居，前几天已有人打电话来抗议，要夏至尽可能设法不再让他的鸡发出声音。还没等夏至采取措施，昨晚就有邻居报了警，今天一早市政部门打电话来通知夏至，要他尽快处理这两只鸡。夏至试着把鸡关在了鸡舍里，但鸡叫声仍然冲天而起。他曾考虑在鸡舍四周加盖隔音板，但一个完全封闭的黑暗鸡舍，对于动物来说是不公平的。所以他必须和太太立即去见一位律师，同他当面商量，看看是否还有可能通融的办法……

徐奋斗失声叫起来："不就是两只鸡嘛，你理他们！"

夏至的太太尖声说："不理？罚款不说，还有可能违法！"

徐奋斗不吭声了。他想这是在外国，这儿的法，同太平洋西岸的法，很不一样的。

夏至和夫人把凯蒂留在家里托徐奋斗照看，就急急忙忙地开车要走。车刚启动，夏至从车窗里探出头来，小声叮嘱徐奋斗说："你可别再给凯蒂讲那个偷鸡的故事啊。"

徐奋斗望着汽车消失在树林里，心里有点儿不开心。他觉得这个地方真是太过分了，两只鸡就把夏至搞得神经兮兮的。其实呢，真想让那两只鸡不发出声音，买一包生石灰，把鸡的喉咙烧哑了不就得了！不过，徐奋斗暂时还不打算给夏至提供这个方案。

凯蒂很友好地带着徐奋斗参观了附近的山坡和树林。徐奋斗在转悠的过程中，才发现夏至家的周围果然是有邻居的，只不过那些邻居的房子都影影绰绰地藏在树林里，看不见罢了。这些所谓的邻居，看来只有在鸡鸣的时候才会显形露面。

徐奋斗这一天悠闲的漫步还是大有收获的，他在树林子里看见了旁若无人的山鸡、野兔，还有草丛中一圈一圈湿漉漉的白蘑菇，就像秋收时从地里犁出来的一堆堆土豆。

夏至夫妇一直到傍晚才垂头丧气地回来，他们把凯蒂支开后，才低声告诉徐奋斗说，律师为他们查阅了大量的法律条文，结论是那两只鸡如果不停止发声，夏至完全有可能触犯这个省的法律。所以，他们夫妇在路上已经进行了充分的讨论，目前唯一需要决定的是，究竟用什么办法，才能使得他家的这两只鸡，不露痕迹而又合乎情理地消音匿声。

给维多利亚闹场饥荒试试

晚餐只能凑合吃面条了，餐桌上夏至夫妇闭口不提鸡的事情。一直到凯蒂说了晚安去睡觉之后，夏至夫妇才郑重其事地开始重新讨论关于鸡的去向。比如说有如下几个方案可供选择，一是把鸡放入树林，任其自生自灭。但这样做仍有缺陷，如果鸡在树林里继续啼鸣骚扰居民，这事儿就没算完，而且家鸡不善觅食，完全有可能跑回来，岂不前功尽弃；再说如果家鸡在树林里被狐狸一类的动物咬死，他将有可能负有虐杀动物的罪名。二是将鸡免费送往某一家屠宰场，在那里被宰杀后作为肉类销往市场。但这样的话，这两只鸡肯定得先送到动物检疫机构去检查，获取健康证明，因为万一屠宰了带菌的家禽，屠宰场就会被高额罚款甚至会被吊销营业执照，屠宰场是万万不敢冒险的，而这个检疫机构究竟设在何处，是否接受普通家禽的检疫，都是未知数。三是在后院抢盖一间有隔音装置，顶棚安装玻璃可透光照明的现代化鸡舍，使得外界绝对听不见鸡叫，而鸡也能自由行动享受阳光并且继续与凯蒂亲近……这个方案显然最为理想，但是且不说需要一大笔资金，仅是在短短的几天期限之内完成这么一项工程，材料和技术也是几乎不可能解决的难题……

徐奋斗听到这里，已经实在是忍无可忍。他猛地一拍桌子，大声说："你们是不是有病啊？不就是两只鸡吗，用得着这么复杂吗？要我说，这个事儿实在是再简单不过了，你们把这事儿交给我，我明天一早就给你们解决了。"

夏至眼睛一亮，声音都结巴了："快说，你有什么好办法？"

"吃了呗！把鸡吃到肚子里，不就啥事儿都没有了！"徐奋斗抓起一只紫红色的大李子狠狠咬了一口，囫囵个儿地咽了下去。"怎么着？怕杀鸡呀？我杀鸡最拿手，夏至你还不知道？连杀带燎毛带开膛洗净煮熟，用不了一个小时，我就给你搞定！这种放养的笨鸡，叫作绿色食品，如今在国内都不容易吃到真货，刚才我看见树林里有不少野生蘑菇，明儿一早我去整它一筐，哈，鲜蘑炖小鸡儿，等我给你们露一手，吃完了我白教你，等我走以后，你俩就干脆开一家夫妻店，维多利亚唯一的东北风味馆……"

他看见夏至夫妇飞快地交换了眼色，目瞪口呆地说不出话来了。

"怎么样？我说夏至，你读个博士真是越读越傻了，我的办法多现成儿，既把你的鸡消灭了，又能饱餐一顿，这叫两全其美。"徐奋斗说得来劲，兴奋得脖子都红了。"你想想，现在超市买的那种肉鸡，一点儿鸡味儿都没有，那也叫鸡嘛？！有一次我在哈尔滨的超市买了一只冻鸡，看着个头挺壮挺肥挺瓷实，可你猜怎么着？拿回家搁在盆儿里化冻，那鸡身子一会儿缩下去一圈儿，一会儿缩下去一圈儿，没等半个小时，那鸡身子就缩下去一大半，到最后，鸡化软了，就剩下那鸡胸脯，像个刀尖儿似的戳着——这才明白那是一只注水鸡，炖熟了，那鸡肉嚼着就跟柴火一样。唉，算了算了不说了。我在加拿大这些日子，一端上烤鸡腿我就恶心。不瞒你说，昨天我一看见你的这两只鸡，油光锃亮的，一下子就想起北大荒的鸡来了，那香味儿，啧啧，我的口水都差点儿流出来了……"

如果徐奋斗能稍稍留意一下，就会发现此时的夏至，面色已经由白变青，脸都拉长了。他也许是出于礼貌，一直耐心地等到徐奋斗的话说完，才轻咳一声，只几句话，就把徐奋斗美餐的计划彻底粉碎了。他的话说得十分委婉，但在徐奋斗听来却分外刺耳。

夏至说，这两只鸡是凯蒂的宠物，我们怎么能够把她的宠物杀掉呢？让她在自家院子里亲眼看到杀戮和流血，然后再把她那么喜爱的东西吃掉，这会在她幼年的心灵上，造成多大的伤害，留下何等残酷的记忆。不不不，这是我们绝对不能允许的。这样做太可怕了……请原谅，这不是在当年的北大荒。

徐奋斗差一点儿笑出声来，夏至的逻辑简直是太荒唐了。这是自家养的鸡，养鸡就是给人吃的，这又不是野鸡，根本不算野生动物，说什么残酷和伤害？也太夸张了吧。徐奋斗咬着嘴唇，在心里骂着夏至：别这么假惺惺的，难道你们就不吃鸡不吃肉了吗？人类不杀戮不流血，怎么生存？说得倒是轻松，给你这个维多利亚闹一场饥荒试试？

他忽然想起当年在农场的时候，夏至当过一段时间的连队通讯员。有一次，有个看守水库的知青家里来了电报，电文写着母病速归。夏至赶紧到水库去给人送电报，步行了十几里地，总算找到那个窝棚，才知道那个知青恰好到几十里外的苇荡去割条子了。他就给那个知青留了个纸条，让他回来后到连部取电报。自己又步行回连部去了。那个知青回到窝棚已经天黑，见到纸条，只好等到第二天一早，赶到连部去取电报，走到连部，夏至又去了十几里外的邮局取报纸。那个知青一直等到中午夏至回来，才算拿到了那份电报。一看电文那知青就火了，扑上去就要揍夏至。他说，夏至你是缺心眼儿还是故意坏我哪？你去水库送电报，见我不在，你把电报放在窝棚里不就得啦！你还带回来让我再跑来取，这多耽误事儿啊，我妈要真有个三长两短我见不着她面儿，看我回来不跟你拼了！夏至还振振有词地解释说，电报必须要本人签字的，我给你放在窝棚里，怎么能保证你确实收到了电报呢？——这么一说，大伙儿还觉得夏至有理了，遇上这么一个较真的人，那知青也没了脾气。

也就你夏至这样的人吧，走到天边你也是这个德行，扯啥北大荒嘛你。

徐奋斗一赌气就说，他这辈子吃过的鸡多了去了，原本也不在乎这一对儿宝贝的，自己只不过想为夏至排忧解难而已。然后他站起来大大地打了一个哈欠，表示要去睡觉了。

其实后来徐奋斗老半天也没睡着觉。这房子那么安静，只听见窗外树叶哗哗响，像下雨似的。雨声中，他听见夏至和他夫人还在不停地打电话……

离开维多利亚

第二天早上徐奋斗醒来的时候，阳光洒满了房间的地板，像一条一条金鱼在跳跃。一看表已是九点多钟了。他心里纳闷，今天早晨怎么没听见那两只鸡叫唤呢，难怪起得迟了。他趿着拖鞋走到客厅，里里外外静悄悄的好像一个人也没有，只见餐桌上压着一张纸条。上面写着：奋斗，我们终于为"麦基"和"海伦"找到了一个新的家，现在我们带着凯蒂去送它们了，大概中午以前能回来。早餐在冰箱里，你自己弄吧。

一个新的家？徐奋斗实在想象不出来，这两只鸡能找到什么比人的胃更妥当的安乐窝呢？

徐奋斗百无聊赖地在屋子里转来转去，看电视听不懂，听音乐没意思，夏至的书倒是不少，大多是英文的。好容易找到几张 VCD 电影光盘，却是他在国内早就看过的。最后总算在电视里按出了一个北美华人卫视，正在播放电视连续剧《三国演义》，这才安安稳稳躺在沙发上，把一上午的时间消磨过去了。

他忽然想起，自己到了维多利亚将近两天了，连维多利亚是个什么样子都还没见过呢。

临近中午时分，听到窗外的汽车声，果然是夏至夫妇回来了。他迎出去，见凯蒂欢天喜地地跳下车，跑过来主动对他说："你知道我的麦基去哪儿了吗？它们的新家有许多新朋友，有鸭子、鸽子和猫，比这儿热闹多了。以后，我每个星期天都可以去看望它们……"

夏至停好了车，满脸笑容地走过来对徐奋斗说，他们把鸡送到一个当地的民间动物保护组织去了，那个机构建在一个山谷里，专门收养一些被遗弃的或是有特殊情况的小动物。那是昨天晚上一个朋友给建议的，今天去了，果然一切都令人满意，现在好了，总算 OK 了！

徐奋斗哭笑不得，勉强附和说："那就好了，我也可以松口气了。"

夏至看上去心情很好，他说中午来不及做饭了，我请你去市里的餐馆吃午饭，全家都去，下午正好陪你在市区看看。不过，维多利亚的华人特少，这里的中餐馆可没有太像样的，你看，你是吃中餐还是吃西餐呢？

徐奋斗不假思索地回答："再难吃的中餐也比西餐好吃，我可是个中国胃。"

于是夏至一家就和徐奋斗去了市里的一家中餐馆。徐奋斗几乎带着一种恶意的报复情绪，点了一只香酥鸡。这道菜的加工比较复杂，等了很久直到大家都快吃完了，香酥鸡才端上来。只有徐奋斗一个人撕了一只鸡翅膀吃，夏至和夫人还有凯蒂都没有动一筷子。吃完了饭，看着那只几乎完好如初的香酥鸡，徐奋斗说打包吧。夏至摇了摇头说，不了。

午饭后，夏至的夫人带着凯蒂去动物园了。夏至陪着徐奋斗在维多利亚中心大街上走了一个来回，浏览了市政厅和教堂，还有旅游工艺品商店什么的。徐奋斗看见那些古老的建筑物上爬满了绿色的常春藤，毛茸茸的绿叶把窗子都遮去了大半。用夏至的话说，每个窗口都有一种古典的忧郁情绪飘散出来；街道实在是太干净了，干净得不像是真的街道了；街边的每一根灯柱上都悬挂着鲜花吊篮，那些花大朵大朵地在头顶摇曳，好像有一个花仙子在空中盘旋，不停地把花散落下来；高高的彩色双层巴士，身子笔直、优雅地礼让行人，连轮子上都传来一种绅士风度……夏至一直在为徐奋斗做导游，他讲解维多利亚的历史，比如，这个城市是英联邦所属加拿大不列颠哥伦比亚省府的所在地，因此处处留有英属领地的痕迹；比如，这个城市的港口是个不冻港，并用维多利亚女王的名字命名……

徐奋斗笑着打断夏至说，我倒是觉得，这个城市就像是一个精致的大蛋糕。

到了傍晚，夏至看看表，提议再去看一个布查德公园。他说那个公园是一个盛大的花宴，四季鲜花盛开，晚上有灯光喷泉，水池与灯光交相辉映，是北美洲最美丽的夜花园。这花园的旧址原是一个生产水泥的采矿场废墟，布查德夫妇亲自将其改建成了一个举世闻名的低洼花园，园中至今还保存了当年的旧窑烟囱作为纪念……

徐奋斗觉得自己对维多利亚所有的事情，都已经提不起任何兴致了。他摆摆手说："算了算了，不去了，看那么多，我都搞不清哪是哪了。咱们还是回去吧，我还得把电视剧《三国演义》看完了啊。"

夏至发动汽车的时候，忽然惊叫一声说："糟糕！我和我太太原来打算为你举办一个PARTY，你看看，这两天忙乱的，居然全顾不上你！"

为了弥补这一过失，夏至诚恳地请求徐奋斗在维多利亚再住一天，恰好明天他没有课，他会在最短的时间内，为徐奋斗准备好明天的晚宴。他说徐奋斗可以给领事馆打电话，试一试改签机票，推迟一天到达温哥华，坐后天的飞机回国。

徐奋斗严肃地回答说："那可不成，他们会以为我失踪了呢。再说，机票在我身上，已经OK过了，我知道那是不能再改的。"徐奋斗顺便说了一句，回温哥华他可不想再坐小飞机了，他想坐一回船，也好有一些与来时不同的经历。

第二天一早，夏至送徐奋斗去轮船码头。夏至一路上都在向徐奋斗道歉。他说他真没想到事情会搞成这个样子。徐奋斗不远万里来到维多利亚，自己却没能好好陪他，没尽到应尽的地主之谊。这样的遗憾，恐怕是一生也很难有机会弥补了。徐奋斗侧过脸眼巴巴盯着夏至，一直等着夏至的后一句话，他想如果夏至骂一声——这都是那两只该死的鸡闹的，他就原谅了夏至。可是，夏至却始终没有骂他的"麦基"和"海伦"，连一个字都没提。

在船码头分手的时候，夏至伸出了胳膊跟徐奋斗紧紧拥抱。徐奋斗情不自禁地拍了拍夏至的肩膀，心里竟也有点儿难受起来。他想即使夏至偶尔回国探亲，自己在哈尔滨，而夏至到上海，也是不容易见面的。这一别，真不知道什么时候能再聚了。

徐奋斗怀着复杂的心情登上了渡轮，眼前是无风无浪的胡安·德富卡海峡，一群白海鸥飞翔的影子，在海水中像鱼群掠过。回望维多利亚岛，只见一团浓浓的绿色，渐渐沉入海里……

很久以后，徐奋斗回想维多利亚，几乎想不起那个城市是个什么样子。他只记得那两只飞到房顶上的鸡，鸡冠如血，鸡爪如钩，油亮的羽毛在风中翻飞，温和的小眼睛机灵地注视着四周，一唱一和得像在演二人转。那只公鸡一声怒吼，岛上的树叶子都被震得哗哗落下；那只母鸡咯咯嗒咯咯嗒，长一声短一声地，犹如贴着他耳边叫唤，真让人心烦。

2003 年秋

写于北京颐和山庄 ①

---

① 发表于《上海文学》2004 年第 3 期，《小说月报》2004 年增刊转载。

北京的金山上

李大觉得自己像只螃蟹，在胡同里横着走。

他的脖子上挂了一只电饭锅，用一根塑料绳拴住锅环的两头，吊在胸前。左边的胳肢窝下，夹着一只压扁了的硬纸盒，纸盒原是装电视机的，大得像扇窗户，只能半拽半拖着一步步挪；右边的胳肢窝下，夹着一捆废报纸，绳子没系紧，走几步就得拢一拢；左手抓着一只电热水瓶，右手是一只塑料板凳；后背也没闲着，驮着一只漏了个洞的编织袋，如同背了一座小山在身上，鼓鼓囊囊的直打晃。如果不是因为两只脚得用来走路，脚背上那点儿空地，也能派上用场。

李大恨不能生出一百只手脚，把所有能拿的东西统统都弄走。今天晚上不弄走，明天就啥也剩不下了。他身上的东西实在是太多了，黏糊糊地贴在身上，像是长出一层肥膘，一走一喘。李大曾经在马路边餐馆的玻璃水箱里，见过螃蟹横着走步。还见过垃圾袋里的螃蟹壳，一堆大脚小脚毛脚钳脚，只长脚不长肉。他把身子横了过来，一步步挪蹭，果然，大包小包都像蟹脚长回了蟹壳上，乖乖跟着他走了。他看不见身后，听着左右有响动，就得紧贴着墙根儿，把人影让过去。李大喜欢天黑，路灯亮起来的时候，这个城市就换了一副面孔，变得和善了许多。灯光照着墙角的垃圾桶，像是藏着金子，在暗里一亮一亮的。

到家已是半夜了。李大怕自己的模样吓着熟睡的妮子，站在门外，把身上的东西一样一样卸下，再轻手轻脚地把东西拖回屋里去。要是留在院里，明天连根毛儿都见不着了。

在这个城里不像城里、农村不像农村的犄角旮旯，谁弄到自家碗里就是个菜啊。

编织袋哗啦一声漏了底，弄出好大响声。屋里灯亮了，栓子揉着眼，迷糊地看着散了一地的东西，说："嗬，爹你发财了啊。"

李大舀起一缸凉水灌下去，插空说："正赶上有搬家的，这城里人，啥都扔。"

栓子招呼他吃饭，一边扒拉着地上的东西，踢一脚，说："咋没弄个电视机回来？"

李大呼哧呼哧喝粥，好容易腾出嘴来："我还想捡个手机呢，好往家打电话。"

妮子醒了，跳下地，冲着一个毛绒狗熊奔去。狗熊的毛都掉了，像条癞皮狗。妮子紧紧抱在怀里，说爷爷你真行，你是个"生蛋老人"，每天给我好东西。

妮子来城里上学不到一年，别的没学会，学会说生蛋老人。你胡扯个啥，李大呵斥妮子。我要会生蛋，还要你爹妈干啥？睡去睡去！妮子不睡，蹲地上，一心翻拣着那堆杂物，想再找点儿啥。李大放下碗筷，心想今儿的辛苦真是值当得很！

一双半新的皮鞋，只是鞋尖开了线；一双旅游鞋，除了鞋帮上有个烟洞，结实着呢；一件带拉链的羽绒服，只是拉链坏了；一条毛巾被，被角上一摊污迹，洗干净了和新的一样；电饭锅怕是进了水，再不就是电源接触不好；电热壶就算真坏了，也能当个凉水壶用；那塑料板凳一条腿儿也不缺，李大坐上去使劲晃都没塌……这一件件一样样，哪个都是好东西啊，过日子的好东西，缺了哪样都过不成日子的东西，怎么说扔就扔了呢。

李大对这一天的收获很满意。撂下碗，倒下身子瞌睡就上来了。迷糊中听得栓子在问："爹，快要秋收了，你啥时候回老家吗？七亩地的玉米，连砍带掰，少说得收上十来天，你知道凤梅在人家侍候老人，走不了，我天天在外送水请不下假，你要走，我得早几天买票……"

李大不搭腔，跟着就上来了呼噜声。

其实李大很少去城里的胡同。那些老房子里的人家，日子过得精细，好容易攒下了报纸瓶子，自己就上废品收购站卖钱了，哪怕是一根钉子，也别指望老头老太太会扔出门去。

李大自有李大的地盘儿，那是一片流油流蜜的上好地块。每天一大清早一晚上去遛一趟，他从没有空着手回来过。

早半年前，李大头一回扒拉墙角边的塑料垃圾袋时，手指头抖得厉害，脑门上憋了一头汗，才算把袋子解开了。袋子里头都是些菜叶烟头啥的，一股馊味呛得李大偏过脸去。李大挑出一只压瘪的易拉罐，起身要走，眼前忽然亮了亮，忍不住朝塑料袋探下头去。

菜叶下露出一只小盒儿的角角，没合上盖，亮出一截表链，银闪闪的。李大的心怦怦跳，四下张望，手哆嗦着，小心把盒子掂了出来。打开盖子，见着杏儿那么大的一块手表，嵌着一圈金边边，躺在李大的掌心里。李大把表贴在耳朵上，一点儿动静也没有，莫非是个坏表？可手表面上好几根长针短针，唰唰走得欢实，看不出几点几分。李大愣在那里，挪不开步了——放回去？傻呢，实在不舍；拿走吧，这天上掉馅饼的好事儿，该不是有人下了个套？李大觉得自己像是捧了一颗定时炸弹，一动不敢动。

这表是捡的，谁捡归谁。李大对自己说。就像在地边上捡了个萝卜、草窝里捡了个蘑菇，给谁送回去？不归自个儿归谁？那才叫撞大运呢！老话说道不拾遗，说的是人家遗落的东西不要拾，可要是人家扔掉的东西呢，你不拾也有别人拾啊，拾起来就成了好东西，不拾起来，让它留在垃圾袋里头，回头就进了垃圾场。李大把胸脯挺了挺，心里有了底气，喜滋滋地低头端详那块表，顺手用袖子把表蒙子上的汗迹擦了擦。

垃圾袋跟前那栋粉黄的房子，窗户忽地打开了，一个烫发的女人探头对他喊道，"喂，捡垃圾的，你弄完了可把袋子系上口啊，别弄一地脏！"

李大答应一声，麻利地把手表揣进了衣兜里，拔腿就跑。

这表是捡的，不是跟人要的。李大一边跑着一边对自己说。伸出手跟人要东西，就成了要饭的。李大祖祖辈辈都是种地的，不是要饭的。灾荒年才要饭，有人就是饿死也不要饭。李大进城来给儿子带孙女，顺便找点活儿干，不是来要饭的。老家的麦子都快熟了，城里的人吃不上那样的新鲜麦子，用得着进城要饭吗？李大没有伸手跟城里人讨手表，是这块手表非要跟着李大走，李大想躲都躲不开。

从此，李大有了一块亮晃晃的大手表，空空地套在细瘦的胳膊上，时不时得往上撸一撸。李大喜欢高高地举起胳膊，在空中画上一个大圆圈，然后在眼皮子底下停住了，再低头看表。那会儿他巴望周遭的人都能看到他的表，所以把胳膊都举得酸沉了，还是看不够。李大渐渐发现，往常闲散的日子，叫一块表给管住了，人都跟着手表上的点儿走，它说到点了就该吃饭，它说到点了就该睡觉，这手表可比村长厉害多了。过了好几天，妮子从学校哭着回来，说每天上课都迟到，让老师批评了。李大才发现，原来这表走得不准，整慢了一个小时。妮子哭着，李大笑了：果然这表是人家扔了不要的，不是李大偷来的！

就是从那以后，李大狠狠惦记上了路边的塑料垃圾袋。那个名叫"秀水花园"的小区里，一栋栋二层三层的小洋楼，一早一晚，家家都会按钟点，送出来一包包黑色的垃圾袋放在门前。不看不知道啊，有好几回，李大解开袋子，把自己吓一大跳呢。

李大可是有活儿干了。李大捡着手表不说，顺带着还捡了个工作。

这个"工作"可比李大先前的"工作"强多了。每天在小区里转悠转悠，就把"工作"干了。不明白的人呢，管这叫捡垃圾，明白的人，就知道是李大是在捡钱呢。

李大进城的头两个月，"工作"换了好几个。栓子给他安排的活儿，是接送妮子上下学。栓子和栓子媳妇进城打工几年，放在老家的妮子就到了上学的年龄。凤梅非要把妮子接到城里来，说这有个打工者子弟小学校，学费不加钱。栓子和凤梅租了房，让李大来给妮子做饭洗衣，城里坏人多，妮子上下学，没个人接送，说拐卖就被拐卖了。栓子的娘早几年得病死了，就靠李大守着家和地。李大原本不想进城，栓子的两个弟弟锁子和链子，娶了媳妇都生的男娃，李大不在老家抱孙子，来这带孙女，让人笑话。栓子一个劲地催，李大心里一百个不痛快。栓子电话里说，来嘛来嘛，麦子都种下了，还能干个啥？城里有的是活儿干，你来了准保就不愿走。李大这才动了心思。

李大坐了汽车又坐火车，下了火车又坐汽车。进了城，才知道城里的汽车不叫汽车，叫公交车。李大觉得这个名儿难听得很，让他想起春天的母猪和母牛们干的那些事儿。公交车哼哼唧唧喘着气，慢慢吞吞走一站停一停，办事儿的时间可比母猪长得多。从车窗往外看，一堆一堆的高楼都往天上堆去，高得只怕是要塌下来，看得人脖子都快断了。街上挤满了小汽车，蝗虫似的一堆一堆趴着，一会又哗地蹿出去，一辆接一辆，一个城的马路都飞着盖着蝗虫翅膀，看得人眼都花了。来接他的栓子一路上絮絮叨叨地说话，告诉他这儿那儿的名堂和来历，这儿那儿都是些惹不起的"衙门"。李大晕晕地想，这城里果然是个好地方，这儿那儿，街角角里、墙缝缝里，哪儿哪儿都藏着干不完的活计……

后来栓子说到了到了，李大一脚迈下车，人就傻在那里。

车站对面，立着一个铁皮做的牌牌，写着"六里庄"。牌牌下，一条高低不平的水泥路，路边的电线杆子、矮矮的红瓦房黄泥墙、院墙里的猪圈鸡窝、门前趴着的瘦狗、堆放的垃圾，怎么瞧都跟老家没两样，让李大以为回到了李家庄。

"这叫郊区。不住郊区，能住哪儿呢？"栓子说，"城里的房子一个月上千块，我和凤梅俩人一月挣的交了房钱就没饭钱了。这地儿可比城里强，你往东边儿看，凤梅就在那儿上班——"

顺着栓子手指的方向，李大又傻了。

村子的东边，隔着一条小河，是一条长长的白栅栏，栅栏上攀着一道道绿叶，一丛丛粉红的花骨朵，开得喜气洋洋。透过栅栏的缝缝，看得见一大片一大片矮壮的菜地，一座座两层楼三层楼的小房子，就盖在绿地中央，一座房顶紫蓝，一座房顶鲜红，一座房顶碧绿，屋顶上没有瓦块缝缝，颜色一整片一整片，家家门前都有雕花的黑铁门，水池里喷着雾一样的水柱，跟电影里的外国房子一样一样。

"凤梅就在那家干活儿，蓝屋顶的那家。"栓子的声音有几分喜气，忽又低下去，"工钱不少，就是不让回家。爹你来了就好，我就塌心了……"

李大没好气儿打断他说："你塌心我不塌心！撂着家里的麦子，

上城里闲待？有这儿工夫，几头猪都出栏了。还有你二弟三弟的娃呢，都说我偏心眼儿……"

栓子赔着笑，把行李卷往脖子上耸了耸："那是眼气你进城呢，怕你享福来了。"

李大沉着脸，跟栓子走了半里地，停在一扇歪倒的木头门前，院墙塌了半截，有妮子尖尖的笑声奔过来。李大忍不住再回头，往河那边的白栅栏处看，一大片飘在树尖的小楼屋顶，五彩祥云一般，咋看咋就不像是人住的房子，是供神仙的地儿……

"那叫个啥呢？"李大抬抬下巴，指着河那边的房子，冷着脸问。

"那是——'秀水花园'"，栓子一字一句答道，"那都是有钱人住的，叫个什么别墅……"

李大用鼻子哼了一声："红薯白薯，没听说还有叫别墅的呢！"

那时候他可是没眼力啊。李大后来才知道，这些个别墅扔掉的东西，就能把他的屋子填满，吃不了还兜着走。

李大进城后半个月，自个儿偷着找下了第二个活计。那些天，他趁着妮子上学的工夫，远近十几里地都溜达了个遍。侦查的结果，让他绷直的腰塌下去半截。饭馆餐厅招小工刷碗、端盘子；发廊招洗头妹；再就是电工水工瓦工，都是技术活，还要啥上岗证；建筑工地招挖沟运土的力工，老板看他一眼就乐了，说老爷子你来干啥？这儿不是敬老院。他在农贸市场的菜摊前站一站，摊主发话：买点儿啥？不买别挡道。听说摊主都是原来村儿里的人，搬进了政府盖的楼房，早不种地了，像他一样，成天琢磨着找活儿干。一个外来户新来乍到，在老户眼里，跟打家劫舍的匪徒没啥两样。你要能有活计，让人吃啥？天底下有人饿着才有人吃饱，这点儿道理李大年轻时就明白。

活计活计，别看这城里楼多车多，可门也多，能挣钱的活计，都让人关在门里头了。

李大蔫蔫地闲逛着，也不知怎么的，就绕过小河，走到别墅的大门口去了。

"秀水花园"的大门气派得很，牌楼一般高，圆拱门上写着烫金的字。黑漆雕花的铸铁大门前，横着一根红色的木杆，小汽车到了门口就被拦下了盘查。大门边站着个衣服上沾满油漆的中年男人，像是在等人。李大打量他，他也把李大上下打量一番，走过来问：老师傅，会筛沙子不？李大吓了一跳，一时忘了回答。那人又问一遍，李大忙说会会会，筛沙子有谁不会呢，你让我筛金子也会。那人说一天二十，干不干？李大说干干干。那人对大门口的保安说了几句话，就让李大跟着他走。

李大头一回迈进这个叫"秀水花园"的别墅，路边上一丛丛吊钟似的黄花，晃得人眼都睁不开了。树丛里一栋栋的小房子，粉黄色的墙，不锈钢的窗栏杆、阳台栏杆，一面墙一般大的玻璃窗，在太阳下就像一只只金匣子。李大的脑袋不敢乱动，觉得这秀水花园整个儿都是亮堂堂的。路面不知是用的啥样石头，亮得能映出人影儿，干净得连只蚂蚁都没有，吐口痰上去，怕都打滑呢。李大的脚步有些晃悠，走得脚后跟板筋，像是穿鞋上了饭桌，一不小心会把碗踩碎了。别墅啊别墅，这别墅真是个好东西，原来活计都在这别墅里藏着呢。

粗沙堆在一栋空房子门前的院子里，东一摊西一撮的。房子正装修，砸墙凿洞工程不小。领班对李大做了交代，李大就埋头干活。别看李大过了六十，一袋麦子上肩，跟甩条毛巾一样不费劲。一会儿工夫，李大就筛出了一小堆细沙子。再把粗沙归拢了，铲到院门外，清扫得整整齐齐。抽烟歇气儿时，李大坐在院子的台阶上，眯眼瞧着自己筛的那堆半人多高的沙子，小山一样冒着尖尖。太阳哗啦啦铺下来，平地起了一座金山，细细软软、金黄金黄，像是刚刚磨成的新鲜玉米面；再远些看，像场院里翻晒的麦子，一粒粒熟得实沉。一时间，李大真的弄不清那是沙子还是麦子了。他忍不住欠身抓了一把沙子，在鼻子下闻了闻，即刻松了手。沙子从他的手指缝里泄出去，变得像水一样没有颜色。沙子怎么能和麦子比呢？他笑话自己。玉米面和麦子都是有香味的，那种香味，是青草、麦秸、鸡粪、柴火，还有太阳晒暖的土地，所有村子里的人味儿搅在一起的味道，是那些饿死过去的人，闻一下就会活过来的味道。可沙子呢，啥味儿也没有，再细的沙子，捏着也磨手……

筛了两天沙子，筛得李大提心吊胆。一到中午和傍晚，李大就得像做贼一样溜出去接妮子下学，给她做完饭，自己顾不上吃就得一路小跑回来。到了第三天，一早还没开工，工头黑着脸走过来，甩给他一张五十块的钞票，说沙子够用了，你不用再来了。李大接过钱，赔着笑对工头说，有啥零活儿，还找我吧。工头甩脸走开了。李大回身看着自己筛下的沙堆，土黄土黄的，像个没人烧纸钱的坟包包。

李大悻悻站起来，慢吞吞地走。这别墅既然是进来了，就不忙着出去。出去了，再进来就难。李大背着手，故意走得慢，感觉有点儿像村长了。不让干活了，看看还不中吗？

这一看，李大就看出名堂来了，给自己找了一份没人能辞得了他的活儿。

李大牵起妮子软软的小手，懒懒趿拉着鞋跟，往村外的小学校走。离校门还有几丈远，妮子就挣开他，小鸟样欢天喜地飞进去了。李大弯腰捡起一片纸，捏在手里抖了抖，哗啦哗啦响。别小看一张纸片，成麻袋的粮食，也是一粒粒攒下的。如今李大的眼睛尖得像只老鹞子，一根皮筋儿都甭想从他眼皮子下溜过去。不过，这条路走的人多，捡东西的人也多，就像收了秋的庄稼地，剩不下几根玉米棒棒。李大的"上班"地点在秀水花园，天没亮或是天黑了才有活儿。只是几个保安像狗似的在小区来回晃荡，专逮李大这样天黑出来淘宝的人。一见是李大，保安举起电棍就撵。李大说：猫丢了，找猫呢！保安说，是找死吧？你看看我像啥，像猫不像！我就专门逮你这样的耗子！所以李大见了穿制服的保安就发怵。

不过，猫和耗子的那点儿把戏，李大看得多了。没过几天，李大就在白栅栏那儿寻到了一个断了一根铁条的小口，刚能钻得过一个瘦人。李大把铁条原样虚着安上，捡下了东西，把铁条一卸下，就从那个口子塞过去了。栅栏下有条小道，临着河岸，沿着河绕一个大弯儿，就到了出租屋的村口，运点儿东西，神不知鬼不觉，不是地道战也是沙家浜的水平啊。小猫就是眼再尖，也逮不着李大这样的老耗子了。有一次李大捡着一只老式半导体，回家鼓捣鼓捣，来回换了好几个捡来的电池，半导体突然哇地响了，差点儿没震到地上。以后李大白天没事儿就听半导体，一次听着个词儿叫商业机密，李大心想，为啥有人能捡着东西，有人捡不着，这里头也有个商业机密呢。

不出半个月，李大就把秀水花园的垃圾摸出了门道。干一行爱一行，垃圾也像庄稼地，得人用心侍候。比如有的人家喜欢在夜里往外扔东西，要是第二天一早门前干净了，第三天就接着扔。这儿的废品收购站离得远，外头收废品的板车也进不来，有的人家，用完的塑料油桶、饮料瓶子、纸箱、报纸，都堆在门口，等着一早保洁员来拉走。李大得趁着这个空儿，赶在保洁员之前下手。下手晚了，原本好好的东西，眼睁睁看着变成了垃圾。有一回，遇着一家门前扔了一只沙发，李大往上一坐，身子塌下去半边儿，找不着人了。再摆弄，原来是折着的，一打开就是张床，李大回家熬到半夜，拿了两根绳去了沙发那儿，一口气把沙发举起来扛在了肩上，挪到了栅栏边，用绳子把沙发绑上，吊起来，人钻到栅栏外，小心着一点点拉拽，费了牛劲把这个沙发弄出了栅栏，然后再背着驮着，愣是把沙发运回了六里庄。

如今，李大常常坐在沙发里，打开半导体，喝着暖水瓶里的凉水，眯眼养神。李大觉得城里真是好，家里缺啥，只要腿脚勤快，捡就是了。马路上捡钱不容易，捡东西可有的是；只要不嫌旧不嫌破不嫌没脸面，捡着捡着就能置上一个家，家什齐全得可比村长家海了去。

那只旧半导体，得用一只手死死按在耳朵上，才能听见响声；一时没了动静，使劲地拍一拍甩一甩，就会像村口的喇叭似的，哇地喊得人一哆嗦。

怨不得人人都想进城呢。

这会儿，李大夹着一路捡下的纸片和空塑料瓶进了村口。李大走得大模大样，手里的东西甩得招摇，像是刚从超市购物回来。李大每次进村都故意这样走，他不觉得捡垃圾有啥丢人。脸在自家脸上。自己不觉得丢人，还能把别人的脸丢了？

树下那个瘸子招呼他："又捡破烂儿哪！"李大心里有些不痛快，回嘴说："跟你说多少回了，这不是破烂儿，都有用！"

瘸子讪笑着："嘀嘀，能得你，你当你是环保局局长呢！"

李大推开自家院门进屋，忘了弯腰，一抬头就撞在一只梆硬的塑料袋上，碰得脑门儿疼。这样的塑料袋有十几只，挂在一根专门搭架的竹竿上。李大闭着眼，都能摸出里头的东西。这一只袋里是各种各样的玩具，光是掉个轮子、不会动的小汽车就有十几辆，缺胳膊、歪了脑袋的娃娃就有七八个，还有能写字的塑料板、长耳朵毛绒兔子、拼图的塑料块块儿、秃头的彩色铅笔、戴着头盔的飞行员（瘸子说那叫"袄特慢"）……李大捡回来，用河水洗干净了，在太阳下晒干，跟新买的一模一样。要是都摊开在地上，一屋子都摊不下，像开了个玩具铺子。带回老家，每一样都是稀罕物，看那两个孙子还不抢得打架。那一只袋里是各种绳儿，长的短的、卷的直的、圆的扁的，松紧带、猴皮筋、塑料绳，都是过日子少不了的。

有一卷花花绿绿的彩带，他亲眼看着窗子里那家人，从一大捆鲜花上解下来，转手就扔进了垃圾桶。彩带像是绸子的，光鲜滑溜，他打算带回老家，过年时走亲戚送礼，缠上几道，那礼品看着就不知有多贵重了。还有衣服，春夏秋冬都齐了，光是帽子就几十个，毛线帽、皮帽、凉帽、布帽、棉帽，能把半个村子的脑袋都罩上哩。棉袄是大件，一件撑满一个塑料袋，挂得满屋子叮当。

　　小屋子的那点儿空场，已经快填满了，有点转不开身了。除了吃饭睡觉的地方，到处都塞满了东西。不像个住家，倒像老家那个化肥厂的仓库。李大也发愁，不知怎么把这些东西搬回老家去。纸盒、报纸、塑料瓶、酒瓶、废铜烂铁，能卖的早已都卖给废品站换钱了，剩下的都是不能卖的东西。李大发现，其实不能卖钱的东西最有用。比如鞋，棉鞋、凉鞋、胶鞋、皮鞋、拖鞋、旅游鞋，男鞋、女鞋、童鞋……隔三岔五的，李大就能从别墅的垃圾袋里，捡出一两双半成新的鞋，刷净了、缝一缝，把脚伸进去就能穿。捡了半年多，大小尺码都齐备了，锁子穿不了有链子，链子穿不了有链子锁子媳妇，就连两个孙子长大了上学穿的鞋，都提前预备下了。如今栓子这租屋的床底下，塞着三只满满的编织袋，里面全是各式各样的鞋。一次李大在城里打工的一个侄子来看他，给妮子买了水果，妮子吃得高兴，当下就说：我爷爷床底下有好多鞋，我让他给你挑一双高跟儿的！李大心疼得脸色都变了。鞋不能卖钱，可比卖钱更实在，农村人身上最爱坏的就是鞋，谁能舍得穿新鞋下地干活？可李大不花一分钱，就把一家人春夏秋冬的鞋全包下了，每双鞋的式样都比老家的鞋强一百倍。这后半辈子，全家人的脚都有了着落，李大枕着一床底的鞋睡觉，日日睡得安稳。

就是苦了七岁的妮子，李大叹口气。自己有了这份工作，就像上了磨的驴，整天围着秀水花园转圈儿，生怕落下了好东西，没工夫给妮子好好做过一顿有汤有菜的热饭。

忽然听瘸子在窗外喊道："李大你啥时候回去秋收啊？捡破烂儿捡得孙子都不要啦？"

李大不爱搭理瘸子。瘸子成天也不干活，还老下馆子抽好烟，看着不像正经人。这几天瘸子动不动就往李大家的门口凑，让李大烦得很。

瘸子把门推开一条缝，探头说："小区东南角上，有一家正换防盗窗，卸下的锈铁条在门口堆了半人高……"

李大望着棚顶，眼珠子转了转，哼了一声。

瘸子又说："搞卫生的，嫌铁条太沉，小车拉不动，给我透了个信儿。"

李大从床上坐起来："你咋弄得动哩你？物业干啥吃？"

瘸子嘿嘿一乐，说："物业当然管运，所以到了明儿早上，你想弄也弄不成了。"

李大心里琢磨，自己要是去了，少说得花上两个钟点，妮子一人在家咋办？想了一会儿，对瘸子说："你想弄你弄去吧，栓子今晚加班回来晚，我得在家守着妮子。"

瘸子没说啥，甩给他一支烟就走了。

李大在床上发了一会儿呆，忽然拿定了主意：怎么也得舍下几天工夫，回老家去秋收，顺便把这一屋子的东西弄回去，把屋子腾出空儿来，再接着捡就好办了。

天黑下来，妮子放学回来，吃了晚饭就趴在桌上的台灯下写作业。这只台灯也是捡的，瓷瓶托个粉纱灯罩，好看，就是灯泡忽闪忽闪的，一会儿明一会儿暗，弄得李大的心里七上八下。李大忍不住往窗外看，那堆小山似的锈铁条，在远处的暗地里一明一亮。

李大抬手看表，算上慢下的一个小时，也快九点了。瘸子比李大有招，认识好几个保安。再晚一会儿，铁条就该让瘸子弄走了。

李大坐不住了。招呼妮子洗洗睡下，在外面把门反锁了，就往河边走。出门时觉得墙根下有个影子一闪，揉揉眼，一根电线杆像个人杵在那里。

到了栅栏下，李大把铁杆子卸下，麻利钻了过去。按着瘸子说的位置走，寻到那栋房子，见门前空空一片，连一根钉子都没有。房前房后来回了转了几圈，踮着脚尖往窗户上看，灯光下的不锈钢防盗窗，里外不像是新换的。再细细察看左邻右舍，谁家也没个施工的动静。李大这才明白是被瘸子耍了，死瘸子遛他开心呢，明天让栓子来收拾他。李大往地下吐口唾沫，弓身走了几步，不甘心，倒回来，避开保安常走的路线，专往清静的角落去，眼睛只管扫着小洋楼门前的垃圾袋。刚走几步，差点儿撞到一棵小树，急停，原来是一对男女，搂成了一个影子正亲热。李大慌忙绕开，却见旁边还有棵树，树是真的，树下有个垃圾桶。他把手伸进去，一把摸着个软包包，使劲拽出来，在路灯下打开一看，是顶蚊帐。李大夹着蚊帐喜滋滋往回走，心里的气儿消了一大半。

你说这城里人，咋不知道把坏了的家什修一修再用呢？李大在心里嘀咕。城里人就知道糟蹋东西。听说这秀水花园每天往外运垃圾，一车垃圾就得交给垃圾场好几十块，这世上哪有花钱往外扔东西的呢？今儿买了件衣服，明儿不穿就扔了；买一大盒子左拆右拆折腾到最后拆出一粒屁大的东西，余下一大堆塑料泡沫，废品站都不收；人活了一辈子，白天黑夜地挣钱，就为了把钱变成垃圾？你看看那城里马路上跑的汽车，没几年都报废成废铁了；盖下的楼房旧了，一声爆破都成了碎砖烂瓦；饭店餐馆好好的鸡鸭鱼肉，一大盘一大盘地剩下，哗哗往泔水桶里倒；娶的女人生下了孩子老了丑了，男人就把女人像垃圾一样扔出去了……这个闹哄哄乱糟糟叫人头晕的城市，说白了就是一座专门生产垃圾的工厂，李大愤愤地想。可不像老家，再早些年，人都不知道啥叫垃圾，只要是这地里长出来的东西，都能回到地里去。麦秸玉米秸当柴火，麦皮玉米皮养猪，菜叶剩饭喂鸡、骨头喂狗，猪粪鸡粪是好肥，穿烂的衣衫做成鞋壳壳尿布片片，就连化肥口袋都能做裤衩子。屋里扫下的那点儿碎渣碎土，都填灶坑烧火了……

李大一生气，只顾往前走，漏掉了好几个垃圾桶，这才把脚步放慢了。转念想一想，觉着自己刚才的想法也不全对。城里没有垃圾了，李大进城干啥工作呢？若是城里没有垃圾，城里不就得改名儿叫农村了嘛。再说城里就是比农村的生活好，好就好在城里人能把好东西变成垃圾。谁家只要敢扔垃圾，谁家的日子准保就好过得不行。你还真别小瞧这垃圾，富裕了才有垃圾，有了垃圾就富裕；越富裕垃圾越多，垃圾越多就越富裕。要是能把这城里的垃圾统统都搬回老家去，一个县的人都能受用好几辈子。你看老家的人，这几年有了点儿钱，垃圾就一天比一天多了，远近河沟里都是塑料袋，给树杈子都戴上了套，风一刮，满天撒纸钱儿，都富裕到天上去了。人说金山银山，李大没见过，李大只知道城里的垃圾是他的金山，挖一锹是一锹，每天挖山不止，子子孙孙是没有穷尽的。

李大胡思乱想着，忽然一脚踢着个啥，呲地溜边上去了。李大蹲下身子，用手四处摸索，一摸一手土，再摸，就摸着个凉凉的硬家伙，有烟盒一半大。李大心里一动，三两步跑到路灯下，把手里的东西举起来，照一照，天妈哟，要啥有啥，果真是个手机！

真的假的呢？不会是个玩具吧？李大一时有点儿吃不准。掂在手心里，没点儿分量，银亮亮的壳儿，轻巧得很，一巴掌就握住了。他晃了晃，没啥动静；摇了摇，也没动静。李大心里盘算，要是个真手机，究竟是好的还是坏的呢？如果是好的，咋就扔在这路上了？是坏的，捡了还得花钱去修？捡下这个手机，能给谁打电话呢？还得交电话费……

他在路边的水泥牙子上坐下来，把手机在手心里翻来倒去，像捡了一只烫山芋。

冷不丁的，那只"山芋"在他手心里轻轻哆嗦起来，紧接着发出了响声，吓得李大差点儿没把它扔出去。声音越来越大，像是一只广播喇叭，扯着嗓子四处张扬。夜里的秀水花园，静得远近的蚊子叫都能听见，越发显出那响声刺着耳朵地闹。李大死死地捏住了那只小匣子，恨不能把它的声音掐死。但李大掐不死它，它只顾自己响得惊天动地，像一只会唱歌的蝈蝈。这会儿李大总算听清了，它真的是在唱歌，翻来覆去就唱着那么一句词儿：

北京的金山上，光芒照四方……北京的金山上，光芒照四方……

李大慌了神儿，不知道咋样才能把声音关上。汗都湿了手掌，也没找着个按钮。

就这么来回唱了几遍，响声总算是歇了。李大松口气，刚把手机往裤兜里揣好了，就听到有脚步声嗒嗒地跑了过来。一个方脸保安一边跑一边冲着他晃着大手电筒："喂，你，把手机交出来！"

李大紧跟着就恼了："手你个啥，在哪儿呢？你见着是我捡了？"

保安拉下脸说："我都听见手机响了，还不承认？"

李大也横着："听见了？这会儿它咋不响呢？你让它响个我听听！"

正说着，李大的裤兜里就有了响动，好像李大身上安了个录音机：

北京的金山上，光芒照四方……

李大慌忙去捂，那保安手快，伸进李大的裤兜，一下就把手机掏出来了。那方脸小子麻利翻开盖儿，对着手机就喊："找着了，快过来，就在十八栋楼东南角上。"

何以解忧

李大有些发蒙，才明白那唱歌是在报信儿。不一会儿，一阵噔噔的脚步声，一男一女气呼呼跑来。保安把手机交给他俩，问是不是这个。那男孩把手机翻过来掉过去地看一会儿，连声说是。女孩加一句：用这老歌儿做手机铃声，咱独一份儿，没错。两人都说完了，还不走，问保安是怎么找着的。保安指了指李大，说要不是手机铃声响，他还不认账。女孩冲着李大尖声嚷嚷："你这人，不知道人家丢了东西正着急哪！"男孩粗声大气说："谁知道是捡的还是偷的呀，刚才我就见这老头鬼鬼祟祟地转悠，从我们身边擦过……"说着说着，扬起胳膊冲着李大的胸口一拳打来，李大闪身一躲，拳头打在了肩膀上。李大只觉得身上的血都开锅了，要从喉咙里喷出来，拳头攥得抽筋，朝着那小伙扑过去，却被保安一把拽住……

李大浑身哆嗦，说话都结巴了。李大说你们不能冤枉人，这手机是我在路上捡的。我天天都在小区捡东西来着……他一急，就把胳肢窝下夹着的蚊帐，掏出来在手里抖了抖。见仨人斜一眼蚊帐，都不用好眼色看他，李大进城半年，看多了这样的眼色，赶紧换个说法：你们可不敢瞎说，偷是一码事，捡又是一码事，捡的就是捡的，谁捡归谁；捡的就不是偷的，偷东西可犯法，咱就是穷死了也不偷人东西……

那男孩打断他说："坏了的东西，才能当垃圾捡，这手机是好的，你捡了就得还。不还就成了拿，说拿还是好听的，说你偷了，就你这手艺，还真抬举你。莫不如像那地铁里的乞丐，跪着伸手求人要，准保不犯法。老爷子你要真给我跪下了，我这手机就白送你！"

李大憋得说不出话，浑身热得火烧一般，恨不砍自己的脸再给那小子两嘴巴。

那手机又开始唱歌："北京的金山上……"女孩打开手机走到一边去接电话，一时就扔下李大不管。电话说个没完，男孩赶紧凑过去，搂着女孩的腰走远了。那个方脸保安，操着和李大一样的口音，拉下脸问李大："老实说，每天你都打哪儿进来的？"

你管！李大嗓子眼里的那股火变成了痰，他狠狠一咳，往绒毯似的草地上吐了一大口，扭头就走。保安跟上来，不紧不慢跟在他身后。李大的气儿没处撒，成心耍一耍这进了城不知自己姓啥的毛孩子，围着楼房转了一圈又一圈，到底把保安跟烦跟累了，转着转着转没了人影。李大想起了家里熟睡的孙女，这才紧着往栅栏那边走。走着走着，脚下咣当一响，身子歪了歪，有硬东西撞了他的脚脖。他骂一声娘，停下细看，借着路灯的光，见脚下踩的是一只路上排水用的铁箅子，翘起一角，擦破了他脚上的皮。李大一看就明白，有人把这铁箅子的四边都撬开了，就等着半夜往外搬。李大往铁箅子上蹬了一脚，低头站了一小会儿，再探头小心往四周张望，夜气上来了，路灯都瞌睡了，几步外就看不清啥。李大一咬牙，弯腰把铁箅子起了，一步步拖着走，总算塞到了栅栏的缺口外头，再用蚊帐裹了，扛上了肩，一路小跑，往村里的租屋走。盘算着明天找个远处的废品站卖了，能卖好几块钱。他一边走一边嘟哝：你个小兔崽子，我让你知道知道，啥叫偷、啥叫捡、啥叫拿！明明是我捡的，你非赖我偷，我就偷个给你瞧！我不偷白不偷，哪天高兴了，咱还抢银行呢！

李大出一身汗，把铁算子弄回了村里。见屋里黑着，知道儿子还没回。掏钥匙开门，没等插里头，锁头就开了。心里纳闷，轻轻推门进屋。没摸着灯绳，只觉得头顶上空空的，像是少了啥。灯亮了，李大脑袋嗡一下，蒙在那里——

杆子上那一溜十几只鼓鼓的塑料袋，一只都不见了。好像电线杆上停的一群乌鸦，呼啦啦全飞走了，连一只都不剩。他愣一会儿，慌忙弯腰往木板床底下看，一眼扫去，床底下也全空了。那三只包得严严实实的编织袋，囫囵个儿不见了，地上只留下几道拖拽的土痕。李大再趴低些瞧，床底下真是啥也没有了，空空的能躲下好几头老母猪。

屋子一下宽敞了许多，如同栓子刚接他下火车那会儿。李大辛辛苦苦攒了半年的好东西，一晚上全丢了。那可都是有用的东西，李大要弄回老家去，分给全家人的东西。咋的说没就没了？说拿走就拿走了？这不是拿，是偷；不是偷，是抢！抢李大捡来的东西，丧良心啊！

李大眼前晃过瘸子的影儿，又摇头。一个瘸子，咋能搬动这些东西？

木板床上，妮子还在熟睡。李大使劲晃她也不醒，看样子打雷都打不醒。李大一生气，把床单枕头一把掀了，妮子掉在地上，总算把眼睛睁开了。李大问妮子看见什么人来过，妮子一个劲揉眼，想了一会儿，说梦里来了好几个"生蛋老人"，都说着老家那边的话……

李大追出门去，外头黑乎乎一片，连个鬼影都不见。

李大抱着脑袋蹲下来，屋子里脑袋里全是黑乎乎一片。这村儿附近到处都有老家来的人，说是打工，谁知道都干的啥营生？那些人，就是牵走一条活牛都不带出声儿的，只能怨自己不早些提防着点儿。李大逢人总说自己捡的不是破烂儿，是好东西！还真让李大说着了。看来别墅小区的那点儿垃圾，还不够老乡们分的，还真有人比他更缺垃圾呢。此前从没听说过还有人偷垃圾的，但李大就被偷了。李大被人偷了，说明李大比老乡们都富裕；李大被人抢了，更说明李大比人富裕。李大进了城，不讨要不偷摸，闷头捡啊捡的，最后捡了个贼。李大不知自己是该生气还是高兴……

　　妮子爬到床上，倒头又睡着了。那些偷垃圾的老乡，看来是没动妮子一指头，算是留了一半良心。再说，亏得那些平日卖废品攒下的钱，早都交给栓子藏好了。李大这样一想，心里好受了些。

　　他推门出去，背着手在村里转悠。月亮从云里钻出来，小河对面的那个别墅，像是盖了一块大大的塑料薄膜。李大想起自己半年前离开李家庄的情形，前半夜他悄没声起了床，去了趟自家的麦地。月亮比他到得早，一盏大灯笼似的高悬着，把方圆十里八里的庄稼地都守住了。亮晃晃的月光下，村口的麦地也好像蒙上了大片大片的塑料薄膜，晚风一过，平展展哗啦啦地响动，眼前只一片银亮亮滑溜溜的白浪，不见白日里那麦苗翠生生的绿了。李大在地头蹲下身子，伸出一只手，去揪掀那些塑料布。一摸一手空，伸手再一撩，塑料薄膜被风吹化了，手掌里竟是满满的一把麦苗，密密匝匝地攥在手里。尖细的叶片从老汉的指缝缝里钻出来，一把把短剑似的扎手。他用手指轻轻摩挲着涩涩凉凉的叶片，只一会儿就松开了手。

嫩嫩的麦苗，被他那样糙蛮的指头使劲一捏，弄不好就把化肥给捏出来了。如今的月亮也不是个正经月亮了，把麦地都弄成个塑料大棚模样了，妄骗人哩。李大嘀咕着，站起身来，心里倒有几分喜兴。他掐的不是青涩的麦苗，分明是沉沉的麦穗儿。矮壮壮肥嘟嘟的麦地麦苗，实实在在卧在他脚下，若是把耳朵贴在麦苗的根根上，能听见麦秆急急忙忙往上蹿个头的声音。眯上眼，就见金黄色的麦粒儿像小河涨水一般随处淌着，把十五的月亮都比下去了。麦熟了麦收，收完麦子种玉米，半年一晃，玉米就该收了……

李大在一个土堆上坐下来，瞧着半边月亮，忽然眼眶子发酸。眼看着就要回去秋收了，可他两手空空，啥啥也没攒下，只剩下了腕上这只手表，给了锁子，链子就不干了。一块手表还能掰两半？咋办呢？只好等着秋收以后再回城里，想法儿另捡上一只手表给链子……

这么说，秋收完了还得回？他问自己。可不回城里还能去哪儿呢？反正这别墅的垃圾天天有，不捡白不捡。只要待在城里，金山银山，光芒万丈。李大哼哼了一声，觉着那手机上的歌儿耳熟得很，好像很多年前在哪儿听过，他费劲地想了一会儿，却是怎么也想不起来了。

2005 年夏

写于北京颐和山庄 [①]

---

① 发表于《北京文学》2005 年第 12 期，《小说精选》2006 年第 1 期转载，《小说月报》2006 年第 1 期转载。

干涸

清晨四点，半个苍白的月亮，坠在旷野西南的天空。

锄草的队伍刚要出发，祝排长朝我走过来，在我肩膀上狠狠拍一下，说："你，会捞桶吧？"

"什么桶啊？"

"桶就是桶呗，你管是个啥桶！"

"上哪儿捞？"

"井里啊，当然是水井。"他指了指连队西边的菜地。

"我……"我支吾起来。

"你小子甭给我装蒜！我知道你会捞桶。"他狡黠地笑了。

"你怎么知道我会捞桶啊？"

"嘿嘿，你也就这点儿本事，还不给咱露一手！"

我惶惶然，有一种被人出卖的感觉。在这个百十人的连队，看来没有人能拥有并保存自己的秘密。我的脑子里飞快地搜索着初中同学们的名字——曾经，在那个一千多公里之外的南方城市的一所中学，有谁谁谁可能曾经见过我从井里捞桶，然后潜入了这个连队……但这样的努力是徒劳的，就像站在井沿望下去，妄想一眼能看见井底有没有桶一样。

我对祝排说："这儿的井，不是我们那儿的井。"

祝排点点头："这儿的桶，也不是你们那儿的桶。"

我又说："捞桶需要工具，懂吗？比如长长的竹竿，你有吗？"

祝排回答："你咋知道我没有？"

我再问："还有钩子，绳子，还有手艺和工夫……"

"你有完没完啊你！"祝排终于不耐烦了，"让你捞个桶咋那么多废话啊？你没看天旱成这样，菜地从早到晚浇水，正是用桶的时候，那些水桶一个接一个都跳到井里去罢工了，再不把它们揪上来，咱菜园排真就一只桶都没了……"

祝排是菜园排的排长，佳木斯知青，偏胖，性格执拗而暴躁，被我们这些南方知青简称"竹排"。连队有个哈尔滨女知青罗娜，长得像混血儿，发音不准，一口一个"猪排"地叫他，硬是把大伙儿都拐带成了猪排。罗娜后来病退回城后，我们才勉强恢复了祝排的正常发音。

我知道自己不能再说不会捞桶了，不会捞桶日后就别想再找祝排请假了。问题在于我确实会捞桶。况且，此刻我的手心已经开始发热，像有一条条小虫子在蠕动，一阵阵发痒。

祝排说："那好，跟我走！"

一路上我闷着头不说话，冥思苦想究竟是谁向祝排告的密。我步履沉沉心事重重，对于北大荒这儿的水井，我其实一无所知。是否能把水桶捞上来，确实一点儿把握都没有。况且，此井非彼井，此桶非彼桶，时间地点都改变了，就连我的手，原先写字，现在握锄，好像也不是原来的那一双手了。

没来北大荒之前，少年时代的我，生活在一个多井的城市。那个城市的每一条小巷里，差不多走上几百步就会遇见一眼水井。井里的水，又清又满，可以当镜子用；要是连下几场大雨，水位升上来，伸手就可以够到水面。拿一只搪瓷缸，扑在井沿上，伸长胳膊，把头探到井里去，就可以把水舀上来。当然，假如水舀不上来，人就不见了。这样的事情是有过的。所以，那里的人们一般还是用吊桶打水，小小的一只铁皮吊桶，口子也就篮球那么大，一根很短的绳子，也就是做做样子罢了，把绳子放下去，一会儿就把满满一桶水吊上来了。不过，也许是因为绳子太短的缘故，稍稍不当心，绳子就会从手心里滑脱，那只桶就无声无息地沉到水里去了，连个水花儿都不起。由于绳子一天到晚都是湿的，你看不见它的哪一截其实已经烂掉了，等到桶里的水满了，一桶水的重量都集合在绳子上，绳子就吃不消了，它一生气，就不要那只桶了，顺便把一桶水都送回到井里去了。这样，小巷里三天两头就有人趴在井台上，用一根长竹竿，绑上一只铁钩子，伸到井里去，一圈一圈来来回回上上下下地搅动，就像掏粪工人一样。假如有人来打水了，捞桶的人就歇一歇，打水的人埋怨着井水被搅浑了，只好拎着一桶浑水走，捞桶的人等打水的人走了，歇一歇再接着捞。只要有耐心，吊桶总是有捞起来的时候。桶捞上来了，捞桶的人就拎着一桶水回家了。好像一个西瓜，用绳套浸在井水里冰了一冰，就要拿回家去剖了吃，没有什么稀奇的。

只要遇上有人捞桶，每次我都会站在旁边看。我觉得捞桶是一件让人着迷的事情。尤其是吊桶出水的那一刻，很像数学方程式的解题答案，最终要有一个对错。因为谁也不知道捞上来的桶，是不是刚才掉下去的那一只。仅仅这样的一个问题，井水就变得深不可测。再说，吊桶磕磕绊绊地从井壁上被拖上来，桶沿上多半挂着几丝青苔，还有坠落在井底下多年的抹布绳头和一些莫名其妙的东西，吊桶披头散发地出水，很像一个绿毛水怪，激起我的无限想象，这才是捞桶最吸引我的原因。

上了中学以后，我开始把童年观看捞桶的丰富经验，直接运用于实践。我常常指挥大家从井里打水，给校园后院的生物试验田打水浇园，或是清洗教室地板。为此我还用班上卖废品的钱，专门买了两只铁皮吊桶。但是没过三天，那些女生就把吊桶弄到井里去了。其实这正是我期待发生的事情，这样我就有了充分的理由和机会，把吊桶从井里准确无误地捞上来。伴随着女生们的尖叫和欢呼，一次次捞上来再掉下去，掉下去再捞上来。我甚至怀疑自己把吊桶捞上来的目的，好像就是为了让她们再次把它沉到水里去。初中三年，我都是班上的劳动委员，关于捞桶这个活计，我已经是个老把式了。我擅长捞桶的名声远播，常常有邻班的同学及高年级的同学，甚至老师，来求我帮他们捞桶。那三年中，我从不参加其他的体育活动，我的个头矮小但胸肌强健，尤其是胳膊粗壮，臂力腕力过人，写字的时候，稍一用力就会把作业簿的纸戳破。

毕业离校的那天我惆怅失落，我将从此告别校园的水井，告别我中学时代的玩具——那两只在井里沉浮三年的铁皮吊桶，早已千疮百孔，一只桶底如同漏斗一样水流四射，另一只生锈的桶壁凹凸不平，像一个恐怖的鬼脸面具。那一天我亲手将它们慢慢放入井中，绳子轻轻一甩，它们侧过头来看了我一眼，张开大嘴一口把井水吸满。我松开了手上的绳子，它们犹如两个垂死的男女，在水面上荡出一圈涟漪，然后，一前一后迅速沉没。

我毅然决定去一个没有水井的地方，我知道自己若是选择了江南农村，将继续沉迷于水井和水桶，挣下的工分恐怕还不够买水桶的。在我孤陋寡闻的想象中，冰天雪地的北大荒，冬季化冰融雪，煮饭洗衣，夏天化开的河水流过田野，定然是不需要水井的。

但是我错了，十九岁那年我竟然不知道世界上只要有人的地方，都会有井，甚至在沙漠里还有地下坎儿井。我到达北大荒的时候正是夏季，从拖拉机上满面尘土地跳下来的时候，我一眼就看见了一棵大柳树，立在连队宿舍区的中心位置，柳树下有一口用砖头围砌的圆台，高出地面一截。我倒抽一口凉气，凭直觉就明白了：那是一口井。

果然有人站在井台上，手里吃力地摇着一个弯曲的铁把。我的眼睛死死盯着那个打水的人，我看见了那个把儿转动起来的时候，一只盛满水的铁皮水桶就升上来了，水桶高度齐膝，桶口有脸盆大小，与江南小吊桶一比，可谓硕大。那人把井水分别倒在旁边空地上一只只肮脏的脸盆里，祝排就在这时候第一次出现，大声招呼我们洗脸。

后来我知道了那叫辘轳把，绳子一圈一圈、吱吱呀呀地绕在一个木头的转轴上，摇上好一会儿，水桶才露头。水桶的铁环上系着绳子，我很快学会了当地人叫作"猪蹄扣"的那种系法，能用别人无法企及的速度，飞快地把桶换上。其实，我心里却时常在暗中期待着某一只幸运的水桶，在某人手里突然溺水而亡。

再后来我还知道了更多关于井的事情：北大荒农场的连队食堂，一般都会在厨房里安装压水井，压水井不畏严寒，可保证冬季的饮用水。这种所谓的井，只有一根粗铁管通往几十米深的地下，打水时用尽全身力气，一下一下地按压，水就一下一下地喷出来，把水桶放在地上接着就行了，水桶是绝对不会掉进井里去的。也就是说，压水井和水桶之间，并没有任何吞没与被吞没的可能，只有施与和承受的关系，所以那种压水井根本不在我的视线之内。我还见过附近老乡用的一种藤条水桶，是用山里的藤条一圈一圈编成的，藤条在水里泡得发胀，把缝隙都胀满了，又轻又结实，滴水不漏，固定在辘轳把上，专门用来从井里提水，水桶就不会掉到井里去了。我对于这种藤条水桶，是没有什么好感的。

再再后来我明白了，我们这样的知青农场，关于井的麻烦是很多的：那些从哈尔滨来的知青，没有几个人懂得水井的奥妙，而浙江上海知青对于摆弄北方的水桶，更是笨拙无知。反正水桶都是公家的，多一只少一只没人在乎。因而，无论冬夏，水桶总是三天两

干涸

头争先恐后地往井里跳，水桶永远是不够用的。经过反复侦查，我发现，除了连队宿舍的那一小块高地，周围大多数地号都是低洼地改造的农田，几乎所有浇地用的土水井，水位都相对偏高。这就意味着，总有一天会有人想起来那些不算深的井里窝藏的水桶，并企图把它们打捞上来。这对于我来说是危险的诱惑。因此，我自从到达这块辽阔的黑土地，对于自己捞桶的一手绝活，始终小心翼翼地深藏不露。

然而我还是这么快就被"暴露"了。我说不清楚自己究竟是紧张还是兴奋。

祝排带我走到菜地的尽头。那一大片被匆匆开垦的洼地里，种着一垄一垄的大葱、一畦一畦的菠菜、一片一片的水萝卜，黄绿色的叶子发蔫，无精打采地耷拉着。在菜叶和黑色的土地中央，露出一个土洞，仅用砖头草草地围了一圈算作井沿，略略高出地面。井台四边放着几块垫脚用的草垫子，垫子是用高粱秆编的，一脚踩上去，咕咕地冒出些湿印子。我往土洞里探头看了一眼，四壁黑黢黢的，只在底部闪过一星半点的亮。

我暗暗松了口气，说："这也叫个井吗？"

祝排说："不是井是个啥？整个菜排的水桶，都在里头了。"

我当然知道这是一口浇地用的水井——井壁用一层层秫秸围起来，代替了砖头或石头，底大口小，打上来的水浑浊可疑。在我看来，这根本不能算作一口真正的井。

此刻我尽管对面前这口土井充满了不屑，但我的眼睛却已经像两只空空的水桶，急慌慌往井里扎下去。我粗粗估算了井的深度，从地面到井底，至少应该有五六米。

我说："拿什么捞哇？你想让我跳井呀？"

身后无人应答，回头看，只见一道长长的黑影，在阳光下如一把长剑朝我劈来。祝排气喘吁吁地托着一根雪白细长的木杆跑来，像撑竿运动员一般划破蓝天，落在我脚下。那当然不是竹竿，而是一根异常直挺、修长的白桦树杆子，它仅有锄头把粗细，长度却至少有五米以上，握在手里恰到好处。我没有想到，在北大荒原来是可以用桦木杆子来代替竹竿的。看来祝排真是费了不少力气，才能从十几里地外水库边的树林里，找到如此细长笔直的桦木杆。那根桦木杆上的小枝丫都已被砍磨掉了，杆子一头粗一头细，茬口露出崭新而潮湿的碎木；木杆的细头，拴着一只打磨得十分精巧的铁钩，并用铁丝绑得严丝合缝，无比结实。

一切准备工作都无可挑剔。我别无退路。面对如此精心准备的打捞工具，我觉得自己就像一个被绑架，或是把武器硬塞到你怀里，被迫上战场的人。那个瞬间我脑子里跳过一个问号，我不知道这个祝排长对捞桶这个事，为何如此上心？

在一个凉风习习的上午，我就这样重操旧业，在一口土井边开始捞桶了。

细长的木杆被高高举起，然后笨重地一点点地朝井下探去。以前握惯了轻滑的竹竿，便觉得这木杆有些发沉，不那么顺手。渐渐地，似有水汽从温暖的木杆上传导过来，我仅仅凭着手指上的感觉，就知道钩子是否已经接触到了水面，然后没入水下，探到水底。我必须灵活地操纵木杆，让它在我的手掌里自由旋转。少顷，木杆明显地触到了井底的一个硬物，水中似乎传来铁器互相碰击的细微声响，我欣喜若狂——水底果然有桶，钩子已经遇到了它的同类。我的脚跟离地、身子凌空，像一只停在悬崖上的老鹰，饥饿地俯瞰着大地，钩子在幽暗的井底触寻水桶的铁环，稳稳地钩住它，再把钩子移动到铁环的中部，使它的力量能够平衡；那个时刻就像鹰爪猛然捕获了它的猎物，必须死死抓紧不放，然后换手，一把接一把地"捣腾"，水桶死沉，全靠胳膊上的力气，才能将木杆一点点垂直地提升上来，就像一台人力升降机。我憋住了呼吸，一口气都不能换错。木杆露出地面的部分越来越长，斜着搭靠在我的肩膀上。有一双胖乎乎的手伸过来帮忙，他使的力气之大之猛，几乎要把我推到井里去。"祝排"，我喊道，"你松手！"我憋红了脸。他退了几步，天下的重任都让给我一人扛着了。我的脸憋到紫胀，井口终于出现了一只沾着泥浆的水桶，直统统圆乎乎的一个浑物，它被轻轻放在干裂的地面上，像一个丑陋的海底魔怪，水花四溅，白沫飞舞，似乎马上会醒过来咬人一口。

"喏，桶！"我说，呼出一口长气。

祝排嗯了一声，围着那只桶转了一圈，又用脚尖踢了那桶一脚，脸上并没有露出我所期待的喜悦或惊讶，甚至掠过了一丝失望的神色。

"接着捞！再捞！肯定还有！"他说，语气不容抗拒。

那会儿我忽然觉得这口土井有点儿像一个秘密水下仓库，藏着祝排需要的东西。

我的情绪很快被激发起来，继续操纵木杆，用钩子进行探测。你想，井里什么都看不见的，全靠你握着杆子的手，在黑暗中摸索，眼睛就等于长在手心里了。况且水是有浮力的，你手上的力气要把浮力按下去，再从浮力中升起来。当然，我的技艺娴熟、手指灵活，经过一年多的劳动锻炼，我的胳膊更加有劲。钩子不断地触及水下的铁器，只有我能听见那种沉闷的撞击声。应该承认祝排说得不错，井下确实有桶，而且不止一只。但能否用钩子准确地钩住桶上的铁环，就看捞桶人的手艺了。我决定把自己的绝招使出来，不是为了讨好祝排，也不是为了拯救那些沉沦的水桶，而是技痒难熬。我知道，如果实在套不住桶上的铁环（或已经损坏脱落），可以用钩子顺着圆形的桶沿划过去，对准桶沿两侧那个方形铁片上的圆孔，这可是高难度的技术。只要准确地钩住了圆孔，就等于钩住了那只桶的鼻孔，穿透鼻孔，等于控制了整个脑袋，然后用臂力和耐力，将这颗被绞下的"脑袋"一寸寸提起。当桦木杆倾斜到无法支撑的时候，那些盛满了浑水的水桶，就会像一件件出土文物，从黑暗的井下无可奈何地显形，然后湿淋淋地坠于杆头。

　　那天上午，我久已荒疏的技艺竟然超常发挥，手中的木杆像一根魔杖，蛇一般柔软地扭动，不停地上下游窜。

　　干涸的地面上，已经摆满了一长溜铁皮水桶。阳光刺眼，铁皮水桶上浑浊的泥浆很快被晒成一层硬壳，裂开一缕缕闪电般的花纹。像七只从泥坑里爬上来的小猪。

　　我说："祝排长，不说海枯石烂，也差不多快把井底掏干了。"

祝排蹲在地上，目光在那些水桶上移过来又移过去。他已经数了一遍又一遍，任他怎么数，七只水桶还是七只水桶。奇怪的是，对于如此辉煌的战绩，他非但丝毫没有感到兴奋，反而显得更为失望。

"就这些了？真的全捞上来了？"他问。

"还嫌少啊？排长，这七只桶，可够咱排抵挡一阵儿的了！"

"不对，应该还有一只。"

"还有一只？在哪儿呢？你要不信，咱再掏一遍？"我胳膊的肌肉开始抽搐了。

他站起来，抓起杆子往井沿走去，然后把杆子戳到井里，小心翼翼地捅下去，模仿着我的手势，一下一下地够。他的模样不像是在捞桶，倒像是捣蒜，井底如果有蛙或是蚌，全都得让他给捻碎了。他就这样忙碌了很久，衣裳的后背都湿了，而他的脸色越来越阴沉，眼神越来越焦躁，下手越来越盲目，像在对着空气作战。此刻的祝排，整个就是一只捞月的猴子，我脸上露出了不屑的神色。这一刻我才恍然大悟，刚才捞上来的那些桶，全都不是他真正想要捞的那一只。

他终于筋疲力尽地停止了动作，扔掉了木杆，抱着自己的脑袋，在七只水桶前重新蹲下来。过了一会儿，他伸出手去抠其中一只水桶上的泥巴，然后捡起一根树枝，磨蹭着水桶的铁皮。桶身露出了黄褐色的锈斑，在阳光下像长满了癣的牛皮。

"'喂得罗'是不会生锈的。"他自言自语。

"'喂得罗'？哪个'喂得罗'？"

"就是那只白铁皮的小桶嘛，你不记得了吗？"

"不记得了。"

我说不记得是在装糊涂。就在祝排说出"喂得罗"那三个字的瞬间，我面前的他，脑袋已经变成了一只银白色的水桶——那是一种白铁皮制的小桶，底小口大，形状呈倒三角。桶口镶着精致的圆边，桶身的中部和接近底部之处，还凸起两圈装饰性的滚条。看上去不像一只水桶，倒像是一件炊具。"喂得罗"的桶环也是白铁的，中间嵌着一截光滑的木条，提着不磨手，拎起来轻巧极了。若是把它同我们连队那种黑乎乎、沉甸甸的直筒式水桶一比，犹如一个娜塔沙和一个李逵站在一起，时光就错乱了。我们的铁桶就不能叫个桶，而是一只水坑或是一口铁锅……

需要说明一下：白铁皮桶是一种苏式水桶，汉语译音"喂得罗"。

渐渐地，那只"喂得罗"从我的眼前清晰地浮现出来。它被高个儿的罗娜提在手里，随着她的头发甩啊甩的，罗娜拎着浅浅的一桶水，走下井台，穿过杨树林，走在连队宿舍前的沙石路上，快乐得像在城里逛街。去年夏季，那只桶不知怎么曾经出现在祝排的手里，桶里装满了成熟的西红柿，一粒粒玛瑙似的血红，放在罗娜的宿舍窗台上；后来我又亲眼看见罗娜拎着那只桶，桶里装着洗干净的湿衣服，放在祝排的宿舍窗台上。深秋的一个星期天，"喂得罗"盛满了刚收获的新鲜土豆，祝排招呼我们一起到场院的土坑去烤土豆吃，罗娜带了一包碾成细末的盐，教我们小心地用土豆蘸着盐吃。冬天来了，一个下大雪的日子，我曾在风雪中迎面看见一只小桶在移动，走近了，只见两只没有戴手套的手，冻得通红，一只大手在下，一只小手在上，几乎叠在一起，紧紧握着那只"喂得罗"的木头桶把。假如手掌有汗，那两只手就会一起被冻在桶把上了。我抬头，看见了祝排和罗娜，他们抬着一桶新雪在走，雪堆高出了桶沿，桶里尖尖的白雪顶，多么像我垂涎欲滴而遥远的童年梦中，那一支奶油冰激凌……

融雪时节，罗娜回了哈尔滨。罗娜走后，我从此再没有见过那只"喂得罗"。

我终于缓过神，大声问祝排："哦，那只'喂得罗'，原来一直藏在这口土井里？你怎么不早说？"

祝排飞起一脚，踢得那只笨重的铁桶咣当一声响，"你说啥呢？二百五！"他瞪着我，"那只'喂得罗'一直都在我的箱子里。它是大前天晚上掉进去的，刚掉进去没几天！明白不？"

我实在是不明白，接着二百五："好好的干啥把它从箱子里弄井里去啊你？"

祝排的神情恍惚起来："五天前，晚上我做了个梦，罗娜对我说，'喂得罗'是要用的，不用就废了。醒来后，一整天我就想着她这句话，到了晚上，我把'喂得罗'拿出来，到这没人来的土井边打水。两年前我第一次见到罗娜，就是在'喂得罗'里，那会儿她正对着桶里的井水照镜子，我从旁边走过，看见她长长的眼睫毛一闪一闪，像一条条小鱼在桶里游着，我永远都忘不了。大前天晚上，月亮正圆，我用'喂得罗'从井里打了满满一桶水，月光照在水面上，可桶里只有一个月亮，怎么看都看不到她的影子了。后来我把水倒了，重又去打，一甩绳，桶就不见了……"

我听得后背发凉，疑惑地说："这么说，'喂得罗'应该就在这口井里啊？"

"说的是呢！"他咬着牙，"第二天，我请了假，去找捞桶的木杆，刚把钩子什么都准备好，偏偏连长通知我到场部去开会，这就耽误了两天。我琢磨着，这三天之内……是不是有别处的人……把'喂得罗'捞走了呢？"他显得迟疑不决。

我连连摇头。我觉得他简直是痴人说梦。这几天我根本就没听说有谁捞到过桶。再说，整个连队甚至方圆几十里外的连队，除了我之外，还有谁会捞桶呢？

从目前的情况看来，"喂得罗"已经不在这口井里，那么……祝排朝我比画着手势，像在分析布置破获某个重大案情，"那么，只有一个可能，就是被邻近连队的人趁机捞走了……"他开始沉浸在自己的想象中，"你想想，各个连队都在抗旱，都急需水桶，而农场的物资和资金都这么缺，上哪儿去买水桶呢？唯一的办法就是——把井里的桶，捞上来，不捞白不捞！"

我打断他："那为什么我一口气从井里捞上来七只桶呢？照你的说法，这口井里的水桶，早该让人捞没了。"

祝排略一沉思，答道："因为'喂得罗'是前几天掉下去的，肯定掉在最上面，所以，那些企图偷桶的人，一捞就先捞到了'喂得罗'。"

我一时语塞，似乎难以驳斥他这个推断。愣了一会儿，问道：

"既然这样，下一步我们该怎么办？"话刚出口我就后悔了，我预感到一个浩大的寻桶工程即将展开。

祝排连想都没想，挥挥手说："找呗。到附近的连队去找。是个桶，人家就得用吧，我认识我的'喂得罗'，谁也别想把它藏了。哼！"

以后的几周内，我和祝排找出种种借口，或请病假或利用公休或假公济私，到周边地区的场院、大车队、老乡屯子等有人迹的地方，去寻访那只曾经映照过罗娜眼睫毛的"喂得罗"。祝排苦苦寻找"喂得罗"的原因已经不言而喻，我和他心照不宣。我之所以愿意跟随他去干这种徒劳的勾当，是因为我暗藏了自己的一份私心。我狠批私心一闪念，念头却越来越猛烈——我竟然比少年时代更加热爱捞桶，并且，这种热爱既没有目标也没有理由。

几天后，我们像野狗一样四处游荡，这种像大海捞针一样遥遥无期的寻找，始终毫无进展。祝排变得垂头丧气，我于是决定将自己的私心不失时机地发扬光大。

我说："祝排，你知道为什么找不到你的'喂得罗'吗？"

祝排的眼神像一只长嘴蚊子，狠盯在我脸上。

"我估计，'喂得罗'已经被那些偷桶的人，又一次掉到井里去了。它肯定待在某一个井里，我保证，它躲在井底呢，所以我们找不到它。"

祝排的嘴歪了，张大着，像一只砸扁的桶。半晌，他跳起来，拽着我就往回跑。他气喘吁吁地说："走，回去拿木杆子，捞桶！你他妈的咋不早想起来呢，我把那些井都给它掏干了！"

何以解忧

那个夏季，附近的连队、场院、大车班、村屯，出现了两个抬着一根长木杆的年轻人。我们对外声称是知青义务淘井小组，尽管这根本不是淘井的季节，却受到了不同程度的欢迎。因为我们从每一个井里都捞出了生锈的或是没来得及生锈的水桶，然后只是不经意地打量一眼，就慷慨地完璧归赵。每只桶在捞上来的时候，都装满了水，我们顶多只是掬一口凉水喝，其余的水都免费奉送了。在留下水桶的同时，我们得到了那么多由衷的感谢，偶尔还有煮熟的青苞米和煮鸡蛋，但那都不是祝排想要的。我们废寝忘食地走村串屯，记工簿上出现了越来越多的旷工记号。有人当面警告我们，说祝排的排长已经当到了头。而祝排轻蔑地回答说，排长算个屁呀！我觉得祝排基本上已经陷入了疯狂的状态，无论那块地号在多么远的地平线方向，只要那儿有水井，祝排就会勇往直前。我们的钩子已经换了好几个，桦木杆子变得无比光滑。我们从各种水井里捞出来的水桶，已经能以二位数统计。隔三岔五，总有失踪多年的水桶，在一片惊呼声中冉冉升空。那些日子我第一次知道，原来有那么多公家的水桶，悠然躲藏在幽暗的水井中，如果没有我（当然也包括祝排），它们根本没有希望重见天日。最可气的是在二连捞桶，捞上来一只崭新的铁桶，桶壁上写着"三连"的字样。祝排说肯定是分场大会战的时候掉下去的。那几个看着我们捞桶的知青，当场就把"三连"的"三"字刮去了一道，变成了"二连"，然后欢天喜地地抱着桶走了。

　　在持续多日的欢庆气氛中，祝排的圆脸已经瘦成了一粒瓜子儿。

但是，随着原野上的风一日日寒冷，那只"喂得罗"仍然没有出现，就连一丝踪影都没有。

寒风吹灭了我一夏天膨胀的激情，过足了捞桶之瘾，我开始产生了厌烦情绪，变得有些憎恨捞桶了。我原本就是因为喜欢水桶而捞桶，我喜欢的只是捞桶这件事情。说到底，那只"喂得罗"能不能捞上来，与我有何相干？

那一天"收工"的时候，祝排哑着嗓子对我说："我想来想去，觉得还是这根木杆不够长，够不着更深的井。你明天跟我去水库那边，我要选几根桦木杆子，把它们连成一根十几米长的杆子……"

他的眼窝深深地陷下去，眼皮神经质地一跳一跳，我觉得他差不多是已经疯了。

我说："压根儿不是这么回事！"

祝排紧蹙着眉头问："那你说，那个'喂得罗'，它到底会在哪儿呢？"

他紧接着自问自答："依我看，它还是应该在我们菜地的那口井里。"

我有些生气地说："那口井，就差没有掘地三尺了。你要是不信我，那你自己爬到井里去看看好了，你自己下去找一找，才会死心吧。"

祝排怪异地看了我一眼，然后默不作声地把木杆子扛在了肩上。

如果我当时能知道自己这句随意脱口的戏言，竟然会产生如此严重的灾难性后果，打死我也不会那样说的。

但是我已经覆水难收。十九岁那年我懵懂无知。我不知道一只白铁皮的水桶，对于我和祝排，具有完全不同的意义。我捞桶仅仅只是为了捞桶，而对于祝排，那只轻盈精巧的"喂得罗"，却是他二十一岁人生中最珍贵的一点念想和回忆。

那个冬天，祝排失踪了。大多数人都以为祝排被撤职后，一气之下回了佳木斯探亲猫冬。我与祝排并非至交，只是一个捞桶的临时伙伴，所以也无处打听祝排的去向。

第二年春天化了冻，菜地开始松土浇水栽秧，有人报告说井里好像是塌方了，堵得水桶下不去。连长请了淘井队的人来，鼓捣来鼓捣去，从井底拽上个裹满稀浆的泥陀。泥陀分明是个人形，像一具出土的兵马俑，激发起人们的想象和疑惑，菜排所有的人都闻讯拥到菜地去看热闹。那个时刻我在场，我的眼睛被泥浆糊满，眼前一片漆黑；泥水渗入了我的眼角，刺痛了我的眼球；一种不祥的预感，使得我浑身肌肉都开始绷紧。人形上的一层泥壳在阳光下炸裂了，露出我熟悉的衣角。他蜷着双腿，像是要尽量缩小自己微胖的身体。有人用沾湿的破布，小心揩去了他脸上的泥灰。经过一冬的冷冻，他的面孔像冰块一样光滑，泡胀的眉眼，如同弯月般笑意盈盈，让人毛骨悚然。他的一双手僵硬地向前伸着，手指犹如鸡爪一般弯曲，指甲缝里塞满了泥浆……

没有人知道祝排为什么会在这儿；更不会有人相信，祝排竟然是为了搜寻那只"喂得罗"而亲自钻入了井底。

那天日落时分，我去了井边，湿印已经干透，草垫四周只剩下一些散碎的土坷垃。

我轻轻抓起一粒干土，在手心长久地碾磨。灰褐色的粉末从我的指缝里一点点撒落，被微风吹散，消失在刚刚返青的旷野里。我低头说：祝排，我知道你为什么惦记那只桶，但我仍然不明白你为什么要亲自下井去摸桶？看来你还是不相信我捞桶的手艺，你以为是我疏忽或是错过了那只"喂得罗"，你真是走火入魔了呀你……

　　我感到了极度的委屈和沮丧——祝排竟然如此绝对地否定了我的捞桶技术，这使我的自尊心备受挫伤。

　　后来的很多年中，我始终在反复琢磨这件事情：如果"喂得罗"真的掉进了那口井里，凭我的手艺，不可能捞不上来的。那么这只"喂得罗"究竟到哪里去了呢？这个问题让人百思不得其解。我一遍又一遍回忆每一个捞桶的细节，答案却是越来越模糊不清。有那么一刻，我突然问自己：有谁真正见过祝排珍藏在箱子里的"喂得罗"呢？罗娜是否确实把"喂得罗"留给了祝排？那究竟是祝排的心愿还是幻觉？祝排难道真的曾经拥有"喂得罗"，并且准确地把它掉进了这口井里吗？如果"喂得罗"压根儿从来就没有在那口井里，祝排以命相托的打捞又是为了什么？我被自己的这个问题吓了一大跳，浑身的汗毛一根一根地竖了起来。

　　我发誓从此再不捞桶。当然，我的誓言有一点自作多情——70年代末我回城后，那个故乡城市的水井，在二十年中一口一口地被填埋了。铁皮吊桶没有掉到井里去，却莫名其妙地消失了，就像那只"喂得罗"，失踪得十分诡秘而蹊跷。如今的市场有各色鲜艳的塑料桶，它们红黄蓝绿无所事事地躺在地摊上，无水可倚、无井可去。这个城市没有水井、没有铁桶，也不再有幻觉。我的不良嗜好就这样从此彻底戒掉了。

但我想念祝排。如果能够遇见罗娜,我会告诉她后来发生的事情。然而三十多年过去,我从未得到罗娜的消息。有一次我途经罗娜生活的那个城市,在街上闲逛。车流如注,人浪似海,令我眩晕。在这片喧嚣的汪洋中,我何以觅捞"喂得罗"呢?

2005 年夏

写于北京颐和山庄 ①

---

① 发表于《收获》2005 年第 6 期,《小说月报》2006 年第 2 期转载,《中华文学选刊》2006 年第 3 期转载,《新华文摘》2006 年第 4 期转载,《天津文学》2017 年第 6 期转载。2008 年获第 2 届"蒲松龄短篇小说奖"。

跋

2022 年，是我从事文学创作活动五十周年。

自 1996 年出版《张抗抗自选集》（五卷本）以后，二十多年过去，又有几百万字的新作，但我一直没有出版更为完整的文集。很多朋友表示不解。

出版文集，意味着对自己文学成果的一次庄重梳理：篇目的选定、文字的校勘……包括选择出版社，均需反复斟酌，需要投入大量时间。

事实上，从 2007—2017 年，我埋头写作那部百万字、三卷本的长篇小说，七易其稿。根本没有多余的精力来进入十卷本文集编选的浩大工程。

直到长篇在 2020 年最后一次改定后，我终于下决心来完成自己的夙愿。

感谢我的文友、老友们慷慨伸出援手，热情做出安排。

多年来，广西师大出版社出版的书籍为我喜爱、为我敬重，我把文集交给这家出版社，欣然而往，恰得其所。广西师大出版社严谨细致高水平的编辑工作，纠正了我旧作中的多处谬误，在此诚致谢意。

2021年12月启动该书，整整大半年，我在电脑上反复校勘文稿，希望把完美的样貌呈现给读者。

遗憾的是，那部耗尽我心血的长篇三卷本，未能收入这部文集。

该文集的三审三校接近尾声，已是酷暑时节。

就在2022年夏季，九十九岁高龄的父亲在杭州仙逝。

悲痛之余，谨以这部即将出版的文集，敬献给我亲爱的父母。是他们引导我和妹妹走上文学之路，与我分享每一部新作，在文学中陪伴我走过了大半生。

那一晚，工作结束后，我坐在二楼阳台上发呆，看星星。

蝉鸣渐歇，薄云稀疏。眼前的夜色中，忽而闪过一点荧绿透明的亮色，在我身边萦绕，迅速隐入浓密的树影，无声地跳跃旋转。

萤火虫！

它从花园的草丛里飞起来，飞到二楼阳台。我没有想到，小小的萤火虫能够飞得这么高。

我终于见到了久违的萤火虫。那一刻，我喜极而泣。

谢谢你，自带光源的萤火虫。

是萤火虫还是星星，照亮了浩瀚苍茫的夜空？

2022 年 8 月 3 日